Livro 1

O Único Destino dos Vilões é a Morte

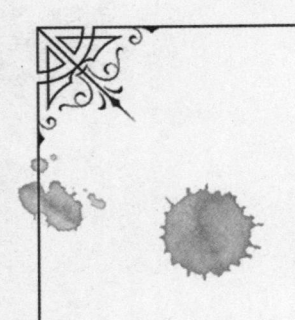

Prólogo 5

Capítulo 1 13

Capítulo 2 79

Capítulo 3 155

Capítulo 4 237

Capítulo 5 291

Prólogo

Tudo estava perfeito.

Mesmo que minha casa agora fosse do mesmo tamanho que um dos banheiros do lugar em que eu vivia antes, mesmo que eu tivesse que começar um trabalho de meio período na próxima semana para conseguir pagar as despesas, estava tudo bem. Eu finalmente tinha conseguido sair daquela casa infernal, e isso já era mais do que suficiente para que eu ficasse feliz. Mas foi então que...

— Eu tenho certeza de que te disse para ficar quieta como um morto e que não queria ouvir nem o som de sua respiração — disse o homem com um olhar de desprezo tão grande que se poderia pensar que ele estava olhando um inseto asqueroso, mas, na verdade, seu olhar estava voltado para mim. — Fiquei sabendo que você parecia uma cadela louca durante o banquete de retorno do príncipe herdeiro.

Eu já estava acostumada com esse tipo de olhar que brilha com a repulsa e sede de morte, afinal esse era o tipo de olhar que eu recebi a vida inteira na minha antiga casa. Mas, mesmo assim, isso não significava que eu não ligava ou me sentia bem nesse tipo de situação.

— O que você pensa que estava fazendo?

O ressoar de sua voz e a frieza de seus olhos fizeram com que eu prendesse a respiração e meus lábios começassem a tremer instintivamente. E foi nesse momento, nesse exato instante, que um quadrado branco apareceu bem na frente dos meus olhos e eu pude ver algumas letras gravadas nele.

Prólogo

> 1. Como que eu posso saber?
> 2. Não estava pensando em nada.
> 3. (Com voz de coitadinha) Isso... é que...

"...O que é que está acontecendo?", abri minha boca para perguntar, mas minha voz não saía de jeito nenhum, era como se algo estivesse entalado em minha garganta. Enquanto eu não conseguia dizer nada, o homem de olhos azuis me pressionou com uma voz assustadora:

— É bom você abrir o bico logo.

Ao ouvir seu tom de voz, pude sentir minha pele formigando. Estava convencida de que morreria se não desse uma resposta. Em um impulso, apertei a terceira opção da lista.

— Isso... é que... — As mesmas palavras que estavam escritas no quadrado branco saíram automaticamente dos meus lábios.

"O quê? O que diabos está acontecendo aqui?!"

Parecia mentira, mesmo depois daquelas palavras terem saltado de minha boca, tudo aquilo parecia um sonho esquisito. Eu não fazia ideia do que estava acontecendo.

Quando abri os olhos já estava deitada nesse lugar desconhecido e, de repente, esse homem não familiar veio até mim com uma energia homicida e começou a brigar comigo. Minha mente vagava, como se eu tivesse acabado de despertar.

— "Isso... é que..." o quê? Continue — ordenou o homem com uma cara aterrorizante, desaprovando a resposta incompleta.

De repente, as janelas de texto apareceram novamente flutuando no ar com novas opções.

> 1. Me desculpe, eu vou tomar mais cuidado.
> 2. Já disse que foi aquela empregada estúpida que cometeu um erro.
> 3. Aquela ralé estava me ignorando. Logo eu, a única senhorita da família Eckhart!

O Único Destino dos Vilões é a Morte

Não havia tempo para refletir sobre o que estava acontecendo, então rapidamente fiz uma escolha enquanto o homem me olhava friamente. Mesmo não sabendo de nada, eu já tinha aprendido na raça que nesse tipo de situação você precisa dizer algo e logo.

— Me descul-...

— Se isso fosse algo que pudesse ser resolvido com um simples pedido de desculpas, eu não teria me dado o trabalho de vir até aqui vê-la.

Ele me interrompeu tão prontamente que me senti mal por ter escolhido a primeira opção. Seu tom de voz acertou meu coração como uma faca afiada, sem perceber encolhi os ombros e contraí meu corpo. O homem sussurrou insensivelmente:

— Penelope Eckhart...

"Penelope Eckhart?"

— Por enquanto, vou tirar o sobrenome "Eckhart" de você.

Tanto esse nome quanto a frase que ele tinha acabado de dizer me eram muito familiares, por isso rapidamente levantei minha cabeça e o observei. Foi quando eu pude vê-lo claramente... O homem que estava em pé ao lado da minha cama não era uma das "pessoas daquela casa", mas sim um estranho que eu nunca tinha visto antes.

Um oceano inteiro parecia estar dentro de seus olhos e seus cabelos eram tão negros que se assemelhavam a lascas de obsidiana. Acima de sua cabeça, uma barra alongada e um texto branco que parecia um indicador de bateria de celular brilhavam.

"Afi-... nidade...?"

Se meus olhos não estivessem me enganando, sobre a cabeça do rapaz pairava uma barra de "afinidade".

— Você está em provação e não deverá sair deste quarto bem como ir a banquetes. Reflita sobre o que você fez de errado e em como deveria agir daqui em diante.

— ...

— O que você está olhando?

Prólogo

O rosto inexpressivo do homem estava contraído como se estivesse descontente com o fato de eu não estar prestando atenção. Ainda assim verifiquei novamente, sem reação, o escrito que pairava no topo de sua cabeça.

> Afinidade: 0%

"Sem chance...", chacoalhei minha cabeça algumas vezes inconscientemente, aquilo era realmente inacreditável... Era impossível.

— Parece que os rumores sobre você ter enlouquecido eram verdadeiros.

Por um momento, o homem me fitou com olhos de desprezo que, dessa vez, foram provocados pelo meu comportamento estranho. Subitamente, ele se virou e caminhou com passos largos e inquietos em direção à porta, ficando claro que não desejava passar nem mais um instante ali comigo. E assim, o "Afinidade: 0%" foi embora.

"O que eu fiz de errado?", enquanto refletia sobre aquela situação estranha e observava suas costas desaparecerem à distância, uma risada aguda ecoou de um dos cantos do cômodo. Eu virei em sua direção e me deparei com um outro homem, esse tinha cabelos cor-de-rosa e estava parado em pé ao lado do batente da porta, seus braços estavam cruzados e parte de seu corpo se escondia na sombra. Seus olhos também eram azuis, assim como os do homem que acabara de sair do cômodo, mas ele tinha um sorriso debochado estampado em seu rosto.

> Afinidade: -10%

As letras brancas brilhavam sobre sua cabeça. Era um valor negativo.

— Bem que você mereceu, sua vagabunda.

Destoando de sua bela aparência, ele me xingou rudemente e foi embora seguindo o outro rapaz. Depois fechou a porta com um *"blam!"* estrondoso.

O Único Destino dos Vilões é a Morte

Quando todos saíram, fiquei inexpressivamente sentada naquele quarto silencioso. Eu estava completamente sozinha enquanto tentava entender o que diabos estava acontecendo, mas, ainda assim, não conseguia chegar a uma resposta. Depois de horas a fio pensando, percebi que tanto aquelas pessoas quanto esse lugar me eram estranhamente familiares apesar de essa ter sido a primeira vez que me deparava com eles.

— Não pode ser, é mentira... né?

Agora que eu estava sozinha, finalmente pude falar o que queria, contudo não estava com cabeça para notar isso. Eu não conseguia acreditar naquilo, afinal essa situação me parecia ridícula.

— Mas... isso é impossível!

Não tinha como a cena do jogo que estava jogando antes de cair do sono estar se repetindo como se fosse realidade, ainda mais comigo sendo uma das personagens.

— Isso tem que ser um sonho.

Essa era a única resposta plausível, mas, mesmo me beliscando e arrancando meus cabelos, eu não conseguia acordar.

— Não, não comigo. Não, não! Não! NÃO PODE SER!

Penelope Eckhart – esse era o nome da vilã do jogo sensação do momento, e também a personagem principal do modo difícil.

Capítulo 1

"Ser filha ilegítima de uma família rica…"

É algo que soa bem romântico. Principalmente se for uma menina, afinal isso não seria como viver um conto de fadas tipo "Cinderela"? Contudo, eu posso te assegurar que a realidade era bem diferente de um conto de fadas, ou desses livros e filmes que você vê por aí.

Depois que minha mãe morreu, eu fui perseguida e atormentada incansavelmente dia e noite pelos meus dois meios-irmãos. Não importava se fosse na hora da refeição ou quando eu estava quieta no meu canto, grosseria e xingamentos eram coisas comuns no meu dia a dia.

Meus irmãos me importunavam até mesmo na escola, na verdade, eles foram os grandes responsáveis por todo o bullying que tornou minha vida escolar angustiante. Como a diferença de idade entre o segundo filho desgraçado e eu não era grande, tivemos que ir juntos para a escola durante um ano inteiro e, mesmo depois dele se formar, nada mudou. Aliás, eu diria que minha vida escolar ia de mal a pior.

Muito antes de eu nascer, a esposa do meu pai (e mãe dos meus meios-irmãos) faleceu devido a uma doença crônica. Ainda assim, aqueles lunáticos agiam como se eu fosse algum tipo de inimiga, parecendo até que eu era a responsável pela morte da mãe deles. Às vezes até mesmo eu, por ser tratada como um cão sarnento, me sentia confusa sobre isso e me questionava se sem querer não tinha rogado uma praga na mulher enquanto ainda estava nos testículos do meu pai.

Capítulo 1

Os dias que eu passei naquela casa foram os piores da minha vida, eu era uma presença indesejável e asquerosa. Quando minha mãe ainda estava viva, nós morávamos juntas em uma casa de dois cômodos e não tínhamos praticamente nada, mas os dias eram mais felizes e definitivamente melhores.

Depois de ser levada pelo meu pai, comecei a perder cada vez mais peso e feridas começaram a surgir por todo meu corpo, mas o homem que me arrastou até ali e se intitulava como "meu pai" nem ligou.

"Por que você me trouxe para cá? Se é para me tratar desse jeito eu preferia ser enviada para um orfanato", costumava me questionar sobre isso frequentemente. A verdade era que eu o ressentia muito e tentei reclamar algumas vezes, mas ninguém me deu ouvidos. Feliz ou infelizmente, por ter crescido na pobreza com a minha mãe, eu já estava acostumada a desistir, então rapidamente consegui abrir mão de tais emoções e segui em frente; afinal, era tolice de minha parte pedir por amor e carinho àqueles que me tratavam pior do que um inseto.

Eu queria fugir de casa, mas como não tinha nem um centavo e muito menos um lugar para ir, eu estudei. Estudei incansavelmente até me formar no colégio e finalmente fui aceita em uma universidade de prestígio. Eu não fiz tudo isso porque queria ser reconhecida pelo meu pai e o resto da família, não... Todo o meu esforço foi para escapar o mais rápido possível daquela casa.

No dia em que os aprovados foram anunciados, pela primeira vez na vida, entrei em casa correndo e fui ver meu pai com um grande sorriso.

— Pai! Veja isto! Olha só, eu consegui! Passei nessa Universidade!

— Certo. Vamos, diga logo o porquê de ter vindo me ver.

Mesmo vendo meu rosto afogado em alegria, ele nem sequer me deu os parabéns. Mas estava tudo bem, de qualquer forma eu não tinha ido ali para receber felicitações.

— Por favor, me deixe sair de casa! Eu quero morar perto da faculdade e dar o meu melhor nos estudos. Você pode ao menos fazer isso por mim?

O Único Destino dos Vilões é a Morte

Meu pai me olhou como se aquele fosse um pedido inesperado e franziu a testa. Mas aquilo não era uma coisa boa? A garota que lhe incomodava tanto como uma pedra no sapato estava finalmente indo embora, e por conta própria!

— Certo, vamos nos preparar.

Demorou um bom tempo, mas minha fuga foi um sucesso. No entanto, meu pai fez o absurdo de confiar os preparativos de minha partida ao meu irmão mais velho que estava no processo de sucessão dos negócios da família. Por causa disso, eu acabei indo morar em um quartinho semissubterrâneo cheio de mofo. Mas tudo bem, qualquer coisa já era melhor do que aquela casa. Depois de sair de lá, tudo ficou melhor e mais feliz. Eu finalmente pude esquecer os dias sombrios do meu ensino fundamental e médio, e além disso agora eu tinha muitas amigas! E foi graças a elas que descobri aquele jogo.

— "Love Project: A Filha do Duque!"? O que é isso? Esse nome soa meio infantil...

Esse jogo estava superpopular entre minhas amigas. O título esquisito e as imagens brilhantes eram mais do que o suficiente para eu entender o que estava acontecendo e fazer com que não quisesse chegar perto, porém como todas as conversas giravam entorno disso eu acabei o baixando para ver o que ele tinha de tão especial. Como era meu dia de folga do trabalho eu não tinha nada a perder, não é mesmo?

O jogo era dividido em dois modos: o difícil e o normal.

— Normal.

Escolhi o modo normal sem hesitar, meu plano era jogar um pouco e ir dormir. Assim que o jogo começou, um vídeo introdutório apresentando os personagens foi reproduzido.

> A filha mais nova do duque se perdeu em um acidente quando era criança, finalmente depois de muitos anos vivendo como plebeia, ela retorna e recupera sua posição dentro do ducado.

Capítulo 1

A história começava com o aparecimento da protagonista inocente e uma música de fundo animada. Para ser sincera, tirando as ilustrações lindíssimas, não parecia haver nada de muito especial naquilo. Fazer os personagens conquistáveis se apaixonarem por você, se livrar da vilã enquanto constrói popularidade e fortuna e, no fim do jogo, o personagem com o qual você tiver mais pontos de afinidade se declara.

— Hmmm, até que é divertido.

Ao contrário de seu nome estúpido, o jogo tinha um enredo sólido, composição ininterrupta e um sistema muito bem-feito. Além disso, as ilustrações vívidas pareciam ter sido feitas com todo o coração pelo artista, aumentando muito a experiência e imersão. O conteúdo e as circunstâncias principais da história eram muito parecidos com a minha vida, então não tive como não me identificar com a narrativa.

Entre os personagens conquistáveis, dois deles eram os irmãos mais velhos da protagonista e a história principal se passava na mansão do ducado. Como a moça havia aparecido do nada e tinha vivido sua vida inteira como uma camponesa, ela não era nem um pouco próxima dos dois que aliás só a importunavam.

"Isso estranhamente se parece com o que eu passei...", pensei comigo mesma. Mas claro que não dava nem para comparar o modo como eu e a heroína éramos tratadas.

Depois de um tempo os irmãos passam a tratá-la melhor. Aumentar a afinidade de um personagem e ver seu comportamento mudar era muito divertido para mim. E foi assim que, sem perceber, fiquei completamente envolvida naquele jogo que a princípio eu só ia "dar uma olhadinha".

Consegui os finais sem dificuldades e, para ser sincera, mesmo sendo divertido, o modo normal era fácil demais até mesmo para uma iniciante como eu. Já começávamos a história com 30% de afinidade de todos os personagens masculinos. Depois de apenas três horas de jogo, eu já tinha conseguido o final de todos os personagens conquistáveis, o que me fez pensar que o "modo normal" estava mais para "modo fácil".

O Único Destino dos Vilões é a Morte

Foi então que um *pop-up* apareceu, e nele estava escrito que o "Final Secreto" havia sido desbloqueado.

— O QUÊ?! 100 REAIS?! Tá louco? Por que esse treco é tão caro?

Para jogar o "Final Secreto" ou você pagava um preço absurdo ou zerava o modo difícil.

— Ugh, mas já está de madrugada...

Ponderei um pouco se deveria continuar jogando, já que no dia seguinte eu teria aulas na parte da manhã, mas mesmo assim não demorou muito até que eu me desse por vencida.

— Ah, tá bom! Que se dane, eu já tô aqui mesmo! Vamos dar uma olhadinha nisso.

Normalmente isso não teria acontecido, mas eu precisava admitir, esse jogo havia me pegado de jeito. Meus dedos animados clicaram no "Modo Difícil" e imediatamente um prólogo diferente daquele que aparece no modo normal começou a tocar junto de uma música de fundo magnífica.

— Uaaau! Agora vamos jogar de outro ponto de vista?

Curiosamente, a personagem principal no modo difícil era outra, para ser mais específica, agora nós éramos a "falsa senhorita", também conhecida como a "vilã do modo normal". Como o tempo da história mudou para antes do retorno da verdadeira filha do duque, o enredo do jogo parecia completamente diferente.

— Acho que é por isso que esse jogo é tão famoso.

Quando a ilustração da personagem principal do modo difícil apareceu, toda a sonolência que pesava sobre minhas pálpebras desapareceu. O sistema desse jogo era único e não se parecia como nenhum outro desse gênero que eu já tinha visto, e era justamente isso que o fazia ser tão bom. Agora, quem ganhava pontos de afinidade dos personagens conquistáveis era a vilã diabólica que maltratava a doce e inocente heroína. Isso com certeza despertou ainda mais meu interesse.

Em êxtase, continuei jogando o modo difícil superconfiante, afinal tinha acabado de terminar o modo normal muito rápido. Eu esperava

Capítulo 1

que a escolha das respostas fosse só um pouco mais desafiadora. Entretanto, isso obviamente não passava de uma ilusão minha.

— Ugh! Por quê?! Por que eu morri de novo?

O modo difícil era cruelmente **difícil**. Era impossível fazer com que os personagens masculinos tivessem sentimentos positivos pela personagem principal, afinal originalmente ela era a vilã da história. E não era só isso, com apenas uma mísera resposta errada, todo o meu empenho e trabalho duro se tornavam pó. Sim, com apenas uma resposta equivocada a afinidade chegava a zero e então acontecia um "final ruim". Além disso, o *game over* sempre era a morte da vilã.

— Nossa, por que este jogo tinha que ser tão extremo assim?

As ilustrações também eram brutais e realistas. A visão da vilã tendo sua cabeça cortada pela espada do príncipe herdeiro me deixou bem desconfortável.

— Que jogo maluco...

Mesmo escolhendo as respostas com muito cuidado, a personagem acabava morrendo, o que me deixava indignada e, toda vez que isso acontecia, eu apertava prontamente o botão de recomeçar enquanto me questionava sobre o que os desenvolvedores tinham na cabeça quando decidiram fazer algo assim.

Depois de um tempo, eu já tinha morrido tantas vezes que nem conseguia contar, além disso comecei a me sentir realmente estressada.

— Qualé! Me deixa ficar viva só uma vez, eu imploro!

A princípio, eu só estava fazendo o modo difícil para conseguir ver o final secreto de graça, mas naquele momento já tinha me esquecido completamente disso. Tudo o que eu queria era um final no qual a coitada da vilã não morresse e pudesse ser feliz como todos os outros personagens.

"O que ela fez de errado afinal? Ela só é má desse jeito porque o autor queria que fosse assim...", eu não pude evitar de me revoltar. Além disso, ao contrário da heroína no modo normal, que conseguia facilmente o amor de todos, não importava o quanto a vilã implorasse por afeição, ela só ficava cada vez mais infeliz e era cada vez mais negligenciada...

O Único Destino dos Vilões é a Morte

Não sei quando aconteceu, mas a partir de algum ponto a situação da vilã começou a se sobrepor à minha.

— Eu definitivamente vou terminar isto! — afirmei e depois de alguns minutos... A protagonista morreu novamente. Dessa vez a culpa foi dos desgraçados dos seus irmãos.

Dava para ouvir o barulho dos meus dentes rangendo. Quantas vezes tinha morrido? Eu não fazia ideia. Minhas mãos tremiam quando agarrava meu celular superaquecido. Comecei a achar que eu já estava começando a exagerar, mas não conseguia evitar e automaticamente apertei o botão de recomeçar.

Comecei tudo de novo, desde o início. Cuidadosamente escolhi as falas, aumentei a afinidade dos rapazes, consegui uma boa reputação e dinheiro para finalmente trilhar um novo caminho! E então...

— AAARGH! Por quê? POR QUÊÊÊ??? — Morri mais uma vez.

Eu já estava tão impaciente que até mesmo cogitei a ideia de comprar a afinidade dos personagens conquistáveis com dinheiro. Se a ideia dos produtores era fazer com que as pessoas gastassem dinheiro naquela porcaria, então eles tiveram muito sucesso, mas felizmente eu não era do tipo que gastava dinheiro imprudentemente – isso porque não queria ter que pedir nada para as pessoas com quem morava antes. Não gastei nenhum centavo no jogo, mas passei a noite em claro tentando ver o final feliz com, pelo menos, um dos personagens.

Morria, recomeçava.

    Morria de novo, recomeçava.

        Morria,

            morria,

                morria mais uma vez.

Eu morri incessantemente até o amanhecer. Mesmo assim, não consegui desbloquear nenhum dos finais do modo difícil.

— Droga... de novo...

Nesse momento, quando estava prestes a apertar o botão de recomeçar, meu sono foi mais forte fazendo com que eu apagasse completamente enquanto ainda segurava meu celular.

Capítulo 1

Então, quando abri meus olhos...

— Penelope Eckhart — disse o homem com uma barra branca onde estava escrito "Afinidade: 0%" brilhando sobre sua cabeça. — Por enquanto, vou retirar o sobrenome "Eckhart" de você.

Eu acabei me tornando a vilã do jogo, Penelope Eckhart.

— Está na hora de acordar, senhorita. — Alguém sussurrou sobre minha cabeça.

Mesmo que ainda estivesse dormindo profundamente, consegui acordar rápido ao sentir a presença de outra pessoa. Honestamente, eu tinha passado a noite inteira rezando e implorando para que aquilo tudo fosse apenas um sonho – aparentemente caí no sono enquanto fazia isso.

— Senhorita... — A voz cautelosamente me chamou novamente.

"Ela está falando comigo?", os dois homens de olhos azuis tinham saído do quarto há um bom tempo e, pelo que me recordo, eu era a única pessoa que tinha sobrado no recinto, então apenas eu poderia ser a tal "senhorita".

— ...

Ainda meio adormecida e incapaz de respondê-la, fiquei perdida em meus pensamentos durante um tempo e ouvi um farfalhar vindo detrás de mim. Nesse momento, eu já estava acordada e juntava forças para me levantar quando de repente senti uma dor aguda e súbita no meu antebraço que estava descoberto.

— AI!

Meus olhos abriram prontamente enquanto gritava tirando as cobertas e me sentava na cama. Arregacei a manga da minha roupa para checar o local que doía.

"I-isso...", fiquei chocada ao ver minha pele sob as delicadas mangas do meu pijama azul-celeste. O antebraço esguio estava coberto de hematomas que pareciam ter sido causados por perfurações com agulha.

O Único Destino dos Vilões é a Morte

Se aquilo não fosse pele humana, mas sim um tecido, daria para ver claramente os grandes buracos espalhados pela sua superfície. Enquanto eu ainda estava chocada com as gotas de sangue que escorriam dos machucados que pareciam recentemente feitos em meu braço, ouvi uma voz que casualmente se direcionou a mim:

— Ah, você acordou!

Ao direcionar meu olhar para onde vinha a voz, deparei-me com uma empregada. Seu cabelo era castanho e seu rosto cheio de sardas; bem como seu tom de voz, seu semblante também estava completamente inabalado e despreocupado.

Talvez para economizar o custo das ilustrações, todas as empregadas usavam roupas iguais e não tinham expressões faciais, isso incluía até mesmo a moça que agora estava na minha frente. Ela devia ter escondido a agulha em algum lugar, pois quando olhei para suas mãos, ela já não segurava nada. No entanto, era possível notar a satisfação sombria e a intenção zombeteira em seu olhar.

"Qual é o problema dessa mulher? O que ela pensa que está fazendo com alguém que estava quieta na dela?!", cheia de raiva, abri minha boca para expressar minha indignação, no entanto...

— ...!

Sim... Assim como na noite anterior, minha voz não saía e eu apenas fiquei movendo meus lábios como uma idiota... "Por que nenhuma opção idiota aparece numa hora dessas?! Merda!"

Como só consegui encarar a empregada sem proferir nem uma palavra sequer, esta fingiu que não estava acontecendo nada.

— Senhorita, eu preparei a água para o seu banho. Por favor, vá ao banheiro e se limpe antes de tudo. — Um sorriso perverso cobriu sua face enquanto ela arrumava o cobertor em minha cama. De alguma forma, aquela expressão me parecia familiar.

Continuei sentada e mordi o meu lábio, porém a empregada me empurrou até o banheiro insistentemente. Ela havia dito que tinha preparado o banho, mas na verdade só havia água fria dentro de uma

Capítulo 1

bacia e, só de mergulhar a ponta dos dedos, eu já fiquei toda arrepiada. Dava para perceber que aquela água estava congelando.

"Eu não esperava ajuda alguma para tomar banho, mas isso já é um pouco demais!"

Em algumas partes do jogo, era mencionado que a vilã era maltratada, mas nunca tinham especificado nem mostrado tais cenas. Mais uma vez, devido à realidade transbordante daqueles momentos, fui forçada a perceber: não era apenas uma ilusão, eu realmente estava dentro do jogo.

Lágrimas rolaram do meu rosto quando arregacei minhas mangas e olhei para as feridas em meu braço. "Ah, vamos lá... As coisas não eram assim no jo-...", antes mesmo que pudesse terminar meu pensamento, me lembrei de uma das ilustrações. Naquela cena, a vilã usava um vestido ombro a ombro e, diferente das outras ilustrações que não tinham nenhum defeito, nessa havia vários pontinhos em seu braço... "Que loucura, eu pensei que aquelas marquinhas fossem pintas!", como esse não era o caso, esse fato deveria fazer parte de alguma história que eu não tinha conseguido desbloquear... Quem imaginaria que aqueles pontinhos eram indícios de abuso? Mesmo que fosse inacreditável, eu fiquei surpresa e admirada com a solidez da composição da história.

— Senhorita, o café da manhã está pronto. Ainda não terminou de se arrumar? — A voz insistente da empregada ressoou pela porta do banheiro.

"Ugh, parece que não posso fazer nada sobre isso."

Mesmo estando incomodada, enfiei minhas mãos na bacia de água gelada novamente. Para mim, que havia sofrido vários anos sob os "cuidados" dos meus meios-irmãos, isso não fazia nem cócegas. E como a boa vilã que havia me tornado, eu estava louca para perfurar aquela vagabunda do mesmo jeito que ela fizera em mim, mas eu ainda precisava de tempo para investigar a situação e coletar evidências. Além disso, como eu infelizmente ainda não conseguia falar, as coisas só se tornavam mais complicadas.

O Único Destino dos Vilões é a Morte

Quando saí do banheiro secando meu rosto, que formigava devido à água excessivamente gelada, eu tive um vislumbre da mesa do café. Aparentemente, minhas refeições também deveriam ser feitas no quarto, isso devia fazer parte da tal "provação" que o filho mais velho do duque tinha mencionado.

— Por favor, sente-se, senhorita — disse a empregada enquanto me conduzia para a mesa com um gesto.

No mesmo instante em que sentei meu rosto se franziu, aquela refeição não era nem um pouco comestível. Um pão coberto de bolor e uma tigela de sopa cinza com sólidos não identificados boiando descansavam sobre a mesa.

— Vamos, sirva-se. Eu sei que a senhorita deve estar faminta. — A empregada sorria e insistia para que eu comesse.

Eu cerrei meus dentes e a olhei nos olhos. Então o *pop-up* de escolhas apareceu em minha frente.

> 1. (Enquanto vira a mesa) O que diabos é isto? Você enlouqueceu?! Chame o chef agora! Anda logo!
> 2. (Enquanto enfia na boca da empregada) Você está me dizendo para comer isto? Nem cachorros comem algo assim... Bom, nesse caso, por que você não come primeiro?!
> 3. (Comer.)

Eu já havia passado por essa cena duas vezes no jogo e em ambas foi *game over*. Se escolhesse a primeira opção, todos os empregados da casa agiariam como coitadinhos e contariam para o duque o quanto Penelope tinha os "feito sofrer". Então, o primogênito que ouve a conversa de seu pai fica furioso e proíbe todos da mansão de servirem a moça. Ela morre de fome e sede.

Próxima opção. Na vez seguinte escolhi a segunda opção, mas acontece que durante o pequeno surto de Penelope, o segundo filho passa na frente do quarto e ouve a comoção. Ele entra correndo e separa a vilã da

Capítulo 1

empregada, porém no meio desse processo, a vilã que é violentamente empurrada para longe, cai e um garfo que foi arremessado no meio da confusão acaba perfurando seu pescoço. Esse com certeza foi o jeito mais ridículo que ela morreu.

"No fim das contas só tinha uma única opção..."

Essa cena provavelmente era um cabo de guerra entre a vilã – que agora se tornou a protagonista da história – e os funcionários que já trabalhavam na mansão há muito tempo. No entanto, como não queria ver a personagem principal sofrendo desde o começo da história, eu apenas pulei esse episódio depois de ter morrido duas vezes. Além disso, eu tinha que desbloquear outros episódios e eles não dependiam diretamente desse.

Mas dessa vez era diferente, dessa vez não havia nenhum botão "Voltar" que me levasse para o menu principal e me deixasse escolher outro episódio.

"Droga...", olhei amargamente para a empregada que estava em pé do meu lado e me assistia atentamente. Assim que selecionei a terceira opção, meu corpo se moveu automaticamente e contra minha vontade, minhas mãos seguraram a colher e mergulharam-na naquela sopa nojenta trazendo uma boa porção em direção à minha boca. Conforme eu tremia, gotas daquele líquido cinza asqueroso caíam na mesa; eu não conseguia parar, estava completamente sem controle do meu próprio corpo. No fim das contas, a colher de sopa repulsiva se enfiou forçosamente dentro da minha boca, que também foi aberta involuntariamente.

— Urgh!

A sensação quente do líquido se espalhou pela minha língua juntamente ao cheiro e sabor nojentos. Aquilo não era comida, parecia que restos de alimentos já estragados tinham sido fervidos juntos e empratados. Mas meu corpo foi forçado a engolir aquele chorume quente que se apossava de todo o meu paladar.

— Ack! — A empregada que assistia àquela cena se sobressaltou ao ver que eu de fato havia comido.

O Único Destino dos Vilões é a Morte

"Blergh... Acho que vou vomitar!", eu me engasguei nauseada e tentei não focar naquele gosto ou na sensação estranha em meu estômago. "Bom, eu acho que uma vez só já foi o suficiente, né?", pensei aliviada, afinal ninguém morre por comer lixo uma vez na vida. Soltei um suspiro de alívio por ter terminado aquele episódio em segurança.

Mas eu estava enganada, minha mão que segurava a colher voltou a se mover. "O quê? Por quê? Mas eu já...!". Meu corpo, contra minha vontade, continuava empurrando pão embolorado e sopa cinza goela abaixo. O rosto da empregada empalideceu ao me ver comer aquela comida pútrida incessantemente como se eu fosse um morador de rua. Eu continuei nisso até que, ao passar na frente do meu quarto e ver aquela cena, o segundo filho do duque apareceu.

— O que diabos você tá fazendo?

— S-senhor Reynold! — A empregada entrou em desespero ao ver que alguém havia aparecido.

— Urgh, ugh, ack! — Cobri minha boca com as mãos, eu definitivamente não tinha tempo para pensar nos outros que estavam ali. Minha náusea começou a aumentar exponencialmente, eu podia sentir meu estômago se revirando e toda aquela "comida" nojenta indo e voltando.

"Por que eu tenho que passar por isso?", eu já tinha passado por isso antes de ir para esse jogo. Quantos sapos já não tive que engolir por conta daqueles meus dois irmãos infernais? Quantos dias eu já não tive que passar fome? Viver naquele pesadelo de casa não tinha sido suficiente? Por que eu tenho que experienciar tudo isso de novo? E dentro de um jogo ainda por cima!

— U-urgh... — Um fio de saliva escapou por entre as palmas das minhas mãos enquanto sentia meus olhos marejados de revolta com aquela situação injusta.

Enquanto eu gemia como alguém que tinha acabado de beber veneno, o rapaz de cabelos rosa que estava parado ao pé da porta se aproximou de mim com uma expressão surpresa em seu rosto.

Capítulo 1

— Ei, tá tudo bem com vo-... — Ele não terminou de falar. Ao ver o que estava posto sobre a mesa, ele congelou em choque. — Isto...

Pão mofado e sopa estragada – a mesa estava tão caótica que não dava para acreditar que aquilo era a refeição de alguém da nobreza. Na verdade, nem mesmo os plebeus comeriam esse tipo de coisa. Além disso, já faltam metade dos "alimentos" e, pelo modo como eu agia, era óbvio onde eles tinham ido parar. O rosto do homem de cabelo rosa se franziu completamente ao olhar para a empregada.

— Ei, o que infernos você deu para ela comer?

— J-jovem mestre! É... S-sobre isso... B-bom... — A empregada ficou pálida sob o olhar mortífero do rapaz.

"Ele com certeza nunca imaginaria isso", pensei. A possibilidade da falsa senhorita, que sempre está gritando e causando confusões por aí, estar quieta e obediente em seu quarto comendo comida estragada (que foi propositalmente preparada para ela) com certeza não cruzou sua mente.

Impaciente por não receber uma resposta da empregada, o rapaz rompeu em fúria:

— Como ousa zombar dos duques desse jeito?! Uma simples empregadinha deveria saber seu lugar e servir seu mestre apropriadamente!

— Jovem mestre! Não... não é o que parece, jovem mestre!

— Saia deste quarto imediatamente.

— J-jovem mestre!

— Eu irei informar meu pai e irmão mais velho sobre este acontecimento. Tem alguém aí? Mordomo-chefe! — gritou o rapaz na porta do quarto e em questão de instantes o mordomo e outros empregados apareceram.

— Jovem mestre?! Aconteceu alguma coisa?

— Pegue essa vadia e tranque-a em algum lugar.

— J-jovem mestre, me perdoe! Jovem mestre! Jovem mestre!

A empregada que me atormentava desde que eu acordei foi facilmente arrastada para fora do cômodo. Eu estava tão ocupada me preocupando com meu estômago e enjoo que acabei não tendo nenhum envolvimento com essa comoção. Apoiando-me na cadeira com uma mão e com a outra ainda tapando minha boca, tentei me levantar e, inesperadamente, o rapaz me ofereceu uma de suas mãos enquanto gentilmente pousava a outra em meus ombros.

— Ei, tá tudo bem?

— ...

— Por que você se sentou e aceitou comer essas coisas? O que deu em você? Normalmente você teria gritado e jogado tudo nas paredes e no chão.

Eu não sabia se ele estava me irritando ou se realmente estava tentando me confortar. Sua personalidade era realmente idêntica à que era apresentada no jogo. "Se tivesse feito isso, você teria me matado com a droga de um garfo", comecei a me sentir irritada e queria respondê-lo, mas sem as opções era impossível falar qualquer coisa.

"Ugh... Quando isso vai acabar?"

Com uma ajuda inusitada consegui vencer a empregada nesse cabo de guerra, mas não conseguia me sentir aliviada, afinal isso ainda não tinha acabado, não é mesmo? Claramente aquela empregada não era a única a atormentar a vilã, senão alguém já teria notado os furos nos braços da moça.

"Realmente, apenas uma empregada não faria isso sozinha...", ela devia ser apenas a ponta do iceberg. Todo o ducado deveria estar fazendo a mesma coisa para tentar derrubar a vilã de uma vez.

No fim, isso nunca teria acontecido se o duque e seus filhos, inclusive esse cara na minha frente, não tivessem negligenciado a Penelope por tanto tempo. Eu tinha acabado de acordar, mas já estava exausta.

— Ei, você parece mal. Não deveríamos chamar um médico? — Ele parecia incomodado com o fato de eu não responder.

Quando ele se curvou em minha frente para examinar meu rosto enquanto segurava minha mão, eu achei que ele realmente estava preocupado comigo. Foi então que o *pop-up* branco apareceu novamente.

Capítulo 1

> 1. Não se meta.
> 2. O que você tem a ver com isso? Saia do meu quarto.
> 3. Não finja ser gentil, é nojento.

Em meio a tudo o que aconteceu, ter que fazer essa escolha me pareceu aterrorizante. Eu tinha que escolher com cuidado, do contrário poderia morrer ali mesmo. Entre as respostas ridículas que os desenvolvedores do jogo prepararam, eu escolhi aquela que me pareceu mais inofensiva.

— Não se meta... — eu disse automaticamente. A fala combinou perfeitamente com o que eu estava sentindo, mas mesmo que quisesse dizer aquilo com todo o meu coração, por ainda estar concentrada em segurar aquela gororoba em meu estômago, minha voz saiu um tanto quanto fraca.

— Você...

Ao ouvir o que eu havia dito, o rosto do rapaz de cabelo rosa se contraiu por um instante, mas passou rapidamente. Quando o olhei novamente, seu rosto estava tão gélido quanto nunca. Aquilo me deu arrepios, mas talvez não passasse de uma impressão equivocada minha.

— Certo, não é da minha conta. Se você quiser comer lixo ou ficar doente, isso não tem nada a ver comigo — disse cruelmente o homem, que há pouco se agachara para verificar meu estado, enquanto se levantava. — Além disso, nenhum médico do ducado Eckhart perderia seu tempo vindo vê-la.

Tump, tump – ele caminhou com passos pesados em direção à porta, enquanto isso as letras sobre sua cabeça começaram a brilhar.

> Afinidade: -3%

Sua afinidade comigo havia aumentado em relação a ontem, que estava em -10%. Levando em consideração a dificuldade de aumentar as

O Único Destino dos Vilões é a Morte

afinidades em apenas um ou dois por cento no modo difícil, ganhar sete por cento de uma vez era um grande feito.

"Se eu soubesse que o resultado desse episódio era tão positivo, teria insistido um pouco mais nele quando estava jogando em meu mundo...", mas naquele momento eu não estava particularmente feliz ou preocupada com a afinidade dos personagens. Afinal, apesar do grande aumento, um valor negativo ainda é um valor negativo.

Depois de esvaziar meu estômago, fui cambaleando até a pia. Ao levantar meu rosto vi a imagem de uma moça bela e pálida me encarando de volta.

— Penelope...

Como eu estava sozinha, a boca da garota no espelho, que normalmente não se movia independentemente do quanto eu tentasse, se mexeu junto à minha. Seus lindos olhos turquesa brilhavam tanto que se pareciam com esmeraldas, seus longos cabelos rosa-escuros desciam pelos seus ombros e iam até o meio das costas. Eu me senti contemplando um campo de azaleias... Não importa o quanto eu olhasse, aquele não era o meu rosto.

— Penelope Eckhart. Eckhart... Há.

"Eckhart", dentro do jogo, era o sobrenome de ninguém menos que o único duque do Império Eorka.

Basicamente, esse era o começo do modo difícil. Por selecionar as respostas que combinavam mais com a personagem, eu acabei morrendo várias e várias vezes – na maior parte delas, quem me matou foi o primogênito do duque.

Se não tivesse jogado esse episódio incansavelmente, eu poderia ter morrido logo no começo. Esse pensamento fez com que não conseguisse evitar que um suspiro escapasse enquanto voltava a me olhar no espelho.

Capítulo 1

— Uau... Linda, realmente... Extremamente bonita.

Quando vi a ilustração da Penelope no jogo já tinha a achado muito bonita, mas agora, vendo ao vivo, como se fosse realidade... sua beleza era realmente algo fora do normal.

Se isso tudo tivesse acontecido antes de eu conseguir sair daquela casa, com certeza estaria animada com a minha aparência e com a possibilidade de recomeço e simplesmente aceitaria essa situação absurda.

"Eu teria pensado que Deus tinha me dado uma nova chance, coitada...", mas agora que tinha conseguido fugir, tinha entrado em uma universidade prestigiada e, ainda que fosse minúscula e encardida, tinha uma casa, um canto só meu, essa situação era desesperadora. Depois de escapar das garras daqueles dois malditos, só faltavam alguns passos para que eu finalmente encontrasse um futuro brilhante.

A minha situação nesse momento não era nada melhor do que minha vida original, na verdade qualquer errinho de Penelope resultaria em sua, ou melhor, em nossa morte. Talvez eu não achasse essa situação tão ruim assim se tivesse acabado no corpo da heroína, afinal não importava o que ela fizesse, no fim, todos sempre a amavam e sua rota era um mar de rosas.

— Por que justo eu...? — Logo quando tinha me livrado daquela casa infernal... — POR QUÊ?! — gritei e esmurrei a pia do banheiro, fazendo um "*bam!*". O belo rosto da mulher no espelho já estava terrivelmente distorcido; por mais que eu estivesse triste, o reflexo me mostrava uma expressão de raiva, talvez isso tivesse algo a ver com a natureza vilanesca da personagem.

— Aff — suspirei profundamente mais uma vez e arrumei meu cabelo bagunçado. Era hora de começar a pensar sobre a garota que estava "na minha frente".

Penelope Eckhart – a vilã do jogo e protagonista do modo difícil. Originalmente, Penelope não tinha sobrenome algum, na verdade, ela era uma plebeia.

O Único Destino dos Vilões é a Morte

> Penelope cresceu sob os cuidados de uma mãe viúva e pobre, porém, devido a uma doença crônica, a mulher acabou falecendo, deixando a menina desamparada e sozinha. Um dia, quando ela vagava por aí enquanto o duque procurava por sua filha perdida, a garota acabou chamando a atenção do homem por conta de sua aparência semelhante à da pequena duquesa e, por isso, acabou sendo adotada.

Esse foi o único motivo pelo qual Penelope fora acolhida pelo duque: sua aparência que lembrava a filha desaparecida. Seus cabelos eram cor-de-rosa assim como os da duquesa desaparecida e seus olhos eram azuis — um símbolo do sangue da família Eckhart. Inclusive, isso me lembrou do segundo filho envolvido na comoção de poucos momentos antes. Seu cabelo tinha um lindo tom rosa-claro. No entanto, o cabelo da mulher refletido pelo espelho era um rosa tão escuro que beirava o vermelho, além disso seus olhos eram mais esverdeados que os olhos azul-piscina dos Eckhart.

— Ele devia ter continuado procurando por sua filha em vez de arrastar uma criança que não tinha nada a ver com isso para sua casa.

Conforme Penelope crescia, sua aparência se tornava cada vez mais diferente da de sua filha biológica. Logo, não demorou muito para que o duque perdesse seu interesse nela e a visse cada vez menos. Ao mesmo passo que isso acontecia, os abusos dos empregados da casa bem como de seus irmãos postiços aumentavam drasticamente.

— É tão parecida com a minha história que até deixa um gosto amargo na boca...

O tratamento que ela recebeu antes e depois da adoção eram estranhamente semelhantes ao que tinha acontecido comigo. Havia muitas coisas sobre a "vilã" que eu não tinha percebido antes quando estava apenas jogando. Meu humor foi destruído em um instante.

"Falsa senhorita...", era assim que todos empregados da mansão a chamavam. Mesmo que Penelope fosse incrivelmente bonita, todos só

Capítulo 1

a viam como uma imitação da "senhorita verdadeira". Talvez a história tivesse sido diferente se ela agisse mais gentil e docemente com os outros, mas sua personalidade não era das melhores e seus laços com a família Eckhart tinham sido estabelecidos puramente por sua aparência coincidir com a da protagonista.

No prólogo do jogo diz-se que a Penelope "tinha espinhos como um porco-espinho e estava sempre atenta aos outros, ela sempre causava problemas independentemente da hora e do lugar".

— Faz sentido as opções de resposta serem sempre tão extremas e causarem confusão — assenti me lembrando das falas que o sistema tinha me dado até então.

Na verdade, já parecia uma vilã extremamente poderosa apenas por conta do peso de seu sobrenome. Diferentemente da protagonista inocente e fofa do modo normal, a aparência de Penelope já era mais marcante, bem como sua perspicácia e língua afiada. Eu até que conseguia entendê-la. Quer dizer, nesse dia eu conseguia entendê-la. Fazia poucas horas que eu havia chegado ali, mas foi o suficiente para que eu pudesse compreender o modo que essa garota foi tratada durante sua vida no ducado.

— Não importa quão "falsa" ela seja...

Como o duque pôde arrastar uma criança inocente para sua casa e deixar que acordassem ela todos os dias com picadas de agulha? Nem mesmo as empregadas eram tratadas assim. Penelope havia sido adotada aos doze anos, se esses abusos vinham acontecendo desde então... Bom, se nem mesmo gritando os adultos a davam ouvidos, eu não achava que ela, enquanto criança, poderia ter feito algo a respeito disso.

— Eles basicamente a criaram para se tornar a vilã.

Claro que isso não justificava todas as coisas ruins que ela vinha fazendo. Por outro lado, durante o jogo inteiro ninguém demonstrou piedade a ela, pelo contrário, todas as suas cenas de morte eram implacavelmente violentas e insanas.

— Tenho um pouco de dó dela... — disse enquanto acariciava gentilmente sua bochecha delicada. O reflexo da figura de cabelos

O Único Destino dos Vilões é a Morte

rosa-choque refletida no espelho agora parecia estar triste e sofrendo, no entanto eu rapidamente me livrei daquele sentimento de pena. — Haha, quem sou eu para ter dó de alguém, não é mesmo?

Aquela não era hora de mergulhar em tais sentimentos; nesse momento, eu era a Penelope. Em outras palavras, assim como a garota do jogo, eu poderia morrer pelas mãos dos personagens masculinos a qualquer momento. Só de pensar nessa possibilidade já me senti apavorada.

Assim que deixei o banheiro, fui logo procurar por uma caneta e papel. Eu precisava arrumar um jeito de sobreviver a essa situação, custasse o que custar. Nesse modo de jogo era muito difícil de se aumentar a afinidade, mas para perder era extremamente rápido – além disso, se a pontuação ficasse negativa, então um final ruim acontecia. Nesse sentido, o segundo filho do duque era o mais preocupante, afinal ele já começava com a afinidade negativa. Então, praticamente falando, se você não alcançasse logo os 0% com ele, isso já significava a morte iminente.

Eu precisava organizar as informações que tinha sobre esse jogo. Felizmente, mesmo sendo a falsa senhorita, eu ainda era uma senhorita, então tinha tudo o que precisava dentro do cômodo. Em uma das paredes do quarto espaçoso havia uma estante de livros e ao seu lado uma escrivaninha, sem hesitar eu caminhei em sua direção e comecei a escrever com minha pena e tinta.

—Vamos começar com os personagens.

No total, havia cinco personagens principais e conquistáveis no jogo. Os dois filhos do duque, um príncipe, um mago e um cavaleiro. Ao contrário do modo normal, onde desde o início já tínhamos 30% de afinidade para todos os personagens, no modo difícil nós começávamos com 0% ou até mesmo com pontuação negativa. Eu escrevi tudo o que me lembrava naquele pedaço de papel.

Primeiro, Derrick Eckhart – ele era o filho mais velho do duque e teoricamente o jovem mestre da família, um típico homem aristocrata.

Capítulo 1

Por estar muito ocupado com a sucessão de título de duque, ele era indiferente em relação à Penelope. No entanto, ele nutria certo ressentimento e raiva por ela ter ocupado o lugar de sua irmã na família. Raras eram as vezes que ele diretamente matava Penelope no jogo, mas sempre que ela fazia algo de errado, ele a punia severamente. Toda vez que o jovem dava uma penalidade para ela, as opções de respostas eram reduzidas; na verdade, nesse momento eu estava confinada nesse quarto por conta da provação que ele tinha me atribuído no dia anterior.

O próximo era o filho mais novo do duque, Reynold Eckhart. Bom, não tinha muito a dizer sobre ele. Era um jovem bem agitado e excêntrico, com um temperamento terrivelmente péssimo, xingava muito e não podia ver Penelope que já arrumava briga com ela. Era o principal motivo de todo o bullying que a irmã adotiva sofria e também o responsável por várias de suas mortes ridículas.

— Parando para pensar, esses dois realmente se parecem muito com os desgraçados da minha antiga casa, não é mesmo? — Eu estalei minha língua enquanto relia as informações que tinha escrito.

No modo normal, essas duas rotas eram as mais fáceis de se conseguir, isso porque eles estavam ligados pelo sangue, então eram histórias voltadas para o "amor familiar" e não para o "amor entre um homem e uma mulher". Logo, o final da Penelope na rota desses dois provavelmente seria diferente, afinal ela não tinha nenhum laço sanguíneo com eles. De qualquer forma, eu balancei minha cabeça resoluta e fiz um "X" gigante em seus nomes.

— Sem chance que vou depositar minhas esperanças neles.

A afinidade de Reynold era até negativa. Estava além do zero, era negativa mesmo! O motivo para ela ser assim ainda me era um mistério, mas com certeza isso só podia ser uma decisão do produtor do jogo. Como desde o início já não havia esperança, a rota de Reynold certamente não passava de perda de tempo. Além disso, só de ouvir a palavra "irmão" eu já me sentia enojada, então era mais fácil só largá-los de lado.

— Tá, próximo.

O Príncipe Herdeiro, Callisto Regulus – na verdade, tudo o que eu sabia dele foi descoberto no modo normal. O príncipe era um tirano que abominava sua própria existência devido a eventos de sua infância. Mas, um belo dia, ele conhece a heroína e ela cura todas as suas feridas e inseguranças, depois disso o príncipe executa a vilã, ou seja, Penelope.

Vendo por esse lado, você pode facilmente pensar que "a justiça foi feita" ou algo do tipo, mas na perspectiva da Penelope o príncipe se torna nada menos que um ceifador. Ele com certeza foi quem mais matou a vilã no jogo inteiro, por causa disso eu tive que reiniciar várias vezes e mal consigo me lembrar do que acontecia.

— Vamos evitar chegar perto desse cara.

Ao me lembrar da ilustração do Callisto cortando minha cabeça várias vezes senti um frio terrível percorrer a espinha. Também risquei seu nome com "X" várias vezes, fazendo com que o som de "*risc, risc*" da caneta pudesse ser claramente ouvido. Sem pensar duas vezes, passei para o próximo personagem.

A seguir, seria Winter Verdandi – ele era mago e marquês, mas escondia sua identidade de mago na sua vida normal. Seu trabalho como mago consistia em trocar informações sobre artefatos e outros objetos misteriosos, graças à sua grande rede de informação ele acabou encontrando a filha perdida do duque. Depois disso, ele toma ciência dos planos maléficos da vilã e, ou avisa a protagonista, ou a protege pessoalmente. Além disso, ele era uma figura muito importante na recuperação da reputação da senhorita verdadeira. Winter era um homem doce que usava uma magia um tanto quanto romântica e apoiou a protagonista tanto materialmente quanto psicologicamente por trás das cortinas; mas eu não fazia ideia de como ele era no modo difícil, já que por culpa dos irmãos e do príncipe eu morri mais do que avancei na história. Ele parecia mais promissor que os anteriores, então deixei a possibilidade de fazer sua rota em aberto.

— Por último, Eckles.

Eckles – um cavaleiro do ducado e escravo. Uma noite, o duque sai para dar um passeio pela cidade e acaba encontrando Eckles, um exímio

Capítulo 1

esgrimista, então ele paga um alto preço para seu senhor e o traz para a mansão a fim de treiná-lo para ser cavaleiro. Não demora muito para que ele ganhe um status nobre e o título de "jovem e belo cavaleiro". Fora isso, ele também seria a pessoa mais jovem a conseguir o título de "Mestre Espadachim".

De todos os cinco protagonistas, o que eu podia ter mais expectativas era Eckles, afinal ele era o único que havia demonstrado algum tipo de empatia pela Penelope até mesmo no modo normal. Talvez isso se desse pelo fato dele já tê-la servido e, a meu ver, era o único que conversava passivamente com ela pedindo que parasse de atormentar a protagonista. Apesar de tudo isso, eu ainda não tinha o encontrado no modo difícil...

— Aff... não há muito para fazer agora. — Suspirei olhando o papel todo preenchido.

As informações que eu tinha desse modo eram extremamente limitadas, devido ao progresso que era repetidamente bloqueado. Na verdade, mesmo que eu soubesse bastante não dava para ter certeza se aquilo tudo me seria útil, afinal a realidade do jogo poderia não se aplicar fielmente à minha situação atual. As únicas coisas que eu deveria manter em mente eram: não deixar a afinidade dos personagens se tornar negativa e sobreviver até o prazo final (no caso, a minha festa de debutante). Até essa festa eu precisava alcançar os pontos necessários com um dos rapazes e ter um final feliz, caso contrário a senhorita verdadeira voltaria para casa e eu estaria arruinada.

"Pobre Penelope...", mal se tornava adulta e já tinha sua vida virada de cabeça para baixo por conta da filha do duque – que é quando o modo normal se iniciava. Se não conseguisse avançar na rota de ninguém até lá, era bem provável que um dos rapazes se apaixonaria pela protagonista e viria atrás da minha cabeça, mesmo se eu não agisse como vilã. Claro, não havia garantia que eu conseguiria sobreviver até lá.

— ...Eu não posso morrer. — Cerrei os dentes frente à dura realidade que se desdobrava diante de mim. Sim, eu não podia morrer.

O Único Destino dos Vilões é a Morte

Seria patético se depois de fugir do meu tormento na vida real, tivesse ido para ali apenas para morrer.

— Não importa o que aconteça, darei um jeito de me manter viva.

Cedo na manhã seguinte eu tinha aula, então definitivamente precisava me virar para sair dali e voltar sã e salva para minha casa. Olhando para o nada, eu repeti para mim mesma várias vezes essas promessas, disse a mim mesma incansavelmente que sobreviveria.

Nesse mesmo instante, um barulho de *"toc, toc"* interrompeu meus pensamentos, alguém estava batendo na porta. Antes mesmo que eu pudesse esconder a caneta e o papel com as informações do jogo, a porta se abriu.

— Senhorita...

A pessoa que apareceu era um mordomo dos cabelos grisalhos, ele parou ao pé da porta e me explicou o motivo de sua visita sem chegar a entrar no cômodo:

— O duque está à sua procura.

Embora ele não pudesse ver o que estava escrito no papel, me senti ofendida pelo modo rude de abrir minha porta sem permissão. Na minha casa anterior, também tínhamos um empregado que não gostava nada de mim, mas mesmo assim ele não saia abrindo a porta sem mais nem menos. Além do mais, esse mundo não era baseado em uma democracia igualitária, a sociedade ali era organizada em classes hierárquicas.

Eu ainda estava pensando no que fazer sobre isso quando o *pop-up* brilhante apareceu novamente em minha frente.

> 1. (Enquanto joga objetos) Como você se atreve a abrir a porta do meu quarto sem permissão? Você quer morrer, velhote?!
> 2. Se quer falar comigo, então ele que venha aqui!
> 3. (Encará-lo por 5 segundos e então se levantar) Certo.

"Ah", tinha me esquecido sobre o fato de não poder me expressar livremente... Mas eu não queria agir tão descontroladamente quanto

Capítulo 1

a opção tinha me proposto. Na verdade, não escolher nenhuma das três opções que o jogo estava me forçando, porém não tinha muito para onde correr e, por causa da pontuação e outras coisas do sistema, acabei selecionando, ainda que incomodada, a terceira resposta.

— ...Certo. — Tive sorte de que era o duque me chamando.

Depois de esconder os papéis no fundo de uma gaveta, me levantei e segui o mordomo. Como eu só tinha visto a mansão através de poucas ilustrações, aproveitei o caminho até o escritório do duque para observar bem o cenário ao meu redor.

A mansão era enorme, igualzinha àquelas que vemos em filmes e seriados europeus. O quarto de Penelope ficava no segundo andar e tinha empregados por todos os lados, o que fazia a mansão parecer muito viva e ocupada, no entanto era possível sentir os olhares hostis deles em minha direção enquanto andava pelos corredores. Eu, que já estava acostumada com esse tipo de coisa, segui o meu caminho casualmente. O mordomo me guiou pelas escadas para o primeiro andar e parou na frente de uma porta enorme e muito bonita, que presumi ser o tal escritório.

Toc, toc, toc.

— Senhor duque, trouxe a senhorita Penelope.

— Entre.

Nheeec – o mordomo abriu a porta e eu entrei me sentindo nervosa, mesmo que não tivesse nada para me preocupar. "Esta é apenas uma cena do jogo", eu tentei me confortar, mas ainda assim as pontas dos meus dedos tremiam. Talvez meu subconsciente tenha se lembrado do meu pai biológico e o relacionado ao modo como o duque tratava Penelope.

Mesmo já estando completamente dentro do cômodo, o duque ainda não tinha nem sequer me olhado. Hesitantemente, eu me aproximei de sua mesa e fiquei ali, parada em pé. Juntando e escondendo as pontas dos meus dedos trêmulos, eu me curvei para cumprimentá-lo educadamente.

O Único Destino dos Vilões é a Morte

Durante o jogo, as cenas não eram tão detalhadas assim e, por mais que eu quisesse dizer algo para anunciar minha presença, sem o sistema me ajudando, não podia pronunciar nem meia palavra. Então, pelo clima da situação, achei que isso era o melhor que eu poderia fazer.

— Você veio.

Só então o duque disse algo e levantou levemente a cabeça. Seus cabelos pretos e olhos azuis eram idênticos aos de Derrick, seu rosto era inexpressivo e longo assim como as ilustrações dos demais nobres do jogo.

Enquanto eu o observava, um novo *pop-up* apareceu.

> 1. Para que o senhor me chamou?
> 2. Eu estou ocupada. Por favor, vá direto ao ponto.
> 3. (Encará-lo sem dizer nada.)

Calmamente, selecionei a primeira dentre as opções insanas.

— Para que o senhor me chamou?

— Fiquei sabendo que houve uma comoção na mansão nesta manhã.

Assim que as frias palavras do duque terminaram, outra janela de opções apareceu.

> 1. O senhor não tem nada a ver com isso.
> 2. Eu tenho certeza de que você bem que queria que houvesse uma comoção.
> 3. Não foi culpa minha! Foi tudo culpa daquela empregada imbecil!

"Haha... Essas escolhas estúpidas...", ao ler a janela, senti que estava prestes a perder a paciência. Claro, eu trambém já tinha jogado essa cena, mas como estava em outro mundo e não havia consequências sérias, eu me diverti fazendo com que a Penelope fosse o tipo "Chic Femme Fatale" e rapidamente selecionei a opção 2. No entanto, dessa vez era diferente... Ao perceber tudo o que podia acontecer me desesperei, mas ainda assim tinha que escolher uma dessas respostas patéticas.

Capítulo 1

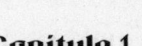

"Mesmo que ela seja a vilã, isso é meio...", que pai apreciaria uma filha ingrata com quem nem mesmo tem laços sanguíneos? Droga.

Tak – depois de ficar parada em pé por alguns instantes em silêncio, o duque pousou sua caneta em sua mesa e levantou sua cabeça para poder me olhar diretamente. Ele tinha uma aura cruciante.

"Por favor, que essa resposta não faça com que eu morra...", pensei enquanto tremulamente apertei a primeira opção. Eu cerrei meus dentes com força tentando controlar as minhas palavras.

— O senhor não tem... nad¡a a vur cum ixu.

Mesmo me esforçando, eu não pude fazer nada sobre isso, na verdade a última parte da frase saiu bem estranha.

— Penelope... — O duque abriu sua boca depois de muito tempo, sua voz era fria e não continha nenhum resquício de afeto. Apesar dos meus esforços desesperados, nada tinha mudado no curso da história. — Já faz seis anos desde que eu te trouxe para esta casa, certo?

Eu foquei nas minhas lembranças procurando informações sobre isso no jogo. Ambas as protagonistas do modo normal e do difícil tinham a mesma idade, dezoito anos. A Penelope tinha sido adotada quando tinha doze anos, isso significava que o duque estava correto e eu também recordei algo que havia esquecido sobre o jogo: nesse mundo, a cerimônia de debutante era realizada ao se completar dezoito anos, o que significava que eu não tinha muito tempo restante.

"Então, quanto tempo eu ainda tenho exatamente?"

Ainda bem que o duque continuava falando enquanto eu pensava nisso, assim não tive que fazer nenhuma escolha.

— Eu não sei se você está ciente disso, mas não é fácil pisar dentro desta mansão. Apenas aqueles que provaram que são úteis para esta casa podem passar pelos portões da mansão Eckhart depois de várias inspeções.

— ...

— Não poupei nem hesitei em momento algum quando se tratava de lhe prover conforto e apoio. Aceitei tudo mesmo depois de ver seu comportamento luxurioso e extravagante.

O Único Destino dos Vilões é a Morte

— ...

— No entanto, eu não consigo ver nada de útil que você fez em benefício à nossa família nos últimos seis anos.

Isso era verdade. Eu teria conseguido manter um pouco de interesse do duque se ao menos minha aparência tivesse continuado semelhante à de sua filha, mas com o tempo, os cabelos e olhos de Penelope começaram a mudar de tom. Eu queria assentir com minha cabeça enquanto dizia que o que o duque tinha dito fazia sentido, mas desde quando ele começou seu monólogo, meu corpo não mexeu nem mesmo um milímetro.

Novamente estava sendo controlada pelo sistema desse jogo maldito e já estava quase desistindo, mas foi então que a janela apareceu mais uma vez.

> 1. Então o que pretende fazer agora? Vai me expulsar de casa?
> 2. Eu não fiz nada de errado!
> 3. (Ajoelhar-se.)

"FINALMENTE!", eu fiquei tão feliz que meu coração acelerou com a escolha familiar. Essa foi a primeira vez que fiquei empolgada desde que cheguei ali. Eu sabia que isso não aconteceria, mas com medo de que a opção desaparecesse, rapidamente selecionei a terceira resposta.

Plam! – meu corpo automaticamente se moveu e ajoelhou no chão com uma força tão grande que parecia até que alguém havia me empurrado.

"Ai! Pra que ser tão violento assim?!", apesar de já esperar por algo bruto, doeu muito mais do que eu tinha imaginado.

— O que está fazendo? — Os olhos do duque se arregalaram com o som forte dos meus joelhos batendo no chão.

Eu nunca tinha escolhido essa resposta enquanto jogava, quer dizer, naquela época ela realmente não me fazia sentido. Lembro de

Capítulo 1

ter pensado "Por que eu deveria me ajoelhar e me curvar do nada quando nem fiz nada de errado?". Para mim, ou os programadores estavam com preguiça, ou essa era uma escolha para se perder tempo; no entanto, eles fizeram com que essa resposta levasse a outras opções depois.

> 1. A única forma de lhe deixar satisfeito é fazendo com que eu me curve?
> 2. (Olhá-lo sem dizer nada.)
> 3. Eu sinto muito por tudo, meu pai!

Apressadamente selecionei a número três de novo.

— Eu sinto muito por tudo, meu pai! — Minha voz saiu muito alta, provavelmente porque estava confiante do que aconteceria a seguir.

— O que... você...? — questionou o duque, como se minhas palavras não fizessem sentido.

Foi então que uma caixa de diálogo, que agora já me era bem familiar, apareceu.

> \<Sistema\>
> Missão Secreta {Pai, um termo esquecido} completa!
> A função {Escolhas ON/OFF} foi adicionada como recompensa.

> \<Sistema\>
> Gostaria de desligar as escolhas?
> [Sim] [Não]

Sem pestanejar, eu cliquei em [Sim].

> \<Sistema\>
> As escolhas agora estão desligadas.
> Se você quiser vê-las novamente, grite "Escolhas ON".

O Único Destino dos Vilões é a Morte

"Consegui!", finalmente os *pop-ups* irritantes desapareceram completamente e celebrei internamente enquanto cerrava meus punhos.

Chamar o duque de "pai" me permitia acessar a função secreta "Escolhas ON/OFF". Além disso, se você desligasse as opções no jogo, as falas eram apagadas e apareciam apenas os números 1, 2 e 3 no menu e às vezes você poderia até mesmo escrever suas respostas, desde que elas fossem simples como "sim", "não", o nome dos personagens, etc. No modo normal, essa função ajudava muito a chegar nos finais felizes e aparentemente seu objetivo era prevenir que o jogo ficasse repetitivo e também proteger sua flexibilidade e incentivar os jogadores a maratonarem o jogo.

Mesmo tendo essa função, eu raramente a usei por não ver muita utilidade nela – talvez por conta de o modo normal ser extremamente fácil – e por isso também não fui atrás dela no modo difícil. Na verdade, eu gostava de escolher as opções mais agressivas.

"Eu não imaginava que o modo normal e o difícil trabalhassem com a mesma mecânica."

Durante as minhas tentativas fracassadas nesse modo de jogo, eu nunca consegui essa função por sempre escolher as falas erradas. Para ser sincera, eu me divertia mais sendo malvada.

"Há, na verdade eu também não sabia que o que me divertia naquele momento se tornaria venenoso mais tarde…", eu lamentei pela minha tolice do passado e repeti aquela palavra por vontade própria, dessa vez sem ninguém me controlar.

— ...Pai.

Ouvir minha voz dizendo coisas espontaneamente foi tão comovente que meus olhos ficaram marejados e eu até mesmo deixei, sem querer, algumas lágrimas caírem. Enquanto isso, como se nunca tivesse ouvido a palavra "pai" vindo de Penelope, o duque que parecia não acreditar no que eu tinha acabado de dizer, arregalou ainda mais seus olhos. Eu continuei a falar, sem me deixar interromper por sua reação:

Capítulo 1

— Me desculpe por causar uma confusão mesmo durante meu período de provação. Eu não fui capaz de demonstrar bons modos como superior perante os empregados e por isso um algo inconveniente acabou acontecendo.

— ...

— Eu irei refletir profundamente sobre os meus atos durante o tempo restante de provação. Não haverá mais conturbações do tipo de agora em diante, então, por favor, me perdoe desta vez, meu pai — implorei me curvando sobre meus joelhos no chão.

Se você pensar bem sobre isso, o que aconteceu essa manhã não havia sido culpa minha. A empregada tinha claramente abusado de mim, mas eu não tinha para quem pedir ajuda. No entanto, não posso deixar de admitir que as ações de Penelope antes de eu chegar foram o que acabou gerando essa situação, então eu era forçada a pedir desculpas.

No meu estado atual, eu não poderia passar o resto do meu tempo sendo culpada por tudo e pedindo desculpas, se o duque deixasse de gostar de mim eu estaria em perigo. No entanto, se não levar essa situação a sério apenas porque consegui a função de desligar as escolhas, havia uma grande possibilidade de eu pegar a rota na qual apenas penalidades me aguardariam.

Era óbvio o que deveria ser feito. Penelope estava em provação por ter causado um alvoroço e, durante seu castigo, acabou gerando mais problemas. O jovem mestre, Derrick, foi quem me encarcerou dessa vez e se eu fosse teimosa e agressiva agora a única coisa que eu conseguiria era fazer sua afinidade diminuir.

— Eu compreendo que agi com imaturidade e arrogância até agora.

— ...

— Se o senhor me der outra chance, juro que farei o meu melhor para ser de serventia a esta família até minha cerimônia de maioridade.

Não me movi nem um milímetro do chão mesmo depois de ter terminado de falar. Para ser sincera eu nunca havia feito isso antes, nem mesmo para os meus pais de verdade. Acho que isso só provava como esse jogo era um lixo.

"Vamos logo, eu estou implorando com meu corpo todo jogado no chão, aceite meu pedido de desculpas logo", desde a hora que acordei eu não tinha parado de apanhar nem mesmo um instante, tudo o que queria era um pouco de descanso.

—Você...

O duque olhou, embasbacado, para Penelope como se não a conhecesse. Ele não conseguia fazer com que suas palavras saíssem facilmente, seu maxilar se movimentava, mas nenhum som saia. Alguns segundos se passaram antes que ele finalmente conseguisse formar uma frase.

— ...Eu entendo o que está dizendo. Se levante, isso é o bastante.

— Certo. — Eu me levantei imediatamente, minhas pernas estavam tão cansadas que eu não conseguiria continuar naquela posição por nem mais um segundo.

— A palavra de um Eckhart tem grande peso, Penelope — disse o duque com um tom grave enquanto me olhava. Sua declaração tinha vários significados.

— Muito obrigada. O senhor não irá se arrepender disso, meu pai — respondi enquanto me curvava profundamente.

—Você já pode ir.

Assim que ele me deu sua permissão, eu apressadamente me dirigi à porta. Não havia garantias de que a história continuaria igual se permanecesse ali por muito tempo.

Crec – senti uma aura forte e um olhar perfurante na minha nuca enquanto segurava a maçaneta da porta do escritório. Quando coloquei meus pés no corredor uma emoção refrescante e de alívio percorreu meu corpo.

Eu podia dizer que, ao sair do escritório, a atitude do duque já era diferente de quando eu entrara ali há poucos minutos. Mas, mesmo assim, achei melhor não focar muito nisso. Minha vida não dependia da afinidade que eu tinha com ele, sua presença era mínima e eu não

Capítulo 1

teria que me encontrar com ele muitas vezes antes da minha cerimônia de maioridade.

Clack – eu gentilmente fechei a porta atrás de mim. E foi então...

— Eu tenho certeza de que te disse para viver quieta como um rato morto e não causar nenhuma confusão.

— Ugh!

Uma voz fria como gelo entrou em meus ouvidos, fazendo com que eu me virasse, surpresa. No fim do corredor havia uma sombra em uma posição desagradável. No meio do breu eu podia ver letras brilhantes que indicavam "Afinidade: 0%", cabelos negros quase invisíveis naquele cenário escuro e olhos azuis como geleiras – era o primeiro filho da família, Derrick.

— Emily...

— ...

— Ela é uma empregada leal que trabalha na mansão por quase dez anos.

Tap, tap – Derrick caminhou para fora das sombras. Ele rapidamente atravessou o longo corredor e se posicionou na minha frente me olhando amargamente, eu senti como se ele estivesse olhando para algum inseto ou monte de lixo. O fato era que eu não tinha feito nada de errado, mas ainda assim tinha que lidar com aquele ódio e desgosto que emanavam dele.

— Ninguém queria ser sua serviçal pessoal mesmo que pagássemos uma fortuna. De todas as empregadas, ela foi a única que se voluntariou para ficar ao seu lado.

— ...

— Mas aparentemente hoje foi o fim disso, não é mesmo? Você realmente não sabe o seu lugar, como pôde tratar sua servente tão mal e a perseguir como louca?

As palavras de Derrick eram completamente injustas. Quando eu enlouqueci e a persegui? Quem fez isso foi o de cabelo rosa.

O Único Destino dos Vilões é a Morte

"A única pessoa perseguida aqui fui eu, sendo obrigada até mesmo a comer comida mofada!", eu queria responder de tão irritada que estava, mas assim que vi o indicador de afinidade marcando zero sobre sua cabeça, desisti. "Aguente só mais um pouco. Se aquela porcentagem diminuir mais do que isso, serei morta", em seguida respirei e suprimi minha raiva, "0%, a afinidade é de 0%...".

Ainda cansada depois da conversa e desculpas que tinha acabado de dar ao duque, eu não sabia o que aconteceria agora, já que estava apenas focada em desligar as escolhas pré-estabelecidas pelo jogo, fora isso, também não me lembrava dessa cena. Então, por isso mesmo, decidi ter uma mãozinha do sistema.

"Escolhas ON."

> 1. Hmm. Parece que além de ser minha empregada ela também fazia alguns servicinhos noturnos para você, não é mesmo irmãozinho? Haha.
> 2. Talvez ela tenha sido perseguida por fazer algo que fosse digno de ser caçada.
> 3. (Encará-lo sem falar nada.)

Depois de ler as opções rapidamente gritei mentalmente: "Escolhas OFF! OFF!"

> <Sistema>
> Gostaria de desligar as escolhas?
> [Sim] [Não]

Mais rápido que nunca, pressionei [Sim]. Qualquer uma daquelas três opções, com certeza, me mandaria direto para o inferno.

Levando em consideração como o Derrick me encarava, achei que levei muito tempo com meu conflito interno.

— Aff... Parece que você nem se importa mais com as minhas palavras, não é mesmo?

Capítulo 1

Tanto suas palavras quanto seus olhos me fuzilavam, eu tinha que falar algo e depressa.

— Me desculpe pelos problemas que causei.

Nesse ponto já me questionava quantas vezes mais eu deveria me desculpar por coisas que não havia feito. Não era como se eu não tivesse orgulho algum, sabe? Sempre que tinha que abaixar minha cabeça e implorar por perdão, me sentia mais e mais enojada e miserável, mas eu não podia fazer nada além disso para me manter viva. Além do mais, essas pessoas nem mesmo eram reais, tudo não passava de um mundo de mentirinha com pessoas inventadas.

— *Aquela vadia me arranhou e deixou uma cicatriz aqui. Olha só, pai, mano!*
— *Como esperado, assim como sua aparência semelhante a uma rata, seu jeito também parece com o de um pedinte nojento.*

Antes de ficar independente, quando ainda morava com meus meios-irmãos, eu tinha que implorar por perdão várias e várias vezes. Em geral, a minha situação era praticamente a mesma de agora, claro, tirando o fato de ter minha vida em risco o tempo todo. Como naquela época eu era muito jovem, todas as situações me pareciam extremamente ameaçadoras e logo chegou uma hora que olhar para o chão me parecia mais natural do que olhar para frente.

Então se eu levasse em consideração o quanto Penelope já tinha aprontado, diferentemente da minha vida anterior, essa situação não era tão injusta assim, afinal ela realmente tinha feito poucas e boas. Dito tudo isso, eu não ligava de me desculpar, já que a vivência na casa do meu pai acabou fazendo com que isso virasse algo normal para mim.

"É tão parecido que chega até a me deixar desconfortável", pensando no que tinha acontecido assim que fui parar nesse mundo, abri minha boca:

— Assim como disse, até agora eu não sabia meu lugar.

O Único Destino dos Vilões é a Morte

— ...O quê?

— Em primeiro lugar, não conseguir lidar bem com a situação foi culpa minha, então não será necessário expulsar a moça. Agora mesmo implorei pelo perdão de nosso pai e estava retornando para meu quarto.

A expressão do rapaz ficou esquisita quando ouviu minha resposta. Eu podia ver confusão em seus olhos azuis que estavam levemente arregalados. Sua expressão e a do duque eram muito parecidas, para não dizer que eram praticamente a mesma. Eu abri minha boca novamente e, para ser sincera, dizer isso já não era mais tão complicado e já tinha virado um script decorado:

— De agora em diante eu ficarei quieta e o senhor não terá mais que se incomodar comigo, logo, peço que me perdoe pelo meu comportamento. — Eu me curvei ao terminar de recitar essas palavras.

"Será que soou muito insincero?", percebi o quanto meu tom tinha soado robótico e comecei a me preocupar, mas não é como se ele fosse cortar meu pescoço fora só por causa disso, né? Isso seria cruel demais até mesmo para esse jogo doido.

Esperei por uma resposta enquanto pensava positivamente, eu estava confiante de que essa situação não era uma daquelas em que um psicopata, no caso o príncipe herdeiro, me fatiava em pedaços do mais absoluto nada. Eu queria terminar com isso logo e voltar rapidamente para meu quarto, até mesmo ficar em pé já havia se tornado uma tortura. Parando para pensar, meu corpo não estava em seu melhor estado devido ao incidente dessa manhã com a empregada e eu também não tinha comido mais nada depois daquilo.

Como se para contrariar a minha vontade de terminar rápido essa palhaçada, Derrick só foi me responder depois de aproximadamente cinco minutos:

— ...Só desta vez.

— ...

— Eu irei lhe perdoar só mais desta vez. — Sem nem me dar uma oportunidade de responder, ele continuou: — No entanto, mantenha em

Capítulo 1

mente que esta é a última vez que eu relevo esse tipo de comportamento seu.

Sua resposta conseguiu ser ainda mais desagradável que a do duque, mas mesmo assim fiquei aliviada que, assim como havia imaginado, sua resposta não me levaria à morte. Entretanto, por mais que eu tentasse forçar quaisquer palavras de agradecimento, elas não saíam de minha boca.

"Tá, tá. Isso foi só para que eu ficasse segura", me curvei novamente, agora com um gosto amargo em minha boca e me virei para finalmente voltar ao meu quarto, mas então...

— Argh...

Minha cabeça começou a doer e eu me senti tonta e enjoada. A cada segundo minha vista ficava mais embaçada e eu realmente não sabia dizer se aquilo era por conta do sentimento de alívio que percorreu todo meu corpo quando percebi que tinha escapado da morte ou se era por conta do que aconteceu de manhã, mas toda a força das minhas pernas desapareceu fazendo com que eu perdesse meu equilíbrio e cambaleasse.

"Eu...vou cair...!"

Faltavam alguns centímetros para que eu chegasse no chão quando – *vap* – alguém me agarrou forte pelos ombros.

— Ei...

Senti algo forte me puxando de volta, quando virei minha cabeça para ver do que se tratava, um par de olhos azuis em chamas estavam quase colados aos meus. Derrick tinha me pegado pouco antes de eu cair.

— Fiquei sabendo que você comeu algo estragado hoje.

Assim que ouvi sua voz sem emoção alguma, minha consciência foi puxada de volta para meu corpo.

— Não deveríamos chamar um médico?

Ele me perguntou enquanto eu examinava seu rosto ainda surpresa, mas assim que entendi o que ele havia dito, minha mente automaticamente encaixou todas as peças: "Ele sabia..." O tempo todo ele sabia que o que tinha acontecido não era culpa de Penelope. E mesmo sabendo disso, ele ainda assim tentou empurrar a responsabilidade para a moça em

O Único Destino dos Vilões é a Morte

vez de condenar a empregada pelos seus próprios atos. "Se eu não tivesse pedido desculpas ele provavelmente teria me matado sem nem ao menos hesitar", um balde de água fria tinha sido jogado sobre a minha cabeça.

— Não, jovem mestre.

Vup – puxei instintivamente a minha mão que ele segurava, mas, assim que o fiz, me senti arrependida. Ele provavelmente se sentiria ofendido, então forcei um sorriso e completei:

— Como já lhe disse há pouco, eu irei fazer o meu melhor para que você não tenha nem mesmo que se lembrar de minha existência.

"Então cuida da sua vida" é o que eu queria dizer.

— Com licença.

Curvei-me novamente e fui embora o mais rápido que pude, o que devia ter sido ridículo, já que eu andava tão rápido que parecia que estava fugindo de alguma coisa. E era exatamente isso que eu estava fazendo. Com medo de ele ameaçar tirar a minha vida, corri pelo corredor e subi as escadas apressadamente, tão apressada que nem mesmo notei a expressão que deixei no rosto do homem que ficara atrás de mim.

— Jovem... mestre... — repetiu Derrick o que Penelope havia dito pouco antes de partir, inesperadamente. No passado, ela nem mesmo conseguia chamar o duque de "pai", mas continuava chamando ele e Reynold de "irmão".

A imagem do rosto pálido da moça ao ver quem havia a pegado quando estava prestes a cair não saía mais da cabeça do homem. Seus profundos olhos azuis fixos em Penelope, que parecia fugir, brilhavam estranhamente. Mas, como se não estivesse interessado, ele rapidamente desviou o olhar.

> Afinidade: 5%

O indicador brilhou sobre a cabeça do rapaz sem que Penelope notasse.

Capítulo 1

Subi a escada depressa e cheguei ao meu quarto. Depois de fechar a porta abruptamente, eu me joguei na cama.

— Uff...

Senti meu corpo que estava dolorido de tensão derretendo aos poucos com o toque suave e carinhoso das cobertas.

Era hora do almoço, por volta do meio-dia ainda, mas parecia que um dia inteiro já havia se passado. Eu inspirei e expirei várias vezes até que meu coração se acalmasse do encontro que tive há pouco com Derrick. Não muito depois disso eu comecei a gargalhar.

— Hahaha, olha só. Eu ainda estou viva!

Parece que recomeçar esse jogo incontáveis vezes não havia sido algo tão inútil assim, não é? E mesmo em meio a tudo aquilo, ainda consegui me lembrar de chamar Derrick de "jovem mestre" em vez de "irmão".

Conforme a tensão passava, naturalmente comecei a me lembrar de algumas cenas do jogo. Da primeira vez que tentei jogar o modo difícil, a afinidade de Derrick foi o meu maior problema. Toda a vez que eu conseguia subir sua favorabilidade depois de escolher as respostas com extremo cuidado, bastava uma resposta errada e tudo ia para o ralo. Na época, eu não entendia o que estava fazendo de errado.

"Não aconteceu nada de errado, então por que o humor dele muda tão subitamente?", era tudo o que conseguia pensar, e foi só depois de morrer várias vezes que consegui a resposta. Derrick odiava tanto Penelope que só dela chamá-lo de "irmão" já fazia com que o rapaz se sentisse enojado. Era por isso que sua afinidade ia ladeira abaixo todas as vezes que alguma opção com tal palavra era selecionada.

— Ele é ainda mais exigente que o desgraçado do meu irmão mais velho de verdade. — resmunguei, franzindo o cenho.

De qualquer forma, graças a isso eu fui capaz de me manter sã e salva. "De agora em diante, vou evitar chamá-lo de 'irmão'", repeti isso

O Único Destino dos Vilões é a Morte

algumas vezes na minha mente. Claro, eu pretendia o ver o menos possível, mas caso acabasse esbarrando nele por aí, não podia esquecer desse detalhe.

Enquanto me deitava e pensava em várias coisas, minhas pálpebras começaram a fechar devagar.

"Eu preciso comer alguma coisa..."

Comida era a principal fonte de tudo o que um ser humano precisava para viver e já era hora do almoço. No entanto, devido aos acontecimentos dessa manhã, eu não sentia nem um pingo de fome.

"Ah, que seja!", cansadíssima, fechei meus olhos e, talvez por querer escapar da minha realidade atual, dormir estava no topo da minha lista de prioridades. Assim que fechei os olhos acabei caindo no sono.

— Por que isso estava no seu quarto?

Uma voz mais fria que geleiras podia ser ouvida, então um grito alto ressoou ao lado:

— Responda, sua desgraçada! Você roubou isto, não foi?!

— Reynold! — reprimiu-o o duque por seu linguajar. Em resposta, o garoto se calou e bateu impacientemente com seu pé no chão como se para suprimir sua raiva.

"O que é isto agora?", eu olhei em volta e depois para minhas mãos que estavam pequenas – aquelas eram as mãos de uma criança. Logo que percebi isso já pude entender o que estava acontecendo – esse era um sonho de Penelope.

— Vamos, Penelope, me responda. Como você conseguiu o colar da jovem senhorita? Eu pensei que tinha lhe dito para não entrar no quarto dela.

— Pai, já te falei! Eu tenho certeza de que essa vagabunda roubou!

Mesmo depois do aviso do duque, Reynold não podia segurar sua fúria. Penelope o fuzilou com os olhos quando o garoto gritou.

Capítulo 1

— Eu não roubei isso! Eu já disse que não fiz nada!

— Não me faça rir! Você está mentindo, senão como o colar que nosso pai deu à Ivonne teria aparecido na gaveta do seu quarto? — gritou Reynold com o tal colar em sua mão.

Era a primeira vez que a menininha via tal acessório. Obviamente, Penelope gritou de volta se recusando a admitir qualquer coisa:

— Sei lá! Eu nunca entrei naquele quarto, eu juro!

— Eu vi tudo.

Então, do meio da multidão um homem apareceu. O duque e Reynold se viraram para ver quem era.

— Mordomo-chefe!

— Eu vi a senhorita Penelope subindo para o terceiro andar frequentemente durante as últimas semanas. Eu cheguei a checar o quarto da jovem mestra Ivonne e ele não estava trancado.

O olhar de todos, inclusive do duque, recaíram sobre a garotinha. Nem mesmo ela poderia ignorar essa situação como se fosse nada.

— ...N-não fui eu — disse ela dando um passo para trás.

Era verdade que na época ela passava bastante tempo no terceiro andar, lá tinham menos pessoas andando de um lado para o outro e também levava ao sótão da mansão que a garotinha usava para fugir de sua empregada abusiva, e não para roubar alguma coisa, quanto mais as coisas da filha verdadeira do duque.

— Eu realmente não fiz nada, papai! Juro! Eu não entrei naquele quarto nenhuma vez! — gritou Penelope, desesperada, olhando para o duque.

A menininha o olhava com ternura e confiança, afinal aquele era o homem que havia a adotado, entretanto tudo o que o duque fez foi ignorá-la com seu olhar gélido.

— Mordomo-chefe, tranque todos os cômodos do terceiro andar, especialmente o quarto da Ivonne.

— Sim, meu senhor.

O Único Destino dos Vilões é a Morte

— Chame também um joalheiro para falar com Penelope amanhã.

— P-pai...! — O rosto de Penelope estava mais pálido que uma folha de papel. Ela ficou petrificada naquele lugar durante um tempo e o duque não lhe dirigiu a palavra e tampouco o olhar.

— Você deveria ter deixado esta mansão quando eu ainda estava sendo bonzinho, sua idiota asquerosa. — Depois de se certificar que o duque não ouviria nada, Reynold sussurrou essas palavras no ouvido da menina e a empurrou brutalmente antes de sair correndo atrás de seu pai.

— Repugnante — murmurou Derrick, soando como se cuspisse cada palavra, ao ver Penelope rolando pelo gramado como se fosse um saco de lixo.

A cena mudou. Depois disso, Penelope visitou várias lojas e comprou uma quantidade absurda de joias e acessórios. Ela gastou tanto dinheiro que Derrick e Reynold ficavam loucos e diziam que "Essa vagabunda não sabe o lugar dela".

Foi a partir de então que ela nunca mais chamou o duque de "pai".

...*Toc, toc* – um som tão ínfimo como esse foi o suficiente para que eu recuperasse a consciência e abrisse meus olhos prontamente. *Toc, toc, toc* – bateram na porta novamente depois de eu não ter respondido da primeira vez. O bater parecia apressado, o que me fez perceber a revolta e impaciência de quem quer que estivesse do outro lado. Lentamente, me sentei na cama e abri minha boca para responder:

— Quem...

Bam! – antes mesmo que eu pudesse terminar de falar, a porta foi escancarada.

— Senhorita, sou eu.

Uma luz forte e brilhante entrou no quarto pela porta que fora aberta. O cômodo estava escuro, o que me fez perceber que o sol já havia se posto. Meus olhos doíam devido à luz que subitamente invadia meus

Capítulo 1

aposentos, me obrigando a comprimir meus olhos para tentar ver quem estava ali.

— Mordomo...?

— Eu vim porque tenho algo urgente para resolver.

Poucas foram as vezes em que o mordomo viera ver Penelope com tamanha pressa. Ao lembrar do sonho, meu coração se despedaçou repentinamente.

— O que aconteceu de tão urgente? — Minha voz saiu muito trêmula quando me dirigi ao homem. Aqueles desgraçados tinham me culpado novamente? Eu era culpada pelo que agora?

— Eu achei que seria melhor escolher sua nova empregada pessoal antes do jantar, então... — explicou ele enquanto entrava bruscamente em meu quarto.

Minha mente ficou em branco ao ouvir as palavras que casualmente haviam saído de sua boca.

— Espera...

Levantei minha mão, parando-o. No entanto, ele parecia profundamente descontente com o fato de eu tê-lo interrompido, isso era ainda mais claro por conta do modo que ele franziu suas sobrancelhas.

"É só isso?", a primeira coisa que eu senti ao ouvir o que ele dissera foi, praticamente, alívio e, logo depois, a raiva começou a tomar conta de mim. "O motivo pelo qual ele abriu a porta do meu quarto e entrou sem minha permissão era simplesmente para escolher uma empregada nova?", mesmo para mim, que era de outro mundo, aquilo era ridículo.

— Mordomo... — eu o chamei seriamente.

— Sim, senhorita.

— Qual o seu nome, mesmo?

— ...Perdão? — indagou ele confuso com a pergunta inesperada.

Eu, que decidi ser boazinha, repeti mais uma vez:

— Perguntei seu nome.

— É Pennel, senhorita.

— Certo, e qual é o meu nome?

O Único Destino dos Vilões é a Morte

— Senhorita, eu não entendo por que você está me fazendo essas perguntas do nada... — Ele parecia detestar o fato de eu estar o questionando sobre algo completamente irrelevante ao assunto que ele viera tratar. A ruga no meio de sua testa aumentou ainda mais.

— Responda o que eu perguntei: Qual o meu nome?

— ...Você é Penelope Eckhart — respondeu-me.

— Sim. **Penelope Eckhart**, uma nobre. — Assenti lentamente e apliquei força em minha voz ao falar meu nome, depois continuei: — Eu nunca fiquei sabendo que havia uma etiqueta que permitisse que outras pessoas, principalmente aquelas que nem sequer têm sobrenome, entrassem repentinamente no quarto de um nobre sem a sua permissão. Você já?

Penelope estúpida... Se ela estava brava com toda a ignorância e maus-tratos que recebia, então em vez de gritar e fazer um estardalhaço, não seria muito melhor se usasse sua posição como nobre para mostrar aos empregados que eles eram inferiores a ela? Assim eles não seriam capazes de tratá-la mal novamente. "Formalmente adotada pela família do duque Eckhart", isso fazia de você uma duquesa, sua besta. Qual era a utilidade de um título desse se você não o usar nesse tipo de situação? Sua posição era melhor que a minha de "filha bastarda de uma família rica".

— Além disso, o que acha que aconteceria se um boato começasse a rondar por todo o ducado? "Um mero servo invade o quarto de uma nobre jovem na hora que ele quer"? Eu acho que seria um escândalo...

— ...

— Você não concorda? — Sorri inocentemente depois de terminar minha frase. Claro que, como esperado, o efeito das minhas palavras foi forte.

— S-senhorita! — gritou o mordomo em pânico ao ouvir a frase que me certifiquei que seria impossível que outra pessoa escutasse.

Foi uma visão e tanto ver o mordomo que há pouco me tratava com desdém tremer de medo. Eu tirei o sorriso do rosto e voltei a falar, dessa vez com um tom de voz ainda mais sério e baixo:

Capítulo 1

— Será que eu preciso te instruir, ou melhor, desenhar essas coisas para você entender? Sabe, minha garganta dói. — Essa última frase era uma expressão muito usada por nobres que não tinham ninguém superior a eles, claro, excluindo a realeza. Um exemplo era o duque Eckhart, que só precisava se curvar perante o imperador e o restante da família real.

— M-me perdoe, senhorita! — O mordomo que pareceu ter entendido bem o recado se ajoelhou no chão, nem parecia que aquele senhor que esteve arrogantemente em pé me olhando torto há pouco. — E-eu estava com pressa e acabei ofendendo a senhorita. Por favor, me perdoe...

Ver essa cena fez com que eu me sentisse revigorada. A sensação horrível que eu tive desde a hora que acordei hoje cedo até o sonho que tive há pouco foi completamente sobreposta por esse instante. Por um milésimo de segundo cheguei a pensar que talvez tivesse passado do ponto, afinal esse homem era muito mais velho do que eu, mas mesmo assim não falei para ele se levantar. Isso porque Penelope deve ter sofrido absurdos por conta desse desgraçado que a ignorou por seis anos.

— Não me sentirei bem em ver sua cara por algum tempo — disse friamente para o mordomo. — Claro, não acho que eu serei a única a me sentir assim... — Só consegui dizer isso quando me virei de costas para ele. — Então se você tiver alguma questão para tratar comigo, por favor, mande alguém em seu lugar.

— Mas, senhorita, a ideia de escolher uma nova empregada para você não foi minha...

— Sim ou não? — interrompi o que ele dizia. — Tudo o que eu quero ouvir de você são uma dessas duas palavras e nada além disso.

— ...Sim. Entendido, senhorita. — O mordomo acenou com a cabeça concordando com minhas palavras com uma cara muito contorcida.

— Mas sobre o jantar...

— Não há necessidade, você já pode ir.

O Único Destino dos Vilões é a Morte

Dando essas como minhas últimas palavras, me virei em outra direção e nem mesmo o vi se levantar. Depois de alguns segundos, ouvi passos cuidadosos deixando o quarto. **Nheeec** – a porta foi fechada de uma maneira totalmente diferente de como fora aberta.

O quarto estava preenchido pela escuridão novamente. Uma onda de preocupação se jogou contra mim depois que percebi o que havia acabado de fazer. E se ele fosse reclamar para o duque?

"Mas o que ele poderia fazer sobre isso, não é mesmo?"

Dessa vez eu realmente não havia feito nada de mal, e tudo o que eu disse foi pensando em Penelope e tentando minimizar seu sentimento de injustiça por todos esses anos. Eu não joguei nada nele nem fiz um barraco, foi só uma bronca.

No jogo, se você se desse bem com todas as pessoas ao seu redor isso ajudaria a liberar o final com todos os cinco personagens, mas eu não pretendia passar por nada disso mais de uma vez. Então realmente não precisava me preocupar com as pessoas que não tinham pontos de afinidade, isso seria apenas perda de tempo e esforço.

"Até parece que eu vou me preocupar com os pontos de reputação. Já estou muito ocupada tentando sobreviver e mantendo a afinidade dos personagens conquistáveis acima de zero", fazer tudo isso enquanto se estava jogando era possível, mas agora que essa era a minha realidade, eu não podia arriscar nada. Fechei meus olhos novamente deixando tudo isso de lado, era hora de voltar para meu descanso que foi interrompido tanto pelo mordomo quanto pelo sonho de Penelope.

Penelope parecia ser uma pessoa diligente levando em consideração quão rápido eu consegui acordar sem a ajuda de uma empregada. Isso foi uma baita surpresa pelo tipo de personalidade que ela demonstrava no jogo.

Capítulo 1

Levantei-me da cama e me espreguicei. Só então, alguém bateu na porta como se estivessem esperando eu acordar até agora – ***toc, toc.*** Continuei sentada em minha cama durante um tempo, a única coisa que fiz foi encarar a porta, claro que eu fiz isso por estar curiosa. Eu queria saber se o meu aviso da noite anterior tinha surtido algum efeito. Era óbvio que a pessoa a bater não era o mordomo, afinal mesmo depois de demorar para responder a porta não se abriu ansiosamente.

— Quem é? — finalmente respondi checando quem havia vindo.

— Senhorita, é a Reina. — Era a empregada-chefe. Aparentemente o método que eu utilizei ontem me rendeu ótimos resultados. Eu já estava satisfeita.

— Pode entrar.

Depois de eu dizer isso que a porta se abriu com um "***click***" suave revelando a figura de uma mulher de meia-idade.

— A senhorita dormiu bem?

— O que lhe traz aqui?

— Eu vim para que a senhorita pudesse escolher sua nova empregada pessoal. Por acaso você teria alguém em mente?

"É óbvio que não", pensei, mas não a respondi. Como se ela soubesse disso, a empregada voltou a falar e suas palavras não eram a de alguém se candidatando ao cargo.

— Se a senhorita não quiser nenhuma delas, então podemos tentar contratar alguém...

— Quem era a empregada responsável por me servir?

— A senhorita está falando da Emily?

— Ah, sim. Emily — eu disse como se já não soubesse. — Ela foi mandada embora?

— Não, mas...

— Então o que ela está fazendo agora?

Seus olhos pareciam questionar o porquê de eu estar fazendo tantas perguntas.

O Único Destino dos Vilões é a Morte

— ...Como punição por não servir a senhorita apropriadamente, ela teve três meses de salário tirados e agora está encarregada de lavar toda a roupa da mansão sozinha.

— Hmm, entendi.

— Mas por que a senhorita está...? — Seu rosto começou a denunciar sua ansiedade e aquela máscara que ela mantinha até agora de "empregada segura e calma" começou a cair.

"Ah, parece que ela tem alguma noção do que aconteceu, huh", ou talvez ela fosse o verdadeiro cérebro por trás de todo o bullying, principalmente o daquela empregada. Deixando essas suspeitas de lado voltei a falar calmamente:

— Então diga a ela que volte a ser minha empregada pessoal.

— ...Perdão?

— É um incômodo não ter ninguém para cuidar de mim agora. E outra empregada seria desastrada até pegar o jeito do serviço. Seria melhor se alguém que já estivesse acostumada me servisse. — Penelope nunca teria acrescentado uma explicação tão detalhada, porém como era um pedido do meu interesse, então, por necessidade, decidi ser gentil por um tempo. — Se me entendeu, por favor, vá e a chame. Conto com você. — Sorri ao ver o queixo caído da mulher em minha frente.

— M-mas, foi o segundo jovem mestre, o senhor Reynold, que puniu a garota devido ao seu mau comportamento em relação à senhorita, então...

— Então? Isso quer dizer que você não pode fazer o que eu pedi? — a interrompi antes que suas desculpas continuassem.

Ela parou de falar imediatamente, mais uma vez sem palavras. Não pude deixar de pensar que estava me saindo muito bem nesse papel. Só fazia dois dias que tinha chegado ali e até agora ninguém tinha feito o que eu havia solicitado sem antes me questionar, precisava ou os alertar ou dar um esporro neles.

"Eles são sempre assim?", a classe social sempre era a coisa mais importante a ser respeitada em todas as novelas e livros com ambientação

Capítulo 1

parecida com esse jogo. No modo normal, as coisas também não eram assim, independentemente do que fosse, todas as pessoas da mansão obedeciam e bajulavam a filha verdadeira do duque.

Poucos minutos tinham se passado desde que eu tinha me decidido ser gentil e já estava começando a ficar irritada.

— Seria melhor se você me ouvisse quando fala comigo...

Eu até mesmo tinha dito "por favor" e "conto com você", mas ainda assim esse era o tipo de resposta que eu recebia? Sério? A única explicação era que queriam que eu voltasse a me comportar como a Penelope antiga...

— Eu disse que a situação atual me é incômoda, se lhe pedi para trazê-la aqui, então apenas vá e o faça. Ou será que na verdade você, a empregada-chefe, quer me servir no lugar dela?

— Entendido, senhorita. Eu a trarei aqui logo depois de pedir a permissão para o duque.

Ela realmente resistiria em fazer o que havia mandado até o último instante. Eu ri dessa conjunção ridícula.

— Não, você não precisa fazer isso. Eu mesma irei agora conversar com meu pai — respondi enquanto me levantava. — Aliás, vou aproveitar a oportunidade e contar detalhadamente tudo o que se sucedeu ontem e, depois disso, revelarei que já perdoei os feitos dessa Emily.

— ...

— Onde o meu pai está agora?

— S-senhorita!

Os olhos da empregada se arregalaram ao ver que eu me aproximava da porta. O caso de Emily tinha sido resolvido com certa leviandade, mas se eu me envolvesse diretamente em sua punição, então as coisas poderiam ficar bem mais complicadas. Ela abusou da senhorita da casa e um dos jovens mestres tinha testemunhado isso.

— S-Sua Excelência saiu hoje cedo para o palácio imperial.

— Sério? Então assim que ele chegar...

O Único Destino dos Vilões é a Morte

— Trarei Emily aqui em um instante! — disse a empregada-chefe apressadamente. Dava para ouvir o pânico em sua voz que denunciava sua preocupação com o fato de eu ver o duque. — Não compreendi rapidamente a generosidade das palavras da senhorita, devo estar envelhecendo mais rápido do que imaginei. Me perdoe pelo meu comportamento.

Ver ela se curvando e se desculpando não fez com que eu me sentisse melhor, pelo contrário, aquilo fez com que sentisse um gosto amargo em minha boca. Eu não queria aumentar meus pontos com os serviçais do ducado, mas nesse instante sentia que, na verdade, minha pontuação com eles já estava ficando negativa.

— Eu deveria trazer Emily aqui imediatamente, senhorita? — confirmou ela cuidadosamente no meio do caos em sua mente.

— Espero que de agora em diante eu não tenha que repetir as coisas, Reina — disse a ela enquanto pensava que meu dia já havia sido arruinado. — Pode ir.

※

Emily entrou em meu quarto segurando uma bandeja com o café da manhã. Pela velocidade que ela chegou no cômodo e a expressão em seu rosto, Reina deve ter lhe dito algo terrível.

— S-senhorita, eu preparei seu desjejum... — As mãos de Emily tremiam mais que um chihuahua quando ela começou a colocar a mesa. Aparentemente, ela estava sofrendo psicologicamente depois dos acontecimentos do dia anterior.

Levando em consideração o café da manhã que havia sido trazido hoje, minha decisão maluca de comer aquela comida estragada até que tinha valido a pena – era uma salada fresquinha e um bife suculento.

"A aparência está ótima", no entanto eu não estava a fim de comer, provavelmente devido ao choque que meu corpo havia sofrido depois de ingerir coisas mofadas. Eu lentamente trouxe um pouco de comida à minha boca enquanto observava a figura durantemente parada ao meu lado.

Capítulo 1

Naturalmente, Emily não conseguia me olhar diretamente nos olhos. "Uh, parece que ela está se sentindo mal", claro que ela também deveria estar morrendo de curiosidade para saber o motivo de eu tê-la trazido de volta. Antes mesmo de comer metade do que estava em meu prato, abaixei meu garfo e a chamei:

— Emily...
— S-sim, senhorita!

Ela se assustou com o meu chamado, tanto que sua resposta foi praticamente um grito. Eu levei minha mão em sua direção.

— Me entregue a agulha.
— Hã? O quê...?
— A agulha que você usava para me furar todas as manhãs.
— Ugh...! — Ela só se deu conta do que eu estava falando alguns segundos depois. — S-senhorita, m-me desculpe! Eu sinto muito, me perdoe! — rogou ela depois de inspirar profundamente e se jogar de joelhos no chão, seu rosto estava pálido. Enquanto proferia tais palavras, a moça batia sua cabeça no assoalho como penitência fazendo *"tmp, tmp"*.

"Céus... Por que diabos ela fez tudo aquilo se no fim ia admitir e se desculpar desse jeito...?", as únicas coisas que eu conseguia sentir observando aquela cena eram vergonha alheia e desgosto. Com isso, também percebi que ela não era o cérebro por trás do abuso. Planejava tratá-la melhor agora e trazê-la para o meu lado, mas todas essas intenções evaporaram e uma voz ríspida e alta saiu de mim:

— Por acaso, a empregada-chefe não lhe avisou? Odeio ter que repetir a mesma coisa duas vezes.

— S-senhorita...
— Me dê a agulha.

Emily tremia tanto que parecia que teria um piripaque a qualquer momento. No entanto, ela começou a mexer cuidadosamente em seu cabelo que estava amarrado em um coque e, depois de um breve tempo, uma agulha enorme apareceu em sua mão.

O Único Destino dos Vilões é a Morte

"Hmm, ela soube esconder isso muito bem, não é mesmo?"

É por isso que Penelope sofreu por tanto tempo. Mesmo se ela quisesse correr desesperadamente e contar sobre essa empregada que a machucou, sem evidências ninguém acreditaria nela.

— A-aqui está... — Emily me entregou a agulha com suas mãos trêmulas. Eu observei o objeto que havia machucado Penelope incansavelmente até então, a fonte de toda aquela dor era um simples pedaço de metal de tamanho médio. No entanto, no dia anterior eu percebi a dor que aquela agulhinha era capaz de causar a uma pessoa.

"O quanto ela já não deve ter sofrido..."

Ninguém percebeu a dor que ela estava encarando, mesmo que seus braços estivessem cobertos de hematomas e ela não conseguisse mexê-los direito por conta da dor que sentia todas as manhãs, ninguém a socorreu.

— Levante a cabeça — ordenei cerrando os dentes.

Hesitante, Emily fez o que eu havia dito. Seus olhos estavam marejados e cheios de desespero, provavelmente ela pensava que sofreria algum tipo de violência como punição da mestra maluca. No entanto, infelizmente, o que eu ia fazer não era vingar Penelope.

— Observe com atenção, Emily.

Coloquei minha mão vazia na frente da moça. A mão de Penelope tinha uma aparência frágil, era branca como leite e não possuía nenhuma marca. Então, eu prontamente cravei a agulha em minha mão.

— Uaah! Senhorita!

Fui eu que tinha sido espetada ferozmente com uma agulha, mas quem gritara fora Emily como se aquilo tivesse doído nela. Depois disso, eu puxei a agulha que tinha me perfurado profundamente.

"Ugh."

Algumas gotas de sangue começaram a pingar, mesmo que eu tivesse me preparado mentalmente e estivesse determinada, a dor ainda era brutal a ponto de fazer com que eu lacrimejasse. Mas não demonstrei isso e furei minha mão mais uma vez em um lugar bem próximo ao que havia acabado de remover a agulha.

Capítulo 1

— Argh! — Dessa vez eu não consegui esconder a dor e deixei um grunhido escapar.

— S-senhorita!

A respiração de Emily estava tão agitada que ela parecia estar tendo uma crise de pânico e, sem saber o que fazer, a moça começou a chorar por conta do meu comportamento descabido. Aquela foi uma cena um tanto quanto engraçada de se ver.

"Por que ela está tão assustada se ela fez coisas ainda piores com este corpo anteriormente?"

— Senhorita! Por que você está fazendo isso? *Snif.*

— Não há necessidade de você agir assim, Emily. Afinal de contas, foi você que me feriu da mesma forma. — Quando a respondi com um tom de voz delicado e gentil, a expressão em seu rosto ficou pálida.

— ...Hã?

— Agora são apenas duas, mas elas podem virar três, quatro, cinco. Quem sabe até mais.

Ao ouvir isso, tanto a respiração da empregada quanto seu tremor cessaram.

— ...

— De agora em diante, vou aceitar tudo o que você fizer por mim sem suspeitar de nada. Água do banho, roupas, comida, tudo.

— S-senhorita...

— Mas, quanto mais você aprontar, saiba que os ferimentos também vão aumentar e algum dia eles se tornarão claramente visíveis e então alguém provavelmente vai perceber e achar estranho.

— ...

— "Quem é o arrogante que ousa abusar e zombar da família Eckhart?", as pessoas vão se perguntar e começar a prestar atenção. Alguém como, por exemplo... Hm, sim. Provavelmente será alguém como meu irmão mais velho, Reynold. — Eu ataquei a moça verbalmente enquanto sorria como uma garotinha inocente, uma flor

O Único Destino dos Vilões é a Morte

de donzela. — Bom, o que eu estou dizendo é que, a partir de agora, tudo irá depender do modo que você age, querida.

Ela ficou calada ao ouvir minhas ameaças, seu rosto estava tão pálido que parecia que havia acabado de ser enforcada por alguém.

—Vá, já terminei o meu desjejum. Você pode voltar ao seu trabalho.

Me levantei da mesa trazendo o meu braço agora furado para perto de mim e me voltei para a grande janela que ficava ao lado da mesa em meu quarto. Emily se levantou abruptamente depois de se curvar de joelhos por mais alguns segundos e então começou a limpar os restos do café da manhã com a velocidade de uma máquina.

"Ela parece ser do tipo que aprende rápido, isso é bom. Acho que vou poder fazer bom uso dela agora e no futuro também."

Como todos me olhariam do mesmo jeito se eu escolhesse uma outra empregada ou mantivesse essa, escolhi ficar ao lado de pessoas que eu pudesse usar de acordo com as minhas necessidades. Minha empregada pessoal abusava de Penelope e, por isso, uma oportunidade de ouro foi me dada em uma hora extremamente conveniente. Além disso, eu também gostava da personalidade de Emily, ela era do tipo que cumpria as ordens que recebia imediatamente e sem questionar.

Eu pensava sobre essas coisas e assistia a empregada trabalhar quando, de repente, – *blam!* – a porta se abriu com uma força tão feroz que depois eu me perguntei como ela não quebrou com tamanho impacto. Quando me virei, assustada, para ver do que se tratava me deparei com um belo cabelo em tons rosa. Reynold Eckhart me olhava com sua testa completamente franzida.

—Você! — disse ele enquanto invadia meu quarto, a barra sobre sua cabeça indicava -3% de afinidade. — O que pensa que está fazendo?

A aura do rapaz que se aproximava de mim era medonha, mas ela piorou ainda mais no instante em que ele viu Emily ao lado da mesa e, por mais que eu achasse que aquilo fosse impossível, seu rosto se franziu ainda mais.

—VOCÊ...!

— J-jovem m-mestre.

Capítulo 1

O rosto de Emily ficou quase transparente de tanto que ela perdeu a cor que, aliás, já estava praticamente inexistente depois de nossa conversinha. Eu corri para dar uma olhada na mesa, todos os pratos já estavam posicionados na bandeja e apenas um garfo estava disposto sobre ela.

"Uaaah!", tive uma terrível premonição sobre essa situação e joguei o garfo dentro da bandeja da Emily enquanto ainda olhava ao meu redor para conferir que não havia mais nada que poderia ser usado como arma. Depois de me certificar que não havia nada, eu me dirigi à empregada:

—Vá, Emily.

Como se estivesse ansiosa por essa ordem, ela praticamente saiu correndo do quarto fazendo com que Reynold gritasse:

— Não se atreva a sair!

— Rápido! Vá! — retorqui olhando para ela como se a alertando do que poderia lhe acontecer se continuasse perto de seu jovem mestre agressivo.

Felizmente, ela pareceu entender o significado por trás de minhas palavras e expressão, já que foi embora assim como eu tinha dito. Ao ver o jeito que ela fugiu do cômodo, me lembrei do modo como evitei Derrick no dia anterior. Assim que a moça se foi, o olhar mortal de Reynold se fixou em mim.

— Anda, desembucha. O que diabos você pensa que está fazendo?

Permaneci em silêncio pensando no que deveria responder. Penelope sempre conversou informalmente com Reynold durante o jogo inteiro, ele era apenas dois anos mais velho que ela. De certa forma, era compreensível que eles brigassem que nem gato e cachorro.

"Tão convenientemente parecido com a relação que eu e aquele maldito do meu segundo irmão tínhamos...", para ser exata, ele brigava comigo e eu apanhava quietinha.

Considerei falar formalmente com Reynold, assim como fazia com Derrick, já que ele também era mais velho que eu. Mas logo desisti disso, afinal seria meio esquisito se uma pessoa falasse informalmente com você em um dia e aí no outro, do nada, ela começasse a ser superformal.

O Único Destino dos Vilões é a Morte

— Além de tudo, agora decidiu me ignorar também? — perguntou ele descontente de eu não tê-lo respondido.

"Nossa, como você é impaciente…"

— O que eu fiz agora, hein? — respondi da mesma forma que Penelope faria.

— Por que você disse que vai continuar usando aquela vadia como sua empregada pessoal? — O sinal de afinidade negativo brilhou quando ele terminou de falar.

"O que eu poderia responder para evitar que ele me mate?", considerei ligar as opções, mas desisti. "Melhor não. Mesmo se eu fizer isso, não vai adiantar nada. Este jogo só me dá alternativas estúpidas."

Ao ver quão furioso Reynold estava bufando, engoli em seco. Penelope com certeza responderia algo como "não é da sua conta" ou "saia do meu quarto", o que me levaria à morte.

— Não é nada de mais, você não precisa se preocupar com isso. — Como eu não era Penelope, decidi deixar a resposta um pouco mais "fofa", mas independentemente do que eu dissesse, Reynold nunca levaria isso como algo positivo.

— …Como é?

Aparentemente, o tiro saiu pela culatra e o efeito das minhas palavras tinha sido o extremo oposto do que eu esperava, o jeito que Reynold me olhava passou de "raiva" para "eu vou te matar".

— Está dizendo que servir seu mestre com comida mofada não é nada de mais?

— Não foi isso que eu disse…

— Há um limite para tudo, Penelope. Como ela, uma sem-nome qualquer e asquerosa, pode esquecer qual era seu lugar e tratar um Eckhart assim?!

— …

— Não precisamos desse tipo de empregada na mansão. Você faz ideia de quantas pessoas implorariam para trabalharem aqui até a morte e mesmo sem ser pagos? — gritou Reynold.

Capítulo 1

Eu, que pretendia terminar essa conversa ao dizer que aquilo não era nada de mais e que não havia a necessidade de fazer uma confusão por isso, fiquei sem saber o que dizer com tal reação. Ver ele mais irritado que eu, a vítima, me fez rir.

"Como uma qualquer e asquerosa com você pode esquecer qual o seu lugar?", essa era a frase que Reynold costumava dizer o tempo todo para Penelope.

— Como você consegue rir em uma situação dessas? — disse ele ao me ver dando um sorrisinho irônico. — Quão insignificante aquela empregada pensa que você é para te tratar daquele jeito?

Sim, ele estava certo. Assim como disse, como os empregados podiam pensar tão pouco da filha do duque para tratá-la assim ou nem mesmo prestar atenção a nem uma palavra sequer que ela tivesse para dizer? Eu me acalmei sabendo que, se dissesse isso, com certeza eu acabaria morta.

— Eu me encontrei com o nosso pai ontem por conta do incidente.

— Sim. O pai provavelmente concorda comigo. Eu fui falar com ele pessoalmente também e disse para ele demitir aquela vadia o mais rápido possível — informou Reynold de forma tão confiante e de peito tão estufado, que eu podia dizer que ele estava orgulhoso de si mesmo. Não pude deixar de me questionar se ele queria um elogio ou um agradecimento meu, sua irmã postiça que até agora ele tinha odiado. Mas infelizmente (para ele), eu não planejava fazer nada disso.

— Nosso pai e irmão mais velho decidiram não mandá-la embora.

— Como é? — Seus olhos azuis se arregalaram quando acrescentei esse fato com um tom de voz tranquilo. — Eles fizeram o quê?

Seu rosto escureceu, ele não esperava que as coisas fossem terminar assim. Na verdade, nenhum dos dois disse isso diretamente, mas pelo modo que Derrick falou sobre os "dez anos de carreira" que Emily tinha nessa casa para pressionar Penelope, a resolução do caso era óbvia. Ele queria mostrar que minha posição na casa era inferior até mesmo a de uma serviçal. Então, no fim eu não tinha inventado nada.

O Único Destino dos Vilões é a Morte

"Se mais tarde der alguma confusão por conta do que eu disse, é só eu dizer que foi o que entendi a partir do que me disseram, afinal o significado é basicamente o mesmo", enquanto eu estava imersa em meus pensamentos, Reynold parecia fazer o mesmo. Distraidamente ele acenou com a cabeça e voltou a falar:

— Então, em vez de expulsar aquela serviçal, você decidiu usá-la como sua empregada pessoal de novo?

— Uhum.

Suas sobrancelhas se franziram novamente ao ouvir minha resposta, os gritos que Reynold deu em seguida quase me deixaram surda:

—Você é burra?! Você não deveria ter aceitado isso!

— E o que isso mudaria?

— Como assim "o que isso mudaria"?! Então você pretende continuar comendo comida estragada até morrer por causa disso?! Mas o que diabos...?!

— E que garantia você me dá que uma nova empregada não faria a mesma coisa ou até mesmo pior?

— ...

Ao ouvir isso, Reynold, que gritava feito um louco, se calou. Eu olhei para o indicador de afinidade no topo de sua cabeça e felizmente não havia diminuído em nada. Com o rumo que a conversa tomou, eu tinha esquecido desse detalhe por um momento, mas agora já procurava por palavras mais gentis que fossem convencê-lo. Eu não o culpava por ter surtado, na verdade sempre soube do orgulho exacerbado que ele tinha pela família Eckhart. Em momentos como esse, eu preferia ter uma barra que medisse a raiva do que uma que medisse a favorabilidade dos personagens, mas como isso não era possível, eu olhei atentamente para sua barrinha e pensei em uma maneira de agradá-lo rapidamente.

Afinidade: -3% – se diminuísse só um pouquinho, eu estaria morta. "Aff...", suspirei comigo mesma. Era justamente por isso que mesmo

Capítulo 1

com o aumento na afinidade de Reynold eu ainda não conseguia ficar feliz.

— Ontem, eu e o pai não conversamos sobre o futuro da empregada nesta casa. — Finalmente abri minha boca depois de ter escolhido cuidadosamente minha fala. — Eu ajoelhei e implorei pelo perdão dele por causar uma confusão durante o meu período de provação.

— Oi? O que você disse? — Ele não pôde evitar que sua surpresa transparecesse. Realmente deve ter sido um choque para ele ouvir que a Penelope tinha se ajoelhado e pedido perdão para alguém, principalmente quando ela não tinha feito nada.

— Eu ouvi errado ou... Não, pera. O pai... te mandou fazer isso?

— Eu lhe disse que não irei causar mais nenhuma confusão durante o meu período de provação e irei refletir sobre os meus atos — eu disse a Reynold omitindo alguns fatos, na verdade pode-se dizer que não respondi sua pergunta.

— ...

— Então me deixe em paz.

O que eu realmente queria dizer era para ele não se importar comigo, afinal mesmo quando esse desgraçado ficava na dele eu acabava tendo problemas ou acabava até mesmo morrendo por sua culpa. "Não vamos discutir, por favor. Que tal uma trégua? Hein?" eu não podia dizer isso diretamente, então em vez disso, falei com sinceridade:

— Por favor, meu irmão. Faça isso por mim — pedi com minha cabeça levemente inclinada enquanto ele me olhava assustado.

Depois de pressionar seus lábios por algum tempo, ele me respondeu.

— O que deu em você...?

Vendo a cara que ele fazia, eu tentei adivinhar quais seriam suas próximas palavras. Talvez fosse começar uma discussão sem sentido dizendo algo como "Enlouqueceu de vez?! Você deveria ter feito que nem antigamente e reagido!", afinal de contas agora eu estava muito mais dócil que a Penelope normal.

O Único Destino dos Vilões é a Morte

— Você não tem orgulho algum? — ele quebrou o silêncio de um jeito que eu não esperava, havia muita raiva em seu tom de voz. — Você vai deixar isso passar assim?! Como se nada tivesse acontecido? — Dessa vez, ele realmente superou todas as minhas expectativas. — Grite! Jogue coisas por aí! Faça com que os outros ouçam você ao quebrar a casa, isso combina mais com você!

A reação de Reynold fez parecer que Penelope tinha sofrido a pior coisa do mundo, eu diria que naquele momento ele estava realmente preocupado e revoltado com a situação em que eu me encontrava. Entretanto, infelizmente, eu não podia dizer que estava muito grata por isso.

— Não era esse o tipo de situação que você esperava quando decidiu esconder o colar de sua irmã em meu quarto? — Sem perceber, uma voz aguda havia saído de mim. — Você ansiou por isso durante todos esses anos.

— ...O quê? — O queixo de Reynold caiu.

Levando em consideração sua porcentagem negativa, eu não deveria ter dito aquilo. Mas naquele momento nem sequer me lembrei disso. Ele não deveria ter sido tão orgulhoso comigo. "Quem foi o responsável por deixar Penelope nesta situação?", o mordomo, a empregada-chefe, Emily e os outros empregados? Sim, eles também foram venenosos para a vida da órfã, mas o principal culpado estava em ali na minha frente.

Depois de refletir sobre o que eu tinha dito com um tom de voz tão doce e suave, ele respondeu parecendo estar sufocado:

— ...Penelope, sobre isso...

— Eu não planejo te culpar por nada, até por que eu agi como uma idiota egoísta até agora também.

— ...

— É só que me cansei de tudo isso. — Nesse momento, eu o olhava nos olhos. — Logo será minha cerimônia de maioridade e então me tornarei adulta, não posso continuar sendo imprudente e também não é como se eu pudesse continuar vivendo com os Eckhart para sempre.

Capítulo 1

Foi aí que a expressão de Reynold se tornou completamente confusa e pálida.

—Você... O que isso significa? Você vai sair de casa ou alguma coisa do tipo? Mas primeiro você precisa ao menos se casar...

— Tudo depende do nosso pai e irmão mais velho. — Dei de ombros.

Claro que o que eu disse e o que ele pensou foram coisas diferentes. Levando em consideração o pano de fundo desse mundo, talvez não fosse tão difícil assim ter um casamento arranjado pelo duque e pelo primogênito para melhorar as relações políticas e comerciais. Obviamente eu não planejava que isso acontecesse, no entanto ainda era, teoricamente, uma possibilidade, apesar de não haver nada do tipo nas configurações da história desse jogo. Fora isso, depois do final caótico desse jogo com algum dos rapazes eu pretendia dar no pé desse mundo.

"Você não precisa se preocupar com isso, Reynold. De qualquer forma eu não lhe escolherei", foi o que se passou em minha mente, mas acabei falando algo mais apropriado:

— Então não há motivo para você se preocupar comigo, Reynold.

"Tomarei conta de mim sozinha. Se quiser gritar comigo, grite ou me xingue, tanto faz. Só vá embora logo."

— Eu tenho que tomar banho. Você poderia ir? — Fiz um gesto mostrando a porta do quarto e o rosto de Reynold se contorceu.

No jogo, ele nunca havia feito uma expressão parecida com aquela, o que me deixou surpresa e também preocupada. "E se a afinidade dele for diminuir por conta disso? Não! Mas eu fui tão cuidadosa e a escolha das minhas palavras foi tão minuciosa... Por quê?!"

Foi então, que a barra sobre a cabeça de Reynold começou a brilhar e...

> Afinidade: 3%

O Único Destino dos Vilões é a Morte

"Uh? Como?", eu não conseguia pensar direito, "Por que a pontuação aumentou?". E o aumento tinha sido significativo, 6%! Pasma, eu não conseguia tirar os olhos do indicador de Reynold, mas ele interrompeu esse momento murmurando alguma coisa:

— ...Eu sou um idiota mesmo por mostrar algum tipo de consideração por você, mesmo que tenha durado apenas um instante. — Seus olhos azuis brilhavam melancolicamente ao olharem para mim. Quando terminou de falar, ele virou e foi em direção à porta.

"Eu devo estar vendo coisas", observando Reynold sair de meu quarto friamente, assumi que tinha visto errado.

Blam! — a porta se fechou e minha única companhia passou a ser o silêncio. Apoiei meu cotovelo na mesa e comecei a pensar. Alguma coisa estava muito estranha. Claro que não era nada ruim ver com meus próprios olhos a afinidade dos personagens que achei serem intragáveis subir, mas essa sensação não passava.

"Minhas falas estão melhores agora que não tenho o sistema me dizendo o que fazer?", considerei ao perceber que a pontuação de nenhum dos irmãos havia diminuído até agora, "Bom, é melhor deixar as opções de falas desligadas, então".

Me levantei depois de tomar tal decisão. Não era mentira o que eu havia dito a Reynold há pouco, eu realmente precisava de um banho. Enquanto puxava o cordão que sinalizava à empregada que a estava chamando, um pensamento passou pela minha mente: "Parece que agora não posso mais chamar Reynold de negativo, huh".

Capítulo 2

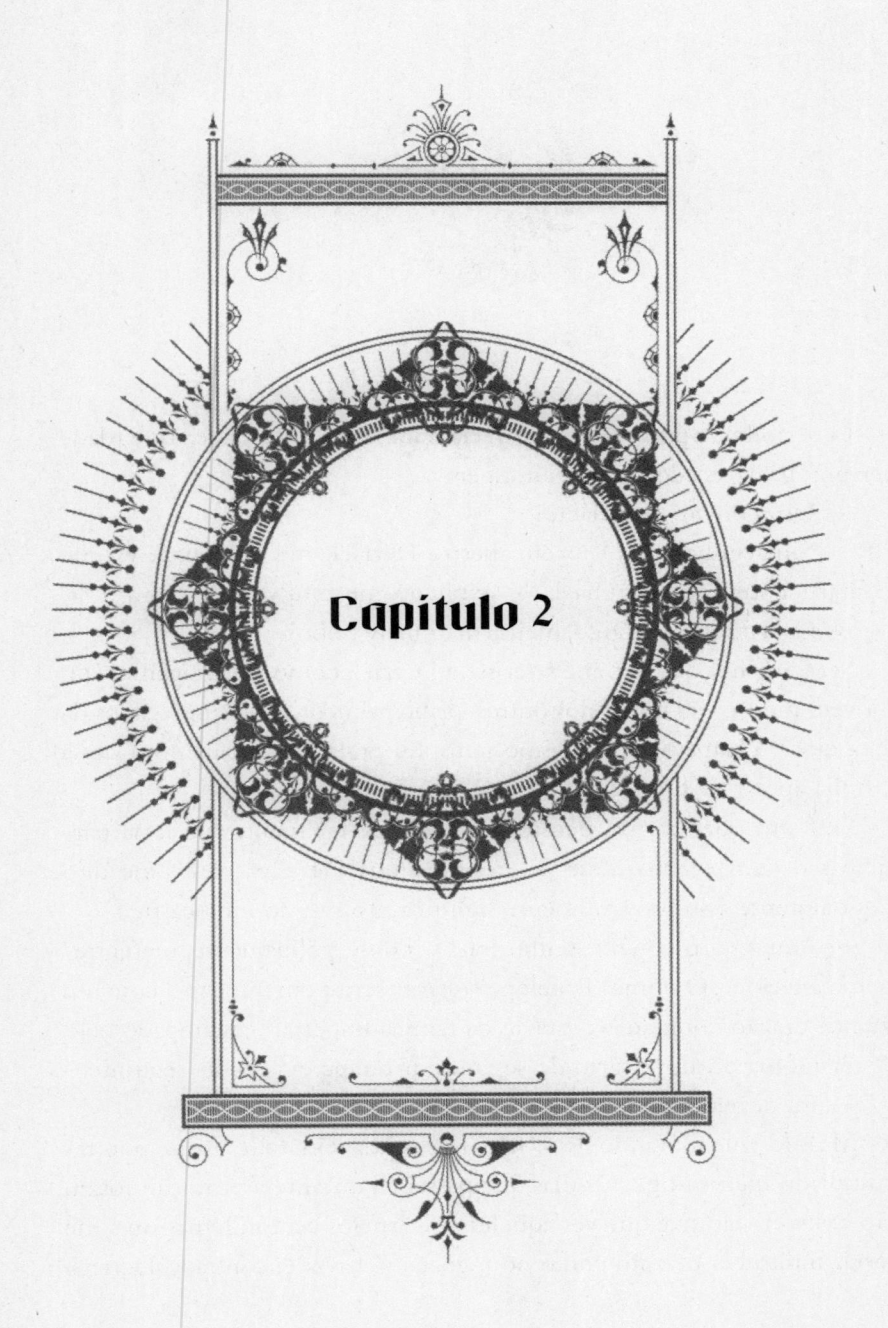

Capítulo 2

O período de provação que parecia durar uma eternidade, na verdade terminou mais cedo do que eu esperava.

— Um convite do palácio?

— Sim, senhorita. O jovem mestre Derrick me disse para vir lhe contar e começar a arrumá-la — explicou-me Emily.

— O primogê-... Digo, meu irmão mais velho?

Seria melhor que não me referisse a Derrick como "primogênito" ou "jovem mestre" na frente dos outros, principalmente dos empregados da casa que o chamavam do mesmo jeito. Eu era a irmã mais nova dessa família apesar de tudo.

"De qualquer forma, pensar que Derrick realmente me faria participar de um evento desses...", mesmo que ele não tivesse me dito pessoalmente, isso provavelmente significava o fim do meu castigo.

— Aqui está o convite, senhorita. — Emily, polidamente, me entregou o envelope. O nome "Penelope" estava escrito em um papel com um grande dragão dourado – o brasão da família imperial – estampado nele. A cerimônia de aniversário do segundo príncipe era no dia seguinte.

— Eu deveria começar a me preparar...

Mesmo murmurando isso, não me sentia tão feliz assim por ter cumprido meu castigo. Os dias que passei ali durante a provação foram tão bons, eu não tive que ver aqueles dois irmãos e a Emily passou a me servir muito bem. Assim como no jogo, eu já havia encontrado Derrick

Capítulo 2

e depois Reynold, então de agora em diante eu deveria começar a encontrar os outros...

"Pera aí", comecei a pensar nos acontecimentos do jogo e no que viria depois disso e foi aí que minha espinha gelou. "Se eu vou para o palácio... então é provável que eu me encontre com o príncipe herdeiro...!", não, não era "provável", mas praticamente certeza.

Não havia nem uma vez sequer que o príncipe herdeiro aparece que não acabe em desgraça. Havia uma cena em que Penelope ia ao palácio e o encontrava, mas eu sabia que isso ia acontecer, já que aquele era o primeiro episódio da rota dele. Inconscientemente, eu gritei ao lembrar da ilustração onde ele cortava o pescoço da Penelope fora:

— NÃO!

— S-senhorita? — Emily me olhou surpresa.

"Eu não devo ir. Posso apenas dizer que estou doente e não comparecer, certo?", essa era a única alternativa restante para evitar aquele maníaco. Eu entrei em pânico e me dirigi à Emily que abaixou a cabeça provavelmente pensando que tinha feito algo de errado.

— Emily, meu pai também irá a essa cerimônia?

— Sua Excelência estará ocupado com seu trabalho, então quem ficou responsável por acompanhá-la foi o jovem mestre Derrick.

"Tô ferrada...", me senti frustrada. Se eu não quisesse comparecer ao evento, teria que falar com Derrick e não com o duque, caso fizesse isso, era possível que a pontuação dele diminuísse. "Se em vez dele fosse o Reynold, eu até poderia tentar fazer um acordo...", suspirei pensando na afinidade do meu segundo irmão que tinha acabado de sair do vermelho. Já era trabalho o bastante tentar manter a pontuação deles no 0%, talvez fosse melhor esquecer essa ideia de conversar com Derrick.

— S-senhorita... você está bem? Seu rosto ficou tão pálido... — perguntou Emily cuidadosamente, entrevendo minha feição séria.

— Me deixe sozinha, eu preciso pensar em algo.

Sacudi minha mão expulsando-a, o que fez com que eu parecesse irritada. Assim que ela deixou o quarto, eu suspirei.

O Único Destino dos Vilões é a Morte

— Aff... Se eu não for, eu morro, mas se for também morro. Que jogo ridículo! — De repente, eu comecei a sentir saudades de quando estava proibida de sair, que na verdade acabou sendo como o paraíso. — Se eu evitar ele o máximo possível, então deve ficar tudo bem, né?

Tentei recordar-me de como a história se desenrolava, mas a verdade é que não havia muito para se lembrar. Eu encontraria o príncipe herdeiro no labirinto do jardim e então ele me mataria antes mesmo de conversarmos. De novo, de novo e de novo. Realmente não era exagero dizer que a cada cinco segundos eu tinha que apertar o botão "recomeçar" por causa dele.

— É, no fim das contas não ir sob a desculpa de estar doente parece ser a melhor solu-... Ah! — Uma ideia genial acabou surgindo em meu cérebro. — E se... eu tentar morrer?

Se você parar para pensar, até que não era uma má ideia. Quem sabe se, ao morrer, eu não pararia no mundo real novamente. O que o sistema faria quando a jogadora alcançasse um *game over*? Desistir cedo seria melhor do que tentar desesperadamente chegar em um final, principalmente se você levasse em consideração quais eram os personagens conquistáveis. E se tudo desse errado, eu poderia contar com o botão "recomeçar"! Isso me soou tão angelical e glorioso.

— Bo-tão de re-co-me-çar. — Vibrei com essa possibilidade.

Claro, atualmente eu não conseguia ver o botão "voltar" nem os outros ícones que ficavam na tela durante o jogo. Conseguia ver apenas o *pop-up* com as opções de diálogo, mas porque não teria um botão "recomeçar" se as opções de ligar e desligar as escolhas ainda existia?

— Como eu não pensei nisso antes?!

Enquanto houvesse um botão de recomeçar, eu poderia tentar enfrentar tudo com cara e coragem.

— Incrível!

Estava decidido, o plano era encontrar com o príncipe herdeiro e morrer!

Capítulo 2

Eu estava mais pra lá do que pra cá depois de ter acordado muito mais cedo que o costume para as empregadas me arrumarem. Todas aquelas preparações também estavam me deixando de saco cheio. Tive que tomar banho em uma banheira com leite e óleo misturados à água, havia também um extrato de alguma coisa para deixar cheiroso; depois disso recebi uma massagem e tive que usar máscaras faciais e corporais. Essas etapas entediantes eram repetidas várias e várias vezes. Eu já era quase um zumbi quando consegui deixar o banheiro e me sentei na penteadeira para que fizessem minha maquiagem. No entanto, isso ainda não era tudo...

— Que tal este vestido, senhorita? Você o comprou da última vez que o estilista veio à mansão, mas ainda não o usou.

— E estes brincos? O que acha deles? Acho que ficariam lindos com esse vestido.

— Se nós prendermos apenas metade do seu cabelo ficará mais bonito do que se prendermos ele inteiro. O que acha?

— Como você quer sua maquiagem?

Perguntas, perguntas e mais perguntas. Todo instante era algo novo e as empregadas não me deixavam em paz.

"Elas realmente odeiam Penelope...?"

Sem dúvidas elas estavam muito mais animadas com isso do que eu. Quando levantei minha cabeça e vi meu reflexo no espelho notei o resultado de todo o trabalho que tivemos nessa manhã. Meu rosto brilhava muito mais que o normal, então não podia dizer que tudo aquilo tinha sido em vão.

"Bom, com um rosto deste até que deve ser divertido se arrumar", eu balancei a cabeça entendendo o motivo da reação delas. Era como se estivessem vestindo uma boneca.

O Único Destino dos Vilões é a Morte

— Levem esse vestido de volta e tragam um que cubra meu pescoço. Eu usarei a menor quantidade possível de adereços e também não quero exagerar nos outros dois — eu as respondi.

— Hãããããã?! — As empregadas se assustaram com a minha reação, acrescentado: — Mas senhorita, é uma festa! E no palácio imperial...

O modo como falaram sugeriu que, na verdade, tinham a intenção de me vestir para ser a mais bonita da festa. O vestido marsala que tinham escolhido deixaria a clavícula de Penelope exposta e com certeza combinaria perfeitamente com seu cabelo *pink*, as empregadas tinham acertado na roupa escolhida; fora isso os acessórios complementavam sublimemente a beleza estonteante da moça. Contudo, não estava indo ao palácio para mostrar minha beleza a todos, como um pavão faria. Ainda assim eu também não poderia dizer que só compareceria ao evento para tentar morrer, logo preferi apenas dar ordens como Penelope faria normalmente.

— Vocês não precisam se esforçar tanto assim. Apenas façam como eu digo.

Ao ouvir meu tom frio, as meninas desistiram de tentar me convencer do contrário e foram buscar as coisas que eu havia pedido com um olhar de desapontamento em seus rostos. Os três vestidos que elas trouxeram eram todos decorados de forma sutil e discreta, bem diferentes do anterior.

— Este aqui.

O vestido que eu escolhi era verde-petróleo-escuro. Ele cobria minha clavícula e seu tom escuro não se destacava muito. Eu o vesti e forcei que as empregadas fizessem a maquiagem mais sutil possível. Coloquei os pequenos brincos de esmeralda que eram parecidos com os olhos de Penelope e terminei. Depois de toda essa transformação, me olhei no espelho e vi uma menina virtuosa que, em vez de ir para uma festa chique, parecia mais estar indo rezar na igreja.

"Isso deve ser o bastante, agora não é o momento de me destacar tanto", diferentemente do meu rosto que brilhava de satisfação, as empregadas estavam todas sombrias ao meu lado.

Capítulo 2

— Certo, todas exceto Emily podem ir. — Eu tinha mais uma coisa para pedir a ela. — Emily, você poderia preparar um par de luvas da mesma cor que o meu vestido?

— Senhorita, você pretende usar até mesmo luvas? — ela me perguntou como se quisesse me impedir de fazê-lo. Esse era o último detalhe que completaria o meu visual de beata.

— Ora, então você está dizendo que eu deveria sair por aí mostrando isto para todos? — disse enquanto apontava para as marcas de agulha nas costas da minha mão.

Mesmo que agora elas estivessem bem fracas, ainda eram visíveis e eu não podia arriscar que os outros nobres percebessem isso. O rosto de Emily empalideceu assim que viu do que se tratava

— Vá rápido e as traga para mim.

— S-sim!

Vendo-a sair correndo em pânico, estalei minha língua.

Quando eu a tratava bem por muito tempo, ela parecia se esquecer do que havia acontecido e ficava despreocupada, então às vezes eu precisava dar um choque de realidade nela. Ela precisava se sentir um pouco nervosa perto de mim, do contrário nada disso teria servido para nada. Alguns instantes depois, Emily voltou com a minha luva e as preparações finalmente terminaram.

Derrick me examinou dos pés à cabeça com um rosto que parecia dizer "Isto é extremamente raro".

— Parece que você ficou mais parecida com um ser humano depois desses dias de castigo.

Essa era a primeira vez que nos víamos depois de vários dias, mas sua atitude continuava tão ruim quanto antes. Contudo, eu não tinha tempo para me estressar com isso, afinal estava ocupada notando a barra brilhando em cima de sua cabeça.

O Único Destino dos Vilões é a Morte

> Afinidade: 5%

"Mas que diabos! Quando foi que isso aumentou?", sua afinidade por mim havia aumentado sem que eu nem soubesse, e em cinco por cento! Eu estava surpresa. Se o interesse dele aumentou quando ficamos sem nos ver, então eu não conseguia nem imaginar o quanto ele deveria odiar Penelope. "Se eu soubesse disso antes, teria falado para ele que estava doente e não conseguiria ir na festa", comecei a me arrepender de minha escolha, mas agora já era tarde demais.

Uma carruagem chique com o brasão da família Eckhart estava estacionada na frente do portão principal. Curvei-me ligeiramente para cumprimentar Derrick e dei minha mão ao guarda que estava parado do lado do veículo; isso porque a carruagem era bem mais alta do que tinha imaginado. Eu não conseguia ver o que Derrick estava fazendo, já que estava ocupada em lidar com meu vestido para entrar na carruagem e foi só quando já tinha conseguido me alocar dentro do veículo que pude olhar para o rapaz, sua mão estava esticada para frente e ele tinha um olhar irritado em seu rosto.

"O que deu nele?", inclinei minha cabeça, confusa. Eu não consegui entender o que ele estava fazendo, mas isso não era importante agora. Precisávamos nos apressar se quiséssemos chegar na cerimônia a tempo.

Era praticamente impossível que ele andasse na mesma carruagem que Penelope, então esperei a porta se fechar. Mas aí, Derrick, que estava parado feito uma estátua, entrou no transporte.

"O que diabos está acontecendo?! Por que ele entrou aqui?!"

Tentei me lembrar de algo que pudesse ter feito de errado, porém nada me veio à mente, afinal nós tínhamos acabado de nos encontrar e só nos cumprimentamos. Enquanto eu estava ocupada pensando, Derrick se sentou de frente para mim.

— N-nós iremos na mesma carruagem? — eu disse sem perceber e o cenho do rapaz se franziu.

Capítulo 2

— Você tem algum problema com isso?
— N-não. Não é isso...

"Cara, qual o seu problema?! Você nunca fez nada parecido antes!", eu balancei minha cabeça para me certificar de que não diria isso em voz alta, mas mesmo assim seu rosto continuou franzido.

— Se você estiver incomodada, pode ir em outra carruagem — como de costume, ele disse isso com um tom gélido.

Olhei para a porta considerando fazer o que ele havia sugerido. Contudo, ela já tinha sido fechada, então seria esquisito se eu a abrisse e fosse embora.

— ...Não é que eu não gostei... — Olhei para o rosto de Derrick e forcei algumas palavras carinhosas: — Na verdade, fiquei c-contente...

Cuidadosamente, dei uma espiadinha para ver sua reação. Ele me olhou chocado por um momento e então virou sua cabeça rapidamente para a janela.

"Ugh, se você odeia essa situação tanto assim, então pra que complicar as coisas e fazer tudo ainda mais esquisito para nós dois?", será que ele estava tentando inovar nas maneiras de irritar Penelope? Eu estava atônita com a sua aura hibernal, mas isso não durou muito, pois assim que olhei para sua cabeça tive uma surpresa positiva.

> Afinidade: 6%

Havia subido 1%. Eu estava observando aquele número de olhos arregalados quando a carruagem começou a se mover.

"É... acho que nada de terrível vai me acontecer nesta carruagem."

Ele tinha 6% de sentimentos favoráveis por mim. O caminho não era tão longo para que eu conseguisse perder tudo isso. Lembrei-me do ditado "se a vida te der limões, faça uma limonada" e então decidi aproveitar o passeio.

"Retiro o que eu disse! Esquece isso, socorro! Eu estou me sentindo sufocada!", pensei pouco depois de termos partido juntos.

O Único Destino dos Vilões é a Morte

Teoricamente, o caminho até o palácio era curto, mas quando finalmente chegamos, senti como se uma eternidade tivesse passado. O tempo inteiro tive que ficar observando aquele homem álgido e belo sentado de braços e pernas cruzadas na minha frente. Dentro da carruagem pairava um silêncio gritante que fez com que eu não conseguisse respirar direito com medo de fazer barulho. Dado certo momento, eu decidi abrir a janela para tomar um ar, mas como Derrick me encarou assim que comecei a me mover, acabei deixando a ideia de lado. Depois disso, se movesse um único músculo ele abriria abruptamente seus olhos fechados e me observaria. "Ah, qual é! Por que está me olhando assim?!". Vez ou outra eu observava o indicador de afinidade suando frio.

Assim que a carruagem parou, eu gritei mentalmente. Deleitei-me com a ideia de que finalmente escaparia daquela carruagem da morte.

"Eu preciso me apressar e dar o fora daqui para tomar um pouco de ar fresco."

Mas, antes que eu pudesse fazer isso... ***Paf!*** — Derrick se levantou subitamente quando a carruagem mal tinha parado. Depois disso, ele abriu a porta e saiu antes de mim e então...

— Aqui. — Ele de repente estendeu a mão para mim que me arrumava para descer segurando aquela saia pesada.

"Será que ele comeu alguma coisa estragada?", questionei-me enquanto o olhava sem reação. O homem que tentava me escoltar perdeu a paciência e disse com a sobrancelha arqueada:

— O que você está fazendo? Não vai descer?

Eu voltei a mim e dei uma olhada ao meu redor, todos os nobres que chegavam olhavam em nossa direção.

— Obrigada.

Rapidamente peguei sua mão e desci da carruagem. Ainda de mãos dadas, subimos as escadas brancas do palácio até o salão de festas.

Capítulo 2

— O jovem mestre Derrick e a senhorita Penelope da família Eckhart chegaram! — As portas gigantes do salão se abriram depois do anúncio de um dos servos.

— Não se engane. — A voz fria de Derrick alcançou meus ouvidos. — Espero que não tenha se esquecido que sua provação acabou ontem.

— ...

— Se causar algum problema novamente, saiba que sua punição não será apenas ficar trancada em seu quarto.

Todo o meu ânimo foi dissipado pelas palavras de Derrick. Eu queria respondê-lo, mas segurei minha língua.

— Certo, tomarei cuidado. — Me esforcei para sorrir enquanto o respondia.

Depois de me ouvir, o homem que me acompanhava virou seu rosto para outra direção. "*Tsc*", fiz uma careta quando ele não estava olhando.

O baile realizado no palácio foi bem tranquilo (e com isso quero dizer que foi extremamente entediante). Logo depois que entramos, Derrick me deixou sozinha e ficou ocupado cumprimentando outras pessoas, em contrapartida ninguém se aproximou de mim. Aparentemente, os rumores sobre Penelope tinham muita influência na sua vida social.

Olhando ao redor, vi moças nobres da mesma idade agrupadas, dançando e sussurrando entre si. Como se estivesse à deriva, fiquei encostada em um canto onde não passavam muitas pessoas e observei aquela cena.

"Eu não me sinto solitária", isso não era uma tentativa de me convencer, era a verdade. Eu tinha um objetivo claro e específico. Foi por isso que fui até ali e, se tudo desse certo, eu finalmente poderia conseguir fugir desse lugar horrí-...

"Ugh! Quando esse maldito príncipe herdeiro vai chegar?"

Conforme o tempo passava, eu percebia mais e mais pessoas me observando e cochichando sobre mim, que estava estranhamente quieta. Quando achei que tinha chegado ao meu limite, alguém gritou:

— Sua Majestade Imperial, a imperatriz, e Sua Alteza, o segundo príncipe, chegaram no salão.

O Único Destino dos Vilões é a Morte

A cena do início do evento do jogo tinha finalmente começado. Os nobres que estavam conversando e gargalhando há pouco se curvaram em direção à entrada; eu também me curvei de acordo com o que todos estavam fazendo. A imperatriz e o segundo príncipe caminharam com uma pose confiante e poderosa pelo tapete vermelho, era como se eles estivessem dizendo "nós somos da realeza" a cada passo que davam. Com seus cabelos louros, que eram o símbolo da família imperial, brilhando sob a luz do lustre, eles atravessaram o salão e subiram as escadas. No fim da escadaria, três tronos – onde apenas aqueles com maior posição real poderiam se sentar – os esperavam. Assistindo aquela cena, fiquei surpresa ao ver o segundo príncipe se sentar em um dos tronos.

"O príncipe herdeiro não deveria ser o único a poder se sentar ali?"

O lugar em que o segundo príncipe havia se sentado era o trono do meio, que ficava em um lugar ainda mais elevado do que os outros dois assentos. O trono era dourado e adornado com um dragão de ouro – era o lugar do imperador. Porém, como ele nunca apareceu no jogo, quem sempre se sentava ali era o príncipe herdeiro.

"Então, por que o segundo príncipe...?", fiquei completamente impressionada com a calma da imperatriz e do segundo príncipe mesmo ao fazer algo daquele tipo. Era como se aquela fosse a coisa mais natural do mundo a se acontecer, será que aquilo era permitido por se tratar do aniversário do príncipe?

— Podem se levantar — ordenou o aniversariante ao se sentar e então os convidados o obedeceram. — Eu agradeço a todos por terem vindo à minha cerimônia de aniversário, tenho certeza de que muitos de vocês estavam ocupados. Não há muito preparado para esta noite, mas espero que vocês aproveitem a ocasião mesmo assim.

Com o fim do discurso do príncipe, o baile oficialmente começou. Na verdade, o baile começaria quando, de repente – **blam!** – um estrondo altíssimo veio da entrada do salão.

— O que foi isso?

— Q-que está acontecendo?

Capítulo 2

Os nobres começaram a se perguntar confusos enquanto viravam ansiosos em direção ao lugar do qual viera o som – uma pessoa caminhava adentrando o salão no meio da multidão. ***Paft, paft, paft*** – o som pesado dos seus passos podia ser ouvido; ao mesmo tempo, um barulho de algo sendo arrastado também era nítido – ***ssssh, sssh***.

— É o p-p-príncipe herdeiro! — alguém gritou com certo pânico em sua voz.

Eu que esperava ansiosamente por essa aparição, me virei assim que ouvi tal declaração. Lindos e elegantes cabelos loiros esvoaçavam conforme o homem andava, parecia que fios do mais puro ouro tinham sido colados em sua cabeça. Agora, os cabelos do segundo príncipe e da imperatriz pareciam mais opacos e uma terrível blasfêmia se comparados com os daquele jovem. O homem com cabelos de ouro tinha uma capa vermelha-escarlate esvoaçante e era o único que brilhava em todo o salão.

— A-aquilo n-não é... uma p-pessoa?

— Argh! I-isso...!

Todos que estavam mais próximos ao príncipe herdeiro começaram a gritar. Como estava distraída com a aparência do homem, não consegui prestar atenção no que ele arrastava pelo salão – ***ssssh, sssh***. Depois que os gritos me trouxeram de volta para a realidade, pude ver que o que ele trazia consigo era uma pessoa completamente imóvel.

— Feliz aniversário, meu irmãozinho querido — disse o príncipe herdeiro assim que alcançou as escadas, jogando o corpo que segurava.

— I-irmão!

— P-príncipe herdeiro! — A imperatriz se levantou de seu lugar e apontou para o rapaz. — Q-que atitude detestável é essa?!

— Como que a aparição de um irmão mais velho na cerimônia de aniversário de seu irmão mais novo pode ser considerada como algo detestável, minha cara mãe?

—Você é o príncipe herdeiro e ainda assim faz algo terrível desse jeito em um lugar que nem ao menos fora convidado...! — A imperatriz se

O Único Destino dos Vilões é a Morte

ruborizou e começou a tremer, ela nem ousava falar sobre a pessoa que fora arrastada pelo homem.

— Como assim eu não fui convidado? Se você continuar falando desse jeito, vai acabar me chateando.

— Quem você pensa que é para vir aqui?! — continuou a mulher sem prestar atenção nas palavras do príncipe.

— É justamente por ter sido convidado que eu adiei várias tarefas importantes e corri até aqui — desdenhou o príncipe sarcasticamente e, pela sua expressão facial, ele não parecia nem um pouco chateado.

Eu não conseguia entender a situação: "A imperatriz não é a mãe biológica do príncipe herdeiro?". Enquanto eu pensava nisso, o príncipe acrescentou:

— Mas seu empregado foi muito imaturo ao trazer o convite... — Ele se inclinou para frente e se levantou novamente erguendo o corpo pelos cabelos. Não era possível ver seu rosto por conta de uma máscara preta, entretanto ao julgar por suas roupas escuras e justas, ele parecia ser um assassino. — Ele não me entregou o convite mesmo após de ordenar que o fizesse, em vez disso tentou fazer outras coisas e, bom, eu tive que dar uma liçãozinha nele.

— ...

— Você deveria ter escolhido um serviçal melhor, maninho. — Ao dizer isso, o príncipe usou sua mão livre e – *sling* – desembainhou sua espada. Logo em seguida cortou a cabeça do assassino e sangue começou a escorrer para todos os lados fazendo um leve "*shuááá*" como se fosse uma cachoeira. — Eu irei substituir meu presente por isso — disse ele tranquilamente ao jogar a cabeça decepada na direção de seu irmão.

— Uaaaaaaaaaaah! — A única coisa que se ouvia dentro do salão eram os gritos chorosos da imperatriz.

A cabeça de uma pessoa rolava pelo chão como se fosse uma bola de futebol. O rosto do segundo príncipe empalideceu e parecia que ele desmaiaria a qualquer instante; o rapaz não conseguia falar nada.

Capítulo 2

— Da próxima vez, se você quiser outro presente desses, é só mandar um serviçal do mesmo tipo.

As pessoas dentro do salão estavam em choque, o único que sorria era o príncipe herdeiro – aliás, seu sorriso afiado e malicioso era igual ao de um leão. Ele saiu do cômodo tão rápido quanto havia entrado, deixando apenas choque e medo para trás. Só quando não era possível ver nenhum sinal do homem que as pessoas voltaram a respirar, pois até então, todos prendiam o fôlego com medo do barulho chamar a atenção do temido príncipe. Comigo não era diferente.

"...Mas o quê?", enquanto segurava meu peito, tentei me lembrar do que acontecia nessa cena, "Tenho certeza de que isso nunca aconteceu no jogo!". Não importava o quanto eu pensasse, esse tipo de evento não tinha acontecido. Algo assim era muito sério e forte para não ser mencionado diretamente, isso não era algo trivial como as marcas de agulha.

> O príncipe herdeiro que não tem um bom relacionamento com seu irmão mais novo, o segundo príncipe, deixa o salão de festa, descontente com um leve desentendimento.

Isso era tudo que eu me lembrava de ter sido mencionado. "Como diabos isso é 'um leve desentendimento', seu jogo maluco?", entrei em pânico ao ver os empregados limpando o sangue do chão e removendo o corpo do salão. Foi então que o *pop-up* apareceu.

> \<Sistema\>
> O episódio {O príncipe herdeiro com nervos de aço, Callisto Regulus} começou!
> Você gostaria de ir para o labirinto no jardim?
> [Sim] [Não]

Eu refleti sobre isso por um tempo. O príncipe herdeiro que eu tinha acabado de ver era muito mais doido do que eu tinha imaginado, o que

O Único Destino dos Vilões é a Morte

fez com que me questionasse um pouco: "Pelo jeito dele, é capaz de eu ser fatiada no meio assim que o vir". Contudo, o medo de morrer durou apenas um instante, afinal eu tinha ido ali justamente com essa intenção, não é mesmo? "Se eu aguentar isso só mais um pouquinho, pode ser que eu consiga ir para casa". Além disso, também tinha o plano B chamado botão "recomeçar", se eu realmente morresse em vez de voltar para o meu mundo, então eu só precisaria apertá-lo. Com isso em mente, pressionei [Sim] com as minhas mãos trêmulas, tentando apaziguar meu estômago embrulhado.

Tudo ao meu redor ficou branco. No próximo instante, quando abri meus olhos, estava na entrada do labirinto do jardim.

"Uau! Isso é muito útil!"

Eu, que estava preocupada com o meu péssimo senso de direção, nem tinha imaginado que o sistema tinha uma função de teleporte igual ao jogo.

"Beleza, vamos marchar até a nossa morte."

Dei o primeiro passo para dentro do labirinto já pronta. Felizmente, não me perdi, o sistema colocava umas luzinhas indicando o caminho para onde eu deveria ir, então foi bem fácil. Depois de um bom tempo, já estava em um lugar bem profundo do labirinto.

"Já chega! Por quanto tempo mais vou ter que ficar caminhando?"

Eu já tinha andado por um bom tempo, mas as luzes não paravam de surgir. Parecia que eu estava andando em círculos e meu pé já estava começando a doer por conta do salto quando uma luz um pouco mais adiante começou a brilhar mais forte que as demais. Aquele era finalmente o fim do caminho. Quando cheguei lá, dei uma olhada ao meu redor – o lugar era muito espaçoso e tinha uma pequena fonte no centro, em volta dela havia uma extremidade na qual você poderia se sentar e descansar.

— Mas que... Onde ele foi parar?

Capítulo 2

Observei a paisagem, mas realmente não havia mais luzes e tampouco alguma dica de onde o príncipe herdeiro poderia estar. Eu inclinei minha cabeça e, um tanto quanto hesitante, andei em direção à fonte, então... *Vush!* – inesperadamente senti algo gelado e pesado em meu pescoço.

— Uwaa!

— E eu estava me perguntando que ratazana estava me espiando...

O príncipe herdeiro andou em minha direção em um semicírculo com sua espada pressionada contra meu pescoço, fazendo com que eu sentisse a sensação de algo sendo cortado – *zash*. Depois de uma ardência, algo quente escorreu pela minha pele, mas eu não consegui perceber que havia realmente sido cortada.

— Hã? Você não é a cadela louca da família Eckhart?

Seus cabelos dourados refletiam a luz do luar e seus olhos carmesim pareciam inundados de sangue. Ele me olhava com certo interesse e sorriu por um breve momento, mas este desapareceu assim que ele voltou a falar.

— E pensar que alguém seria louco o bastante para me seguir depois de toda aquela cena do salão de festas. Haha, parece que você está ansiando pela morte, não é mesmo, senhorita?

Meu corpo se arrepiou inteiro com a mudança de expressão do homem, agora ele não esboçava nenhum sentimento.

— Diga-me: por que me seguiu até aqui como se fosse uma rata?

Sua espada cortou uma camada mais profunda da minha pele. Contudo, o que era mais assustador era a aura mortífera que ele emanava em minha direção. Foi só quando entendi que o príncipe realmente iria me matar que percebi: "Cadê o botão 'recomeçar'?". Olhei em todas as direções tentando achá-lo. "Mesmo que eu acabe morrendo, seria bom se eu descobrisse onde ele fica".

— Parece que você não tem uma resposta, hein? Neste caso, acho que está na hora de você dizer adeus para seu pai e irmãos.

Não importava o quanto eu procurasse...

O Único Destino dos Vilões é a Morte

— Eu serei bonzinho e transmitirei suas últimas palavras aos Eckhart — concluiu Callisto.

O botão "recomeçar" não estava em lugar algum, "Recomeçar! Recomeçar! Cadê?! Recome-!". A verdade é que, nessa realidade, não existe um botão de recomeçar. Senti minha visão ficando turva e meu ouvido zunir, com certeza estava prestes a desmaiar, mas ainda assim nenhum botão ou aviso apareceu. Enquanto isso, ao ver sua pose levantando a espada, eu soube que o príncipe realmente planejava me matar.

— E-espera! Espera! — gritei em pânico.

— Parece que alguém finalmente decidiu abrir o bico — disse o príncipe herdeiro, inclinando sua cabeça.

— S-sim! Eu irei lhe contar! Lhe contarei tudo! — Assenti com minha cabeça repetidamente. A espada que ele levantara há pouco já estava pressionada contra minha garganta novamente.

— Estou ouvindo...

— B-bom...

Por conta do medo, eu acabei dizendo que iria lhe "contar tudo", mas, assim que parei para realmente dizer algo, percebi que não tinha nada para falar e minha mente estava completamente em branco. Digo, eu não tinha uma boa desculpa, afinal eu não podia dizer a verdade: "Eu te segui por que queria morrer ou descobrir onde ficava o botão 'recomeçar' do jogo", isso soaria completamente insano até mesmo para ele...

"Será que é melhor eu ligar as opções?", considerei, mas mesmo que eu ligasse as escolhas, não havia nenhuma garantia de que eu conseguiria sobreviver, de fato eu só consegui chegar até ali porque elas estavam desligadas.

— Eu consigo ver fumaça saindo da sua cabeça. — Ele riu friamente não sendo capaz de esperar que eu pensasse em algo convincente. — Devo dizer que estou ansioso para ouvir o que você tem a dizer... — O indicador de afinidade brilhou perigosamente no topo de sua cabeça. — ...mas precisa ser algo persuasivo, senhorita.

Capítulo 2

— ...

— Eu realmente odeio quando alguém entra no meio do meu caminho — cochichou o homem pressionando ainda mais sua espada em minha pele.

Pude sentir um fio grosso de sangue escorrendo. Medo de morrer e dor – essas eram as duas únicas coisas que controlavam meu cérebro nesse instante e talvez tenha sido por isso que eu acabei dizendo:

— ...E-eu gosto de você! — Sem pensar, eu deixei essas palavras estúpidas escaparem.

— ...Como é?

Os olhos carmesim do homem se arregalaram. Eu fechei os meus pressionando-os bem forte e continuei praticamente gritando, devo dizer que já não controlava mais minha própria boca:

— Eu... eu gosto de você já faz um bom tempo, príncipe herdeiro!

— ...

— Ao ver aquela cena no salão, imaginei que o senhor estaria chateado... Então vim para tentar lhe consolar.

O nível de idiotice desse diálogo era tão insano que nem no script original do jogo algo similar acontecia. Por mais que no modo normal a heroína encontrasse com o príncipe herdeiro e o confortasse, isso era plausível porque ela não tinha presenciado uma cena em que ele cortava o pescoço de alguém.

"Eu tô fud-...", mesmo não sendo intencional, por que eu tinha que falar justo para esse lunático que eu gosto dele? No fim das contas, só havia um motivo para uma senhorita seguir um homem por um labirinto assustador como esse... quer dizer, se isso se tratasse de um homem e uma mulher normais.

"É isso, acabou. Adeus, jogo biruta. Se eu morrer e voltar para o meu mundo, pode ter certeza de que vou avaliar essa droga com apenas uma estrela...", fechei meus olhos enquanto tremia, já estava me preparando para toda a dor que logo me afligiria. Contudo, mesmo esperando por um bom tempo, o som da espada rasgando o ar não pôde ser ouvido.

O Único Destino dos Vilões é a Morte

— Hmm, então a cadela louca do ducado está apaixonada pelo maníaco desequilibrado da família imperial, hein? Interessante...

A brisa noturna congelava a ponta de meu nariz, cuidadosamente abri meus olhos enquanto ouvia o príncipe murmurando consigo mesmo.

— Isso é...

— ...

— ...um motivo bem inusitado.

Seus olhos vermelhos como sangue estavam bem na frente dos meus, já fazia um bom tempo desde que eu tinha parado de respirar. Ele me encarava com seu rosto cheio de interesse.

— Todavia, eu não me lembro de termos nos visto muitas vezes. Você provavelmente se deparou comigo pela primeira vez na minha cerimônia de boas-vindas depois da guerra.

Na verdade, nem naquela vez eu tinha o visto. Essa era a primeira vez que nos encontrávamos e isso era óbvio, já que eu tinha ido parar nesse mundo instantes depois dessa cerimônia que ele mencionou.

— F-foi paixão à primeira vista! — respondi com meu corpo inteiramente tenso.

— O que você mais gosta em mim?

— Bem...

Eu não tinha o que dizer. O que poderia responder? Ou melhor, como eu poderia responder algo do tipo? Me lembro de ter desenhado um "X" incontáveis vezes no nome desse cara da última vez que arrumei as informações desse jogo no meu papelzinho. Tudo o que pude fazer foi o observar e forçar algum motivo antes que ele perdesse a paciência.

— O rosto de Vossa Alteza é de uma beleza excepcional...

— Pensar que a única coisa boa que você viu em mim é a minha aparência me deixa desapontado...

— ...A bravura de Vossa Alteza e sua destreza com a espada também são...

— Isso é muito clichê, não tem nada mais interessante e inovador?

Capítulo 2

— Bem... Err...

Eu estava prestes a colapsar por conta das perguntas do príncipe, honestamente eu nem sabia como ainda estava de pé com minhas pernas tremendo tanto; fora isso, a sensação afiada e gelada em meu pescoço também não ajudava muito.

— Tem... aquilo também... e...

O sorriso do homem em minha frente crescia a cada palavra solta e lágrima que eu tentava segurar. Eu só podia ter enlouquecido quando tive a brilhante ideia de tentar morrer. Quando comecei a cair para trás desmaiando ele interrompeu aquela sessão de tortura:

— Certo. Eu não estou completamente satisfeito, mas deixarei você ir por hoje.

A espada que penetrava lentamente a minha pele foi removida junto dessas palavras. Surpresa, levantei minha cabeça ao ouvir o que o príncipe havia acabado de dizer tão animadamente, seus olhos carmesim brilhavam.

— No entanto, da próxima vez que nos encontrarmos, você terá que me explicar em detalhes como e por que se apaixonou por mim.

Eu assenti tanto que me senti um pouco tonta.

— Vá, você já pode ir — finalizou ele enquanto embainhava sua espada novamente.

Naquele momento, o indicador de afinidade brilhou sobre seu cabelo cor de ouro.

> Afinidade: 2%

Embasbacada, eu encarei aquilo por um momento, ao contrário do que se possa imaginar, não era por eu estar feliz ou até mesmo aliviada, mas sim por ser completamente ridículo.

— O que você está esperando? Não me diga que quer brincar de desenhar linhas vermelhas novamente? — disse o homem enquanto esfregava o dedão em seu pescoço imitando o que seria uma lâmina.

O Único Destino dos Vilões é a Morte

— D-de forma alguma! — Pulei assustada, então me virei e, assim que alcancei a entrada do labirinto, comecei a andar o mais rápido possível.

Naquele momento, eu nem sequer consegui pensar em me despedir apropriadamente, o melhor que eu pude fazer foi caminhar em vez de correr do príncipe. Mas assim que ele não podia mais me ver, eu corri como nunca. A brisa fria da noite ardia ao encontrar o corte feito em meu pescoço, porém eu estava tão concentrada em meus pensamentos que mal podia sentir a dor.

"Não existe um botão 'recomeçar'!", para mim, esse era o fato mais assustador de todos. E pensar que a minha única garantia não existia era aterrorizante. Em outras palavras, isso significava que eu não poderia simplesmente morrer a qualquer momento como estava planejando.

"E se eu morrer de verdade quando alcançar um final de morte neste jogo? E se eu simplesmente não voltar para minha realidade? Tudo pode simplesmente acabar..."

Eu era apenas uma universitária normal, nunca fui preparada para lidar com esse tipo de situação de vida ou morte. A única chance que me restava agora era alcançar um final feliz com um dos personagens.

"Mas como?"

Como eu poderia suportar tanto tempo assim e me esforçar tanto para conseguir um bom final com esses personagens que tentavam me matar toda vez que eu cometia um erro insignificante? O fato da afinidade deles ter subido um pouco não era nada relevante para mim, afinal mesmo que sua pontuação fosse alta, a qualquer momento ela poderia diminuir bruscamente como um castelinho de areia.

"E se eu me esforçar ao máximo para aumentar a favorabilidade deles e do nada ela diminuir como no jogo?"

Então eu morreria assim? Mas eu... eu não queria morrer. Por que isso tinha que acontecer comigo? Depois de ter sobrevivido e arriscado minha vida tantas vezes para escapar daquela casa...

"Por que eu tenho que morrer de um jeito patético em um universo maluco como este? Eu tenho que me humilhar perante pessoas que eu nem sequer conheço?!"

Capítulo 2

Plop, plop – lágrimas começaram a escorrer pelo meu rosto ao mesmo tempo e, junto da minha respiração pesada, eu deixei que um grunhido escapasse sem nem ao menos perceber.

Graças à velocidade que eu corria e às luzes que me guiavam, consegui escapar do labirinto mais rápido do que quando o adentrei. Faltavam poucos passos para que finalmente escapasse do jardim quando trombei em alguém – ***poft.***

— Ai!

Eu não tinha conseguido enxergar a figura no meio da escuridão noturna. Devido ao meu estado psicológico fraco, senti um medo extremo correndo por todo meu corpo só de pensar que o príncipe poderia ter me seguido até ali. Eu me preparava para correr outra vez quando agarraram meu pulso.

— Me solta! — gritei assustada — Eu disse para me largar!

— Senhorita?

— Por que tenho que morrer? Eu não quero! Eu não quero morrer!

— Senhorita, ei!

Eu, que estava chacoalhando o braço que havia sido capturado, voltei a mim quando senti alguém segurando meus ombros firmemente.

—Você está bem?

Ao me virar, olhos azuis como o fundo do oceano me encaravam arregalados de surpresa e cabelos prateados brilhavam suavemente sob a luz fraca do luar. Um pouco mais acima, algo brilhava fortemente.

> Afinidade: 0%

— U-ugh...

— *Shh*, se acalme. Não irei machucá-la.

Suspirei em meio ao choro ao ouvir aquela voz tão doce e calma. "É mais um dos personagens conquistáveis?", logo que percebi quem era, me senti um tanto desesperada – Winter Verdandi, marquês e mago.

— Eu... eu já estou bem. Está tudo certo.

O Único Destino dos Vilões é a Morte

Só o fato dele não ser o príncipe herdeiro já tinha me tranquilizado. Levantei minhas mãos trêmulas para secar as lágrimas que escorriam pelo meu rosto.

Queria ir para casa, não queria ficar nesse lugar por nem mais um segundo! Além disso, eu não tinha mais forças para lidar com Winter.

— Que vergonha, é a primeira vez que nos vemos e já lhe causei problemas. Por favor, esqueça o que acabou de acontecer. Com licença — sussurrei rapidamente enquanto secava meu rosto. Depois de me curvar para cumprimentá-lo tentei fugir, mas ele bloqueou meu caminho.

— Você está sangrando muito — disse ele apontando para meu pescoço. — Além disso, está completamente pálida, nós precisamos ir ver um médico imediatamente!

— Está tudo bem, eu preciso me apressar e voltar...

— Então ao menos aceite isto.

Diferentemente de mim, que queria terminar esse diálogo logo e fugir, Winter procurou por algo no bolso de seu paletó.

— Aqui, coloque isto sobre sua ferida e pressione com força, assim você parará de sangrar — disse o homem ao me entregar um lenço.

Eu encarei o objeto por alguns segundos antes de aceitá-lo. Era verdade, realmente não poderia voltar ao salão de festas sangrando desse jeito, logo, acabei aceitando. Curvei-me mais uma vez e retornei a dizer:

— Muito obrigada. Eu me certificarei de retornar o favor.

— Não há necessidade... — recusou o jovem educadamente enquanto estacava sua mão em minha direção. — Em vez disso, eu gostaria que a tristeza em seus belos olhos desaparecesse da próxima vez que nos encontrarmos. — Sua mão estava tão próxima de meus olhos que eu podia sentir o calor de seu corpo.

> Afinidade: 9%

Eu estava tão concentrada nas letras brilhando sobre sua cabeça, que nem pude reparar no modo que ele me olhava.

Capítulo 2

Quando cheguei no salão, por conta do lenço que Winter havia me emprestado, meu pescoço realmente já tinha parado de sangrar. Normalmente, ninguém seria capaz de dizer que ele havia lançado um feitiço em tal objeto, mas eu sabia de sua identidade secreta. Quando estava prestes a entrar no palácio e procurar por Derrick, decidi conferir o estado do meu vestido.

"Quem diria que usar um vestido escuro hoje seria tão conveniente", pensei ao notar que a mancha de sangue tinha ficado praticamente invisível. Graças a isso, só precisei dar uma ajeitada no meu cabelo antes de entrar no salão.

Encontrar Derrick foi uma tarefa bem fácil, isso porque nosso querido homem frio e de bela aparência era o que mais se destacava no meio da multidão que o cercava.

"Ele me mandou tomar cuidado e não causar nenhuma confusão... Aposto que ficará furioso comigo se vir o corte em meu pescoço."

Eu estava tão confusa e preocupada com o aviso que Derrick havia me dado quando chegamos na festa, que nem sequer reparei que todas aquelas pessoas estavam olhando para mim. E mais importante de tudo, eu não percebi que o fato de meu vestido estar bem não significava que eu também estava.

— Meu irmão... — o chamei com um tom de voz baixo. Felizmente, ele conseguiu ouvir meu chamado (que estava mais para um sussurro) no meio de toda aquela multidão e se virou em minha direção. — Creio que é melhor eu ir embora, não estou me sentindo muito bem...

Os olhos de Derrick se arregalaram ao ver a figura pálida de sua irmã que parecia que desmaiaria a qualquer momento enquanto pressionava um lenço ensopado de sangue contra seu pescoço.

— ...ag...ora...

Tudo ficou escuro em um piscar de olhos. A última coisa que eu me lembro de ter visto antes de perder a consciência foi Derrick correndo em minha direção, com seu rosto pálido.

O Único Destino dos Vilões é a Morte

Eu não me lembro de nada que aconteceu depois de ter desmaiado no baile.

— Senhorita...!

— Rápido! Chame logo um médico!

Gritos desesperados e passos apressados mal podiam ser ouvidos. O fato de eu estar de cama por dias só por causa de um pequeno cortezinho no pescoço me fez rir. O estresse, que eu estava ignorando por conta do desespero para sobreviver, pareceu ter explodido de uma vez.

Durante os dias que fiquei inconsciente, sonhei com várias coisas e, ao contrário do que havia imaginado, mesmo depois de virar Penelope, os sonhos não se limitavam a coisas do passado da moça. Não, eles eram todos sobre a minha infância.

Não fazia muito tempo desde que o ensino médio tinha começado. Eu frequentava uma escola de elite onde somente crianças ricas eram aceitas. Depois que a aula havia acabado, estava guardando minhas coisas quando alguém cutucou meu ombro.

— Ei, seu irmão está procurando você. Ele disse para encontrá-lo no almoxarifado da quadra. — Quem me deu o recado foi um dos puxa-sacos do meu segundo irmão que basicamente mandava na escola inteira.

Sendo assim, fui até o lugar que me informaram sem pensar muito. Eu percebi que o segundo desgraçado estava envolvido com alguns casos de bullying na escola, mas não era algo tão sério ou que me envolvesse tanto para me preocupar com isso.

— Irmão...?

Nheeeec – entrei cuidadosamente no almoxarifado abrindo a porta vagarosamente. Eu não conseguia ver nada, estava completamente escuro.

Capítulo 2

Enquanto olhava em volta, algo de repente foi colocado em minha cabeça. Parecia um saco plástico.

— O-o quê...? Argh!

Com o rosto coberto, fui jogada impotente no armazém e espancada violentamente; dezenas de pés me pisoteavam e chutavam. Não havia tempo para me acalmar, tudo o que eu podia fazer era me encolher, gritando com a dor daquele abuso.

— Uau, isso é realmente revigorante! De onde saiu essa mendiga? Ela não está no nível da nossa escola.

— Ei, escuta, será que nós não vamos ficar em apuros se os irmãos dela descobrirem?

— Relaxa, os irmãos dessa aí odeiam ela. Eu fui a uma reunião com meu pai e acabamos falando um pouco sobre ela, só de ouvir seu nome eles já ficam com cara de nojo.

Eles sorriram e disseram coisas cruéis enquanto me observavam tentando voltar aos meus sentidos com o pouco de energia que me restava. Honestamente, suas palavras doeram mais que a surra que eles haviam me dado poucos momentos atrás.

— Ei, de agora em diante se certifique de não aparecer na nossa frente, entendeu? Ah, e não fale nada sobre o que aconteceu hoje com ninguém. — Dito isso, só consegui ouvir os passos das pessoas deixando a sala.

Fiquei deitada no chão completamente imóvel por cerca de uma hora, meu corpo doía tanto que eu mal conseguia respirar. Só depois de muito tempo que consegui me levantar. Eu tirei o saco plástico da minha cabeça e vi tanto minha mochila quanto meu uniforme arruinados. Caminhei lentamente até o banheiro e comecei a limpar as marcas de tênis da minha roupa, mas então eu percebi que não era com meu uniforme que eu deveria me preocupar.

No espelho eu pude ver meus olhos roxos, eu não tinha sido chutada apenas pelo corpo, mas no rosto também. Não pude evitar de rir da minha situação que parecia gritar "eu fui espancada". Por estar fora dos

O Único Destino dos Vilões é a Morte

meus sentidos e também por minha mente ter apagado naquela hora, eu não me lembrava da sensação de levar uma surra.

Me arrastei por todo o caminho até chegar naquela casa infernal. Quando cheguei, é claro que meu pai e meus dois meios-irmãos tinham que estar fazendo um lanchinho em família.

— Cheguei.

Como eu não era alguém que poderia se juntar àquele momento, os cumprimentei apressadamente para subir logo para meu quarto.

— Espera, para aí.

Normalmente, eles não ligariam se eu voltasse ou não para casa, mas é óbvio que aquele dia tinha que piorar, não é mesmo?

— Ei, eu disse para você parar.

Ignorei e continuei andando. O segundo irmão desgraçado se levantou quando eu não o obedeci. Ele agarrou meu pulso antes que eu conseguisse chegar às escadas.

— O que aconteceu? Por que você está desse jeito?

— ...Não foi nada, só tropecei e caí — respondi olhando para o chão na esperança de conseguir esconder meu olho roxo atrás do cabelo.

— Sem chance. Olha pra mim. Alguém bateu em você?

— Não, já disse o que aconteceu. Eu só caí.

— Anda logo, eu mandei você levantar sua cabeça.

Eu só queria ir para o meu quarto e descansar pelo resto do dia, mas ele precisava me impedir e ainda puxar meu cabelo.

— ...Ei, o que são esses hematomas?! Quem foram os malditos que fizeram isso com você? O que diabos...! — Aquele moleque deixou meu rosto machucado à vista.

— Não foi nada.

— Ah, então você está me dizendo que isso aí não é nada? Como que diabos isso não é na-...

— Se eu disse que não é nada de mais, então não é! Que saco! — gritei antes que ele terminasse de falar.

Capítulo 2

Provavelmente eu estava extremamente estressada, já que empurrei ele enquanto dizia isso. Até mesmo meu pai e irmão mais velho ficaram surpresos de me ver reagindo de maneira tão brava. Naquele momento, pensei que não tinha como minha vida piorar. O fato de eles estarem ocupados comendo frutinhas enquanto eu estava apanhando na quadra da escola me irritou ainda mais.

— Desde quando vocês ligam para mim?! — A cena deles três aproveitando um momento feliz em família quando cheguei em casa me deixou com ciúme. Inveja. A ideia de que eu não podia me juntar a eles era ainda mais... — Por favor, só me deixem em paz. Por acaso eu já pedi alguma coisa nesta casa? Eu nunca fiz nada para vocês, então por quê...? Por que vocês continuam...?!

Um silêncio assustador se instalou na sala de estar. Eu sempre pensei que chorar significava perder, ser uma falha. Mas naquele momento, não consegui segurar. Todas as lágrimas que foram represadas dentro de mim por tanto tempo romperam como uma cascata. Não sei dizer qual era a cara que eles fizeram, já que não prestei atenção e estava muito confusa, afinal era apenas uma criança.

Alguns dias depois, o suficiente para que meu olho roxo desaparecesse, meu segundo irmão veio falar comigo:
— Eu descobri quem fez aquilo. Não se preocupe, bati naqueles filhos da mãe até que ficassem à beira da morte — ele me avisou sem ao menos dizer "oi" antes.

Eu até tinha ouvido uns boatos de que algumas crianças problemáticas da escola tinham sido internadas, mas não imaginei do que se tratava.
— Quão insignificante aqueles arrombados pensam que você é para te tratarem daquele jeito? — murmurou ele enquanto me olhava e balançava a cabeça. — Bom, tanto faz. A partir de agora essas coisas não devem mais acontecer.

Ainda assim, não me sentia nem um pouco grata ao meu irmão. Na escola, eu passei a ser ainda mais excluída e nada melhorou, na verdade eles ainda faziam bullying comigo de vez em quando. Minha vontade era de gritar que a culpa era toda dele, porém, em vez disso, eu preferi fingir.

— ...Obrigada, irmão.

Por que eu tinha que te agradecer por você ter arrumado sua própria bagunça?

"Eu só... Eu... Eu realmente..."

— ...se ela de fato só tem o que você disse, então por que ela não está acordando...?!

Gritos altos podiam ser ouvidos, no entanto eu não conseguia entender quem e o que falavam. Minha cabeça doía. Tentei abrir meus olhos que se forçavam para baixo.

— ...pelo menos faça isso! Obviamente que você e aquele maldito príncipe herdeiro...!

— Que... barulhento...

Logo que forcei minha voz a sair alguém veio para perto de mim.

— Ei, você acordou...

Tudo estava embaçado, eu não conseguia ver direito o rosto da pessoa na minha frente, mas pude dizer imediatamente quem era graças ao seu tom de voz familiar. Era o desgraçado do meu segundo irmão.

— ...Eu te... odeio — continuei forçando minha voz a sair, dessa vez finalmente dizendo as palavras que nunca tinha tido coragem. — ...Eu te odeio tanto, mas tanto. Se você pensa que me odeia, eu te odeio cem, mil vezes mais...

— ...

— Eu te odeio mais do que tudo.

Depois de terminar o que tinha a dizer, fechei meus olhos e me senti revigorada. Como minha visão continuava turva e eu também voltava a cair no sono, não consegui enxergar direito os olhos azuis que tremiam como um terremoto e a rigidez da pessoa de cabelos rosa à minha frente.

Capítulo 2

Eu só consegui me levantar depois de quatro dias.

— Senhorita... você está se sentindo bem?

A primeira coisa que vi quando abri meus olhos foi o rosto lacrimejante de Emily.

— Uhum, estou bem.

— Que alívio! Você tem ideia do quanto me preocupei? Sua Excelência, o duque, e os jovens mestres também estavam completamente preocupados com a senhorita.

— Sério? — respondi cética imaginando que Emily não estava sendo totalmente honesta comigo, mas ela assentiu fazendo um grande e lento movimento antes de voltar a falar.

— Mas é claro! O primeiro jovem mestre estava tão pálido quando chegou na mansão aos prantos com a senhorita nos braços!

— ...Meu irmão? O primogênito?

— Sim! Sua Excelência, o duque, ordenou imediatamente que trouxessem os médicos mais talentosos do império e o mordomo quase não conseguiu impedir o segundo jovem mestre de invadir o castelo imperial!

Eu fiquei surpresa com o que Emily estava me contando, embora ela estivesse exagerando, ainda era um grande choque saber que Penelope tinha recebido qualquer cuidado da família Eckhart.

— Fiquei preocupada que algo de ruim pudesse acontecer com a senhorita...

— Deve ter sido difícil para você, Emily.

— Difícil? Para mim? Não diga isso, senhorita! Eu sou sua empregada pessoal, é o mínimo!

Aparentemente, muitas coisas tinham acontecido enquanto eu estava inconsciente. Minha mente ficou em branco quando vi que a preocupação da moça não era tão fingida, ela estava em lágrimas o tempo todo e até mesmo mencionou ser minha "empregada pessoal"... Logo ela, que tinha me furado com uma agulha durante tantos anos.

— Ah, é verdade! Agora não é hora de ficarmos batendo papo, irei avisar a todos que a senhorita acordou! Eu já volto!

O Único Destino dos Vilões é a Morte

Emily se levantou às pressas assim que eu assenti e disse:
— Me traga sorvete de melão quando estiver voltando.

※

Assim que me levantei, fui ao espelho checar meu estado. Meu rosto estava com uma péssima aparência depois desses quatro dias inconsciente. Meu pescoço, que tinha sido levemente cortado pela espada do príncipe herdeiro, estava completamente enfaixado.

— Pra que tanto pano? Ugh, e tá apertado também.

Se alguém me visse assim, acharia que meu pescoço estava quebrado e não cortado. Eu estava me sentindo sufocada com tanto tecido e pensei em tirar um pouco, mas decidi deixar como estava mais um tempinho, afinal seria bom se eu agisse como uma pobre enferma durante uns dias.

Foi quando estava deitada na cama depois de comer o ensopado de mariscos e o sorvete de melão, que Emily me trouxe na volta, que alguém bateu em minha porta – *Toc, toc.*

— Senhorita, sou eu, Pennel.

O visitante era o mordomo-chefe que, depois daquele dia, nunca mais havia entrado em meu quarto sem minha permissão. Mesmo assim, eu não me sentia contente com aquilo: "Pensei ter dito a ele que enviasse seus recados por meio de outra pessoa", pensei quando mandei Emily sair e ver o que ele queria, já que ainda não tinha o perdoado completamente:

— Emily, vá ver o que ele quer.

Ela fez exatamente o que eu lhe ordenei sem questionar. O que ela me disse quando retornou foi um tanto quanto inesperado:

— Senhorita, o mordomo disse que Sua Excelência está chamando-a.

— Meu pai?

Não era qualquer um que poderia transmitir os recados do senhor da casa, nesse caso, o duque. Se esse era o motivo, então eu podia compreender o porquê de Pennel ter ido até ali pessoalmente. Dito isso, levantei e me arrumei para sair.

Capítulo 2

— Emily, me traga um penhoar.
— A senhorita não irá se trocar? — ela me perguntou como se aquilo fosse algo muito raro.

No momento, eu vestia uma camisola branca. Ela não era uma vestimenta muito formal para se ver um adulto, principalmente o duque.

—Você já viu um doente todo arrumado? — lhe devolvi a pergunta enquanto vestia o penhoar que ela havia me trazido.

"Que tipo de pessoa faz sua filha adotiva doente, que acabou de acordar de um pequeno coma, ir encontrá-la? Ele que deveria vir aqui me ver..."

Não era minha intenção, mas sem querer acabei criando uma comoção durante a cerimônia no palácio imperial. Da última vez, meu castigo tinha sido ficar isolada de todos, eu me questionava qual seria a bronca de hoje. Se quisesse evitar uma punição muito severa e também não ser culpada por esse incidente, então teria que agir como se estivesse morrendo de dor. Graças ao fato de ter ficado inconsciente durante uns dias, minha cara já estava horrível sem que eu nem precisasse me esforçar.

"Ugh, que vida...", pensei enquanto suspirava deixando meu quarto.

O mordomo que estava aguardando do lado de fora do aposento endireitou sua postura assim que saí do cômodo.

— Deveríamos ir, senhorita? — falou ele enquanto se curvava com uma mão em seu estômago e a outra indicando o caminho.

"Mas o quê...?", não era como se eu não soubesse o caminho de onde nós estávamos indo, além disso ele nunca tinha se comportado desse jeito antes, pelo menos não comigo.

O mordomo curvou-se e disse ao perceber meu olhar desconfiado sobre ele:

— Como poderia eu, um mero servo, andar na frente de meus mestres?

Analisei seu rosto em busca de algum sinal que indicasse que ele estava tirando sarro de mim, contudo não encontrei nada além de sinceridade. Na verdade, ele parecia um cavaleiro bem treinado que esperava ansiosamente por esse momento.

O Único Destino dos Vilões é a Morte

— Estarei logo atrás da senhorita.

Seu jeito educado de me tratar e suas palavras soavam diferente em meus ouvidos, para mim aquilo parecia mais como "Eu estive a esperando por um bom tempo, hoje tratarei a senhora muito bem" ou algo que o dono de uma lojinha diria para um cliente assíduo que ele não via há algum tempo.

A aura da mansão estava claramente diferente nesse dia, "Por que todo mundo está agindo estranho?". Todos os empregados que normalmente ficavam ocupados me observando de canto de olho se curvavam assim que me viam. Naquela hora nem imaginei que isso era graças ao mordomo-chefe que caminhava comigo e os intimidava com seu olhar.

— Por favor, aguarde um instante, senhorita — disse Pennel assim que paramos na porta do escritório do duque. Ele, que havia andado atrás de mim durante todo o percurso, agora passava por mim para bater na porta e me anunciar.

Toc, toc!

— Vossa Excelência, a senhorita Penelope está aqui.

— Deixe-a entrar.

— Senhorita, por favor entre — repetiu o mordomo depois de abrir a porta para mim de uma forma extremamente educada.

Eu me senti meio esquisita ao entrar no cômodo, parecia que, enquanto eu estava doente, os empregados tinham tido aulas intensivas de etiqueta.

— Você veio.

Diferentemente da última vez, dessa vez o duque estava sentado no sofá que ficava no centro do escritório.

— O senhor chamou?

Curvei-me cumprimentando-o. Ele assentiu ao ver minha saudação e deu permissão para que me sentasse.

— Sente-se.

Eu tomei um lugar no outro sofá que ficava de frente para onde o duque se sentava, uma mesa de centro nos separava. Tão cedo quanto

Capítulo 2

me acomodei no lugar, já comecei a pensar nas desculpas que poderia usar durante nossa conversa. Depois de um curto tempo de silêncio, o duque começou a dizer:

— O motivo pelo qual eu te chamei aqui hoje...

— Meu pai, eu poderia, brevemente, dizer algo primeiro? — interrompi-o antes que pudesse concluir sua frase me levantando do lugar em que estava sentada. Logo depois me ajoelhei no chão e continuei:
— Me desculpe.

Esse era o meu plano, me desculpar antes que qualquer coisa pudesse acontecer.

— Aparentemente eu não pensei o suficiente no meu comportamento durante o tempo que estive de castigo e isso acabou fazendo com que uma confusão acontecesse durante o baile imperial, constrangendo nossa família.

O discurso que eu havia preparado saiu facilmente, e eu creio que ele não seria capaz de jogar na rua sua filha ferida que acabara de acordar, ainda mais com ela confessando prontamente.

— Não, espere...

Meu plano parecia ter funcionado perfeitamente, o choque era visível em seu rosto.

— Não me atreverei a dar justificativas para que o senhor me desculpe. Eu sei bem que sou a pessoa que errou nessa situação.

— O que você está...?

— Eu irei aceitar qualquer punição sem reclamar, então...

— BASTA!

Eu estava prestes a pedir para ele me poupar devido à minha situação física quando ele gritou levantando sua mão no ar.

— Penelope Eckhart... — ele chamou meu nome com um tom de voz baixo.

"Gulp. Será que a mesma estratégia não vai funcionar uma segunda vez?", comecei a me preocupar e o respondi engolindo em seco:

— ...Sim, meu pai.

O Único Destino dos Vilões é a Morte

— Levante-se.

— ...Perdão? — Tive que questioná-lo, afinal eu esperava tudo menos isso e, assim que o fiz, as sobrancelhas do duque estremeceram.

— Um Eckhart não pede perdão de joelhos. Não importa qual seja a ocasião, isso nunca deve acontecer, então não se rebaixe tão facilmente, Penelope.

— ...

— Ninguém pode fazer com que você, uma Eckhart, se curve! Nem mesmo alguém da família **imperial**! — O duque levantou sua voz quando chegou na palavra "imperial". Ele seguiu com seu discurso: — Se você entendeu, então se levante do chão imediatamente!

— S-sim! — Obedeci me levantando abruptamente e voltando a me sentar no sofá. Meu coração batia forte com o grande carisma do duque que eu nunca tinha visto no jogo.

"Será que disse alguma coisa errada?", não pude evitar de pensar pouco antes do homem voltar a falar.

— Penelope, não a chamei para brigar com você nem nada parecido.

— Hã? Não? Então...

— O que quero é saber o que aconteceu naquela noite no palácio imperial.

— ...

— Agora me conte, diga tudo o que aconteceu entre você e o príncipe herdeiro.

Ao ouvir suas palavras eu tentei me lembrar do que havia acontecido antes de desmaiar. Eu segui o príncipe herdeiro com o objetivo de ser assassinada e realmente, meu pescoço quase foi desmembrado do meu corpo por conta da espada daquele maluco. Aí, eu dei um jeito de me manter viva, tudo o que eu tive que fazer foi falar bastante e, se você quer saber, coisas extremamente sem sentido. Só de lembrar eu já sentia um frio tremendo correr pela minha espinha.

— Bom... — Pensei em uma boa desculpa sem perceber que o duque observava atentamente meu rosto ficar cada vez mais pálido devido

Capítulo 2

à lembrança daquela noite. — Eu queria tomar um pouco de ar fresco então pensei em visitar o labirinto do jardim; foi aí que me encontrei com Sua Alteza. Acontece que naquela hora ele não estava de bom humor, então...

Isso era completamente diferente do que tinha acontecido de fato. Eu tinha a impressão de me tornar uma mentirosa profissional a cada dia que passava ali, mas o que poderia fazer? Eu não podia contar a verdade e isso também não era completamente mentira.

— Então...?

— ...

— O príncipe herdeiro cortou seu pescoço desse jeito só porque ele estava de mau humor?

— Hã? Não, mas ele não cortou...

— Se ele não cortou seu pescoço, então o que é isso? O que é isso no seu pescoço, hein, Penelope? Ele não é um animal, mas pelo jeito deve ser um lunático para apontar sua espada a uma jovem nobre só porque não estava de bom humor! — gritou o duque, furioso por algum motivo.

Parecia que eu podia ouvir o príncipe falando algo como "que escandaloso" de algum lugar. Eu tratei de responder rapidamente:

— F-fui eu que, de certa forma, acabei o irritando por estar no meio do caminho.

— Bom trabalho.

— ...Perdão?

— Agora nós podemos exigir algo da família imperial usando sua ferida como justificativa. Você realmente se tornou um membro valioso da família Eckhart, Penelope.

Cada vez que o duque abria a boca, eu sentia que ficava um pouco mais louca, suas respostas eram completamente inesperadas.

— Nós precisaríamos cortar as asinhas dele alguma hora mesmo. Depois que ele ganhou o título de "herói da guerra" se tornou mais arrogante ainda.

O Único Destino dos Vilões é a Morte

— P-pai!

Essas palavras poderiam trazer a ruína a essa família se alguém as ouvisse, ele estava insultando a família imperial sem se preocupar. O duque continuou com seu discurso como se nada tivesse acontecido, ao contrário de mim que estava abalada:

— Penelope, você deveria saber que nós não estamos do lado de ninguém. Nossa família é neutra.

— Sim, claro.

Não, na verdade eu não fazia ideia disso.

— Mesmo que esse seja o caso, é difícil de se resistir se não tem ninguém para lhe apoiar. Sua Majestade Imperial, a primeira imperatriz, já faleceu e a cada dia que passa, menos pessoas parecem apoiar o príncipe herdeiro.

— ...

— Depois que ele foi para a guerra, a atual imperatriz parece ter tomado conta do palácio. Ninguém sabe quem irá se tornar o próximo imperador a esta altura do campeonato.

Eu não fazia ideia de que Callisto tinha esse tipo de história, talvez porque esse jogo não falava de nada além da conquista romântica dos personagens.

"É claro que ele não estava agindo que nem um louco à toa."

Naquela hora, eu não tinha entendido o motivo da imperatriz e do segundo príncipe terem lhe enviado um assassino, mas agora tudo fazia sentido.

— Então, de agora em diante, é só você continuar o bom trabalho que começou! — E com isso o duque deu um grande sorriso de satisfação e trocou de assunto: — Como você teve ótimas conquistas, eu deveria te recompensar em vez de te punir. Me diga, há algo que você queira?

— Uma recompensa?

Eu fui até lá esperando levar uma bronca e um castigo. E pensar que algo bom assim aconteceria! Fiquei sentada ali olhando para seu rosto sem reação até que ele assentisse com sua cabeça uma vez.

Capítulo 2

— Você quer que eu chame o joalheiro? Ou talvez você queira se livrar de seus vestidos e comprar uma coleção nova para a estação que está chegando?

Eu fiquei boquiaberta com as opções que me foram dadas, aquilo estava em uma escala completamente diferente de qualquer coisa que eu tivesse imaginado.

"Meu deus? Que sorte é esta?!"

No entanto, Penelope já tinha comprado tantas joias e vestidos que isso não era realmente necessário.

— Irei pensar bem sobre isso, quando tiver me decidido venho lhe comunicar, tudo bem?

Clack!

Com isso, minha conversa com o duque tinha chegado a um fim. Assim que fechei a porta de seu escritório, uma caixa de texto apareceu na minha frente.

> **<Sistema>**
> **Melhora nas relações com as pessoas do ducado!**
> **Seus pontos de reputação aumentaram em +5.**
> (Total: 5)

— Há! — deixei uma risadinha escapar quando percebi quão patética era essa situação.

"O que foi que eu fiz para conseguir isso?" Eu nem havia feito nada para que gostassem mais de mim, tudo que fiz foi ameaçar alguns dos empregados para que parassem de me maltratar... "Será que ser ferida pelo príncipe herdeiro é algo tão ilustre assim?"

Eu estava fascinada com o jeito imprevisível que as coisas estavam ocorrendo, principalmente com o modo que o duque agiu e, enquanto isso, também me senti um tanto quanto orgulhosa de mim mesma. Seja reputação ou afinidade, uma pontuação positiva era sempre algo bom.

"Certo, vamos continuar desse jeito!"

O Único Destino dos Vilões é a Morte

— A senhorita já retornou?

Emily me cumprimentou quando voltei ao meu quarto. Eu assenti e passei rapidamente por ela em direção à escrivaninha. Além de pensar no que eu queria como gratificação do duque, também tinha muitas outras coisas para me preocupar.

— Ei, senhorita. Aqui... — disse a empregada, me entregando algo. — Guardei o lenço que você pressionava contra seu pescoço naquela noite. O jovem mestre Derrick me disse para jogar fora, mas eu o lavei e guardei no caso de ser algo importante.

— Ah! — Observei o objeto que ela segurava, me dando conta que tinha esquecido totalmente do que ocorrera com Winter. — Muito obrigada, Emily — eu a elogiei por ter feito algo que valia a pena ser agradecido, deixando-a com uma expressão mais alegre.

O pano que estava ensopado de sangue da última vez que tinha o visto, agora estava branco como se fosse novo. Eu pensei no que deveria fazer com ele: "Preciso retornar a cortesia de algum jeito...". Mesmo que no momento eu não quisesse sua ajuda, segundo a etiqueta, era necessário fazer algo em agradecimento. Além disso, encontrar ele mais vezes era algo necessário para capturar seu interesse e aumentar a afinidade.

— Emily, você pode pedir ao mordomo que chame um joalheiro para vir aqui amanhã?

— Um joalheiro? — perguntou ela inclinando a cabeça confusa com o pedido aleatório e então bateu palmas uma vez. — Ah! A senhorita planeja comprar alguns acessórios para o festival que se aproxima?

— Festival?

— O festival de comemoração ao aniversário da nação! Ele começa na próxima semana! Eu ouvi dizer que este ano as festividades serão maiores do que nunca devido aos feitos do príncipe herdeiro durante a guerra... — ela me respondeu prontamente.

Capítulo 2

— Não mencione esse homem perto de mim — acrescentei com um tom de voz tão frio quanto o de Derrick, o que fez com que Emily se calasse colocando suas mãos na frente de sua boca. Só de pensar no príncipe herdeiro eu já me sentia nauseada. Irritada, eu balancei minha mão indicando que ela deveria sair. — Vá passar o recado ao mordomo.

— Certo, eu já volto!

Emily saiu deixando que apenas o silêncio me acompanhasse em meu quarto.

— Então o festival já é na próxima semana, é...?

No jogo, cada episódio significava que eu me encontraria com determinados personagens e, na primeira vez que os encontrasse, sua rota era desbloqueada. Os episódios de Derrick, Reynold e Callisto já tinham sido desbloqueados, então eu só deveria tê-los encontrado e esse foi o motivo de eu ter ficado tão surpresa ao me encontrar com Winter. Mas como eu teria me encontrado com ele naquele dia no banquete, nada tinha mudado tanto assim e a história continuava seguindo seu percurso normal. Agora eu só precisava me encontrar com Eckles, o cavaleiro, que aparecia logo depois de Winter. Se eu não estava enganada, a primeira vez que ele aparecia era durante o festival; nessa ocasião ele seria trazido para a mansão.

— O que Penelope fazia durante o festival mesmo...?

No modo difícil do jogo, só fui notificada de que o duque trouxera o personagem conquistável para casa, mas eu nunca nem sequer consegui vê-lo. Isso porque estava muito ocupada morrendo ao jogar o episódio "Passeiem Juntos pelo Festival" com Reynold ou Derrick.

Só de lembrar disso, senti meu sangue fervendo de ansiedade. No fim das contas, eu não consegui ir a nenhum encontro em paz. Abri apressadamente a gaveta da escrivaninha onde havia escondido o papel de anotações e li rapidamente o que havia escrito. Em seguida murmurei para mim mesma:

— Eu preciso achar ele antes do duque — resolvi.

O Único Destino dos Vilões é a Morte

Depois de quase ser morta pela espada do príncipe herdeiro, eu estava mais decidida do que nunca. Eu precisava terminar uma das rotas o mais rápido possível e dar o fora desse lugar maldito. Agora eu já sabia que não podia tentar morrer, tinha que encontrar a rota mais fácil... Refleti com cuidado e, correndo meus olhos pela folha, senti algo se esclarecer.

— Eckles! É isso — concluí vendo o último nome anotado na folha. — Eu escolho você.

※

Ultimamente, eu tinha estado muito ocupada explorando a mansão. Não seria um exagero dizer que a residência do duque era do tamanho de uma cidade. Passando pelo jardim bem cuidado e florido e pelo campo de grama, a área de treinamento dos cavaleiros e seus dormitórios junto de uma pequena floresta podiam ser vistos.

"Tem que ter um buraco na parede por aqui..."

Eu estava fazendo isso para conseguir encontrar a saída secreta da mansão antes do dia do festival. No entanto, por conta do tamanho desse lugar, essa não era uma tarefa tão fácil assim.

Cansada depois de procurar novamente pela passagem durante o dia inteiro sem sucesso algum, eu me sentei ao pé de uma árvore e pedi que Emily me trouxesse um refresco enquanto lia meu livro. Quando a história estava chegando ao seu clímax ouvi o farfalhar de um arbusto atrás de mim – ***vrush***.

— Emily, me passa o marca-página?

Estava quase terminando o capítulo quando estiquei minha mão na direção do barulho, no entanto não obtive nenhuma resposta até que terminasse a última página.

— ...Emily? — Fechei o livro e virei minha cabeça.

— Você... já está bem? — Quem estava na minha frente não era a empregada, mas alguém inesperado.

Capítulo 2

— Uh... — soltei um grunhido confuso ao ver a pontuação sobre a cabeça da pessoa segurando a bandeja.

> Afinidade: 8%

Era Derrick. Fazia dias que eu não o via, mas sua favorabilidade tinha aumentado; na última vez que nos vimos, ela estava em 6%. Eu não fazia ideia do que poderia ter causado tal mudança.

Vuuuush — uma brisa morna que carregava consigo o aroma das flores soprou entre nós. Minha visão foi momentaneamente bloqueada pelo meu cabelo que flutuava à minha frente e, graças a isso, eu pude voltar a mim. Depois de encará-lo como uma trouxa por alguns instantes, comecei a me levantar; porém Derrick me interrompeu:

— Não. Você não precisa se levantar.

— Imagine. Eu já ia voltar de qualquer maneira.

— Então você não quer estes doces?

— Ah... — Apertei meus olhos direcionando minha visão para a bandeja que ele segurava.

"Por que, de todo mundo nesta casa, você tinha que ser a pessoa a me trazer isso?!"

— Por acaso foi a Emily que lhe pediu para fazer tal coisa?

— Não. Eu disse que lhe traria isso, já que tinha algo para conversar contigo.

— Comigo?

O que ele, que odiava Penelope mortalmente, tinha para conversar? Fiquei intrigada por poucos segundos, e então entendi imediatamente o que ele estava tentando dizer.

— É sobre o que aconteceu naquele dia, não é?

Ainda que o duque tivesse deixado essa situação passar batida e tivesse até mesmo me dado uma recompensa, Derrick com certeza não faria o mesmo.

O Único Destino dos Vilões é a Morte

"Ughhh... Vamos encarar isso como uma continuação das desculpas que eu iria dar para o duque", pensei, me esforçando para não suspirar e, enquanto isso, escolhia minhas palavras com cuidado.

— Me desculpe por ter feito uma cena quando você tinha me dito para ser cuidadosa — falei quase que mecanicamente.

— ...

— Você deve ter se chateado por culpa minha, jovem mestre. Eu conversei com o nosso pai e o disse que me daria um tempo de reclusão dentro dos portões da mansão. Se você achar que um castigo é necessário, então...

— Não é isso — ele me interrompeu. — Não é isso que eu ia dizer.

Quando o olhei, ele franzia levemente seu rosto. "O quê? Não... era isso?", estupefata, perguntei bisbilhotando a afinidade:

— Então, o que você...?

— Por que você continua me chamando de "jovem mestre"?

— ...Perdão?

— Não, nada. Não é o que eu ia dizer. — Derrick mudou de assunto antes que eu pudesse entender o que ele quis dizer com aquilo. — Eu vim para lhe dar isto.

Segurando a bandeja com uma mão, ele usou a outra para procurar por algo dentro do bolso de seu terno. Meus olhos se arregalaram ao ver o que Derrick me entregava. Era um lenço feminino que não combinava nada com suas mãos grandes e másculas.

— Isso é...?

— Você não pode ficar andando por aí desse jeito.

Meu pescoço continuava envolto por ataduras fazendo com que eu parecesse uma paciente médica. Admito que minha aparência deveria estar patética, mas o rosto de Derrick continuava inexpressivo, sem nem sombra de um sorriso.

— Já há muitos boatos ruins sobre você rondando pelo Império, tenho certeza de que mais seriam incômodos. Tipo... o de você usar o lenço de um homem que nem sequer sabe o nome.

Capítulo 2

— ...

— Sempre considere sua posição social e o peso que carrega em seus ombros antes de tomar uma atitude.

Meu queixo caiu ao olhar para Derrick e para o presente. Ele estava falando sobre o lenço que Winter me dera naquela noite, o mesmo que ele disse para Emily jogar fora (e que ela guardou na gaveta do meu quarto sem que ele soubesse).

"Como ele sabia que um homem me deu aquilo?", senti um arrepio pelo meu corpo ao notar seu discernimento incrível e perspicácia. Não fazia ideia de que Derrick também tinha essas qualidades.

— ...Obrigada — agradeci. Eu decidi ser legal com Derrick e, tendo seu ódio por mim em mente, me esforcei para não ter nenhum contato físico com ele ao aceitar o lenço.

"Uau! Isso parece ter sido caro para caramba!", mesmo que não estivesse embrulhado, dava para dizer que aquele era um presente e dos caros por conta da textura do tecido. Eu sorri, contente com o presente inesperado.

— Eu o usarei com zelo, jovem mestre.

Levantei meu rosto que até então analisava o lenço em minhas mãos e o agradeci. Por um instante, os olhos de Derrick se arregalaram e depois sua expressão facial que era gélida até o momento se tornou um pouco mais suave e carinhosa.

"O-o que deu nele...?", sua reação fez com que meu coração acelerasse. Ansiosamente observei o indicador de afinidade em sua cabeça.

— Eu... eu esqueci que tinha algo importante para fazer — informou ele se virando de costas para mim e, com passos apressados, saiu do jardim com a bandeja ainda em seus braços.

— Por que ele está agindo tão estranho do...? — Meus pensamentos foram interrompidos quando vi sua cabeça brilhar.

> Afinidade: 10%

O Único Destino dos Vilões é a Morte

— O que tá acontecendo com este jogo...?

Derrick desapareceu em poucos segundos, me deixando sozinha. Eu não conseguia entender o que estava fazendo a afinidade dos filhos do duque aumentar.

"Bom, provavelmente era justamente por não saber o que fazia ou não a afinidade deles aumentar que eu continuei morrendo exaustivamente no jogo."

Não pude evitar de ter a sensação de que, a cada dia que passava ali, os acontecimentos ficavam cada vez mais diferentes dos do jogo que eu conhecia.

— ACHEI!

Depois de dias, eu finalmente tinha encontrado a saída que estava procurando. O muro que envolvia toda a mansão era quase uma barreira de ferro. Logo, ter encontrado a rota de fuga que, creio eu, os cavaleiros usavam para matar as aulas de esgrima, era algo superafortunado. Ela era superbem escondida pelas folhagens dos arbustos; eu nunca teria a encontrado se não tivesse tropeçado em um ladrilho e caído sobre as plantas.

— Aff, por que este jogo não me deu nenhuma dessas informações? — reclamei sacudindo a poeira da minha roupa e chutando a pedra em que tinha tropeçado. Arrumei o lenço que Derrick havia me dado sobre as bandagens envoltas em meu pescoço. — Ufa... que bom que encontrei antes de amanhã.

"Amanhã" já era o dia em que o festival começava. Eu estava realmente ansiosa com a possibilidade de não conseguir sair da mansão. Claro, se pedisse para o duque ou até mesmo para Derrick, provavelmente conseguiria deixar o lugar sem problemas. Contudo, eles nunca deixariam que eu, a senhorita da casa, fosse desacompanhada; ainda mais durante uma noite tão tumultuada. Isso sem contar que, se eu dissesse

Capítulo 2

que iria ao mercado de escravos que abre clandestinamente durante a noite, seria completamente impossível.

— Eu estou passando por tudo isso só para te salvar, então é melhor que você cumpra minhas expectativas, Eckles — murmurei ao observar o buraco e devolvi o arbusto no lugar que estava antes de ter caído sobre ele e o arruinado.

Foi quando me levantava que uma voz veio inesperadamente de trás de mim:

— O que você está fazendo aqui?

Pulei, surpresa, e me virei para ver quem estava ali. Eu achei que estava louca ao ver o que estava escrito acima da cabeça do homem.

> Afinidade: 7%

"Por acaso a afinidade desses desgraçados só aumenta quando eles não veem Penelope?"

Mesmo não o tendo visto por uma semana, sua favorabilidade havia aumentado em 4%. De certa forma, me senti chateada. Por estar tentando desbloquear os episódios, eu não sabia que era tão fácil subir a afinidade deles, o que basicamente significava que tinha morrido à toa durante toda aquela madrugada.

— O que você está olhando? Eu te fiz uma pergunta.

— Err, hã?

As palavras de Reynold fizeram com que eu voltasse a mim, parando de encarar a porcentagem.

— Você sabe, só dando uma caminhada.

— "Só dando uma caminhada"...? — Reynold comprimiu seus olhos ao ouvir minha resposta. — Que coincidência você estar "dando uma caminhada" bem ao lado da rota de fuga dos cavaleiros.

— ...

"Como ele descobriu?! Eu arrumei o buraco tão bem!", pensei atônita, quase não conseguindo conter meu sobressalto. Um frio correu pela minha espinha, olhei novamente para o arbusto. Não havia nenhuma diferença de como ele estava antes de eu ter caído nele e agora. Me esforcei para me acalmar e mudei de assunto como se nada tivesse acontecido:

— E você? O que está fazendo por aqui?

— Eu estava voltando para a mansão. A sessão de treinamento de hoje já terminou.

Só depois dele dizer isso que fui perceber que seu cabelo estava todo suado. Eu meio que conseguia ver seu corpo inteirinho através das roupas finas de treinamento que ele usava.

"Uuuuuuh! Ele tem um corpão", ao contrário de seu rosto bonito e um tanto quanto delicado, seu corpo era sarado e cheio de músculos muito bem esculpidos o que fazia com que, estranhamente, ele parecesse sexy. "É, às vezes você precisa desse tipo de entretenimento para sobreviver em uma casa dessas", constatei ao observar seu corpo pela última vez.

— Então pode continuar seu caminho para onde estava indo. Eu também continuarei com a minha caminhada — concluí dando alguns passos à frente.

— Ei, saiba quais são os seus limites.

Foi o que ouvi atrás de mim. Eu realmente queria o ignorar, mas por causa da afinidade eu não tive escolha a não ser me virar.

— ...Do que você está falando?

— Já se esqueceu que há quatro anos você quebrou sua perna tentando escalar a parede que nem um dos rapazes que estava cabulando o treino? Foi por isso que aumentamos o tamanho do muro.

— ...

— Nem mesmo dez livros seriam suficientes para escrever todos os xingamentos que os cavaleiros direcionaram a você.

"Isso realmente aconteceu?! Haha... Essa menina, francamente..."

Não é à toa que achei que o muro era alto demais. Se isso aconteceu há quatro anos, então Penelope deveria ter catorze anos. Mesmo tendo

Capítulo 2

começado as aulas de etiqueta depois de todas as outras crianças nobres, nessa idade ela já deveria ter aprendido a se comportar direito.

O passado de Penelope e a voz sarcástica do rapaz que não apareciam no jogo eram irritantes.

— ...Eu não planejo fazer nada do tipo. — Nem mesmo eu tinha acreditado nas minhas próprias palavras.

— Peça logo permissão para o pai e saia discretamente. Não repita o que já fez no passado para ficar malfalada outra vez — respondeu Reynold com um tom de voz assustador depois de me ouvir.

— Já disse que não é nada disso.

Ele não falou mais nada. Em vez disso, apenas me observou desconfiado por um momento, e depois foi embora. Eu fiquei assistindo seu indicador com 7% de afinidade se distanciar de mim, quando uma janela branca e brilhante surgiu do nada.

<Sistema>
Um evento inesperado: {Passear no festival com Reynold}!
Você gostaria de participar desse evento?
(Recompensa: Afinidade de {Reynold} +3% e {item secreto}.)
[Sim] [Não]

Como eu esperava, uma nova missão que me preocupava apareceu em minha frente.

— Fazer de novo esse evento com ele? E a recompensa é de só 3%?

Fiquei farta só de me lembrar do jeito que Reynold tinha sido irritante instantes atrás. Enquanto jogava, eu realmente queria esses 3%, então acabei aceitando essa missão e isso acabou fazendo com que eu tivesse que apertar o botão de recomeçar a cada dois minutos. A pior parte era que mesmo assim eu não tinha conseguido completá-la.

— Mas de jeito nenhum eu faço isso. Não! Recusar! — Apertei o botão várias vezes, encerrando o assunto. — Como eu poderia ter um encontro legal com esse cara se sempre que nos encontrarmos ele fica me enchendo o saco?

Não achei que 3% era uma grande perda. Eu já tinha 10% e 7%! Fora isso, eu não tinha tido todo esse trabalho para, no fim das contas, ir ao festival com ele.

"Desgraçado irritante", pensei com raiva, olhando para o lugar em que ele estava parado minutos atrás.

— ...Certo, vamos tentar. Ugh, ugh — murmurando, joguei os lençóis que tinha amarrado para fora da janela.

Era o primeiro dia do festival e eu lançava minha roupa de cama pela janela usando toda minha força – isso era o suficiente para que ficasse sem fôlego. No dia anterior, eu tinha esperado Emily terminar de fazer o serviço dela e, assim que ela saiu do meu quarto, comecei a amarrar os lençóis como se fossem uma corda. Esse era o jeito mais clássico de se escapar, não é mesmo?

— Bora lá!

Me levantei no parapeito da janela depois da minha respiração se estabilizar novamente. Eu tinha me preparado para essa noite. Estava vestindo um robe grosso que cobria meu rosto e cabelo. Também levava comigo algumas moedas de ouro e um cheque que tinha ganhado do duque como recompensa pelo que acontecera no palácio. A única coisa que faltava agora era sair do meu quarto que ficava no segundo andar da mansão.

— Aff... Por que eu tenho que passar por tudo isso? — reclamei, olhando da janela para o chão.

Eu segurei a corda e deslizei rapidamente. Como ali era só o segundo andar, depois de dar várias voltas pela casa observando a construção, cheguei à conclusão que dava para descer de forma segura dali. Eu tinha certeza que isso...

— ...É loucura!

Capítulo 2

A corda de lençóis era mais curta do que eu tinha imaginado. De onde eu estava, não dava para ver qual era a distância até o chão, mas eu achei que ficaria tudo bem, afinal a corda era bem longa. Contudo, desse jeito eu poderia acordar alguém ao me jogar dali, e não apenas isso, como também me machucar caso caísse de mau jeito.

— Merda...!

Ao perceber que a altura que eu tinha estimado com os olhos era diferente da altura real, eu entrei em pânico. Olhei para cima, a distância de volta até o meu quarto era grande. Eu não tinha força o suficiente para subir, na verdade, mal estava conseguindo me manter no lugar.

— Haha... o que eu faço?

Meus braços tremiam e as palmas das minhas mãos estavam começando a ficar escorregadias, e já estava começando a escorregar lentamente. Olhei para baixo e, de repente, fiquei com medo da altura, além de ter perdido toda a motivação.

— Sério, o que eu faço... — lamentei a situação que parecia sem resolução, mas foi então...

— Ei, o que diabos você está fazendo? — uma voz ressoou abaixo de mim. Ao olhar em sua direção, meus olhos encontraram-se com o de outra pessoa. — Haha! — sua risada abafada seguiu suas palavras.

— ...Reynold?! — Seu cabelo *pink* refletia a luz do luar. Ele me olhava de baixo com uma cara engraçada e confusa. — P-por que você está aí? — Você tá de brincadeira, né? O meu quarto fica embaixo do seu!

— ...

Fiquei quieta sem saber o que dizer. Como diabos eu deveria saber de uma coisa dessas?

— Você está... Hahaha, isso é tão ridículo que eu estou até sem palavras. É... você está tentando fugir de casa?

— O que você quer dizer com "fugir"?! — exclamei, surpresa. — E-eu só estava saindo.

— Saindo? Sair pela janela tá na moda entre as meninas da sua idade?

— ...

O Único Destino dos Vilões é a Morte

Novamente eu não consegui achar palavras boas para respondê-lo, então eu fiquei observando as montanhas. Com o susto que Reynold havia me dado, eu acabei esquecendo completamente do fato de os meus braços terem chegado ao seu limite. Toda a força do meu corpo tinha desaparecido e comecei a deslizar rapidamente pelo tecido.

— Uaaah! — gritei, agarrando nos lençóis finais tentando não cair no chão. — Aff... — Assim como uma aranha grudada em sua teia, eu estava colada na pontinha final da corda, balançando de um lado para o outro.

— Ei! — gritou Reynold, escalando o parapeito de sua janela, desesperado. Seu rosto estava pálido. — Solte! — ordenou, já em pé no gramado do quintal, de braços abertos.

— C-como?

— Solte e pule na minha direção. Eu vou te pegar.

Eu quase não aguentei de vontade de dizer "como é que vou confiar em você?".

— Se não fizer isso, então vai ficar balançando nisso para sempre.

E com essas palavras, minha hesitação sumiu. Afinal, eu não tinha outra escolha.

— ...Não me deixe cair. Vê se me segura firme! — respondi. Mesmo me odiando, ele não me deixaria cair, não é mesmo? Depois de pensar isso várias vezes tentando me confortar, finalmente consegui soltar os lençóis. — UAAAAAH!

O vento soprava minhas bochechas com fúria e quando comecei a sentir frio na barriga...

Pof!

— Te peguei!

Abri meus olhos e Reynold tinha um risinho maldoso em seu rosto.

— M-me ponha no chão...

Percebi que nossos rostos estavam muito próximos e me apressei para sair de seus braços. Eu estava arrumando meu robe quando ele voltou a falar:

— Aonde você está indo?

Capítulo 2

— Só vou dar uma vol-...

— Se você disser que vai "dar uma volta" mais uma vez, eu juro que chamo o pai no mesmo instante.

Olhei-o, furiosa. Como ele pôde me interromper assim? Por que, de todas as pessoas, tinha que ser ele a me pegar no flagra?

"Não. É melhor que ele tenha sido a pessoa a me encontrar... podia ter sido pior... podia ter sido Derrick."

Rapidamente, mudei de ideia e inventei uma desculpa:

— Estou indo dar uma olhada no festival.

— Olhar o festival a esta hora noite? Sozinha? Pra que encarar todo esse tumulto se você pode ir de dia?

— Eu tenho um motivo. Não é nada com que precise se preocupar.

— Mas você está indo sem escolta! Por acaso tem alguma noção de quão perigosas as ruas são a esta hora da noite? De onde essa garota tirou tanta coragem do nada...

— Reynold... — chamei-o irritada — Muito obrigada por ter me ajudado. Contudo, é como eu lhe disse da última vez, eu vou cuidar dos meus problemas, então você não precisa se preocupar comigo.

— Ei, você... — murmurou o jovem como se estivesse sem palavras ao me ver impor-lhe um limite tão friamente.

Eu voltei a abrir minha boca calmamente com os 7% de afinidade em mente:

— Logo serei uma adulta. Não importa o que aconteça, cabe inteiramente a mim assumir as responsabilidades dos meus atos, e como meu irmão você deveria apenas fingir que nunca viu nada.

— Então eu irei junto.

— ...Como é?

Sua resposta me pegou completamente desprevenida. Eu fiquei parada o encarando sem reação enquanto ele voltava a falar com um tom de voz calmo:

— É, assim deve dar certo. Eu vou te escoltar e manter essa tal consideração fraternal. Você já está pronta, né?

O Único Destino dos Vilões é a Morte

— ...

— Vou manter isso em segredo, o pai não vai ficar sabendo. Vamos.

"Haha..."

Senti-me tão embasbacada que nem sequer consegui falar alguma coisa. Por que diabos esse moleque era tão cara de pau assim? "Sempre que você vê Penelope fica rangendo os dentes, mas agora, do nada, decidiu que quer ir passear no festival com ela?!". Com meus olhos trêmulos de apreensão, tentei persuadi-lo:

— Você me odeia, não é? Então por que está...?

— Quem odeia quem aqui?! — Mas minha tentativa foi frustrada, ele nem sequer me deixou terminar e já começou a gritar, nervoso. — Você disse que me odiava cem, não, mil vezes!

— Ssssh! — Assustada, coloquei meu dedo indicador sobre os lábios e olhei ao redor. Estava com medo de que alguém pudesse ter ouvido o bradar de Reynold e ir conferir do que se tratava, mas felizmente não havia nada além de silêncio à nossa volta. — Pra que gritar desse jeito?! — sussurrando para ele, fiz uma careta.

"E quando foi que disse algo assim?"

Eu queria fazer um barraco para resolver esse mal-entendido, mas a situação não era favorável. Eckles estava à minha espera. Quando pensei nisso, Reynold me intimou:

— De qualquer forma, mesmo que não goste disso, nós vamos juntos. Eu vou te seguir.

Foi então que...

<Sistema>
Um evento inesperado: {Passear no festival com Reynold}!
Você gostaria de participar desse evento?
(Recompensa: Afinidade de {Reynold} +3% e {item secreto}.)
[Sim] [Não]

A missão que eu já tinha recusado apareceu novamente em uma caixa de diálogo branca. Soltei um suspiro profundo enquanto olhava

Capítulo 2

alternadamente para o rosto teimoso de Reynold e para o *pop-up*. Ele já tinha se decidido e eu fui forçada a concordar.

— Tá bom, né? Vamos juntos então.

Nós caminhamos em silêncio até perto do campo de treinamento dos cavaleiros. Quando chegamos no buraco que tinha encontrado ontem, ele fez uma cara como se dissesse "eu tinha razão". No momento em que começamos a remover a camuflagem para fugirmos, ouvimos uma voz grave.

— O que vocês dois estão fazendo aqui?

Reynold e eu viramos nossas cabeças com espanto. Mesmo no escuro, graças à barra de afinidade no topo de sua cabeça, eu conseguia dizer quem era aquela figura esguia.

— Onde vocês pensam que estão indo no meio da noite?

— Ah, irmão! — disse Reynold.

Derrick olhava fixamente para mim, que estava prestes a me enfiar no buraco da parede, enquanto caminhava em minha direção.

— É… isso… — hesitei por não saber o que fazer naquela situação, mas o desgraçado do Reynold acabou falando por mim.

— Ei, irmão. Ela quer passear pelo festival.

— Passear pelo festival…?

— Uhum. Eu decidi escoltá-la quer ela queira ou não.

Os olhos de Derrick fitaram Reynold por um momento e depois voltaram para mim. Eu estremeci com seu olhar azul triste.

"A missão 'Eckles' está indo por água abaixo…", sem nem sequer conseguir iniciar a rota, eu já tinha que me curvar e admitir o fracasso.

— O ideal é que a nobreza seja escoltada por dois cavaleiros… — a voz de Derrick alcançou meus ouvidos. — Então eu irei junto. — Ele balançou a cabeça enquanto proferia tais palavras inesperadas.

Novamente, uma janela branca apareceu na minha frente.

O Único Destino dos Vilões é a Morte

> \<Sistema\>
> Um evento inesperado: {Passear no festival com Derrick}!
> Você gostaria de participar desse evento?
> (Recompensa: Afinidade de {Derrick} +3% e {item secreto}.)
> [Sim] [Não]

"Hahahaha... Tô ferrada!", encruzilhada, eu apenas ri.

Ouvi dizer que a melhor parte do festival era durante a noite, e ao ver a rua cheia de gente, percebi que isso era verdade. A estrada movimentada que não ficava muito longe da mansão estava toda decorada de lanternas coloridas e chiques, além de todos os tipos de vendedores ambulantes.

Como já estava acostumada com esse tipo de festival em meu mundo anterior, eu não estava particularmente impressionada ou interessada, então andava rápido e indiferente.

— Ei, você não veio passear pelo festival? — perguntou-me Reynold ao ver o comportamento estranho de Penelope.

Olhei-o e respondi sem muita sinceridade:

— Mas eu estou aproveitando o passeio.

— Você nem sequer está pedindo para que compremos algo. Normalmente você teria enlouquecido ao ver novos acessórios — comentou ele apontando para as barracas que vendiam itens femininos.

"Uau, ele realmente pensa que eu vim me divertir pelo festival com eles...?"

Observei-o por um momento, mas me virei sem dizer nada. Honestamente, nada tinha me chamado atenção, fosse a decoração do festival ou as mercadorias. Provavelmente por estar ansiosa, afinal de contas, o ducado era enorme e eu não fazia ideia de onde começar a procurar pelo Eckles.

Capítulo 2

—Vem comigo, é rapidinho.

— Uaaah! — gritei ao ser arrastada por Reynold que segurava minha mão.

Sem soltar nem um som sequer, Derrick nos seguiu.

—Veja! Eles vendem umas coisas boas aqui.

O lugar para qual meu segundo irmão me arrastara era uma lojinha de joias.

— Ora, ora, sejam bem-vindos! Fiquem à vontade e escolham alguma coisa, meus caros clientes! Vários produtos preciosos foram trazidos do leste hoje.

Encarei o vendedor, sem reação e me perguntando o que diabos nós estávamos fazendo ali. Quando Reynold viu isso, ele gritou, frustrado:

— Ei! Ele te disse para escolher alguma coisa, vá dar uma olhada!

Com essas palavras, eu comecei a observar as joias. Elas realmente tinham uma aparência única e pareciam que só seriam comercializadas durante o festival. No entanto, não senti vontade de comprar nenhuma delas. De qualquer forma, o porta-joias de Penelope já estava cheio e isso fez com que meu interesse sumisse rapidamente. Mas foi então que...

— Este aqui é bonito.

...Um braço passou por mim e Derrick segurou um dos ornamentos. Era um bracelete feito de platina com pequenas pedras da cor de uma rubelita penduradas.

— Céus! Eu sabia que o senhor tinha um gosto refinado, meu senhor. Devo dizer que esse bracelete levou três meses de trabalho árduo para ser feito, sem contar com a raridade e qualidade dessas pedras que só são encontradas no leste... — o vendedor começou a falar sem parar como uma metralhadora.

Eu me senti um tanto quanto estranha ao ver a pulseira que Derrick segurava, isso porque percebi a semelhança entre a cor da joia e a do meu cabelo. "Nah, sem chance dele me dar isso", pensei olhando para os 10% pairando em sua cabeça.

— Certo, vou ficar com ele — respondeu Derrick.

O Único Destino dos Vilões é a Morte

Reynold parecia estar pronto para escolher alguma coisa para mim a qualquer momento, então me apressei para pegar algo que me interessasse. O vendedor que tagarelava há pouco se calou ao ver o que eu escolhera.

— ...Sério? — indagou Reynold com a cara toda franzida enquanto olhava com desgosto para o que eu estava segurando. Derrick fazia o mesmo.

— Sim. Eu quero esta máscara.

Eu tinha escolhido uma máscara branca que estava jogada no canto da loja. Ela me lembrou as *hahoetal*, máscaras tradicionais coreanas, cobrindo a boca com um sorriso, o nariz e os olhos. Pensando logicamente, não tinha nenhuma chance de uma garotinha como eu conseguir se infiltrar em um mercado de escravos. Não importava quantas camadas de robe eu usasse, se não disfarçasse meu rosto, tudo teria sido em vão.

— Vou ficar com isto.

— Ei. Já faz um tempo que eu tenho algo sério para te perguntar... — disse Reynold com uma cara solene ao ver minha decisão. — Você por acaso bateu a cabeça ou está doente? Ou anda, por exemplo, se sentido tonta, meio confusa, não sabe onde está quando acorda, alguma coisa do tipo?

— Se você não quer me dar isto, então é só falar.

— Não, não é isso...! É só que... você realmente quer isso?

— Sim! É o que estou falando! — acabei gritando com Reynold que continuava me perguntando a mesma coisa repetidamente. Incrédulo, ele pagou a máscara.

Pouco depois de termos voltado a caminhar, um estrondo soou ao longe – **bruuum**. Surpresa, me virei e me deparei com um grupo de pessoas fantasiadas descendo a rua. **Pow, pow** – os fogos de artifício estouraram fazendo com que a rua virasse uma loucura. Era o início do desfile. As pessoas invadiam as ruas às pressas para poder assistir ao espetáculo e eu era empurrada de um lado para o outro – **paft, paft**.

— Segure firme.

Capítulo 2

O braço de alguém que usava roupas aparentemente chiques veio em minha direção. Eu olhei em sua direção e encontrei Derrick me observando com um rosto sem expressão.

— ...Obrigada.

Eu realmente achei que seria levada pela multidão, então me apressei para segurar o braço de meu irmão. Porém, aparentemente, me segurei apenas em sua manga fazendo com que eu só pudesse sentir algo rasgando. **Bruum** – nesse exato momento, o desfile passava por nós. Tentei me agarrar ainda mais à manga de Derrick para não ser varrida para longe, mas... ***Vash!***

— Uaaah...!

— Penelope! — O rosto em pânico do homem, normalmente inexpressivo, se moveu gradualmente para mais longe de mim.

— N-não!

A multidão me levou consigo e só depois de um bom tempo que fui capaz de sair do meio da muvuca. Quando eu finalmente consegui me recuperar, percebi que estava no canto de um beco assustador. As únicas coisas que eu tinha comigo eram o botão do paletó de Derrick e a máscara que Reynold tinha comprado para mim.

— Onde é que eu vim parar...? — Comprimi meus olhos ao olhar ao meu redor.

O *pop-up* apareceu novamente trazendo boas notícias.

> <Sistema>
> Um novo episódio acaba de começar:
> {De um país derrotado, o escravo Eckles}!
> Gostaria de ir para o mercado de escravos?
> [Sim] [Não]

"De repente assim?", não pude acreditar. Graças a ter me perdido, eu poderia começar a rota de Eckles que tanto me afligia, e isso tudo era graças àqueles dois me seguindo.

O Único Destino dos Vilões é a Morte

Assim que apertei o botão [Sim], fui transportada automaticamente para o mercado de escravos. O prédio era uma pocilga, então nem dava para saber se aquele era realmente o lugar certo. Depois de olhar em volta, vi várias pessoas se organizando em uma fila, todos eles usavam uma máscara.

"Eu sabia! Fui muito esperta em comprar isto."

Ao contrário dos outros nobres, minha máscara não era nem um pouco chique, mas isso não importava desde que ocultasse minha identidade. Eu coloquei minha máscara e fui para a fila. Chequei mais uma vez se tinha vestido meu robe de modo que escondesse completamente meus cabelos. Não demorou muito para que minha vez chegasse.

— Seu convite, por favor. — Um homem enorme esticou sua mão em minha direção.

"Como assim é preciso um convite para esse tipo de coisa?! O jogo não tinha falado nada sobre isso!"

O homem fez uma careta assustadora ao não receber uma resposta e perceber meu pânico.

— Você não tem um convite? Este lugar só aceita pessoas afiliadas, sem um bilhete, não é possível participar. Então, se me dá licença...

— E-espera!

Uma ideia me ocorreu quando ele disse a palavra "afiliados" e, sem perder tempo, enfiei a mão em meu bolso e comecei a procurar.

— Aqui.

O que eu buscava era o botão de Derrick, o brasão da família Eckhart estava cravado nele. O segurança olhou com espanto para o botão em minha mão.

— Eu esqueci meu convite em casa. Será que isso aqui poderia ser o suficiente?

Capítulo 2

— E-eu não tinha percebido que Vossa Graça era uma pessoa de tamanha posição social, me perdoe. P-por favor, entre.

Ele abriu a porta e se apressou a me mostrar o caminho. Por mais que estivesse andando calmamente, não podia deixar de ficar surpresa.

"Então essa família é poderosa a esse ponto, ou talvez ainda mais..."

Claro, não era possível saber se o duque era um membro VIP e ia ali de vez em quando para conseguir um escravo útil. Eu preferia imaginar que não, já que toda essa história de escravidão me deixava com um gosto amargo na boca.

— Eu lhe mostrarei o caminho até a sala de leilão — disse-me a pessoa responsável por acompanhar os convidados, e eu a segui por uma escada estreita.

Quanto tempo havia passado? A escada era muito longa e, ao seu final, uma área de baixa iluminação podia ser avistada. Assim que chegamos, me deparei com um espaço amplo e luxuoso, quase não conseguia acreditar que esse era o mesmo prédio que eu tinha observado agora há pouco.

"Como é possível que um lugar desse esteja escondido assim?"

O saguão enorme tinha a estrutura de um coliseu para que assim, as pessoas pudessem observar o palco de seus assentos.

— Sente-se aqui, por favor. E pegue isto também.

O empregado me levou até os melhores assentos e depois me entregou uma plaquinha, que era usada para fazer lances durante o leilão. Eu me sentei no meu lugar e fiquei observando o palco.

— Senhoras e senhores! O leilão está finalmente começando!

Os escravos eram anunciados e levados acorrentados até o palco.

— Dez moedas de ouro! Dez moedas para o senhor ali, alguém dá mais? Dou-lhe uma, dou-lhe duas... Vendido!

Os rostos dos escravos se tornavam ainda mais melancólicos quando eles eram vendidos para um nobre. O preço deles ficava cada vez maior com o passar do tempo, isso por causa de truques fascinantes que eles faziam ou por conta de sua aparência exuberante.

O Único Destino dos Vilões é a Morte

— Cem moedas de ouro! Temos uma oferta de cem moedas, quem dá mais? Ah! Cento e duas moedas de ouro ali!

Não demorou muito e o lugar se tornou um campo de batalha, todos estavam atentos às expressões faciais dos outros e à atmosfera do ambiente, e finalmente...

— Agora, meus caros convidados, trago o que todos estavam esperando! Iremos agora lhes apresentar nosso produto final!

Eu, que até então olhava para o palco com desinteresse, endireitei minha postura quando o último escravo fora anunciado.

— Vindo de um reino bárbaro que foi massacrado por nosso querido Império Eorka, lhes apresento ele: o incomparável, o temido... escravo Eckles!

Cabelos castanho-acinzentados e, mesmo com seus punhos e pernas acorrentados e sua boca amordaçada, seus olhos brilhavam com audácia ao olhar para o público. Aquele sem dúvidas éra Eckles.

— Vocês já devem ter ouvido os rumores sobre este escravo, não é mesmo? — O leiloeiro sorriu ao falar.

Eu não tinha ouvido nenhum boato sobre Eckles desde que chegara ali, entretanto todos os outros sorriram e assentiram.

— No entanto, há sempre uma grande diferença entre as histórias contadas por aí e a realidade, e é por isso que vocês devem ver por si mesmos! Este é o motivo pelo qual estamos sediando este leilão especial! Deem uma boa olhada!

Um dos empregados jogou algo em Eckles ao sinal do leiloeiro. Era uma espada feita de madeira igual às que as crianças usam para aprender esgrima.

"O que diabos eles estão fazendo?", inclinei minha cabeça, curiosa.

Vraaasssh – logo depois, o som da porta de ferro de uma gaiola sendo aberta ressoou do canto do salão. Hienas saíram de lá de dentro, cinco delas.

"O-o que é isso? O que eles pensam que...", fiquei completamente chocada com aquela cena. As hienas caminhavam ao redor do escravo que estava em pé, parado. Elas rosnavam como se estivessem

Capítulo 2

famintas. Tanto as mãos quanto as pernas do rapaz continuavam algemadas fazendo com que seus movimentos fossem restringidos. Tudo que ele possuía era uma espadinha de madeira. Além disso, ele só vestia um pedaço de pano para tapar seus membros inferiores, não possuindo nenhuma proteção.

"Isso já é demais!", senti uma pontada no coração. Era como se eles tivessem a intenção de que Eckles fosse comido vivo por aquelas feras famintas. "O que eu deveria fazer?", comecei a pensar se deveria gritar ou comprá-lo antes que qualquer coisa ruim pudesse acontecer.

Grrrrrrrrrr! – antes que eu pudesse tomar uma atitude, a maior das hienas pulou na direção do rapaz que, ao mesmo tempo, se curvou e rolou até a espada de madeira, golpeando o olho do animal em uma velocidade incrível. ***Cain!*** – ele finalizou a hiena ao dar um bom chute em seu torso, a besta caiu no chão ganindo e logo perdeu a consciência e parou de se mover. Depois disso, o restante dos animais pularam juntos no rapaz – grrrrrrr, grrrawl!

— Aaaaaack — deixei um gritinho escapar.

Ele conseguia lutar com uma de cada vez, mas eu tinha certeza de que seria demais lidar com elas juntas. Entretanto, todas as minhas preocupações tinham sido em vão. Eckles se esquivou das garras e dentes afiados das hienas mesmo com seus movimentos restringidos e lutou com elas usando apenas uma espada de madeira. Mais duas caíram no chão em questão de segundos, restando apenas mais duas bestas em pé. Eckles torceu o pescoço do animal com que estava lutando e logo se virou, encarando a última restante. Cain! – o jovem esfaqueou o estômago da hiena. Ele fez isso com uma espada de madeira que nem sequer era afiada. Dando um fim à luta, o animal caiu sangrando no chão – ***paft!*** O rapaz ficou de pé com as mãos vermelhas e os ombros cansados.

— Arf, arf... — ele respirou pesadamente.

A única coisa a ser ouvida era o silêncio. Aos poucos, um por um, todos começaram a aplaudi-lo – ***clap, clap!***

O Único Destino dos Vilões é a Morte

— Obrigado! — E assim o leiloeiro anunciou o fim do espetáculo.
— Urgh!
Ao se ver sujo de sangue, Eckles ficou instigado e, mesmo que a luta já tivesse terminado, continuou a sacudir sua espada. Ele a manuseava perigosamente e a apontava para as pessoas que se aproximavam para imobilizá-lo, mas ele acabou caindo inconsciente antes que pudesse agredir alguém; em seguida foi arrastado para fora do palco. Parecia que eles tinham o amarrado a alguma coisa para que, mesmo se ele acordasse, não pudesse fazer nada.

— Haha, ele é um tanto quanto animado... É meio difícil de controlá-lo do jeito comum — O homem riu acalmando a plateia. — Certo! Que tal começarmos com os lances? Vamos começar com quinhentas mil moedas de ouro.

As propostas começaram e logo a inicial já era em uma escala completamente diferente das anteriores. Eu comecei a ficar nervosa.

— Seiscentas mil!
— Novecentas mil!
— Um milhão! Deram um milhão!

O preço de Eckles subia rapidamente. Desse jeito eu esperava que seu preço chegasse aos dez milhões.

— Dois milhões! Oh, vejo uma placa de quatro milhões logo ali!

Felizmente, as pessoas dispostas a comprá-lo foram diminuindo conforme os números subiam. Não eram muitos os que estavam inclinados a comprar um escravo de um país derrotado por cinco milhões, principalmente quando ele era tão feroz a ponto de não ser possível usá-lo para desfrutar de serviços noturnos e outros tipos de entretenimento (exceto se você fosse um louco).

— Cinco milhões! Seis milhões! Deram seis milhões.

Com essa quantidade de moedas de ouro, você poderia comprar uma casinha. Agora só restavam duas pessoas barganhando. Eu não conseguia ver seus rostos por conta das máscaras, mas podia dizer que uma

Capítulo 2

delas era uma senhora com rugas por todo seu pescoço, e a outra era um homem gordo. Os olhos dos dois semicerrados brilhavam com luxuria, facilmente percebi para que eles queriam Eckles.

— Nove milhões! — A velha levantou outra placa adicionando mais três milhões à oferta anterior, fazendo com que o lance chegasse a nove milhões.

— Dez milhões! Chegamos a dez milhões!

Entretanto, o homem não desistiria facilmente. O queixo do leiloeiro caiu e ele dirigiu seu olhar para a mulher. Esta parecia ter chegado ao seu limite, pois, furiosa, ela jogara sua plaquinha no chão.

— Dez milhões! Quem dá mais? Alguém? Dou-lhe uma...!

A contagem regressiva havia começado. Cuidadosamente olhei para meu entorno a fim de checar se alguém ainda pretendia desafiar o homem gordo.

— Dou-lhe duas...!

Eu finalmente levantei minha placa quando percebi que o leilão havia chegado ao fim.

— CEM MILHÕES!

Silêncio. Não se ouvia nada, mas se olhar dos outros fizesse algum barulho, aquela sala estaria insuportavelmente barulhenta. O queixo do leiloeiro caiu mais uma vez, ele gaguejou algumas vezes como se não acreditasse no que tinha acabado de ver e então gritou contente:

— Cem milhões! Ela deu cem milhões! Mais alguém?

Era impossível ter mais alguém e, mesmo se tivesse, eu não me importaria. Isso porque desde o começo já tinha decidido fazer uma oferta dez vezes maior que o último lance. Minha vida dependia disso. Fosse cem milhões ou dez bilhões, eu não ligava.

— Vendido!

Eu pagaria sorrindo.

O Único Destino dos Vilões é a Morte

— P-por favor, venha por aqui!

Depois que o leilão acabou, o leiloeiro me acompanhou pessoalmente. Aparentemente, ele não era apenas o apresentador do evento, mas também uma pessoa de alta posição na organização. Ele me acompanhou até a prisão dos escravos e mesmo lá Eckles estava uma parte segura e separado dos outros. Com chicotes em suas mãos, os trabalhadores da área vigiavam-no e açoitavam sua pele nua – *chiplaw!*

Os escravos vendidos eram transferidos imediatamente para uma estação de preparação e mudança equipada com barras de ferro, após algum tempo, eles eram entregues na casa dos compradores. Eu me perguntava se Eckles seria entregue assim também, e estava sendo movido para esse local.

Chiplaw! – mais uma vez os chicotes caíram sobre suas costas espirrando sangue por todos os lados.

"Céus!", eu fiz uma careta para a escuridão na qual ele estava imerso. No jogo original, o duque trouxe Eckles quando o festival ainda estava a todo vapor. Ele o reconheceu, e pagou mais para tê-lo antes que fosse entregue. Eu dei um jeito de escapar de casa no primeiro dia do festival e encontrá-lo antes do duque. Como resultado, tive a sorte de conseguir comprá-lo.

— Qual o meio de pagamento, minha cara cliente? — perguntou o leiloeiro, não, o traficante de escravos após se agachar.

— Aqui.

— Ugh!

Tirei um cheque em branco do bolso e lhe entreguei. Ao ver aquilo, o traficante ficou sem fôlego, mas então franziu a testa e perguntou:

— Em nome de qual família é o pedido?

— Para a do duque Eckhart — disse com orgulho.

Se ele soubesse que eu tinha gastado cem milhões de moedas de ouro para comprar um escravo, o duque certamente ficaria ofendido, mas eu já tinha pensado em uma desculpa adequada. O comerciante de escravos pareceu um tanto assustado com a resposta, me lançando um olhar questionável.

Capítulo 2

— Me perdoe, mas... eu poderia verificar sua identidade?
—Você está duvidando de mim agora? — perguntei friamente.
— N-não é isso! De forma alguma! É que a senhorita é uma pessoa diferente da que normalmente vem à nossa casa de leilão... — respondeu-me o vendedor acenando com a mão.

Dito isso, eu não pude deixar de vasculhar meus bolsos em busca do botão de Derrick, assim que o encontrei, joguei-o contra o traficante de escravos.

— Traga isso de volta depois que terminar o pagamento.
— Oh, céus! Como pude não reconhecer alguém tão precioso! — Vendo o botão dourado do jovem mestre da casa, o mercador curvou-se profundamente. Então, com pressa, ele pegou algo e me entregou. — Aqui, pegue isto, cara cliente. — Era um anel com um rubi gigante.
— O que é isto?
— É um brinde que damos como certificado de posse do produto.

Uma vez que me entregaram o anel, eu não sabia para que ele era usado, então apenas o olhei. O homem apontou com o dedo.

—Vê o pescoço do escravo?

Uma gargantilha de couro com contas amarelas estava presa no pescoço de Eckles. Ao balançar a cabeça, o comerciante de escravos acrescentou uma explicação:

— Aquela é uma gargantilha paralisante. Se você pressionar o rubi deste anel, uma onda de choque será emitida do orbe amarelo para subjugar o escravo.

Devia ter sido isso que usaram para pará-lo àquela hora no palco, o deixando impotente.

— Portanto, não use em excesso ou a vitalidade de seu escravo poderá ficar em risco. — O comerciante terminou seu discurso acrescentando uma nota de advertência.

"Quanta informação...", aquilo era tão cruel que fiz uma careta ao olhar para o anel.

O Único Destino dos Vilões é a Morte

— Se a senhora for muito gentil com esse aí, pode ser que acabe em perigo, então sempre mantenha esse anel consigo. Vamos, coloque-o.

Como o comerciante não podia ver minha careta por causa da máscara, ele persistiu nisso por muito tempo. Incapaz de superar sua insistência, fingi colocar o anel no meu dedo indicador.

— Argh!

De repente, um grito agudo ressoou à frente. Quando olhei para a direção do som com espanto, vi um dos empregados sendo enforcado entre as coxas de Eckles. Ele, de alguma forma, tinha conseguido quebrar as correntes das algemas que prendiam seus pés.

— E-ei! Deem um jeito nele! Depressa! — gritou o vendedor, aflito.

Mas os trabalhadores não conseguiam nem ao menos se aproximar do escravo feroz que estava matando seus companheiros; tudo o que eles conseguiam era golpeá-lo à distância com o chicote.

— Argh...!

Com o passar do tempo, o homem estrangulado morreu e a pele nua de Eckles ficou em carne viva. Eu não podia ficar parada ali vendo mais pessoas morrerem. Depois de hesitar por muito tempo, eu finalmente segurei minha mão esquerda e apertei o rubi do meu anel.

— Urgh! — O corpo de Eckles endureceu e ele convulsionou por um instante, desabando no chão. — Argh! Urgh, ugh...!

Graças a isso, a segunda vítima foi solta, o funcionário correu fugindo da prisão com um rosto deformado. Caminhei em direção a Eckles, que estava rastejando no chão e tremendo.

— S-senhorita! — O comerciante de escravos ficou apavorado e tentou me parar, mas eu não me importei.

— Cof, cof...!

Mesmo em dor extrema, Eckles me encarou com olhos cheios de vida enquanto eu me aproximava. À medida que a distância entre nós ficava menor, o indicador de afinidade marcando 0% sobre seus cabelos marrom-acinzentados brilhava mais perigosamente.

Capítulo 2

— Eckles — chamei-o em um tom de voz baixo enquanto levantava seu rosto com minha mão.

Eu podia dizer que assim que sua dor diminuísse, ele tentaria me matar. Não podia levá-lo para a mansão comigo desse jeito e, submersa em meus pensamentos, mordi meu lábio inferior tirando a máscara.

— Olhe bem para mim, Eckles. — Não consegui chegar a nenhum outro meio de acalmá-lo senão esse, a única coisa que podia fazer era torcer para que ele fosse racional. — Veja com atenção, este é o rosto daquela que o comprou por cem milhões de moedas de ouro.

Meu rosto, que estava coberto pela máscara até então, foi revelado. Seus olhos cinzas se arregalaram instantaneamente, provavelmente por conta da beleza arrebatadora de Penelope e por sua aparência não combinar com aquele tipo de lugar. Eu não me deixei vacilar e continuei falando:

— Eu não paguei esse preço absurdo porque tinha de sobra. Nenhum nobre é louco o bastante para gastar esse valor em um escravo de um reino derrotado.

Julgando pelo modo que nenhum escravo foi vendido por mais de dez milhões durante todo o leilão, isso era verdade. Você poderia comprar um castelo nos subúrbios da capital do Império com esse montante.

— O que você pode fazer? Mesmo que se rebele e fuja, para onde iria? Não é como se você tivesse um lugar para voltar.

Eckles cerrou seus dentes, minhas palavras deviam tê-lo ferido. Ele se esforçava para soltar seu rosto da minha mão que o segurava pelo queixo, mas isso só fez com que eu colocasse ainda mais força nos meus braços e levantasse-o novamente. Eu o olhei de cima, continuando a falar:

— Eu realmente odeio pessoas estúpidas que não sabem o lugar ao qual pertencem. Vi potencial e decidi investir. É só isso e nada mais.

Eu não só tinha gastado uma quantidade absurda de dinheiro para conseguir tê-lo, mas também havia passado por poucas e boas.

— De agora em diante você tem que provar que vale cem milhões e que eu não desperdicei todas essas moedas de ouro.

O Único Destino dos Vilões é a Morte

— ...

— Senão, vou te devolver para este lugarzinho sem nem pensar duas vezes, entendido? — disse com meus olhos brilhando perigosamente.

Eu não sabia que estava tão desesperada assim para sobreviver dentro desse jogo doido. Não havia outro modo de acalmá-lo a não ser fazê-lo aceitar a realidade. Ele não era mais um nobre, nesse país ele era apenas um mero escravo. Seus olhos se arregalaram mais uma vez, ele parecia ter compreendido que eu não o tinha comprado apenas para brincar com ele e me satisfazer.

— Acene com a cabeça se você entendeu o que disse. Eu preciso voltar logo para casa.

Demorou um tempo para que ele assentisse, seu movimento foi tão discreto que eu quase não consegui percebê-lo. Fiquei aliviada ao ver que sua barra de favorabilidade não havia mudado, isso já era mais que o suficiente para mim.

— S-senhorita, você se machucou? — O leiloeiro caminhou cautelosamente até mim, que coloquei minha máscara no mesmo instante. Ele parecia amedrontado esfregando suas mãos.

— Ei...

— S-sim A s-senhorita precisa de mais alguma coisa...?

— Desamarre-o. — Indiquei Eckles com a minha cabeça, o rapaz penava para ficar em pé.

— P-perdão?

— Solte-o.

— M-mas, senhorita...! Esse escravo é...

— Eu disse para você soltá-lo. Livre-se de tudo o que está restringindo seus movimentos, exceto o colar e as algemas em suas mãos. Eu o levarei comigo agora.

Sem alternativa, o homem deu um sinal para seus empregados. Eckles logo estava livre, exceto por suas mãos. Todos os trabalhadores do lugar se afastaram imediatamente, mas o rapaz não fez nada além de ficar parado no lugar.

Capítulo 2

— E você... — disse para um dos homens, o que havia chicoteado Eckles mais fortemente.

— E-eu?

— Dispa-se.

— H-hã?!

— Vamos, tire tudo o que você está vestindo, menos sua cueca. Dispa-se e dê todas as suas roupas para ele. — Joguei um saquinho com algumas moedas de ouro que fez um *"clink"* ao cair. — Anda logo.

Assim, o escravo que estava seminu até então, agora estava vestido e podia andar normalmente pelas ruas.

Já era de madrugada quando saí com Eckles da casa de leilões. Eu estava exausta de ter passado a noite inteira alerta.

— Aaaff... — Um longo suspiro escapou dos meus lábios enquanto olhava para o céu. Eu tive muito trabalho para chegar até ali, mas não fazia ideia de como voltar. — Venha, me siga — disse bisbilhotando o rapaz que andava atrás de mim.

Ele não falou nada, o que era algo impertinente para um lacaio fazer, mas eu não tinha energia o suficiente para dar uma bronca nele, então só deixei de lado. Eu guiei Eckles para o beco mais próximo do prédio surrado, queria chegar logo nas ruas principais, assim poderia pedir direções aos transeuntes. Tínhamos acabado de dobrar a esquina quando gritos vieram de trás de nós:

— Ali! Veja, eles saíram!

Um grupo de pessoas que estavam distantes de nós veio correndo e gritando em nossa direção. Elas fecharam o caminho do beco.

— Ora, ora. Olá, minha cara. — um homem que eu nunca tinha visto antes andou em minha direção. Ele era baixinho e gordo.

— Quem é você? — questionei-o, alerta.

Quando o fiz, o homem sorriu desacreditado e então gargalhou.

O Único Destino dos Vilões é a Morte

—Você não sabe quem eu sou? Hahahaha!
— E como eu saberia?
— Eu sou aquele que todos dizem ser sua esperança, eu sou Kluy-...!
— M-mestre! — Seu empregado veio correndo e impediu que seu mestre revelasse sua identidade.
— *Ahem*. Estive te esperando — disse o baixinho se recuperando.
— ...
— Me entregue esse escravo.

Seus olhos fitaram o meu acompanhante e foi então que percebi quem ele era. Se tratava do homem gordo que competia com a senhora nos lances.

— Eckles, fique atrás de mim. — Eu estava no caminho para proteger o rapaz dos olhos do homem que escorriam luxúria.

"Eu o coloquei nesta situação e, de qualquer forma, um mestre não deveria proteger seus subordinados?", pensei, decidindo resolver aquilo sozinha, mas na verdade, eu também tinha segundas intenções, "Quem sabe com isso eu não conseguirei aumentar a afinidade dele".

Os servos do homem-porco, apesar de um tanto medonhos, não eram grande coisa. Eu era a filha dos Eckhart, aquela que fazia até mesmo as flores murcharem e os pássaros caírem do céu. Depois de me convencer, levantei meu queixo e disse com orgulho:

—Você já se esqueceu que eu ganhei a disputa por cem milhões?
— E-essa...! — Seu rosto ficou vermelho com minhas palavras — Eu só não trouxe dinheiro suficiente hoje. Vou te dar dez milhões de moedas de ouro agora e pagar a diferença na próxima semana...
— Um bilhão.
— ...O-o quê?
— Desde o início eu já planejava pagar uma quantia que fosse dez vezes o último valor proposto.
—V-você...!
— Se você tivesse oferecido cem milhões antes, eu teria dado um bilhão e vencido. Então, o preço final deste escravo é um bilhão de moedas de ouro.

Capítulo 2

O homem-porco guinchou com minhas palavras:
— Mas isso é um absurdo!
— Bom, não sou eu que estou sendo insistente aqui, não é mesmo?
O rosto do porco ficou vermelho como uma dinamite. Ele não conseguiu conter sua raiva, pois pensou que seria capaz de tomar Eckles à força.
— Quem você pensa que é para me responder assim? Como se atreve?
— Na verdade, acho que é você que não sabe quem sou eu.
Eu estava inclinada a tirar minha máscara e meu capuz. Como tinha esquecido o botão do Derrick, não havia outro modo de revelar minha identidade. Cabelos rosa e olhos turquesa, eu era inconfundível e estava na hora de deixar alguém em choque.
— Sua vadia insolente...!
O homem-porco avançou com sua mão erguida, pronto para me dar um tapa. No momento em que percebi, estava um passo atrasada e prestes a levar um tapa... **Vuush!**
— **Aaaargh!**
...A mão do porco foi quebrada bem na minha frente por alguém que tinha esticado seu braço atrás de mim.
"Mas, ele não estava algemado...?", esse pensamento surgiu em minha mente atordoada.
— A-arghhh, urgh! Esses, esses...! Eu vou matar vocês! — gritou o homem, segurando sua mão que estava pendurada. — Atrás deles!
— Não saia detrás de mim.
Um toque suave e quente alcançou meu corpo, posicionando-me atrás do rapaz de cabelos castanhos-acinzentados. O que aconteceu depois disso foi uma extensão do que ocorreu mais cedo na casa de leilão.
Poft! Baft!
— Argh! Ugh!
O grande número de inimigos não foi problema para Eckles. A cada movimento que ele fazia, os lacaios do porco desabavam com um som estranho.
— Ungh!

O Único Destino dos Vilões é a Morte

Eu cambaleei para trás, vê-lo de longe lutando contra as feras e agora era completamente diferente. Foi uma verdadeira cena de matança, carne sendo rasgada e sangue espirrando para todos os lados. Eu me senti sufocada ao ver as vívidas veias carmesim jorrando sangue na minha frente e me lembrei do outro dia quando o príncipe herdeiro decapitou um assassino no palácio imperial. Recordei-me do choque que senti, e do cheiro metálico que pinicava meu nariz.

"Eu... estou com medo...", tremi agarrando-me à parede enquanto assistia Eckles se mover como uma máquina de matar.

A situação acabou rapidamente. O homem ficou sentado no meio de seus lacaios ensanguentados e caídos, ele estava rígido, seus olhos arregalados de espanto assim como os meus. O espaço entre suas pernas abertas começou a ficar molhado com uma cor escura, e uma poça amarela se formou abaixo dele. Eu nem sequer tive tempo de sentir desgosto dessa cena, isso porque Eckles, que tinha terminado seu serviço, cambaleava até mim. Suas algemas chacoalhavam em seus pulsos, completamente quebradas. Em suas extremidades, gotas de sangue escorriam.

— Ugh.

Senti-me apavorada ao ver o homem inexpressivo de cabelos castanhos se aproximando. Como eu me atrevi a ameaçar alguém assim? Ainda bem que não tinha tirado a máscara. Caso contrário, meu rosto, tremendo de medo, teria sido exposto ao seu olhar.

— Minha mestra... — Ele veio até mim e abruptamente se ajoelhou no chão. Antes mesmo que pudesse me surpreender com sua ação.
— ...já tomei conta de tudo. — Seus olhos cinzas me olhavam. Ele descansou o rosto na minha mão, que estava deitada ao acaso. — Por favor, elogie-me, mestra.

Ele já esfregava suas bochechas em minha mão por alguns segundos, como se fosse um cachorrinho, minhas palmas frias estavam ficando quentes devido ao atrito. Naquele momento, eu nem percebi que a mão em que ele se esfregava era a do anel que controlava sua gargantilha e apenas o olhei, com a cabeça deitada perto de minha barriga, congelada.

Capítulo 2

> Afinidade: 18%

Minha decisão... não estava errada no fim das contas.

Capítulo 3

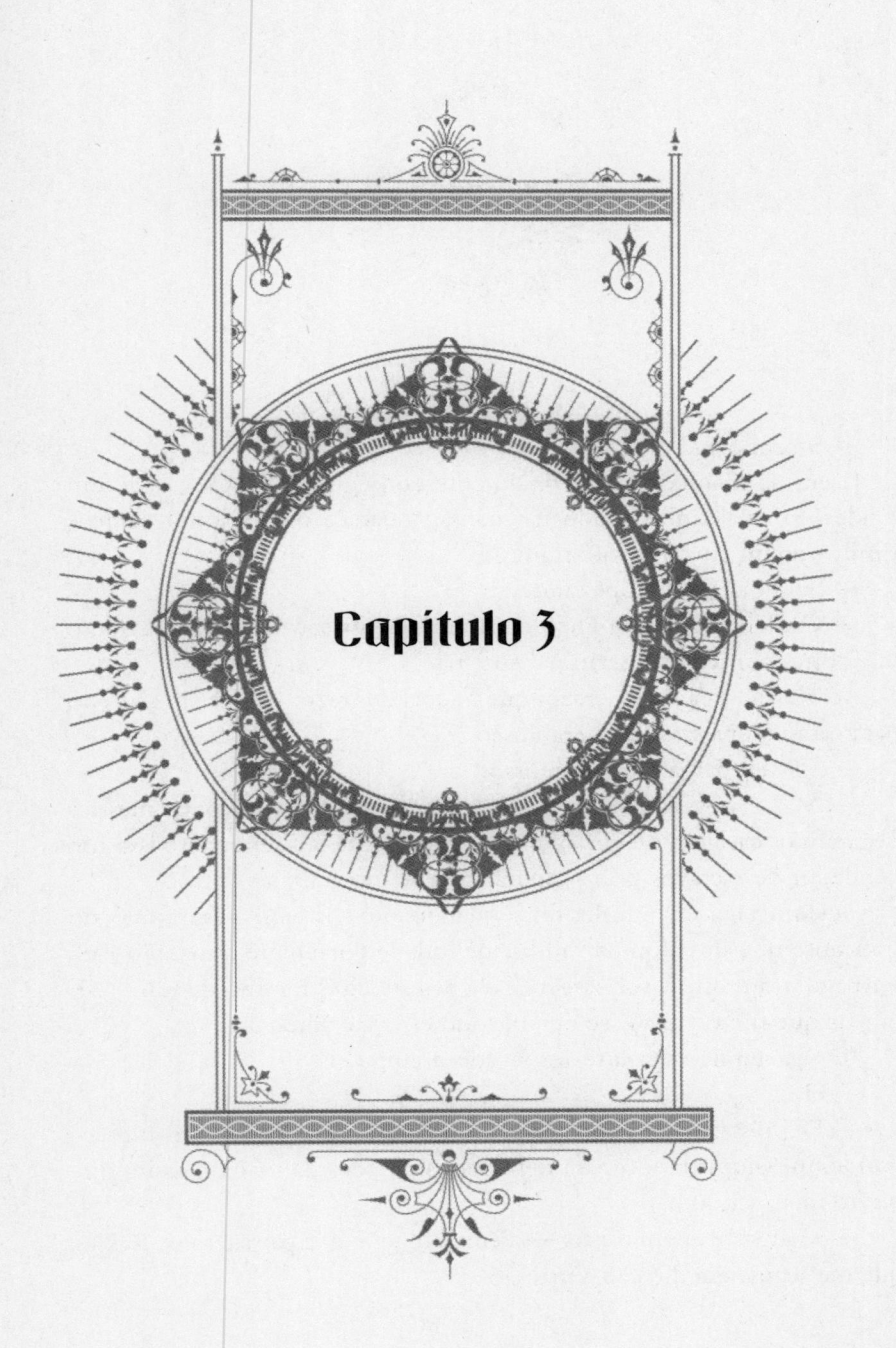

Capítulo 3

— S-senhorita!

Já era de manhã quando finalmente consegui voltar para casa com Eckles. Eu mal tinha pisado na mansão quando o mordomo-chefe e Emily vieram correndo até mim.

— Senhorita Penelope, onde...

— Onde você foi no meio da noite?! — gritou Emily antes que o mordomo conseguisse terminar sua frase.

Ao ver suas reações, percebi que a ideia de trazer Eckles em segredo para casa não passava de mera ilusão.

— ...Meu pai já sabe sobre isso?

— Mas é óbvio! Foi a maior confusão! Ambos os jovens mestres pegaram os cavaleiros e saíram em busca da senhorita, enquanto isso um vendedor de escravos veio procurar pela senhorita!

Dei um tapa em minha testa quando ouvi isto. O desgraçado do traficante que duvidou da minha identidade correu até a mansão para ser pago assim que o sol nasceu. Ele chegou antes mesmo de mim... E pensar que meus irmãos se deram todo esse trabalho...

"Droga, eu não devia tê-los levado comigo..."

— Hng...

— Depressa, senhorita. Entre! — Emily não perdeu nem um segundo, me empurrando para dentro dos portões da mansão assim que ouviu meu gemido.

— Senhorita, quem é este? — Pennel bloqueou a passagem de Eckles, que me seguia em direção à mansão.

Capítulo 3

— Ah, ele será meu guarda pessoal de agora em diante. Dê-lhe um quarto e prepare tudo para que possa descansar.

— S-senhorita! Isso é um pouco... — O mordomo enlouqueceu, escaneando o escravo dos pés à cabeça. — Você não pode fazer isso, senhorita! Como pode permitir que alguém que nem sequer sabemos a identidade fique dentro da mansão...!

— Mordomo... Poucos dias passaram, mas parece que você já voltou a pensar pouco das minhas ordens.

Estava muito cansada e isso me deixou mais sensível. Tudo o que eu queria era me jogar na cama, mas ainda tinha muitas coisas para resolver. Definitivamente não tinha tempo para ficar discutindo com os serviçais.

— Eu te peço que prepare um quarto confortável para que Eckles possa descansar.

— ...Entendido, senhorita. — Sem escolhas, o mordomo se curvou. O "Eu te peço" era, na verdade, um aviso. Fiquei contente de não ter tido que ameaçá-lo.

Eu já estava na porta de casa quando alguém gritou:

— Ei! Você...! — Reynold que andava de um lado para o outro foi o primeiro a me ver. O duque estava sentado próximo a ele e se levantou abruptamente com o grito do rapaz.

— Penelope!

— ...Pai.

Sem querer dei alguns passos para trás sob o olhar ameaçador do duque. Parecia que, assim como Reynold, ele gritaria comigo... No entanto, não o fez.

— ...Venha ao meu escritório. Agora.

Suspirei enquanto via o duque sair do cômodo.

"Aff! Como posso implorar por perdão desta vez?"

Tudo isso só para conseguir Eckles. Ressentida, eu me virei para ele, mas assim que li o que estava escrito sobre sua cabeça, todo meu ressentimento derreteu.

O Único Destino dos Vilões é a Morte

> Afinidade: 18%

Eu tinha que me conter, ele era a minha única esperança.

Enquanto isso, Reynold viu o rapaz atrás de mim.

— O que esse mendigo está fazendo aqui?

— Siga o mordomo, Eckles — ordenei-o rapidamente, com medo daquilo virar uma confusão.

— "Siga o mordomo" teu nariz! Esta é a mansão Eckhart, não um albergue qualquer!

Reynold fez uma careta como se tivesse muito a me dizer. No entanto, não continuou, provavelmente porque sabia que eu precisava ir ao escritório do duque. O rapaz de cabelos castanhos também abriu sua boca como se quisesse dizer alguma coisa e assim como Reynold, mas em seguida ficou em silêncio.

— Vá, seja um bom garoto. — Ignorei o fato dele querer dizer algo, afinal não tinha tempo para isso agora.

Entreguei minha máscara para Emily e então segui os passos do duque que havia saído do cômodo há pouco. Mal entrei no escritório e uma voz fria e ameaçadora perfurou meus tímpanos:

— Penelope Eckhart...

— Sim, meu pai.

Fiquei educadamente em pé em sua frente. O duque estava sentado, suas costas viradas para a mesa.

— Comece a se explicar. Eu quero saber de tudo, desde o início. — Seu tom de voz era mais frio que um pedaço de gelo.

Não era possível ver seu rosto de onde eu estava e isso me deixou menos confiante. Não ligava de deixar minha reputação com as pessoas do ducado cair, isso se a afinidade dos irmãos se mantivesse a mesma. Pensei muito por um tempo e decidi usar o mesmo método de antes.

— ...Me perdoe por ter saído sem que o senhor soubesse, meu pai.

Capítulo 3

— "Me perdoe", essas são as palavras que eu mais tenho ouvido de você ultimamente. — Funcionou da primeira e segunda vez, mas não da terceira. Eu estava sem palavras. —Você sempre se desculpa assim, mas parece que é só isso, uma desculpa sem reflexão alguma sobre seus atos. O que você acha disso?

— Eu... — Mordi meu lábio inferior e disse aquilo que sempre afligia o duque quando se tratava de Penelope: — Eu prometo que não fiz nada para trazer vergonha ao nome Eckhart, meu pai.

— Eu não fiquei acordado a noite inteira para ouvir esse tipo de palavras de você, Penelope! — disse ele, dando um murro em sua mesa assim que terminei de me explicar – **blam!**

— Ugh...! — soltei um gritinho, surpresa.

O duque sempre fora negligente em relação à Penelope, então essa era a primeira vez que o via bravo desse jeito. Fiquei assustada com sua reação inesperada.

"O que eu deveria fazer...?!", minha mente ficou em branco como no incidente com o príncipe herdeiro. Achar que pedir desculpas e apenas fingir refletir sobre minhas ações resolveria tudo foi um erro.

— Vá direto ao ponto, Penelope Eckhart. Por que a senhorita da família saiu à noite sem escolta? — Quando fiquei aterrorizada e incapaz de dizer qualquer coisa, o duque respirou fundo e perguntou com uma voz mais suave: — Quem eram aquelas pessoas vulgares que vieram à mansão esta manhã? O que aconteceu?

Suspirei inaudivelmente. Se era isso que o duque queria saber, então insistir com as desculpas não nos levaria a lugar algum.

— Eu saí escondida porque queria ver o festival à noite...

— Você poderia ter ido durante o dia, por que teve que fugir no meio da noite? E mesmo se você realmente quisesse ir durante a noite, você poderia ter pedido minha permissão e ido, por que simplesmente não conversou comigo?

— Achei que o senhor não permitiria.

— ...O quê? Por quê?

O Único Destino dos Vilões é a Morte

— O senhor poderia dizer que eu não deveria ir para não arrumar confusão.

Era verdade. Foi por isso que procurei o buraco na parede para sair e salvar Eckles. Mesmo no jogo, a vida de Penelope era quase exclusivamente dentro da residência do duque ou em algum salão de banquete. Não havia muitos detalhes sobre isso no jogo, mas assim que passei uns dias ali, pude entender como as coisas funcionavam.

O dia a dia social de Penelope não passava de fachada. Para prevenir acidentes, eles a trancaram dentro da mansão e só não a impediam de participar dos eventos para os quais era convidada pessoalmente. Era por isso que ela não tinha uma escolta exclusiva, se ela quase não saía, ter tal equipe não passaria de desperdício de mão de obra.

— ...

O duque não disse nada por alguns segundos. Depois de um tempo, em voz baixa, ele prosseguiu:

— ...Entendo.

— Eu encontrei meus irmãos mais velhos na saída. No começo, eles me impediram, mas, por querer muito ir, implorei para que me deixassem passear um pouco no festival, então, no final das contas, eles foram comigo. Não poderia acordar os cavaleiros da família só para que me escoltassem.

— ...

— Enquanto caminhávamos juntos pela rua do festival, eu acabei sendo arrastada por um desfile, então acabei me separando dos meus irmãos. Eu estava vagando em um beco escuro, e encontrei um nobre de baixo ranking e quase fui ferida.

— ...O quê?! Como assim?! — O duque se levantou de supetão. — Quem foi o desgraçado?! Como ele ousa...!

— E-eu estava distraída, então eu não consegui ver quem era ao certo... — Fiquei surpresa com a reação intensa do homem à minha frente. Seus olhos brilhavam com fúria, se eu não identificasse logo o

Capítulo 3

sujeito, seu estado poderia piorar. — A única coisa que me lembro é ele ter mencionado se chamar "Kluy" alguma coisa...

— Kluy... Então ele se chama Kluy...

O duque repetiu como se quisesse gravar aquele nome em sua cabeça. Vê-lo ainda murmurando sombriamente enquanto se sentava outra vez foi de partir o coração. Porém, eu estava com medo de que mesmo a menor das faíscas respingasse em mim, então me virei apressadamente.

— Então Eckles, que estava passando por ali, me ajudou.

— ...Eckles? Você diz aquele rapaz que trouxe consigo?

— Sim. Ele estava fugindo da casa de leilões de escravos. — A testa do duque franziu desagradavelmente ao ouvir a palavra "escravo". Eu adicionei rapidamente: — Dizem que era um nobre em seu antigo país.

O rosto do duque mudou, mas sua reação ainda era um tanto quanto agridoce.

— Por me ajudar, Eckles acabou sendo capturado e levado de volta pelos traficantes de escravos que o seguiam. Como eu tinha o cheque em branco que ganhei do senhor e um botão da roupa de Derrick, acabei o comprando no leilão.

— É disso que se tratavam os cem milhões de moedas de ouro?!

— Eu não podia ignorar alguém que salvou minha vida.

Essa história era muito diferente do que realmente aconteceu, mas em qualquer caso, Eckles realmente era meu salvador. Mais precisamente, ele salvaria minha vida.

— Eu não te dei um cheque em branco para você comprar um escravo! — gritou o duque, que não conseguiu conter sua raiva.

— Nossa, quantos vestidos você pretende comprar com isso?

Sua voz era vívida quando ele entregou o cheque com uma risada. Mas, se minha história sobre os vestidos era verdadeira ou não, agora já não havia nada o que pudesse fazer.

O Único Destino dos Vilões é a Morte

— Foi por minha causa que ele não conseguiu escapar e foi levado de volta para a casa de leilões, eu tinha que ajudá-lo, papai.

— ...

— Até mesmo animais sabem ser gratos, então como eu, uma Eckhart poderia me afastar de um benfeitor que estava em uma situação tão...

BLAM! – de repente a porta do escritório do duque se abriu com um estrondo.

— Você, o quê...?! — Derrick entrou todo suado e com o rosto pálido. — Onde infernos você estava? — Ele caminhou em minha direção com um olhar aterrorizante.

— I-irmão... — Fiquei perplexa. Ele estava tão bravo que parecia não conseguir ver nem um palmo sequer à sua frente.

— Não há nenhum lugar que eu não tenha ido à noite toda na capital. Estive vasculhando até os becos e as zonas de prostituição! Tudo isso pensando na possibilidade de você ter sido sequestrada por traficantes!

— ...

— Então, onde é que você... — Derrick se aproximou, agarrando-me pelos ombros. Eu nunca tinha o visto desse jeito. Além disso, tive uma surpresa ao olhar acima de sua cabeça.

> Afinidade: 13%

"Mas o que diabos...?!"

Eu me lembrei da cara que ele fez quando arranquei o botão de seu paletó.

— *Penelope!*

Aquele rosto desesperado estava lutando para me segurar enquanto eu era arrastada.

Derrick odiava Penelope. Em poucas palavras, só de chamá-lo de "irmão", sua afinidade caía. Então por quê? Foi por isso que eu nunca o

Capítulo 3

considerei uma opção desde que cheguei ali e achei que, desde que sua pontuação não fosse negativa, estava tudo bem. Eu nem imaginava que seria ele a pessoa que mais se preocupou com meu paradeiro.

"Por quê...?"

Eu esqueci que o duque também estava ali e me virei para encarar Derrick. Por que seu rosto estava assim? Por que ele parecia tão preocupado comigo?

— Derrick.

Foi o duque que o impediu de continuar me dando uma bronca.

— Que comportamento rude é esse, entrando no meu escritório quando estou no meio de uma conversa com ela?

Os olhos de Derrick se arregalaram por um segundo. Ele soltou meus ombros e deu um passo para trás, então se curvou para o duque.

— ...Me desculpe, pai.

Meus ombros estavam doendo um pouco. Eu os esfreguei enquanto os observava.

"Hã? Ele não vai sair daqui?", Derrick ficou em pé junto ao duque atrás de sua mesa. Ele ficou parado, me encarando, como se essa fosse a coisa mais óbvia a se fazer. O duque também ficou me olhando.

"Ughh, agora tenho que lidar com mais um...!", suspirei mentalmente.

— ...*Ahem*. Certo, eu entendo o que está me dizendo — ele disse depois de limpar sua garganta.

Fiquei aliviada ao ver que a desculpa que eu tinha elaborado tinha o convencido. Mas seu interrogatório ainda não tinha terminado:

— Mas se esse é o caso, você deveria tê-lo libertado depois de comprá-lo. Por que o trouxe até aqui?

— Eckles é muito habilidoso em artes marciais e esgrima, meu pai. É por isso que eu fiz questão de trazê-lo aqui. — Voltei a dar minhas desculpas. — Gostaria que o senhor o aceitasse como aprendiz. Ele pode ser muito útil.

— Aceitá-lo como... um cavaleiro da família?

O Único Destino dos Vilões é a Morte

— Sim! Creio que isso trará mais benefícios do que deixá-lo como um mero empregado qualquer. Desse jeito ele não poderia mostrar as suas incríveis...

— Eu não consigo ouvir isso nem mais um segundo — Derrick me interrompeu. — Há uma enorme lista de pessoas que ficariam gratas por simplesmente trabalharem na mansão como criados.

— ...

— Mas você está sugerindo que nós aceitemos, não um plebeu, mas um escravo como nosso cavaleiro. Além disso, para que você iria usá-lo se ele fosse treinado?

O duque parecia concordar com a fala de Derrick.

"Ah, cala a boca, cara. Para de se intrometer e vai embora logo", resisti a vontade de respondê-lo junto ao meu cansaço e disse:

— Eu o usarei como meu guarda pessoal.

— ...Seu guarda pessoal?

— Sim, eu não posso andar por aí sem uma escolta própria pelo resto da minha vida.

Os olhos do duque se arregalaram um pouco.

— O que quer dizer com isso? Não é como se ninguém estivesse tomando conta de você. Nós temos mais de vinte mil cavaleiros trabalhando no ducado.

— Sim, mas o senhor também deve estar ciente da minha péssima reputação entre eles, certo, pai?

— ...

— Não é por isso que o senhor não designou nenhum deles para tomar conta de mim? — Os dois se calaram.

Todas as moças nobres tinham em média cinco ou seis guardas consigo. Esse número variava de acordo com a posição social da família. Quando eu perguntei sobre isso para Emily, ela me disse que Penelope não tinha nem um único cavaleiro. Se ela tivesse que ir a algum lugar, um guarda que não tinha nada melhor para fazer a acompanharia. Só isso.

Capítulo 3

"Quão ruim é a sua reputação…? Não, o quanto as pessoas a detestam?", me perguntei enquanto os dois ficaram mudos. Isso fez com que eu também ficasse calada.

— …Eu não gostaria de confiar minha segurança a pessoas que não estão dispostas a me proteger.

— …

— Não há garantias de que o que aconteceu comigo nessa noite não acontecerá novamente quando eu for embora da mansão.

— Ir embora?! — eles gritaram juntos.

— O que quer dizer com isso? Como assim "ir embora"? — perguntou o duque com um tom de voz urgente.

— Exatamente o que eu disse, oras. Já sou praticamente uma adulta. — Fiquei confusa com suas reações, encolhendo os ombros. — Por favor, permitam que eu escolha meu próprio guarda, pela minha segurança. Eu lhes peço, pai, irmão.

Eles não disseram nada que recusasse meu pedido.

"Afinal de contas, eles não têm como me proibir de fazer algo assim."

O que havia acontecido nesse dia não tinha sido completamente culpa minha. O maior problema era que os cavaleiros não estavam preocupados o suficiente com a segurança de sua mestra a ponto de segui-la. Principalmente se tratando de um membro de uma das famílias mais influentes do império. Para ser sincera, de qualquer forma eu não teria levado um guarda comigo, mas precisava de uma desculpa para manter Eckles ao meu lado.

— Primeiro… — Felizmente meu plano tinha funcionado. — Certo, você deve estar cansada de ter andado por aí a noite inteira. Suba e descanse um pouco. Eu chamarei um médico para examiná-la depois que tiver acordado.

— Obrigada, pai. — Eu não precisava de um médico, já que não estava machucada, mas achei melhor não discutir. Curvei-me e andei em direção à porta.

— Derrick, você fica — acrescentou o duque quando eu já estava praticamente fora do escritório.

O Único Destino dos Vilões é a Morte

Clack – enquanto fechava a porta, observei as costas do Derrick por uma frestinha. Ele também estava perto da porta, como se estivesse vindo atrás de mim.

"Argh, o que tem de errado com esse cara?!", me apressei e fui embora. O que mais ele tinha para me falar que já estava me seguindo?

— Haaaa...

A porta que eu fechei não se abriu tão cedo. Finalmente pude respirar, aliviada. Então, uma caixa de diálogo apareceu na minha frente.

> <Sistema>
> Você fracassou na missão {Passear no festival com Derrick}!
> Gostaria de tentar mais uma vez?
> (Recompensa: Afinidade de {Derrick} +3% e {item secreto}.)
> [Sim] [Não]

"Quê? Até parece! Não!"

Ainda tinham muitos dias até o festival acabar, mas mesmo assim cliquei em [Não] o mais rápido possível para me certificar de que não teria que ir ao festival com ele novamente. Continuei parada ali olhando para o nada por algum tempo depois que a caixa de diálogo desapareceu.

"Por que eu falhei? Nós fomos ao festival e passeamos juntos!" Já havia sido um baita sucesso ter conseguido sair com eles, mas agora essa droga de sistema tinha ficado louco... Como a missão de Derrick foi um fracasso, a de Reynold provavelmente também seria.

"Que seja. De qualquer jeito eu consegui os 3%", pensei no que vira no topo da cabeça de Derrick, tentando me conformar.

> Afinidade: 13%

A missão tinha sido um fracasso, mas felizmente a favorabilidade aumentou tanto quanto se tivesse conseguido a recompensa.

"Como esperava, os irmãos desta casa são um problema."

Capítulo 3

Eu com certeza começaria a evitá-los ainda mais de agora em diante. Caminhei até a escada central da casa enquanto me prometia isso. Contudo, mesmo depois de fazer tal promessa, dei de cara com um dos personagens conquistáveis.

— Ei, por que você não me responde? Não sabe falar? É burro? De onde você é?

De longe, pude ver Reynold empurrando Eckles no pé da escada e Emily ao lado deles sem saber o que fazer. Eu franzi o cenho e fui me aproximando.

— O que você está fazendo?

A cabeça de Reynold se virou ao ouvir minha voz.

Afinidade: 10%

Eu não tinha visto antes, mas sua pontuação também tinha mudado.

— Quem é esse arrombado?

Em vez de responder minha pergunta, ele bateu no rapaz mais uma vez. Eu olhei para as afinidades alternadamente. Uma estava em 10% e a outra em 18% (nem preciso dizer que escolhi a última, não é mesmo?).

—Vamos, Eckles.

Ele, que ficou em silêncio sem dizer uma palavra a Reynold durante todo esse tempo, se moveu como um relâmpago ao meu comando e se aproximou das minhas costas.

— Uh? — O rosto do homem de cabelo rosa se contorceu com a cena e soltou um grunhido inconformado.

— Emily não comentou com você? De agora em diante, esta pessoa é meu guarda pessoal.

— Guarda pessoal? Você tá me dizendo que vai usar esse escravo como escolta?

— Uhum.

—Você por acaso comeu alguma coisa estragada durante o tempo que fugiu de casa? É isso? Você vai simplesmente abandonar sua reputação e fazer tudo o que quiser?

O Único Destino dos Vilões é a Morte

— Eu já te disse que não fugi — falei sem enrolar, me virando para ir embora. — Estou cansada, mais tarde a gente conversa.

Mas antes que eu pudesse dar um passo à frente, meu caminho foi bloqueado.

— Onde você pensa que tá indo? Eu ainda não terminei de falar.

Naquele momento o corpo de Eckles se moveu rapidamente. Talvez fosse por causa do grito de Reynold que seu rosto se tornou sombrio, mas o impulso que senti nas costas foi feroz. Eu o bloqueei antes que fizesse qualquer coisa inconsequente. Não podia deixar que ele fosse expulso da mansão em menos de uma hora.

— Reynold... — chamei-o, engolindo a minha raiva e suspirando.

Antes que eu pudesse falar algo ele voltou a gritar:

— Por que você precisa de uma escolta? Tudo o que você faz é ficar presa no seu quarto o tempo todo.

— É algo necessário. Não quero que algo como o que aconteceu ontem se repita.

— Então use os cavaleiros do ducado!

— Engraçado você falar isso, porque, pelo que eu me lembre, nem mesmo dez livros seriam suficientes para escrever todos os xingamentos que eles têm para falar de mim.

— ...

A reação de Reynold foi a mesma que a do duque e de Derrick, sua boca de repente se fechou como se tivessem a colado.

— Como posso deixar alguém que não liga para meu bem-estar cuidar de minha segurança?

De certo modo, eu estava falando dele também. Mesmo sabendo que os cavaleiros desprezavam a senhorita da casa, ele os deixou em paz e não os disciplinou. Em vez disso, usou a situação como encorajamento para a xingar ainda mais. Seus olhos azuis estavam trêmulos, dava para perceber que ele estava procurando algo para dizer, uma desculpa.

— Penelope, isso que você disse...

Capítulo 3

— Se você vai me dizer que os guardas me odiarem era só uma piada então, por favor, fique quieto. Desta vez, tive a sorte de voltar inteira, mas se a mesma coisa de ontem se repetir, eu não sei o que pode acontecer...

— ...

— Se Eckles não estivesse lá, eu teria sido enganada e violentada.

O rosto do rapaz se empalideceu com minhas palavras, parecia que tinham o estrangulado. Essa era uma história completamente diferente da que eu realmente passei, mas deliberadamente escolhi um discurso dúbio. Isso porque essa era realmente uma das piores coisas que poderiam acontecer a uma jovem e inocente senhorita nobre que foi parar em um beco sem um guarda.

— Você entende agora? É por isso que decidi usar Eckles como minha escolta.

— ...

— Me desculpe por preocupá-lo, irmão.

Dito isso, andei por Reynold que estava imóvel e subi as escadas. Eckles e Emily me seguiam, o rosto de um estava inexpressivo e a outra olhava para o chão.

Espectador e ódio – duas palavras que, aparentemente, não tinham nenhuma relação, no entanto significam quase a mesma coisa. As pessoas que trabalhavam ali, assistiam todo o sofrimento de Penelope e não faziam nada, mesmo quando ela poderia estar em perigo iminente... Eu não podia os considerar como algo bom.

"O mesmo serve para o meu verdadeiro 'eu' de antes de parar aqui."

Foi no momento que tinha acabado de subir os degraus da escada.

<Sistema>
Você fracassou na missão {Passear no festival com Reynold}!
Gostaria de tentar mais uma vez?
(Recompensa: Afinidade de {Reynold} +3% e {item secreto}.)
[Sim] [Não]

O Único Destino dos Vilões é a Morte

Pressionei [Não] imediatamente sem nem olhar para trás.

Eckles me seguiu como um cachorrinho por toda a mansão. Quando ele tentou entrar junto a nós em meu quarto, Emily ficou desesperada e eu tive que fazer algo a respeito.

— Você planeja me seguir até quando? — perguntei bloqueando seu caminho.

— Mas... — Ele inclinou a cabeça e então completou a frase sem muito esforço: — ...você me disse para eu provar-lhe meu valor.

Fiquei embasbacada com o motivo pelo qual ele tinha se comportado tanto até agora: "Parece que ele realmente odeia a ideia de ter que voltar para o mercado de escravos...". Eu o observava com espanto quando olhei para seu colar com as contas amarelas. "O anel", me lembrei da ferramenta que me deram para suprimi-lo e toda a alegria que tive ao ver os 18% desapareceu fazendo minha mente esfriar.

A cena desse homem quebrando as algemas em instantes ainda estava fresca na minha mente. O cavaleiro educado e gentil do modo normal que foi leal à Penelope até o fim de sua rota, mesmo sabendo que ela era maligna, não estava ali. Eckles ainda não tinha recebido treinamento, então era ainda mais perigoso do que eu esperava. A única razão possível para o seu bom comportamento era por conta da gargantilha.

"Eu não posso deixar que esse rostinho belo e aparentemente inocente me engane. Esse cara derrotou todas aquelas hienas com apenas uma espada de madeira". Abri minha boca depois de me lembrar que não podia ser feita de trouxa:

— Eu não quis dizer para você ser minha companhia noturna.

— Então...

— Você ouviu a conversa, certo? Te trouxe até aqui para tê-lo como meu guarda.

— Entendido. — Eckles assentiu.

— Sua primeira missão é fazer com que todas as pessoas desta mansão aceitem sua presença aqui.

Capítulo 3

— Mis...são?

— Uhum. Eu não posso insistir em manter uma pessoa inútil na mansão do duque Eckhart, não é mesmo? — disse em um tom frio. Quando percebi que poderia ter soado insensível, adicionei: — Eu sei que você não vai me decepcionar, não é mesmo?

Eckles assentiu novamente com seus olhos cinzas brilhando.

> Afinidade: 20%

Do nada, a pontuação aumentou. Sua afinidade já estava próxima dos 30% que era exatamente a quantidade inicial de todos os personagens do modo normal.

"Há... Quando que eu vou conseguir chegar finalmente nos 30% e, mais do que isso, quando vou conseguir chegar no fim desta história?", me senti cansada de tudo e todos só de pensar no que ainda estava por vir.

— Emily, leve-o para o quarto que o mordomo preparou.

— Sim, senhorita.

— Mestra! — uma voz rouca ressoou. — Eu farei o meu melhor para que possa receber elogios da senhorita.

Levantei meu braço e delicadamente acariciei seus cabelos cinzas, no entanto não posso dizer que o medo que nutria pelo rapaz tinha desaparecido. Eckles esfregou sua cabeça em minha mão como se estivesse esperando por isso. A única coisa que tinha em mente era dar o fora dali.

— Estou muito feliz por ter sido a mestra a me tirar daquele lugar — disse ele, me encorajando a continuar em frente.

Eu não saí do meu quarto pelos próximos dias. Minha desculpa era que precisava de um tempo sozinha para refletir sobre meu comportamento depois dos acontecimentos da noite que me levaram a encontrar com Eckles. Aliás, Derrick e o duque o deixaram ficar sob aquele

O Único Destino dos Vilões é a Morte

pretexto esfarrapado que inventei e também não falaram nada sobre eu ficar trancada no meu quarto. No entanto, Emily me contou que o duque estava vasculhando toda a nobreza em busca de um homem com "Kluy" em seu nome, o que fez com que eu ficasse petrificada. Não apenas isso, mas também fiquei sabendo que o tempo de treinamento dos cavaleiros tinha aumentado do nada e eles estavam tendo dificuldades.

"Sem chance. Ele realmente quer encontrar aquele porco...?", mesmo que o encontrasse, nada mudaria para mim, mas eu me senti meio estranha com o rumo estranho que as coisas estavam tomando.

"Ah, tanto faz!", joguei o livro que tinha em minhas mãos e me deitei na cama. A luz quentinha do sol da tarde que entrava pela janela brilhava por todo o quarto. Felizmente, um curto período de descanso e paz me foi garantido para que pudesse recuperar as energias depois do episódio de Eckles. Ninguém me incomodava, mesmo que passasse os dias inteiros apenas comendo, lendo e dormindo. Eu não tinha que me preocupar com nada. Os criados lavavam minhas roupas, limpavam meu quarto e me davam comida nas horas certas. Era como se eu estivesse sonhando.

"Não tem nada melhor do que ser cuidada", eu queria que Derrick me colocasse em provação até que pudesse chegar a um dos finais. Que vida boa!

Toc, toc.

— Nossa, senhorita! Você ainda está deitada em sua cama? Já é horário do almoço, por que não se levanta?

— O que tem de almoço hoje? — Olhei para Emily entrando em meu quarto com uma bandeja.

— É salada de abóbora com galinha.

— Só isso? — Nem tentei disfarçar minha decepção.

— Conversei com o cozinheiro sobre o quanto a senhorita queria comer algo apimentado e ele disse que inventou esse molho especialmente para você.

Capítulo 3

— Sério? — Levantei-me, animada. Já fazia algumas semanas que eu estava enchendo o saco de Emily por conta de pés de galinha apimentados e, finalmente, parecia que minhas preces tinham sido atendidas pelo chef da mansão.

— Céus, eu sinto que seu gosto mudou ultimamente. Antigamente você detestava comidas de gosto forte. — Emily inclinou sua cabeça se questionando sobre isso enquanto colocava os pratos na mesa.

Mesmo que odiasse e maltratasse Penelope, ela tinha trabalhado como sua empregada por anos e parecia achar estranho que a garota estivesse mudando tanto em tão pouco tempo.

— Conforme envelhecemos nossos gostos mudam mesmo, pelo menos é o que dizem, né?

— É verdade — concordou Emily, deixando o assunto de lado. — Sirva-se, senhorita.

Ela, que já não fazia gracinhas com minha comida, separou uma porção e desossou as coxas. Graças a isso eu não tive que me preocupar com etiqueta ao comer o frango.

— Está gostoso? Mastigue bem antes de engolir.

Ela sempre conferia se eu estava bem, fazendo com que me questionasse se era a mesma pessoa de antes. Mas mesmo assim não baixava minha guarda e ela nem deveria imaginar que eu ainda estava de olho nela.

"Hm, isso deveria ser mais doce... Não tem o mesmo gosto dos molhos de pimenta que eu comia na Coreia."

Agora que tinha certeza de que não tinha nada de errado com a comida, eu conseguia me alimentar tranquilamente. Ultimamente estava com vontade de comer o frango apimentado que comia com meus amigos da faculdade antigamente, mas o frango do chef da mansão não passava de... frango apimentado simples.

"A partir de agora eu deveria começar a especificar o que quero com a palavra 'agridoce'."

Aquele não era o sabor que desejava, mas depois de tanto tempo sem comer nada apimentado, decidi aproveitar aquela sensação.

— Já estou satisfeita.

O Único Destino dos Vilões é a Morte

Descansei meus talheres na mesa e Emily pegou meu prato, já colocando a sobremesa no lugar.

— O festival está terminando, senhorita — ela me disse, enquanto eu já devorava o sorvete de melão.

— É mesmo?

— Sim! A senhorita sempre foi ao festival e voltou trazendo consigo joias novas e únicas. Nenhuma chamou sua atenção desta vez?

— Não tenho certeza.

Eu estava tão focada em meu objetivo que nem tive tempo para reparar em tais coisas. Agora que parava para pensar sobre isso, Reynold me dissera algo parecido naquela ocasião também. Penelope realmente parecia ser louca por joias.

"Ela deveria ser uma cliente assídua", só de me imaginar visitando inúmeras lojas para comprar joias, já me sentia exausta.

— Ah, verdade! O mordomo disse que aquilo que você encomendou do joalheiro da última vez já chegou.

— Encomendei? O que eu...?

— Antes do festival começar, a senhorita chamou o joalheiro, não se lembra?

— Ah! — Com toda a questão do Eckles, eu tinha esquecido completamente que ainda precisava fazer isso.

— Devo trazê-las? — perguntou Emily ao ver que meu rosto ficava mais sério a cada instante.

— Sim, traga-as imediatamente.

Pouco depois, a empregada entrou no quarto com a caixa de joias em seus braços. A caixa era de veludo e parecia luxuosa com sua bela cor. Eu a peguei e abri.

— Uau! Que cor linda! — disse Emily, fascinada com a gema azul-marinho que a caixa revelou.

Normalmente, lápis-lazúli tinha algumas partes douradas e brancas; quanto mais azul e menos branco ou dourado, mais valiosa era a pedra. Eu examinei a joia girando a caixa e nenhum traço de dourado nem branco podiam ser vistos.

Capítulo 3

— Adorei. — Sorri satisfeita ao colocar a caixa na mesa. Com certeza ela valia o preço pago.

— A senhorita vai dar essas abotoaduras para o duque? — perguntou a jovem empregada, ainda olhando para o adereço.

"Até parece...", pensei, mas em vez disso a respondi com um simples não e então pedi:

— Você poderia me trazer os meus porta-joias?

— Os porta-joias? Claro.

Emily parecia curiosa com o que eu faria, mas não perguntou nada nem hesitou. Um momento depois, a moça trouxe uma enorme caixa de madeira que parecia extremamente pesada – *tac!* Encarei o objeto que a empregada colocara sobre a mesa e, parecendo pensar algo, disse no momento oportuno:

— Há algo que gostaria de pedir para alguém.

— Uh? O quê?

— Por acaso você conhece algum informante na região central?

— Um informante... — murmurou ela antes de me responder. — Não conheço ninguém, mas minha colega de quarto provavelmente deve saber. Ela trabalhava no centro da cidade antes de vir para a mansão.

— Sério? — Dei uma pequena pausa antes de continuar: — Qual o nome dela?

— S-seu nome é Lena...

— Onde ela está agora?

— ...M-mas seja o que for, eu consigo fazer o serviço melhor do que ela, senhorita! — adicionou Emily. — Claro, ela conhece muitas coisas por lá, mas também é uma grande fofoqueira — completou enquanto estudava minha expressão facial, seu medo de ser trocada caso eu gostasse mais da outra empregada era evidente.

— Emily, esse trabalho precisa ser feito secreta e perfeitamente. A pessoa que ficará encarregada dele também terá que reagir de acordo com as situações.

O Único Destino dos Vilões é a Morte

O motivo pelo qual decidi mantê-la ao meu lado era porque eu podia contar com ela para fazer esse tipo de coisa. Não havia ninguém mais adequado para o serviço.

— Há pouco tempo você me detestava...

No entanto, decidi fazer com que ela se sentisse um pouco mal para que ficasse esperta.

— Como eu posso confiar em alguém que me odeia?

— S-senhorita Penelope!

Eu não tocava nesse assunto há um tempo; o rosto dela empalideceu.

— D-depois do que aconteceu, eu nunca mais pensei coisas ruins sobre a senhorita! Juro que estou dando meu melhor para servi-la...

— Qualquer um nesta mansão faria o mesmo, Emily — eu a interrompi rispidamente.

— E-eu... — Depois de pensar um pouco, ela respondeu: — Você sabe que sou boa em agir de acordo com as situações, a senhorita já me disse isso.

Fiquei impressionada com quão rápido ela tinha percebido que se fazer de vítima não funcionaria comigo e decidiu mudar sua estratégia para me provar o que estava dizendo. "Interessante", já fazia um bom tempo que eu tinha percebido quão inteligente e rápida Emily era em comparação aos outros funcionários. Provavelmente, era ela que tivera a ideia de abusar da Penelope com uma agulha.

Emily tentou me convencer, seu rosto estava desesperado:

— Pense bem, senhorita. Eu nunca falhei em fazer nada que você me pediu.

— ...

— Então, por favor, me deixe fazer isso. Afinal, eu sou sua empregada pessoal.

Houve um longo silêncio depois disso. ***Tap, tap*** — o único som no cômodo era o dos meus dedos batendo contra a mesa. Antes que a empregada perdesse toda sua esperança eu a respondi:

— ...Certo — aceitei. — Confiarei em você desta vez.

Capítulo 3

— Senhorita...

A moça me olhou, emocionada. Nunca pensei que ela teria tamanha estima por mim depois de tê-la ameaçado com a agulha. Mas pensar que tinha ganhado sua confiança e praticamente um voto de lealdade fez com que risse comigo mesma.

— Muitíssimo obrigada, senhorita! Eu não a desapontarei!

Eu assenti enquanto Emily se curvava na minha frente.

— Abra a caixa. — Ela se moveu assim que dei a ordem. — De agora em diante, até que meu período de reclusão termine, você irá até os informantes e pedirá que eles encontrem alguém para mim.

— Uma pessoa? Q-quem a senhorita está procurando?

— Eu escreverei os detalhes sobre ele, então não precisa se preocupar com isso. Tudo o que você precisa fazer é mostrar o papel para os contratados. Pode usar quantas joias forem necessárias para pagá-los.

Havia uma quantidade impressionante de acessórios naquele porta-joias. Infelizmente, Penelope não tinha muito dinheiro, então a única coisa que eu podia usar como meio de pagamento eram as pedras preciosas dentro daquela caixa. Como no meu closet ainda havia muitas outras caixas similares a essa, eu realmente não ligava se tudo aquilo fosse gasto para conseguir a informação que eu precisava.

— Certo! Eu consigo fazer isso, senhorita! Logo acharemos a pessoa que procura!

— Mas você não pode solicitar esse serviço aos informantes que trabalham encontrando pessoas.

Emily fez uma cara confusa ao ouvir isso.

— E-então, quem...

— Vá apenas a lugares que negociam informações e objetos raros e valiosos. Aquelas agências de alto nível onde apenas nobres frequentam. Você consegue descobrir esses lugares por conta própria, certo?

— Sim! Certamente!

Por conta do jogo, eu sabia que Winter era dono de uma dessas agências. Aparentemente, seu negócio era o mais famoso e com a maior rede de informantes do império, então tinha certeza de que ela conseguiria achá-lo facilmente.

Eu já sabia que ele era um marquês, um mago e que ele operava uma agência. Tanto sua identidade como mago e como informante eram secretas. No fundo, se quisesse me encontrar com ele, só precisava ir às festas que acreditava que ele compareceria, no entanto Winter era um dos personagens conquistáveis e, depois de Eckles, ele também era minha segunda maior chance de dar no pé dali. Por isso, decidi tirar proveito do que aconteceu em um dos episódios do modo normal e encontrá-lo de um jeito mais dramático.

> Depois que a filha do duque retorna à residência Eckhart, ela vaga em busca do benfeitor que a ajudou a encontrar sua família verdadeira. Tudo que sabia sobre ele era que o homem era um mago que usava uma máscara de coelho branco.
>
> No entanto, quando ela conhece Winter em um banquete de estreia como a "verdadeira senhorita", a jovem reconhece seu benfeitor assim que vê a cor dos olhos do marquês.

"Como isso pode fazer algum sentido? Parece até uma piada... 'O reconheceu só de ver a cor de seus olhos'... Hahaha, que palhaçada", senti-me envergonhada por ter me divertido tanto com essa bobagem e a facilidade do modo normal. Diferentemente da heroína principal, eu não planejava ir em vários bailes para finalmente me encontrar com ele. Em vez disso, decidi que faria com que ele viesse até mim.

— Ah, mais uma coisa. Não deixe muito óbvio que você é a empregada de uma jovem nobre de alta classe — acrescentei.

— Uh? Então...?

— Faça o que eu disse ou eles pensarão que se trata de uma moça que procura, secretamente, o homem pelo qual ela se apaixonou à primeira vista.

Capítulo 3

— Oh, senhorita! — Emily pulou ao ouvir o que eu sussurrei. — Se é algo assim, então você poderia ter me contado antes! Eu o encontrarei ainda mais rápido!

Franzi minhas sobrancelhas ao ver sua reação.

— Sabe, as empregadas vivem fofocando sobre os nobres de alta posição. Se o rapaz de quem você está falando for solteiro, particularmente bonito e nobre, então eu já tenho alguém em mente e...

— Emily. — Tive que interrompê-la. — Você pode ou não fazer o que te pedi? É a única coisa que quero saber.

— Pode deixar comigo, senhorita! Eu me certificarei de que encontrem o rapaz pela qual você se apaixo-...

— Não é nada disso — cortei-a friamente me assegurando de que ela não tivesse mais nenhuma ideia estranha.

"Ela nem sequer pode imaginar a verdade", pensei enquanto a observava. Mesmo que eu tenha dito que não se tratava de um romance, a empregada estava muito animada para acreditar nas minhas palavras. De fato, ela estava tão empolgada que seus olhos pareciam vibrar com o vislumbre de uma história de amor.

— Parece que a primavera está chegando para a nossa senhorita...

Eu não tive escolha além de dobrar minhas mangas para puxá-la de volta à realidade.

— Aja com cuidado. O destino da sua agulha depende de como você fará essa tarefa.

A moça suspirou como se um balde de água fria tivesse caído sobre sua cabeça, e eu continuei:

— Esta é uma chance que estou te dando, Emily. Seu futuro nesta casa depende disso, se você não conseguir fazer algo assim, então é possível que seja expulsa.

Os hematomas já tinham sumido das costas da minha mão, mas levando em consideração a expressão séria que ela tinha em seu rosto, era impossível que Emily não entendesse do que se tratava. "Será que eu comecei a me afeiçoar por ela?", refleti depois de me sentir mal ao ver seu rosto.

Toc, toc.

— Senhorita, é o Pennel.

Meus pensamentos foram interrompidos pelas batidas na porta. O mordomo nunca mais abriu a porta sem minha permissão, mas, ainda assim, eu esperava alguns segundos antes de deixar que ele entrasse.

— ...Pode entrar.

O homem velho abriu cuidadosamente a porta e se curvou.

— O que foi?

— A senhorita Penelope recebeu um convite do palácio imperial.

— Para mim? — Inclinei minha cabeça, confusa. O aniversário do segundo príncipe tinha sido há pouco tempo, logo não deveriam ter outras festas imperiais por enquanto.

— Sim, senhorita. É uma pequena celebração à vitória do Império na última guerra. Ela acontecerá no último dia do festival.

Eu franzi o cenho. Qual era o problema da realeza para dar tantas festas assim?

— Mas já teve um banquete em comemoração ao sucesso na guerra, e foi um banquete magnífico, não?

— Parece que desta vez é o próprio príncipe herdeiro que está planejando o evento.

Eu virei minha cabeça roboticamente ao ouvir suas palavras.

— O... príncipe... herdeiro...?

O cômodo ficou tão silencioso quanto o fundo do oceano. As palavras "príncipe herdeiro" tinham sido praticamente proibidas na mansão. Seus olhos vermelhos e brilhantes pareciam reter grande sede pelo meu sangue; meu pescoço já estava curado, mas, só de pensar naquele homem, eu podia senti-lo doendo novamente. Era impossível recusar um convite imperial sem uma boa desculpa. Cerrei o punho e ainda trêmula, perguntei ao mordomo:

— ...O que meu pai disse sobre isso?

Capítulo 3

— Sobre isso... — Pennel hesitou. — O convite é apenas para a senhorita. Nenhum outro convite chegou à mansão exceto este... O que significa que Sua Excelência, o duque, ainda não sabe de nada.

— Droga...!

BAM! – esmurrei a mesa, tornando evidente o fato de ter odiado a notícia.

— S-senhorita!

Tanto Emily quanto Pennel me observaram meu pânico, mas eu não tinha tempo nem cabeça para prestar atenção em seus olhares.

"Esse desgraçado enlouqueceu de vez! Ele é ainda mais doido do que o jogo transpareceu!", aquele merda não tinha me esquecido. Esquecer uma ova, ele provavelmente estava fazendo isso de propósito e com o objetivo de dar cabo na minha vida.

— No entanto, da próxima vez que nos encontrarmos, você terá que me explicar em detalhes como e por que você se apaixonou por mim.

Tremi de medo ao me lembrar de uma das últimas coisas que ele havia me dito. Eu tinha certeza de que isso não fazia parte de nenhum episódio. Em pânico, tentei me recordar de algo que remetesse a isso no jogo, mas não importava o quanto eu pensasse... Ah! É claro, eu nunca saí viva do labirinto do palácio enquanto jogava...

— O-o que eu deveria fazer com o convite, senhorita? — perguntou o mordomo com cautela.

— Aff... o que você quer dizer com isso? — Soltei um suspiro enquanto passava a mão pelo meu cabelo. — Eu estou doente — disse ao me sentar na cadeira, me jogando. Na verdade, eu realmente senti que estava ardendo em uma febre que não existia há um momento atrás. — Estou com uma febre muito, muito alta, mordomo! — respondi com os olhos semiabertos.

Ele pareceu confuso por um instante, mas logo compreendeu:

— É realmente uma pena que nossa senhorita esteja tão doente assim. Por acaso você está gripada?

O Único Destino dos Vilões é a Morte

Pennel era realmente um ótimo profissional que trabalhara nessa mansão por vários anos.

— Seria melhor se eu ficasse de repouso em casa. Mas não acho que seja gripe... talvez seja reflexo do incidente daquele dia, sim. Uma intoxicação por ferro...

— Entendido, senhorita. — O mordomo se curvou educadamente e então deixou o quarto.

— Aff...

Pressionei minhas têmporas para aliviar a dor que começou a percorrer em minha cabeça. Foi então que Emily me questionou com uma expressão preocupada:

— Senhorita, você está bem? Eu deveria contar para o duque e pedir para um doutor vir vê-la?

— Não, isso não é necessá-... — Eu ia recusar sua sugestão, mas mudei de ideia. — Pensando bem, sim. É, chame um médico.

Agora que isso aconteceu, precisava fazer que o boato corresse por toda a residência do duque, aumentando meu período de reclusão.

"Assim não vou ter que sair da minha zona de conforto por um tempo. Pelo menos não até que o príncipe se esqueça de mim."

Emily começou a trabalhar no que eu havia solicitado e, felizmente, a abotoadura que eu havia encomendado estava pronta. Como o festival ainda não tinha chegado ao fim, ninguém suspeitou das saídas frequentes de Emily.

— Estavam muito desinteressados no serviço até verem as joias, mas depois disso a atitude deles mudou completamente, você tinha que ver!

Ela me informou o que tinha acontecido nos últimos dois dias que tinha saído para encontrar com os informantes. Tudo o que ela me contou entrou por uma orelha e saiu pela outra, isso até ela dizer "um

Capítulo 3

lugar estranho onde ninguém além de um homem com máscara de coelho trabalhava".

"Perfeito, então ele mordeu a isca", o que ela me disse se encaixava perfeitamente com o que o jogo havia me mostrado. Ao levantar minha mão, fiz com que parasse de me contar mais detalhes sobre sua jornada.

— Muito bem, Emily. Você trabalhou duro mesmo em um tempo tão ruim quanto este. — A chuva não parava de cair nos últimos dias. — Pode se recolher e descansar.

— Tá, voltarei na hora do jantar.

Mesmo ensopada, ela continuava animada. Felizmente, não parecia que a moça tinha pegado um resfriado ou nada parecido. **Clack** – ela saiu do cômodo, me deixando em silêncio. Eu me virei para olhar pela janela. O mundo inteiro parecia ter perdido suas cores sob o céu pintado em vários tons de cinza.

— Por que está chovendo tanto hoje?

Esse tempo me deixava ainda mais triste.

Eu tinha inveja dos meus colegas que tinham uma mãe para lhes trazer um guarda-chuva. Não tinha como eu me sentir mais envergonhada e miserável do que quando as outras crianças me perguntavam coisas como "Você não tem mãe?" enquanto eu atravessava os campos da escola debaixo da chuva. Elas perguntavam sem más intenções, mas ainda assim eu me sentia mal e essa sensação nunca mudou com o passar do tempo. Algumas delas dividiam os guarda-chuvas com os amigos que tinham esquecido os deles, e enquanto isso eu...

— Jovem mestre, rápido!

— Mas que merda! A previsão do tempo não falou nada sobre essa tempestade. Agora eu tô todo encharcado, que saco. Anda, vamos logo para casa, motorista.

— Mas e a senhorita...?

— Quem se importa com ela? De alguma forma a malditazinha vai dar um jeito de chegar em casa. Vai, anda logo e vamos.

O Único Destino dos Vilões é a Morte

Vruuum – assim o carro ia embora e eu era deixada para trás nos portões da escola.

"...Que sorte a minha", fiz uma careta enquanto me lembrava da minha vida anterior. Balancei a cabeça algumas vezes tentando me livrar daquela sensação triste. "Como se eu tivesse tempo para ficar aqui sentada vendo a chuva cair...", levantei-me, eu precisava fazer alguma coisa, qualquer coisa, para dar o fora desse lugar o mais rápido possível.

Saí do quarto com uma sombrinha nas mãos. A mansão estava quieta; era como se, por causa da chuva, ninguém tivesse saído para o terreno da casa. Eu caminhei lentamente pelo jardim, naquele momento estava pensando se deveria fazer alguma coisa importante, mas eu não conseguia pensar em nada.

Estava indo em uma direção que sabia que teriam ainda menos pessoas. Na verdade, estava mais para um lugar em que eu não daria de cara com aqueles irmãos.

Splish, splash.

Já não tinha ideia de por quanto tempo estava andando, quando percebi que minhas pernas estavam me levando para um lugar bem familiar.

— Aqui...

Estava no meio da floresta que dava para o campo de treinamento dos cavaleiros. Graças a todo meu sofrimento em encontrar um buraco para escapar, eu facilmente consegui perceber para onde estava indo.

— Eu poderia acabar me encontrando com Reynold aqui... — murmurei lembrando que já tinha me deparado com ele nesse lugar uma vez quando ele estava retornando de seu treinamento. E não apenas Reynold, mas também poderia me encontrar com Derrick.

— Não! De jeito nenhum! Vamos dar meia-volta, já. — Eu, que já tinha caminhado muito, virei pronta para voltar.

Mesmo que tivesse saído do meu quarto pensando que deveria estar fazendo alguma coisa a respeito do jogo, isso com certeza não incluía encontrar com aqueles dois. Além do que, sempre que passávamos um bom tempo sem nos vermos, a pontuação deles parecia aumentar ainda mais.

Capítulo 3

Vush, vump! – quando estava quase dando meu primeiro passo para voltar para a mansão, ouvi o barulho do vento soprando de algum lugar próximo a mim. Para ser mais específica, era o som de uma espada cortando o ar.

"Não sabia que eles treinavam até na chuva," eu já tinha ouvido falar que a dificuldade do treino dos cavaleiros tinha aumentado, mas isso já parecia um absurdo. Qualquer um acharia que aquilo já era demais. Mas isso provavelmente era por eu ter trazido um escravo para ser meu guarda pessoal, então não podia falar muita coisa...

Comecei a seguir o som, curiosa para ver a reação dos cavaleiros: "Será que eles estão falando mal de mim?". Não que isso realmente importasse, afinal eles não estariam falando mal da verdadeira "eu", mas de Penelope.

"De qualquer forma, eu deveria aproveitar que já estou aqui e dar uma olhada em como Eckles está se saindo", entretanto ninguém estava nos campos de treinamento – ninguém exceto uma pessoa. Ela estava em um dos cantos, balançando sua espada de madeira. Em um primeiro momento, eu não consegui ver quem era, seu cabelo cinza parecia muito com o tom monótono que o céu tinha hoje. Andei cuidadosamente para não ser notada e, conforme me aproximava, a pessoa ficava cada vez mais nítida. O homem estava sem camisa enquanto empunhava sua espada verticalmente como uma máquina. Havia cicatrizes pequenas e grandes, profundas e superficiais por suas costas e braços; ao mesmo tempo que o homem parecia brutal, ele também era uma figura de dar dó.

"Ele não está com frio?"

O rapaz parecia não ter notado que eu me aproximava, talvez por estar extremamente focado. Quando fiquei atrás dele. ***Vush!*** – ele se virou com a velocidade de um relâmpago junto do som de algo cortando o vento. Eu pisquei uma vez e percebi que algo gelado estava sendo pressionado contra meu pescoço.

— Arf, arf... — Eckles me olhou, arfando. Seus ombros estavam rígidos e seus músculos contraídos.

O Único Destino dos Vilões é a Morte

Eu senti calafrios ao ver a aura mortal que ele tinha contra mim. Honestamente seus reflexos eram bons demais para alguém que estava balançando uma espada de madeira para cima e para baixo. Sua aura mortífera foi sumindo conforme ele processava quem eu era.

— M-mestra!

Ele parecia confuso a ponto de sua voz falhar. Meus lábios também tremiam e percebi que não estava respirando. Eu tentei falar:

— Es-...

A espada gelada de madeira continuava pressionada contra meu pescoço, mas forcei que as palavras saíssem de minha garganta de um jeito amigável como se estivesse tudo bem e eu não sentisse nem surpresa, nem espanto.

— Está chovendo, Eckles.

Seus olhos cinzas que me encaravam vacilaram mais uma vez. Seguido disso, sua barra de afinidade brilhou.

> Afinidade: 23%

Em um instante, sua afinidade aumentou em 3%, mas aquela não era uma situação nem um pouco agradável para mim.

— Por que você...?

— Primeiro, você poderia tirar essa coisa de perto de mim? — pedi, indicando com meus olhos a espada que estava grudada em meu pescoço. — Está gelada.

— ...Ah! — Com uma exclamação, ele levantou sua espada no ar. Naquele momento, a sombra do objeto se projetou em meu rosto fazendo com que eu fechasse meus olhos instintivamente. Mesmo sabendo que ele não iria me golpear, eu ainda o fiz, afinal foi algo por puro instinto.

Crack! — abri meus olhos novamente com o som de algo quebrando. Quando olhei para o chão, vi a espada de madeira quebrada em vários pedaços.

Capítulo 3

"Mas o quê...?"

Assim que levantei minha cabeça, Eckles caiu de joelhos no chão lamacento do campo.

— Mestra...

— ...

— Eu sinto muito. — desculpou-se, ajoelhando-se — Como eu pude... Contra a senhorita... — Seu rosto estava tão contorcido quanto o de uma criança prestes a chorar. — Por favor, me puna.

Chuáááá – a tempestade ficou ainda mais forte do que estava anteriormente. Gotas de chuva escorriam continuamente de seu nariz até seu queixo, seu estado era lamentável. Foi então que percebi para onde ele estava olhando: o anel de rubi no meu dedo indicador da mão esquerda.

Um suspiro fino escapou de meus lábios. Em seguida, olhei para Eckles e para a espada de madeira quebrada: "Quem sabe o que ele pode fazer comigo se eu encostar um único dedo nele... Mesmo que ele mesmo tenha pedido para que eu o castigue..."

Agora, a espada já estava meio enterrada na lama. Sua ponta afiada ainda estava à mostra, se eu caísse sobre ela, então eu poderia... "Argh...", só de pensar nesse cenário, já tremi. Do nada, me lembrei das escolhas que tinha desligado há um bom tempo: "Se eu estivesse jogando, então eu até poderia morrer de um jeito tão patético assim". Então clicaria no botão de recomeçar e continuaria jogando esse episódio até conseguir passar em segurança. Contudo, eu não tinha certeza do que deveria fazer, afinal nunca tinha chegado nesse episódio antes, mas tinha uma ideia, pois já tinha passado tempo o bastante no jogo para saber que tipo de respostas apareceriam nessa cena.

"O que a Penelope responderia se ela quisesse continuar viva...", observei Eckles friamente, o rapaz olhava para o chão, e intimamente eu me perguntava no que ele estaria pensando. Ele deveria se sentir terrivelmente mal por sua situação atual, imagine só ser vendido para uma garota nobre que toma todo seu livre arbítrio e o faz agir de forma comportada na frente dos outros. Ele provavelmente me odiava, não era

O Único Destino dos Vilões é a Morte

tão difícil assim imaginar como ele se sentia. A visão dele empunhando sua espada ali, sozinho, era de tirar o fôlego. Com base nisso eu pude perceber o tamanho da raiva que ele nutria dentro de si. Só havia uma resposta para essa situação: sorrir gentilmente como a heroína do modo normal, como se eu não tivesse sentido sua aura mortífera.

"Preciso dizer para ele que está tudo bem", não importava o quanto eu me forçasse a dizer tais palavras, elas simplesmente não queriam sair. "Como eu poderia dizer algo assim?", eu quase morri com uma espadinha de madeira!

— ...Eckles. — Cerrei meu punho e achei outras palavras para dizer. — Alguém está te atormentando?

Enquanto eu fosse Penelope, a vilã desse jogo, ainda precisava agir docilmente para escapar da morte.

— Normalmente, os cavaleiros não são tratados de modo tão estrito aqui... Por que você está treinando neste tempo?

— ...

— Por que você está aqui sozinho? — Forcei um sorriso. Estava estudando sua expressão intensamente, no caso dele querer me matar. — Me fala — pedi por uma resposta, e, quando o fiz, seu rosto inexpressivo se tornou o rosto de alguém perplexo. — Você está ensopado.

Inclinei minha sombrinha de modo que o cobrisse da chuva, mesmo que isso não fosse ser de muita utilidade, já que ele já estava todo molhado. Seus cílios longos pareciam pesar com as gotas de água que caiam sobre eles.

— Vamos, me diga. Quem lhe ordenou a fazer algo assim?

Eckles deu um pulo quando meus dedos encostaram nele, como se eu tivesse o marcando com uma estampa de ferro incandescente. Só então que ele me respondeu, exalando:

— ...Ninguém.

— ...

— Ninguém me disse para fazer isso.

— Então por quê?

Capítulo 3

— Eu só... — Ele parou por um momento. Seu olhar passou do anel para o meu olhar. — Eu queria me tornar um cavaleiro oficial logo, assim poderia ficar ao lado da mestra o mais rápido possível...
— ...
— É por isso que tenho treinado aqui sozinho, mestra.
Eu sorri gentilmente com a sua resposta.
— Que atitude impressionante.
Seus olhos cinzas que me observavam já não estavam mais trêmulos.
— Deveria lhe dar uma recompensa por treinar tão seriamente, então. — Olhei para o topo de sua cabeça que brilhava novamente e dei o meu melhor para esconder meus pensamentos. — E se pedisse que colocassem uma cobertura aqui para que você treine até mesmo quando chover? Ou há outra coisa que você deseja?
— ...
Eckles balançou sua cabeça negativamente sem dizer nada e minha atenção se voltou para a espada destruída mais uma vez.
— Ah, sim. Devo lhe dar uma espada nova, já que essa está quebrada.
— ...
— Chamarei um vendedor. Na verdade, um ferreiro seria me-...
— Eu gostaria... — ele finalmente abriu a boca, me interrompendo. — ...que a mestra viesse me ver mais vezes.
Seu pedido inesperado me deixou sem palavras. A surpresa era perceptível em meu olhar quando ele retomou:
— Você não me visitou nenhuma vez desde que me deixou morar nesta mansão, mestra.
— ...
— Eu... até pensei que você tinha me esquecido. — De alguma forma, seu olhar parecia carinhoso. Era como se ele estivesse implorando por amor.
— ...Há. — Eu não sabia se ria da situação ou de mim mesma.
Naquele momento percebi uma coisa, entendi de onde vinha o desconforto que eu senti quando Eckles, praticamente uma máquina

O Único Destino dos Vilões é a Morte

mortal, ajoelhou-se na minha frente: ele agia como eu. Assim como eu colocava uma "máscara" e fingia ser boazinha na frente dele só para conseguir aumentar os pontos de afinidade, ele também fingia ser meu cachorrinho leal apenas para sobreviver.

"Huh, parece que trouxe um lobo em pele de cordeiro para casa..."

Idiotamente, nunca passou pela minha cabeça que a rota do Eckles poderia ser uma das mais perigosas. Mas eu ainda não tinha certeza de nada. Essa situação era culpa minha por não tentar a história de todos os personagens e, mesmo que a rota do Eckles não fosse tão segura como tinha pensado, eu já não podia mais voltar atrás.

— ...Certo. Se é isso o que você quer, então pode me ver a qualquer hora que desejar.

> Afinidade: 25%

O rapaz sorriu ao ouvir minha resposta.

— Você vai ficar gripado, Eckles.

Dava para enxergar sua respiração quente no ar. Quando ele voltou a ficar reto, eu lhe disse com um tom de voz gentil:

— Chega de treino por hoje. Isso é uma ordem.

Quando terminei, trouxe minha sombrinha de volta para mim e a chuva voltou a cair sobre o jovem. Dito isto, me virei para voltar à mansão, e quando estava prestes a dar meu primeiro passo à frente o rapaz me chamou novamente:

— Mestra!

Dei uma espiadinha sobre meu ombro e vi que ele ainda estava ajoelhado no chão. Não havia nenhuma tentativa de evitar a chuva por parte dele, que apenas me olhava com seriedade.

— ...A senhorita não me dará nenhum castigo?

— ...

— Eu quase a machuquei...

Não, ele não havia quase me machucado... "Ele quase me matou", concluí.

Capítulo 3

— Punir um cavaleiro leal por coisas triviais é algo que apenas mestres tolos fazem, Eckles. — Forcei um sorriso com meus lábios trêmulos.

— ...

—Você não fez aquilo de propósito, não é mesmo?

Eu não lhe dei a chance de responder, já que antes mesmo de terminar de falar já comecei a andar apressadamente. Senti que seu olhar continuou grudado em mim até que eu deixasse completamente o campo de treinamento. Meu único guarda não recebeu uma ordem para se levantar e tampouco recebeu perdão por seus atos.

Felizmente, ele não tentou impedir a partida de sua mestra novamente.

Eu andei em alta velocidade, sem ligar se meu vestido ficaria molhado ou sujo. Como andava com pressa, toda a paisagem passava em um instante por mim. O jeito que eu caminhava agora e de manhã eram completamente diferentes.

"A rota do Eckles não é a mais segura."

Quando percebi a verdade há pouco, meu humor despencou. Na verdade, não era como se essa situação fosse completamente impremeditável, afinal todos os personagens conquistáveis começavam com a pontuação ou no 0, ou negativa. Eu continuei morrendo repetidamente antes mesmo de conseguir alcançar a metade das histórias ou até mesmo desbloquear todas as rotas no modo difícil.

"O que eu estava pensando? Por que me senti tão confiante em me aproximar dele?"

Sua espada que balançava na chuva em um piscar de olhos estava contra meu pescoço e eu nem tive tempo de reagir. Só de pensar nisso meu corpo já se arrepiou inteiro.

— Ah... — Tropecei, me sentindo tonta e com dor de cabeça.

Eu não tinha emocional para perceber que minha roupa estava ensopada quando encostei na pilastra para me equilibrar. Minhas pernas estavam bambas e parecia que eu perderia a minha força a qualquer momento.

O Único Destino dos Vilões é a Morte

Observei a névoa até que minha tontura desaparecesse, então murmurei a única coisa que me veio à cabeça:

— Eu preciso me apressar e encontrar o Winter.

25% – Eckles tinha a maior afinidade entre todos, entretanto alguma coisa me impedia de ficar feliz com isso. Enquanto a pontuação de Derrick e Reynold aumentavam cerca de 2 a 3% por vez, no máximo 5%; a de Eckles, que eu tinha acabado de conhecer, já tinha aumentado muito mais em pouquíssimo tempo.

"Tudo o que vem fácil, vai fácil", pensando no tempo que eu joguei o jogo, a favorabilidade dos personagens diminuía nas cenas mais inusitadas e era por isso que não podia deixar minha fuga nas mãos de uma única pessoa.

"...Preciso de um plano reserva para caso as coisas deem errado", eu conseguia sentir as gotas de chuva caindo nos meus braços, "É, vai ser melhor assim. Isso não foi completamente imprevisto, então não há motivos para entrar em pânico", com isso me acalmei. Minha respiração ofegante gradualmente se estabilizou novamente e a náusea que eu sentia já tinha passado completamente.

"A Emily vai surtar", olhei para baixo ao sentir algo gelado pelo meu corpo e vi que meus ombros estavam molhados. Ao perceber meu estado, estalei a língua – **tsc** – e voltei a andar. Agora que estava calma, comecei a sentir frio e fadiga. Se não me apressasse para a mansão logo, era certo que o corpo frágil de Penelope acordaria adoecido no dia seguinte.

<hr />

Todos os informantes que Emily encontrou já tinham terminado o serviço em menos de dois dias.

— Aqui, senhorita. Estes são os relatórios sobre o seu pedido — disse a jovem ao colocar o chá-preto e o pedaço de bolo que eu havia pedido que ela trouxesse, seguido de envelopes que ela carregava na mesma bandeja.

Capítulo 3

Cada envelope tinha sido selado com um carimbo de cera de abelha, estampado com o logotipo da companhia. Eu fechei o livro que estava lendo e passei a abrir todos os relatórios. Em cada um deles havia um único pedaço de papel com vários nomes e sobrenomes de famílias de nobres escritos, a única diferença entre um relatório e outro era apenas o acréscimo ou falta de um ou dois nomes.

— Só isso? — perguntei, analisando as listas.

Emily endireitou sua postura. Ela parecia ter pensado que eu estava insatisfeita com os resultados que ela trouxe. Digo isso, pois a moça entrou em pânico e começou a se explicar:

— Eles disseram que seria de grande ajuda se a senhorita desse mais detalhes sobre essa pessoa. Assim eles poderiam… — Ela olhou para as listas, sua voz ia sumindo a cada nova palavra.

Eu entendia seu desespero. Ela saiu confiante dizendo que acharia a pessoa que eu procurava em pouquíssimo tempo, mas o resultado foi apenas uma lista com vários nomes. Contudo, isso não era culpa dela.

"Um jovem nobre que compareceu ao banquete de aniversário do segundo príncipe e tinha consigo um lenço branco", a informação que eu escrevi no papel e dei a Emily não era o suficiente para encontrar uma pessoa. Era parte da etiqueta mais básica de todas levar um lenço para uma festa.

— E-eu vou encontrar novos informantes, senhorita!

— Não, está tudo bem. Isso é o bastante. — Balancei minha cabeça, recusando o esforço de Emily. Não era como se eu realmente estivesse procurando por aquela pessoa. — Sobre o número de informantes que você visitou… você disse que foi a vários lugares, não?

— Ah… — Ela finalmente pareceu menos tensa. — Agora que você comentou, um deles não enviou uma resposta.

Como se achasse aquilo estranho, Emily inclinou sua cabeça observando a quantidade de cartas na mesa. Chequei os envelopes mais uma vez, nenhum dos selos representava o "Coelho Branco".

O Único Destino dos Vilões é a Morte

"Eu pensei que obteria uma resposta imediata", fiquei na expectativa, sem uma resposta de Winter. Já que ele não se revelou, eu só tinha mais uma alternativa: ir a todos os bailes que ele provavelmente compareceria e tentar achá-lo eu mesma, assim como a protagonista do modo normal. "Que desagradável", suspirei.

— ...Eu deveria visitá-lo novamente? — perguntou-me Emily com cautela ao perceber minha decepção.

— Não precisa. Enfim, como foi o pagamento?

— Verdade! Eu lhes dei a quantidade certa de joias de acordo com o trabalho.

— Bom trabalho — disse, pensando sobre quais seriam as próximas festas de acordo com o modo normal. — Você trabalhou duro nos últimos dias, então pode ficar com o que sobrou das joias.

— M-mas...! — A empregada ficou boquiaberta, provavelmente achando que a recompensa era de mais. — Não posso aceitar isso, estou bem assim, senhorita! Lhe trarei seu porta-joias assim que organizá-lo.

— Por que não? Você não gosta de acessórios? Então que tal algumas moedas de ou-...

— Não, não! — Emily sacudiu sua cabeça, recusando. — Eu... eu não preciso de nada disso, senhorita!

Suas palavras fizeram com que eu parasse de pensar em outras coisas e me virasse para vê-la cara a cara, ela não parecia muito bem. "As pessoas normalmente não ficam animadas com recompensas e simplesmente aceitam...?", no caso de Emily, ela não parecia contente, na verdade parecia mais ofendida.

— Eu não preciso de uma gratificação, senhorita. Em vez disso...

— Ah! — Foi então que me lembrei da promessa que tinha feito a ela. — Não precisa se preocupar. Eu vou me livrar da agulha assim como combinado.

— N-não precisa fazer isso! A senhorita pode mantê-la consigo.

— ...Como?

Capítulo 3

Arqueei uma das minhas sobrancelhas sem entender o que estava acontecendo. "A mesma pessoa que surtou por conta daquela agulha agora quer que eu a guarde?", franzi levemente o cenho, sem entender o que a moça planejava com aquilo.

— Tá bom, vamos lá. O que você quer?

Emily hesitou sob meu olhar frio, mas começou a falar:

— E-eu... eu quero me tornar sua empregada pessoal oficial.

— ...

Olhei para Emily tentando decifrar se isso era o que ela realmente queria, então falei com indiferença:

— Você já é minha empregada pessoal. Não tem mais nada que eu possa fazer sobre isso.

— Senhorita! — Ela se ajoelhou no chão. — M-me desculpe!

— ...

— Eu fiz tantas coisas ruins antes. Como eu pude... Eu não sabia meu lugar... É óbvio que a senhorita não tem como confiar completamente em mim.

— Emily...

— M-mas se a senhorita me der mais uma chance, então eu lhe provarei! Eu provarei que posso ser uma empregada extremamente útil para a senhorita!

Fiquei sem palavras ao ver sua reação.

— Então você está dizendo que quer ser meu braço direito?

— Sim!

Eu podia entender o lado dela. Até agora, a Emily só abusava de Penelope, que era vista como um estorvo nessa casa. A "falsa senhorita" era menos querida que os empregados.

"Será que ela acha que vai receber algo ainda melhor se ficar do meu lado de agora em diante?", se fosse isso, então coitada dela. Penelope não recebia nenhuma mesada ou algo do tipo, já que ela gastava compulsivamente em acessórios e outras coisas desnecessárias. Claro, a garota tinha permissão para chamar o joalheiro e comprar o que quisesses,

O Único Destino dos Vilões é a Morte

a única coisa que precisava fazer era notificar o mordomo-chefe ou o duque dependendo da situação. Emily com certeza sabia disso melhor do que ninguém depois de passar tantos anos ao lado de Penelope. "O que ela está planejando?", questionei comigo mesma.

Emily, confiante, voltou a falar quando eu a olhava desconfiada:

— Você pode guardar a agulha e mostrá-la para o duque se achar que eu estou agindo de maneira suspeita.

— ...Você está falando sério?

A moça concordou, acenando vigorosamente sua cabeça. Eu não examinei sua expressão com tanto afinco, mas claramente ela não parecia estar mentindo. Refleti durante alguns segundos, Emily continuava de joelhos. Essa situação era completamente inusitada. Pensei que ao dar uma recompensa adequada, ela gostaria de ficar ao meu lado e se voluntariaria a ser minha capanga.

"Este é um dos episódios do jogo?", para ser honesta, isso não era algo que faria sentido no mundo real, no entanto não tinha como eu ser afetada negativamente por uma coisa assim. "Bom, seja lá o que ela esteja pensando, ter uma empregada leal a mim é muito útil", não demorou muito para que eu parasse de pensar nisso.

— Então devolva o porta-joias para onde ele estava.

— Senhorita...! — A empregada rapidamente se levantou com uma expressão comovida e continuou: — Obrigada! Muito obrigada, senhorita! Eu me esforçarei ainda mais daqui para frente!

— Certo, pode ir.

Emily não parou de me agradecer mesmo quando a espantei gesticulando com minhas mãos. **Clack** – quando ela deixou o quarto, a caixa de diálogo apareceu.

> <Sistema>
> Melhora nas relações com as pessoas do ducado!
> Seus pontos de reputação aumentaram em +10.
> (Total: 15)

Capítulo 3

"Que interessante."

Eu casualmente li a mensagem. Mesmo tendo desistido de melhorar a reputação da vilã, ela impressionantemente continuava subindo.

O sol brilhava dentro do meu quarto através das grandes janelas. A mesa que ficava sob a janela, agora tinha sido empurrada para o lado e eu estava sentada no chão pensando na morte da bezerra. Eu estava me decidindo se iria ou não dar uma caminhada, mas como poderia encontrar os dois "X", nos últimos tempos tinha passado a evitar perambular pelo ducado sem necessidade. Contudo, a luz do sol que me banhava estava boa demais para não ser aproveitada ao máximo e eu decidi sair para andar.

"Que paz..."

Na verdade, agora não era hora de ficar descansando. Dois dias já tinham se passado desde que eu recebera as respostas dos informantes que Emily encontrara, mas ainda assim não tinha tido notícias de Winter. Foi por isso que, sem escolhas, tive que pedir um favor ao mordomo.

— *Por favor, junte todos os convites de festas que os jovens nobres costumam comparecer.*

E foi assim... O mordomo parecia preocupado e descontente com o fato de eu voltar a participar de eventos sociais. Isso fez com que me perguntasse que tipo de confusão Penelope costumava causar para ele fazer uma careta daquelas.

"Urgh, o meu amado tempo de reclusão. Não acredito que a minha paz chegou ao fim...", não pude deixar de cometer um pouco de autocomiseração agora que teria que procurar por Winter em várias festas.

Eu planejava meus próximos passos quando a janela abriu um pouco fazendo um "*nhec*", então mais um pouco, até que se escancarasse completamente e uma ventania louca bufasse para dentro do quarto – **Vush!**

O Único Destino dos Vilões é a Morte

— M-mas o quê?!

Abri meus olhos, surpresa. Mas não havia muito que eu pudesse fazer, exceto fechá-los novamente com o vento que era tão forte a ponto de ferir meus globos oculares. **Woosh** – meus cabelos voaram selvagemente espalhando os fios por todo o meu rosto.

— Uaaaah!

No entanto, isso durou pouco, o vento soprara tão repentinamente quanto cessara. O cômodo estava calmo novamente e, se alguém entrasse naquele momento, não acreditaria no que tinha acabado de acontecer. Eu levantei minha cabeça, devagar.

— Mas o que foi iss-...

— Squiiii?

Ouvi um gritinho estranho. Incrédula, me virei em direção ao som. No meio do meu quarto repousava uma bolinha de pelos branca.

— Squiii!

Melhor dizendo, era um coelho.

— Isso... Mas o quê...?

Eu nem sequer conseguia completar uma frase. Aquelas circunstâncias eram muito esquisitas e inacreditáveis. Depois de um vento forte soprar, um coelho apareceu no meu quarto. Esfreguei meus olhos para garantir que não estava vendo coisa, e ainda assim o coelho continuava na minha frente.

— Squiiii, squiii! — O bichinho inclinou sua cabeça, observando o ser humano à sua frente. Ele começou a pular em minha direção e logo estava sobre minhas pernas.

— Haha. Ei, de onde você veio? Estamos no segundo andar, sabe...?

— Squiiii?

— Não me diga que você foi arrastado pelo vento. Isso não deveria ser possível.

O coelhinho piscou seus pequenos olhinhos vermelhos e inclinou sua cabeça novamente como se não tivesse entendido nada do que eu dissera.

Capítulo 3

— Bom, se você realmente entendesse o que eu digo, então isso seria mais medonho do que esquisito.

Foi então que o coelhinho que me encarava quietinho até o momento abriu sua boca, dois dentinhos fofos eram claramente visíveis. Mas ao mesmo tempo...

— A missão foi concluída.

...A voz de um homem adulto saiu pela boca do animalzinho.

— **Uaaah!** — gritei, petrificada de pavor.

Por causa disso, o coelho que repousava em minhas pernas foi jogado longe. Por um momento eu pensei que o machucaria, mas ele pousou graciosamente no carpete, me olhando como se nada tivesse acontecido.

— Squiii?

— O-o que foi que...? Agora mesmo... o que aconteceu aqui? A voz de um homem não tinha acabado de sair desse bichinho?

Eu estava confusa. Ele era pequeno, do tamanho de um punho, mas ainda assim eu estava atenta e com medo. Esperei alguns instantes, mas o coelho não voltou a falar. Desacreditando, murmurei:

— Mas que diabos, eu posso jurar que ou-...

— A missão foi concluída. Se você quiser ouvir os resultados de seu pedido, por favor, venha pessoalmente à nossa base.

— Meu Deus do céu!!

Assim como imaginei, eu não estava enlouquecendo. Assustada, me afastei o máximo possível do coelho. De fato, o fiz com tamanho ímpeto que acabei batendo minhas costas na estrutura de madeira da cama. O coelho não se aproximou de mim novamente, como se não quisesse me assustar ainda mais.

— Aqui quem fala o Coelho Branco Central. Agora, com sua licença.

Ao dizer isso, a ventania voltou a soprar em meu quarto – *vuuush!* Quando o vento cessou, eu levantei minha cabeça, penteando meus cabelos bagunçados com os dedos. O coelho havia desaparecido.

— Mas o que foi isso...?

O Único Destino dos Vilões é a Morte

Sentada no tapete, estupefata, eu me lembrei de como Winter costumava contatar a protagonista do modo normal. Por conta de sua identidade secreta, era muito raro que ele tomasse a iniciativa de interagir com ela e, quando tinha que o fazer, normalmente enviava pássaros, ratos, filhotes de cachorro e outros animais pequenos para transmitir o recado; no entanto, o animal que ele mais enviava era um coelho branco – afinal esse era o nome do seu negócio. Me lembro de pensar que isso era super-românico, mas experienciando pessoalmente, fiquei horrorizada.

— Ninguém tinha me contado que os animais falavam com uma voz assim...!

Minha surpresa se devia, provavelmente, ao fato de o jogo não ser dublado. Eu apenas lia os recados que ele mandava para a heroína através de cartas, então não esperava que desta vez o animal fosse transmitir o recado com a voz do mago.

— Urgh...

A voz grave de um homem adulto havia saído daquele coelhinho fofo... Arrepiada, me lembrei do acontecimento que acabara de presenciar e caí na risada. Por que ele fazia isso quando podia escrever uma carta e pedir para algum mensageiro entregar?

"Não me diga que ele é tão louco quanto os outros, por favor...", balancei minha cabeça expulsando esse pensamento. Eu já tinha sido apunhalada pelas costas por Eckles, que pensei ser mamão com açúcar; então como plano B, eu precisava aumentar a afinidade de Winter caso a do outro rapaz diminuísse de repente, porém se ele também não fosse confiável...

"Sem chance que todos os cinco são birutas, não pode ser", me livrei desses pensamentos e voltei a focar na história do modo normal e em quando conheci Winter. Ele era um homem educado a ponto de emprestar seu lenço até mesmo para a vilã e sua afinidade pode não ser tão difícil assim de aumentar.

"Certo, vou encontrá-lo", assim que me acalmei, levantei-me do chão e, quando o fiz, percebi quão longe eu estava do lugar que tomava um

Capítulo 3

banho de sol mais cedo, o que me deixou envergonhada por ter fugido tanto de um animalzinho do tamanho de um punho. "Ele não estava assistindo toda aquela cena, né?"

De qualquer forma, o fato dele ter me contatado era uma boa notícia! Agora já não era mais preciso atender a vários bailes estúpidos. A caixa branca de diálogo apareceu na minha frente enquanto eu pensava em outras coisas.

> <Sistema>
> Um novo episódio acaba de começar:
> {Um mago suspeito, Winter Verdandi}.
> Gostaria de ir para o centro?
> [Sim] [Não]

— Espera aí. — Não era como se o sistema pudesse me ouvir, mas ainda assim pedi enquanto me virava.

Se quisesse sair e voltar para casa sem que ninguém soubesse, então precisava me preparar. Primeiro, vesti o mesmo robe de quando fui comprar Eckles. Emily tentou o jogar fora várias vezes, mas eu o recuperei em segredo e guardei no meu closet sem que ela percebesse. Depois disso, peguei o colar de safira de dentro do porta-joias — era o que eu usaria para pagá-lo — também embrulhei o presente que encomendei para dar a Winter, junto de seu lenço.

— Eu deveria levar isso comigo também? — cogitei, olhando para a máscara que Reynold me deu.

Como ele mandou o coelho para meu quarto hoje mais cedo, então ele já sabia quem eu era e esconder meu rosto não faria mais diferença alguma. Mas como tinha adotado o conceito "uma jovem cliente da alta nobreza procura secretamente por um certo homem", decidi que seria coerente colocar a máscara. Depois de dar uma olhada no espelho, me apressei para onde o *pop-up* estava.

— Tudo pronto. Bora!

O Único Destino dos Vilões é a Morte

Quando abri os olhos com o piscar de uma luz branca, estava em um beco com poucas pessoas.

— É aqui?

Um prédio surrado estava na minha frente. Na porta já gasta, havia um desenho apagado e pouco visível de um coelho. Eu já tinha visto esse lugar no jogo, então sabia que tinha chegado ao meu destino. Subi a escada que levava à porta e estava prestes a bater, quando – **nheeec** – a porta se abriu sozinha antes mesmo que encostasse nela.

— Mas o quê...?

Senti-me nervosa com a ideia de ter alguém me espiando. Espiei o interior que a porta revelara, estava tudo escuro, então reunindo coragem eu a abri ainda mais e entrei.

Dentro do prédio era exatamente a mesma coisa que eu vi no jogo. Uma mesa, uma estante de livros e um sofá para atender os clientes – o lugar não passava de um escritório comum. No entanto, independentemente de quanto andasse por ali e procurasse, quem eu buscava não estava em lugar algum.

— ...Será que ele saiu? — Eu tinha vindo quase que imediatamente depois de receber o recado do coelho, então me senti um pouco desapontada em encontrar o lugar vazio. Considerei se deveria voltar à mansão ou não e decidi esperar um pouco mais. Na verdade, eu nem sabia o caminho de volta, então pretendia ir embora com a carruagem do próprio estabelecimento, já que nesse mundo não havia "carroças-taxi", contudo, não tinha mais ninguém ali.

"Que tipo de informante não tem nem um empregado sequer?", pensei, descontente, mas logo me convenci: "Bom, deve ser por isso que ele também usa um coelho com voz grossa para mandar seus recados... Ugh, isso me dá arrepios!".

Capítulo 3

Fechei a porta e sentei-me no sofá. Meus planos eram descansar ali até que ele retornasse, afinal eu tinha sido chamada. Entediada, decidi dar mais uma bisbilhotada pelo lugar, mas antes que pudesse fazer qualquer movimento... ***Braaaam!*** – um barulho forte veio de algum lugar por perto e eu pude sentir o chão vibrar.

— O-o que está acontecendo?! — Pulei do sofá imediatamente, mas o prédio que há pouco balançava já tinha se acalmado. — ...Foi só minha imaginação?

Inclinei minha cabeça e estava me sentando novamente quando os tremores e barulhos recomeçaram – ***braaaam!*** –, o chão tremia tanto a ponto de fazer com que eu perdesse o equilíbrio.

— Uaaah! — Cambaleei e, entre gritos, consegui me segurar no sofá. "Eu só vim encontrar com Winter, o que está acontecendo aqui?!"

Assim como da última vez, o tremor que era forte o suficiente para tirar o sofá do lugar parou rapidamente.

— U-um terremoto?

Me agarrei no sofá, preparada para o próximo tremor e esperei alguns instantes, mas nada aconteceu. Eu não sabia da existência de desastres naturais nesse mundo e, curiosa, olhei pela janela para ver como as pessoas se comportavam nesse tipo de situação.

— ...Hm?

Surpreendentemente, o lado de fora estava tão calmo que nada parecia ter ocorrido; ninguém tinha saído correndo dos prédios e os pedestres também não tinham reagido apesar de o chão ter tremido duas vezes seguidas.

— Mesmo que essa rua seja pouco movimentada, fora este prédio, há outros edifícios nesse beco...

Além disso, o festival ainda estava sendo celebrado, então um desastre natural criaria uma enorme comoção no império. Eu franzi o cenho e recostei minha orelha contra a janela me perguntando se conseguiria ouvir o que acontecia lá fora, mas então... ***Braaaam!*** – o som voltou de outra direção, mais precisamente de dentro do prédio e atrás de mim.

O Único Destino dos Vilões é a Morte

— Uaaah!

Pulei assustada e me virei para checar a origem do som. Só então que percebi algo estranho na parede.

— ...O que são essas linhas?

Era possível ver um retângulo brilhando na parede. Lentamente me aproximei e o som que ouvira há pouco ressoou novamente. Tendo certeza de que aquele barulho vinha dali, eu estiquei minha mão e encostei na linha brilhante.

— Isso...

Olhando mais de perto, percebi que não era uma linha, mas sim uma fresta. Aquilo era nada mais que uma porta, que aliás parecia levar a uma passagem secreta.

— Ohhh, será que isto está aqui para me provar que ele é, de fato, um mago?

Meu coração acelerou em excitação. Esse era o tipo de coisa que só acontecia em filmes e livros de fantasia! No jogo, Winter aparecia como um fantasma na frente da protagonista sempre que ela se sentia triste ou precisava de alguém, então com alguma mágica cheia de firulas e um toque meio "shalalá" ele a consolava. As intenções dos produtores do jogo eram bem óbvias em relação a esse personagem, provavelmente eles pensaram em algo como: "Toda vez que você se sentir mal, seu querido namoradinho irá aparecer para te animar!".

Ainda que o modo normal já fosse estupidamente fácil, a rota de Winter era ainda mais. Diferentemente dos outros personagens conquistáveis temperamentais, desde o início ele já demonstrava interesse na protagonista e era justamente por isso que não risquei seu nome da lista. Ele era atencioso.

"Agora eu só preciso torná-lo uma garantia logo", rindo comigo mesma, parei de pensar e comecei a examinar o local.

— Como eu abro isto? — Não havia uma maçaneta e aquela porta não era do tipo que se abria apenas empurrando. A única coisa que a

Capítulo 3

porta possuía eram as frestas. — Com certeza não é uma continuação do escritório.

Esfreguei meu queixo e encarei a porta com seriedade decidindo encostar minha mão nela mais uma vez, pensando que talvez eu encontrasse um botão secreto. Assim que o fiz, a caixa branca apareceu novamente.

> <Sistema>
> Uma missão secreta foi encontrada:
> {Descubra o segredo do mago}!
> O esconderijo secreto do mago foi encontrado, gostaria de entrar?
> (Recompensa: {item secreto}.)
> [Sim] [Não]

Arregalei meus olhos com a súbita proposta.
— O quê?
Essa era uma missão que nunca tinha acontecido no modo normal. Eu chequei a recompensa e logo fiquei emburrada.
— Argh!
Só porque era uma missão "secreta" não significava que o prêmio também tinha que ser! Em todo caso, era a mesma coisa que havia acontecido com a missão que tinha me dado a opção de ligar e desligar as escolhas.
— Será que eu deveria...?
Considerei os prós e contras por algum tempo enquanto encarava o botão [Sim]. Para ser sincera, a única coisa que me importava era a afinidade de Winter e, para isso, eu não precisava saber de nenhum segredo dele. Todo mundo deveria ter direito à privacidade e eu não tinha muito a ganhar ao revelar seus assuntos pessoais.

"O aumento da afinidade não está listado como uma das recompensas garantidas... E se alguma coisa ruim acontecer? Ugh!", estava quase apertando o [Não] quando mais uma vez um estrondo preencheu

O Único Destino dos Vilões é a Morte

o cômodo – *bruuuuum*. Dessa vez, pude ver a parede vibrando com os meus próprios olhos.

"...Mas se esse é o esconderijo secreto de Winter, então quer dizer que ele provavelmente está aí dentro", percebi que já o esperava há um bom tempo e ele ainda não tinha dado sinal de vida. Eu não devia ser tão tapada assim, talvez esse fosse apenas um dos episódios que falhei em desbloquear enquanto jogava.

Li cuidadosamente o que estava escrito no quadrado branco. Ali só dizia que havia uma recompensa, mas não mencionava nada sobre penalidades caso eu falhasse. Logo, imaginei que, mesmo se as coisas saíssem do controle, nada de terrível aconteceria... Provavelmente.

— É, quer saber? Já estou aqui mesmo. Me recuso a sair daqui sem me encontrar com ele. — Assim, mudei de ideia e pressionei [Sim].

A porta abriu com um *"trururu"* triunfante, revelando um corredor secreto; e entrei sem titubear. Olhando de fora, esse prédio não era tão grande para comportar um corredor daquela dimensão. O caminho era escuro e enorme, eu me senti como a protagonista de um filme e, só de pensar nisso, já fiquei animada.

Blaaam! Poow! – os barulhos altos continuaram ressoando pelo corredor conforme avançava.

"Céus, o que esse homem está fazendo?", perguntei-me tapando os ouvidos.

O barulho parecia vir do fim do corredor assim como uma grande claridade, segui pelo caminho com meus ouvidos tapados. Quando finalmente cheguei no fim da linha, um salão do tamanho dos campos da mansão Eckhart foi revelado. Todas as paredes estavam cobertas de livros, as prateleiras iam do chão até o teto que, aliás, era enorme! A biblioteca da mansão já era formidável, mas essa estava em um nível completamente diferente; se me dissessem que era o arquivo nacional, eu teria acreditado.

— Uaaau...!

Olhei em volta impressionada com aquele lugar mágico que eu nem sequer tive a oportunidade de conhecer no jogo. Fora os livros, havia

Capítulo 3

muitas outras coisas impressionantes no lugar. Caixas de vidro preenchidas com uma enorme variedade de acessórios e joias que eu nunca tinha visto na minha vida estavam espalhados no chão, do outro lado havia fósseis e esqueletos enormes de animais que eu desconhecia.

— Aqui parece... um museu — murmurei me deleitando com o paraíso que encontrara. — Incrível! Este lugar é maravilhoso!

E pensar que havia ainda mais coisas secretas no lugar que já era secreto! Eu queria passear por ali e olhar ainda mais o que aquela sala escondia, então tirei as mãos dos ouvidos sem nem perceber e, quando estava prestes a dar outro passo... **Pooow! Blaaam!** – os sons graves que tinha me esquecido por um instante voltaram, me trazendo de volta à realidade.

— Ei, idiota! Eu te disse para mirar naquela coisa!
— A-assim?
— Não! Assim.

Blam! Crack!

— Argh! Cuidado com as rebarbas!

Várias crianças estavam reunidas em um canto do cômodo e pedaços de gelo voavam por toda parte. Cada criança tinha uma máscara com o formato de um animal diferente: leão, gato, esquilo, cachorro, porco...

— Ei! Vê se presta atenção! Se estragarmos essa caixa, pode ter certeza que a gente tá frito! O mestre mata a gente! — A criança com máscara de leão mal conseguia desviar dos fragmentos de gelo quando se levantou e gritou com os colegas.

— Tá, tá, eu vou esculpir com mais cuidado... — murmurou uma das crianças, triste, enquanto pegava algo do chão.

"Uma equipe? Eles são magos também?"

As outras crianças que tinham fugido dos fragmentos de gelo voltaram segurando seus cajados.

— Desta vez você vai pela esquerda que eu vou pela direita!

As cinco crianças cercaram um pedaço gigante de gelo que era muito maior que elas. Eu o observei, notando que algo estava preso no meio dele. O objeto não me parecia estranho, se eu me lembro bem aquilo era...

O Único Destino dos Vilões é a Morte

"O Relicário do Mago Ancião!"

> Um item raro foi encontrado: {Relicário do Mago Ancião}!
> Este colar foi encontrado nas ruínas da parte norte escavadas por Winter e é um artefato usado por magos antigos. Sua cor muda quando há uma substância tóxica nas proximidades... As outras relíquias foram destruídas no caminho, portanto, esta é a última do mundo. Se você ganhar tal objeto, por conta de sua raridade, ele é considerada automaticamente como a demonstração do interesse romântico de Winter...

Eu não me lembrava quanto a porcentagem da afinidade de Winter tinha subido.

"Não é à toa que resta apenas um desse artefato no mundo inteiro!", enquanto pensava isso, as crianças voltaram a soltar feitiços estranhos contra a pedra de gelo.

— *Nom perdanyong pero sum!*

Assim que o menino de máscara de porco terminou de gritar o feitiço, uma luz branca saiu de seu cajado sendo lançada como um laser, gerando uma enorme explosão assim que entrou em contato com o gelo – **cabum!**

— Argh! Saiam de perto!

As crianças correram para longe novamente. A neblina branca logo se dissipou e através dela via-se um pequeno buraco que quase alcançava a caixa no gelo.

— Uau, pessoal! Nós finalmente conseguimos fazer um buraco! Conseguimos!

— É verdade! Vamos tentar mais uma vez.

Fiquei chocada ao assistir sua reação de felicidade: "Mas que crianças inconsequentes! Artefatos antigos assim devem ser tratados como bebês recém-nascidos!". A julgar pelo método deles, eu tinha certeza de que era questão de tempo para que eles destruíssem tanto o gelo quanto o relicário.

— Ei, crianças! — Apressei-me até eles.

Capítulo 3

— *Nom perdanyong...*
— Crianças, parem! — gritei, fazendo com que elas interrompessem o lançamento do feitiço. — O que pensam que estão fazendo?
Todas as crianças de dez – talvez onze anos...? – olharam pra mim. O menininho com máscara de leão moveu seu cajado do gelo em minha direção.
— Ugh! Quem é você, vovó?
— Quem você tá chamando de vovó aqui?! — Eu fiquei séria.
— Mas você tá usando uma máscara igual às das vovós aristocratas!
— É, é verdade! O rosto da vovó aristocrata dá medo!
Foi só com o comentário deles que eu percebi que ainda estava usando a máscara. "Mas por que 'vovó aristocrata'?", inclinei minha cabeça me questionando, mas então entendi que, talvez, máscaras brancas com um sorriso os lembrassem de senhoras da nobreza.
— Eu não sou uma vovó aristocrata. Vim aqui como cliente — expliquei a eles como a pessoa madura que eu era após me acalmar e então perguntei: — E vocês, quem são?
— Nós somos os pupilos do mestre.
— Idiota! Você não podia ter contado isso!
— Você não pode vir aqui! Como conseguiu entrar?
Eu não conseguia pensar direito com todos eles falando ao mesmo tempo. Mesmo no meu mundo anterior, nunca me dei muito bem com crianças e já estava entrando em pânico quando me lembrei de uma brincadeira do jardim de infância.
— **Vaca amarela cagou na panela, quem falar primeiro come toda a bosta dela!** — Todas ficaram em silêncio parecendo não entender do que se tratava, mas, tendo chamado a atenção delas, acrescentei rapidamente antes que voltassem a conversar: — Quem eu sou ou quem vocês são não é o que importa agora. O problema é que vocês estão quase quebrando esse relicário precioso!
— ...
— Vocês não receberam uma estaca e um martelo? Seu mestre mandou vocês quebrarem o gelo desse jeito mesmo? — Estava perguntando

por pura curiosidade, mas as crianças abaixaram suas cabeças, levando aquilo como uma bronca.

— Não... — murmurou de forma desencorajada a criança que falou comigo primeiro e então tirou algo de seu bolso. — Na verdade, o mestre entregou estas ferramentas antes de sair... — completou me mostrando uma estaca e martelo que eram pequenos o suficiente para suas mãozinhas. — Mas o gelo é tão grosso e duro que era impossível de quebrar usando isto!

— Fora que tem um feitiço nesse gelo que faz as partes quebradas se regenerarem em poucos minutos!

— Nós pensamos que seria mais rápido e prático se usássemos magia para nos livrar do gelo, que nem o mestre faz... — as crianças desabafaram comigo.

Eu suspirei e estiquei minha mão em sua direção.

— Aqui, me dê isso. — Peguei as ferramentas e me aproximei do gelo que era um pouco maior que eu. Elas, curiosas para ver o que eu faria, me seguiram.

"É verdade", pensei ao ver a parte que eles derreteram se regenerar. Eu assisti o processo e percebi que a reconstrução do gelo tinha um limite, já que não tinha voltado 100% ao que era antes. "Se fizer do jeito correto, então pode ser que dê certo."

— Por acaso vocês têm água quente? — perguntei para o menino que usava máscara de leão.

— Sim! Nós podemos fazer isso com mágica!

— Você pode borrifar um pouco aqui sem que toque nos cantos salientes? Se cair muito pode danificar o relicário — expliquei e a criança assentiu com firmeza apontando o cajado na direção que eu indiquei.

— *Waterpishon!* — Ao dizer isso, água começou a sair da ponta de sua varinha.

— Certo, já está bom. Pode parar. Espere o meu sinal para jogar mais, combinado?

— Combinado!

Capítulo 3

Eu parei de falar o que eles estavam fazendo de errado e, em vez disso, os ajudei. A superfície do gelo tinha derretido um pouco por conta da água quente, posicionei a estaca e o martelo e comecei a bater com cuidado para não tocar a caixa. ***Crack*** – uma rachadura se formou em volta do relicário. Eu martelei mais algumas vezes e me livrei de um pedaço de gelo, agora já dava para encostar em uma pontinha do objeto, mas eu não toquei em nada e apenas o observei. Assim como tinha imaginado, o gelo estava se regenerando muito mais devagar do que anteriormente.

— ...Só existe um jeito de tirar isso daí se não quisermos que ele seja avariado.

— E que jeito é esse?

— Usando o método de precisão. — Os olhos das crianças brilhavam. — O que quer dizer que nós não deveríamos usar mágica, mas derreter e entalhar o gelo nós mesmos.

— Aaaaaaah... — As crianças resmungaram juntas, desapontadas. Certamente achavam que podiam quebrar tudo facilmente com magia.

— Ei, mas aquele lugar que tínhamos quebrado já se regenerou, enquanto o que estamos quebrando agora com a aristocrata está demorando muito mais.

— Então deveríamos continuar quebrando no mesmo lugar, certo?

— Sim, exatamente! — concordei. — Eu vou entalhar o gelo com o da máscara de leão e o resto pode entalhar aquele lugar ali continuamente. Beleza?

— Beleza!

Eu comecei a me sentir mandona com todos aqueles olhares animados sobre mim, mas ao mesmo tempo também estava satisfeita por fazer algo em que eu era boa e sobre o qual tinha tanto conhecimento. Logo voltei a trabalhar junto das crianças achando engraçado o fato de ter lido muito sobre isso, mas nunca ter tentado antes.

"Jurava que faria isso à exaustão depois que entrasse na faculdade, mas aqui estou eu, tendo minha primeira experiência de escavação em um jogo...", eu sorri amargamente com esse pensamento.

O Único Destino dos Vilões é a Morte

— Agora temos que martelar este lugar aqui. Não crave a estaca perto da caixa, caso contrário você acabará deixando um arranhão.
— Eu quero tentar!
— Eu também!

As crianças que julguei serem irresponsáveis eram, na verdade, mais cuidadosas e detalhistas que eu naquele trabalho. Quanto tempo tinha se passado desde então? A caixa estava metade fora do gelo e estávamos prestes a desmaiar de cansaço. Diferentemente do que tinha imaginado, o chão não estava cheio de poças d' água, mas sim tão limpo quanto quando cheguei, isso se devia ao feitiço que estava imbuído em si.

— Urgh, minhas costas... — Levantei-me, desdobrando-me do chão.

As crianças também pareciam estar com dor, pois resmungavam enquanto batiam em suas costas com o punho:

— Eu tô cansado...
— Eu também.
— Mas nós já estamos na metade! — gritou uma das crianças, olhando para o relicário.
— Você tá certo!

Eu também olhei para o objeto e sorri ao perceber que tínhamos feito tudo aquilo sem causar nem um único risco.

— Bom trabalho, pessoal!
— É tudo graças a você, vovó!
— É! Graças à vovó que nos mostrou o jeito certo de se fazer isso!

As crianças se juntaram ao meu redor e bateram palmas – **clap, clap, clap.**

"Eu já disse para eles que não sou uma 'vovó'...", me senti um tanto melancólica com isso, mas bati palmas também, afinal aquela era apenas uma máscara. E então...

— Quem é você?

Uma voz fria e ameaçadora ao ponto de me dar calafrios veio de trás de mim. Eu congelei, minhas mãos ainda estavam paradas como se fossem aplaudir e percebi que já tinha me esquecido do motivo pelo qual fora ali.

Capítulo 3

— O que você está fazendo aqui?

Virei-me como um robô que precisava de óleo. Não muito longe de mim, um homem com máscara de coelho estava em pé.

— Lancei um feitiço para que pessoas normais nunca conseguissem nem sequer perceber a existência deste lugar.

Seus olhos azuis como o oceano eram visíveis através dos pequenos furos da máscara, diferentemente da primeira vez que os vira, agora eles eram gélidos e intimidadores. Seu cajado era enorme e sumptuoso sendo incomparável ao das crianças.

— A julgar pela sua máscara, eu diria que você é uma maga também, estou certo?

Uma luz começou a se formar na extremidade de seu cajado. Parecia que ele atiraria em mim a qualquer instante. Eu engoli em seco e tentei pensar em alguma coisa, afinal não era como se eu pudesse simplesmente dizer algo como "vim até aqui para completar a missão secreta".

"O que deveria fazer nesta situação? E se eu tirar minha máscara e revelar a ele quem sou?"

> Afinidade: 9%

Enquanto ainda estava incerta sobre o que fazer, a pontuação brilhou e começou a cair.

> Queda de afinidade de -1%

> Queda de afinidade de -2%

> Queda de afinidade de -2%

> Queda de afinidade de -1%

O Único Destino dos Vilões é a Morte

Fiquei boquiaberta ao ver as letrinhas aparecendo sobre a barra de afinidade.

"O quê? O que é isso?!"

> Afinidade: 3%

"Não! Não, por favor!"

Sua afinidade que era de 9% de repente foi por água abaixo. E isso não era tudo, mesmo em 3% ela ainda não tinha parado de cair. As letras ainda brilhavam sobre sua cabeça como se fossem minha sentença de morte.

"O sistema não mencionou nenhuma penalidade! Ele não falou nada sobre isso, então por quê?!", mordi meu lábio sem saber o que fazer. O fato de o meu rosto estar coberto por uma máscara era uma bênção. Se não fosse por ela, eu provavelmente estaria chorando ao encarar a barra de afinidade.

— É melhor você explicar como conseguiu chegar aqui, imediatamente. — Winter não moveu nem um músculo sequer, esperando por minha resposta.

— Err, e-eu...

Minha mente estava em branco. Depois de presenciar a queda repentina da pontuação de Winter, eu não conseguia raciocinar direito. Minha boca se movia tentando dizer algo, mas nada saía. Estava extremamente atordoada.

— Nós a deixamos entrar!

As crianças se apressaram para minha frente formando uma espécie de escudo.

— A vovó parecia ter bastante conhecimento sobre extração de relicários, então nós a trouxemos e pedimos por sua ajuda!

— É!

— Graças à ajuda da vovó, nós quase terminamos! Veja só, mestre!

As crianças me encobriram e apontaram para o gelo atrás de nós. Os olhos de Winter se arregalaram por um instante antes da bronca.

Capítulo 3

— Eu já não falei várias vezes que vocês não devem, nunca, em hipótese alguma, trazer desconhecidos aqui dentro?

— Mas a vovó disse que não era uma desconhecida, e sim uma cliente!

— Fora que o trabalho que você nos passou era muito difícil...

Não imaginava que as crianças que tinha conhecido poucas horas atrás iriam me defender desse jeito, no entanto eu não tinha tempo para agradecer agora. O olhar frio e desconfiado de Winter mudou ao ouvir a palavra "cliente". Sua linha de visão oscilava entre mim e o relicário várias vezes antes de finalmente abaixar seu cajado e se curvar educadamente.

— Depois de ajudar tanto as crianças ainda fui rude com a senhorita. Perdoe-me, não estamos acostumados a receber visitas por aqui.

Essa era a primeira vez que um dos personagens conquistáveis se desculpava, claro, sem contar com o pedido de desculpas fingido de Eckles. Na verdade, ninguém nunca tinha se desculpado para Penelope durante sua vida inteira. Contudo, eu não estava nem um pouco contente com aquilo. Para ser sincera, me sentia patética pelo fato de ficar tão animada com a escavação de gelo só porque não tive a chance de fazer isso na minha vida "anterior" e, claro, também me senti patética... pelo meu pavor à morte. Eu pensei que morreria ali. O medo e o horror que senti ao ver sua afinidade caindo tão depressa eram inexplicáveis. Esse mundo me dava medo por me dar ao luxo de aproveitar um simples momento de pura felicidade, e tudo isso por conta de todos os perigos que me circundavam.

Eu movi minhas mãos trêmulas para trás de mim e as segurei juntas, respirei fundo e abri minha boca:

— ...Eu não sabia que aqui era um lugar secreto. Me desculpe pela minha indelicadeza.

Forcei meu queixo para cima, mesmo que ele na verdade quisesse bater contra minha mandíbula de tanto temor. Penelope precisava agir como uma jovem nobre petulante que não conhecia o significado da palavra "medo", fingir o tempo todo era terrível para mim.

O Único Destino dos Vilões é a Morte

Winter pareceu surpreso com a minha voz fina e doce, sem falar da atitude confiante que demonstrei.

— ...Por favor, venha por aqui. Este não é o lugar apropriado para conversarmos sobre negócios. — Educadamente, ele tentou me levar de volta para a sala principal do prédio. Aparentemente, o homem queria me tirar dali o mais rápido possível.

Andei o mais devagar que consegui para ver se a janela do sistema apareceria. Assim como o jogo havia orientado, eu tinha entrado no "lugar misterioso e secreto", mas a caixa de diálogo não surgia em lugar algum para me dizer se tinha ou não falhado na missão. Bom, levando em consideração a reação de Winter e como sua pontuação tinha caído, cri que a verdadeira missão era entrar e sair dali sem ser percebida. Se esse era o caso, então eu tinha falhado completamente.

"Por que as missões sempre me dão as informações pela metade? Esse jogo maluco! Daqui em diante ele pode me dar a missão que for, eu não vou aceitar mais nada!", repeti várias vezes em minha cabeça, decidida. Assim que me aproximei de Winter, ele se virou e continuou a andar em direção ao escritório.

"Por acaso eu pareço com um monstro que maltrata criancinhas para você?", me senti mal com o jeito que estava sendo tratada. Obviamente era culpa minha por ter invadido aquele lugar, mas eu não tinha feito nada além de ajudar e me divertir com as crianças.

— Vovó aristocrata! Fique bem!

— Venha brincar com a gente mais vezes!

Olhei para trás e vi cinco pessoinhas com máscaras de animais acenando para mim. O menino com máscara de leão, o primeiro a tentar me ajudar, levou seu dedo indicador em frente aos lábios e piscou para mim fazendo "*shh*".

"Que gracinhas."

Fiquei chateada em partir desse jeito, sem nem sequer conseguir me despedir ou agradecê-los direito. Acenei de volta e, ainda que eles não conseguissem ver meu rosto, eu sorria para eles com afeto. Quando percebi que o homem com máscara de coelho tinha parado novamente

Capítulo 3

e me observava, eu me apressei para alcançá-lo. Nós não falamos nada durante o caminho inteiro.

"Como as coisas foram acabar assim..."

Encarei a "Afinidade: 3%", depressiva. Se não fosse pelas crianças, eu provavelmente teria morrido com o golpe de seu cajado. Meu plano inicial era ter Winter como meu plano B caso a pontuação de Eckles caísse, no entanto na situação atual eu deveria apenas ser grata por ainda ter uma pontuação positiva com o mago.

"Aff...", suspirei mentalmente.

O corredor parecia muito mais curto no caminho de volta. Winter ficou parado segurando a porta para mim, esperando que eu saísse primeiro. Passei por ele tremendo internamente, mas perfeitamente contida por fora. Logo que saí, Winter veio atrás e se virou para a porta circulando-a com seu cajado. *Crack* – a passagem se fechou.

"Hã?", encarei a porta que acabara de ser fechada. O vão retangular tinha desaparecido completamente, se fosse ali novamente, creio que não seria capaz de dizer onde ela estava localizada.

Winter não pareceu se importar em deixar que eu o visse usando mágica. Na verdade, a meu ver, ele estava trancando a porta várias e várias vezes usando seu cajado. Depois que finalmente terminou, ele abaixou seu instrumento e olhou para mim.

— Obrigado por cuidar das crianças.

— ...

— Infelizmente já ficou muito tarde para receber sua solicitação, por favor, volte outro dia e farei o que você desejar.

Eu sinceramente achei que ele iria me questionar mais sobre como tinha conseguido entrar em seu esconderijo, mas em vez disso o homem mascarado me tratou com cordialidade. Ao ouvir suas palavras, direcionei minha visão para a janela. Já era o fim da tarde e começava a anoitecer. Fazia um bom tempo que eu não me concentrava tanto em algo a ponto de perder a noção do tempo desse jeito. Emily provavelmente já tinha percebido que eu não estava em lugar algum da mansão.

O Único Destino dos Vilões é a Morte

— ...Não.

"...Eu tô ferrada", pensei com a certeza de que teria uma "pequena reunião" com o duque assim que chegasse em casa, pensar nisso me dava vontade de chorar. Já que as coisas tinham chegado a esse ponto, eu decidi agir como uma criança teimosa.

— Não vim aqui para fazer uma solicitação. Na verdade, um coelho branco veio até mim dizendo que eu deveria vir ao escritório.

— Ah...

— Eu esperei por um bom tempo aqui, mas ninguém apareceu. É verdade que poderia ter voltado para casa e vindo outro dia, mas como ando ocupada nos últimos tempos achei que seria melhor resolver isso de uma vez.

Claro que eu tinha muito tempo vago, mas falei como se fosse uma pessoa atarefada, afinal era a filha de um duque e precisava ter orgulho.

— Eu estava esperando aqui quando as crianças vieram me pedir ajuda — disse apontando para onde a porta estava antes dele tê-la varrido do mapa.

Era isso, nada disso era culpa minha, era dele por ter chegado tão tarde. Winter parecia envergonhado desde quando mencionei o "coelho branco". Ele não aparentava conseguir saber se os clientes que entravam em sua loja tinham sido convocados ou não. O nobre curvou sua cabeça e pediu desculpas.

— Eu verdadeiramente sinto muito. As pessoas normalmente só vêm um dia ou dois depois de receberem a mensagem... Não achei que você fosse vir tão logo. A culpa é minha.

"O quê? E-eles têm esse tipo de costume?! Eu não sabia", meu rosto ficou vermelho. Novamente, que bom que estava usando uma máscara! Como poderia saber que os nobres normalmente só aparecem alguns dias depois de serem contatados? Eu devia parecer extremamente ansiosa para receber o resultado do meu pedido e, resumidamente... "Céus! Devo parecer desesperada para encontrar um homem que vi uma única vez em uma festa...!"

Capítulo 3

Winter provavelmente percebeu que ele era o homem que eu procurava assim que recebeu o pedido, afinal essa era minha exata intenção quando escrevi a palavra "lenço". Depois de pensar nisso, eu não conseguia mais olhar seu rosto.

— Finja que eu nunca solicitei nada. Ficamos quites com você me fazendo esperar e eu invadindo aquele lugar sem querer. — Envergonhada, dei uma desculpa esfarrapada e me virei para ir embora. Naquela hora eu já não ligava mais para o plano B ou para o pedido adicional que tinha. Quando chegassem em casa daria um jeito de pensar em outra coisa.

Já estava quase saindo da base do Coelho Branco Central no momento em que Winter me chamou:

— Espere. — Sua voz tinha certo desespero e urgência, ele não queria que eu pisasse fora do prédio. — Por favor, espere um momento.

— O que foi? — Me virei, incapaz de dar mais um passo, seus olhos azul-marinho encaravam os meus.

— Eu não posso deixar que aquela que tomou conta das crianças e até mesmo as salvou vá embora assim, ainda mais quando fui tão indelicado a ponto de fazê-la esperar por horas.

Eu não conseguia entender... "Por que seu comportamento mudou tanto sendo que há pouco ele estava ansioso para eu ir embora?".

— Tudo bem, não foi nada de mais e é um pouco de exagero dizer que as sal-...

— Por favor, conceda-me a chance de reconquistar sua confiança, senhorita.

Quando negava suas palavras exageradas, Winter me interrompeu e suplicou. Eu ia recusar sua oferta e dizer para fazermos isso da próxima vez que nos encontrássemos. Se não quisesse que as coisas ficassem piores para mim, era melhor voltar logo para casa, fora que precisava pensar em um plano novo, já que aquela missão secreta tinha arruinado o meu atual.

O Único Destino dos Vilões é a Morte

Enquanto considerava tudo isso, as letras sobre a cabeça de Winter começaram a brilhar.

> Afinidade: 6%

Isso foi o suficiente para que eu mudasse de ideia.

— ...Já que você insiste, então ouvirei o que você descobriu sobre meu pedido — eu disse, voltando a sentar no sofá.

Winter veio atrás de mim e se sentou no lugar à minha frente. Apenas balançando suas mãos, um bule e duas xícaras vieram voando de algum lugar. Obviamente eu fiquei interessada e assisti com certo ânimo o bule despejar sozinho chá nas xícaras. Como meu rosto estava coberto pela máscara, ele não podia perceber meu fascínio.

— Tome um gole.

Ele abaixou suas mãos fazendo com que o bule repousasse gentilmente sobre a mesa. Eu segurei a xícara e tomei um gole do chá-preto que estava na temperatura ideal. Winter voltou a falar:

— ...Não sei se a senhorita está ciente disso, mas pouquíssimas pessoas sabem que esta empresa é gerenciada por um mago.

"Honestamente, além disso, eu sei que você também é um marquês", diverti-me com esse pensamento enquanto assentia inexpressiva.

— Fora isso, ninguém que viu aquele lugar saiu daqui com os próprios pés.

Eu quase cuspi o chá-preto. Abaixando minha xícara, perguntei com um tom frio:

— Você quer dizer que vai tentar se livrar de mim, aqui e agora?

— ...O quê? Não. Isso me transformaria em um criminoso — respondeu Winter, indignado. — O que estou dizendo é que existem alguns feitiços capazes de apagar as memórias das pessoas, mas como ele é muito forte acaba fazendo com que elas caiam no sono, impedindo que, literalmente, saiam daqui com seus próprios pés.

— *Ahem* — limpei minha garganta, envergonhada.

Capítulo 3

— Eu deveria fazer o mesmo com a senhorita, no entanto... — Por outro lado, Winter felizmente continuou falando de forma normal: — ...não poderia fazer tal coisa depois de como me comportei hoje.

— ...

— A maior prioridade da empresa é a confiança entre o informante e seus clientes. Se eu apagasse sua memória, então teria que apagar tudo sobre nós, inclusive o fato de você ter mandado uma solicitação, mas não quero fazer isso.

Fiz uma careta quando ele comentou sobre apagar minha memória. Céus, eu quase fui em várias festas estúpidas para encontrar ele, que bom que isso não foi necessário.

— Então, o que você quer me dizer?

— Por favor, mantenha o que viu hoje como um segredo.

— ...

— Em troca, eu lhe darei qualquer informação sobre a pessoa que você procura. Isso é, se estiver ao meu alcance.

Fiquei surpresa com sua oferta. O que tinha de tão especial naquele lugar para ele ir tão longe assim?

— O que há de tão importante com aquelas crianças? Eles são, não sei, descendentes de traidores do Império ou algo do tipo?

— Elas são órfãs resgatadas do cárcere e abuso de uma organização antimagia.

— Organização antimagia?

"Essa história tinha um tema tão profundo e abstrato assim?", tentei me lembrar, mas nada vinha à mente. Winter me explicou com uma entonação amargurada:

— À medida que a magia começou a ser comercializada, aqueles que se diziam membros fiéis da igreja começaram a oprimir fortemente os magos. Enquanto isso, eles afirmavam que os magos estavam envolvidos com bruxaria sombria e que arruinariam a doutrina religiosa deles.

— ...

O Único Destino dos Vilões é a Morte

— A atual família imperial atribuiu legitimidade a esse discurso, então a situação dos magos ficou cada vez mais complicada. — Winter parou um pouco para respirar. — Alguns grupos extremistas estão alegando que o verdadeiro imperador escolhido por Deus só nascerá quando todos aqueles que praticam feitiçaria desaparecerem.

— ...

— A senhorita deve saber que os remanescentes de Leila, o reino que recentemente perdeu a batalha liderada pelo príncipe herdeiro, estão causando muitos problemas nos últimos tempos, certo?

— Mas é claro. — Não, eu não fazia ideia. Mesmo assim, concordei, fingindo saber.

— Essa afirmação é tão falsa que chega a ser absurda, no entanto muitas pessoas, principalmente os nobres, parecem estar acreditando em tamanha baboseira.

— Os nobres...? Por quê?

— Normalmente são eles que lideram os negócios de utensílios mágicos. Claro, eles precisam da ajuda de um mago para produzir tais objetos, mas ao mesmo tempo precisam se livrar deles para obter o monopólio comercial.

Enquanto eu jogava, nunca entendi o motivo pelo qual Winter escondia ser um mago. "Eu jurava que era apenas uma decisão simples dos desenvolvedores...", nunca imaginei que uma situação tão profunda pudesse estar escondida. Assim como o passado do príncipe herdeiro que já havia passado por situações desagradáveis, havia razões legítimas para tudo o que achava ser apenas um cenário básico. Eu não conseguia me livrar da sensação de desconexão do jogo original a cada vez que descobria algo novo sobre esse mundo.

— Por favor, senhorita. Eu lhe imploro. — Winter abaixou a cabeça, se curvando novamente. — As vidas das crianças dependem disso.

Sua preocupação com os pequenos mascarados fez com que sua barra de afinidade brilhasse. Eu imediatamente percebi que, dependendo de

Capítulo 3

minha resposta, seu interesse aumentaria ou diminuiria drasticamente. Abri minha boca para dizer que guardaria seu segredo.

"Mas, espera aí...", senti que algo não estava certo. "Como seu interesse poderia estar relacionado a isso?" Tudo tinha acontecido tão repentinamente hoje, principalmente aquela missão secreta. "Afinal, comissionar o Coelho Branco Central não era algo que acontecia no jogo...", foi então que percebi uma grande falha no meu raciocínio. A história que conhecia e estava tentando seguir não era no modo difícil, mas sim no normal. "É verdade, eu nunca conheci o Winter de Penelope...!", Winter era um homem decente e de bom coração, ele ajudaria os pobres e cuidaria de órfãos sem pensar duas vezes.

> O mago, que estava passando pela periferia para ajudar os pobres, encontra a filha verdadeira do duque que foi adotada por um pobre plebeu. A bondosa senhorita, que voltou para a residência de seu pai com a ajuda do mago, o seguiu com todo seu coração e sinceridade para ajudar crianças carentes e generosamente doou tudo o que era seu.

Ao repassar o roteiro da história em minha cabeça, fiquei com uma dúvida: "Mas por que o bondoso e gentil Winter traria a protagonista de volta justamente no dia do aniversário de debutante de Penelope?" Essa época era justamente a que ela receberia mais atenção...

Independentemente do quanto eu pensasse, a única explicação que fazia sentido era que ele queria provocar Penelope.

— ...Senhorita? — Winter me chamou depois de eu ficar muito tempo sem respondê-lo.

Alguma coisa estava muito esquisita. A missão secreta que apareceu do nada, a queda livre que foi a pontuação de Winter... Eu não sabia como o modo difícil deveria acontecer, então fui me virando e tomando as atitudes que julgava serem as mais adequadas para evitar minha morte. "...E se tudo o que fiz até agora for parte de uma rota em específico e eu apenas não percebi?", segurei minha mão trêmula e, depois de muito tempo, liguei as opções.

"...Escolhas ON", eu precisava conferir isso agora. A caixa de diálogo branca apareceu imediatamente na minha frente.

> \<Sistema\>
> Gostaria de ligar as escolhas?
> [Sim] [Não]

Cliquei no [Sim] e as respostas logo apareceram.

> 1. E por que eu deveria?
> 2. Eu... acho que esse não é um bom acordo. Talvez devêssemos discutir sobre algumas joias raras, que tal?
> 3. Se por acaso alguns rumores sobre aquelas crianças acabassem se espalhando por aí, o que você faria?

"Ah...", suspirei em silêncio. Por que toda vez que tinha uma intuição negativa ela estava certa? Esse tipo de situação sempre aconteceu na vida de Penelope que também era odiada por todos os personagens conquistáveis no modo normal. Eu selecionei uma das três falas com minhas mãos que tremiam ainda mais.

— Se por acaso alguns rumores sobre aquelas crianças acabassem se espalhando por aí, o que você faria?

Já tinha um bom tempo que minha boca não se movia por conta própria. Assim que terminei de falar, os olhos que eram visíveis através da máscara ficaram sérios e a aura que o homem emanava era completamente diferente da de antes.

— Nesse caso, a posição social que você ocupa estaria em jogo, querida cliente — sussurrou ele em uma voz rouca se referindo ao meu status na nobreza.

Capítulo 3

Isso nunca foi um pedido, sempre se tratou de um aviso. "Então ele sabe", era impossível que ele não soubesse quem eu era depois de falar que recebi um coelho branco dele hoje. No modo normal, Penelope deve ter fofocado por aí sobre esse assunto mesmo com o aviso de Winter.

"Escolhas OFF", voltei a desligar as opções e falei com vontade e sinceridade:

— ...Eu me certificarei de não deixar nada escapar. — Sua aura mortífera desapareceu depois de ouvir minha resposta final.

> Afinidade: 8%

A afinidade que tinha caído tanto aumentou para praticamente onde estava anteriormente. Eu me senti miseravelmente aliviada, levantando-me do lugar em que me sentara.

— Nós já terminamos de conversar? Preciso ir agora, está ficando muito tarde. — Já estava exausta de brincar de "baile de máscaras" sozinha. Se eu soubesse que isso aconteceria, então nem teria vindo mascarada.

Winter se levantou depois de mim, me olhando com curiosidade.

— Sobre as informações acerca da pessoa que a senhorita procura...

— Não preciso mais disso. — Levantei minha mão interrompendo-o e falando em um tom frio. Mesmo em pouco tempo, eu já tinha me decidido. — Graças a outro informante, já sei de quem se trata.

Ele se encolheu e enrijeceu seu corpo. Provavelmente esse tenha sido um golpe inesperado para ele, mas eu não me senti melhor por isso. Comparado aos outros personagens conquistáveis, Winter era um tanto quanto mediano e comum, ainda assim eu tinha planejado aumentar sua afinidade para caso meus planos originais fossem por água abaixo. Mas por obra desse sistema maldito que me obrigou a descobrir seu segredo, meu plano B falhou antes mesmo de começar. Isso sem contar com o fato de que, logo, Winter encontraria a protagonista principal, uma senhorita amável que ele vê todas as semanas em uma periferia, mas, principalmente, o ponto fraco da cadela louca adotada pelo duque. Eu não podia nem sequer contar com a "bondade" dele agora que se provou ser uma faca de dois gumes.

"É melhor tentar conquistar outro personagem, de preferência alguém que ainda não conheça a protagonista do modo normal", chegando nisso, parei de me importar com a forma como ele me via e ignorei a afinidade em 8% com frieza conforme passei por ele.

— Ah! — lembrei-me de algo. — Você disse que me daria informações sobre o rapaz se eu ficasse de bico fechado, certo? — disse ao voltar para o lugar em que estava há poucos instantes e tirei um pacote do bolso de meu robe. — Eu não preciso de nenhuma informação, mas em vez disso gostaria que você entregasse isto para a pessoa que eu procurava. Na verdade, foi só por isso que vim aqui hoje, para acrescentar esse pedido — expliquei, posicionando a caixa de veludo juntamente ao lenço ao lado do bule de chá.

— O que eu deveria dizer para o rapaz ao entregar isto?

— Nada. Ele só precisa entender que fiquei grata e estou retribuindo o favor. — Seus olhos azul-marinho se abriram de surpresa. Nesse mesmo momento...

> Afinidade: 13%

...Sua favorabilidade aumentou em muitos pontos. Apesar disso, não hesitei em me aproximar da porta.

— Era só isso, com licença. — Ao fazer isso, eu tinha pagado a dívida que tinha com ele.

"Eu deveria correr para casa e riscar algumas coisas naquele papel", pensei já abrindo a porta, mas de repente... **Tak!** – a porta se fechou no mesmo instante em que comecei a abri-la.

"...Hm?", confusa, girei a maçaneta mais uma vez. Quando olhei para cima vi um braço sobre minha cabeça e uma mão contra a porta.

Capítulo 3

O homem que se aproximou de mim tão rapidamente estava mantendo a porta fechada com sua mão. Eu estava presa entre a saída e ele.

— ...Senhorita.

Sua voz baixa e grave preencheu o cômodo inteiro. Eu estava claramente atordoada pela posição em que me encontrara.

— O-o que foi? V-você ainda tem mais alguma coisa para dizer?

Winter ficou em silêncio por alguns instantes antes de me responder:

— ...Eu gostaria de devolver a gentileza que a senhorita demonstrou ao olhar as crianças por mim.

— Está tudo bem, para começo de conversa eu nem deveria ter entrado lá...

— Eu sou do tipo que não consegue dormir bem se sei que estou em débito com alguém. — Ele abaixou sua cabeça em minha direção conforme falava, as máscaras agora estavam na mesma altura.

"Será que ele está me ameaçando só para garantir que não fale nada sobre hoje?", minha garganta estava seca. Mesmo que isso contrariasse minha imagem, eu realmente ficaria de bico fechado sobre as crianças, afinal eu não queria me envolver mais nessa história.

Encostei na porta tentando ganhar um pouco de distância dele, mas sem transparecer meu desespero.

— Eu realmente não preciso de nada.

Débito o escambau! Assim que colocasse meus pés em casa, riscaria seu nome tantas vezes que o papel até furaria!

Winter ficou mais um tempo em silêncio até dizer algo completamente aleatório:

— Eu sou um mago.

— ...?

— Tenho habilidades diferentes e posso fazer coisas que a maioria das pessoas não consegue.

Sofri tentando entender o que ele queria dizer com aquilo. "Então... o que você quer dizer é que, diferentemente dos outros, você

O Único Destino dos Vilões é a Morte

pode apagar a minha existência do mapa sem que ninguém fique sabendo ou...?", eu procurava por palavras para responder sua ameaça.

— Por favor, venha me visitar quando tiver algum problema — completou ele, fazendo com que a caixa de diálogo pulasse na minha frente.

> <Sistema>
> Missão Secreta {Descubra o segredo do mago}
> completada com sucesso! Você conseguiu descobrir
> o segredo do esconderijo do mago.
> O item {Um Favor do Mago} foi recebido como recompensa.
> Gostaria de aceitar a recompensa?
> [Sim] [Não]

— Haha...

A recompensa era tão absurda que não consegui conter meu riso amargo. Medo, ser obrigada a tomar decisões e todas as demais preocupações que tive que experimentar por conta dessa missão estúpida, e tudo isso para ganhar um favor. O prêmio ficava ainda mais ridículo quando eu pensava que, nesse exato instante, eu estava tentando fugir desse prédio torcendo para nunca o ver novamente.

— ...Que cruel.

— Perdão?

Eu o empurrei suavemente para longe de mim. Ainda que não tenha usado força alguma, ele obedeceu meu gesto e se afastou. Seu rosto estava escondido pelo *pop-up*. Secretamente pressionei [Sim] enquanto fingia afastar minha mão dele.

— Virei se precisar de algo.

Mesmo parecendo ridículo, não havia nada que pudesse fazer nesse mundo senão aceitar esse tipo de recompensa. Isso porque não sabia quando precisaria usar algo assim para salvar minha vida.

— Mas duvido que isso vá acontecer. — Era o que eu realmente esperava.

Capítulo 3

> <Sistema>
> Você recebeu {Um Favor do Mago}.
> Grite "Ajuda" para ativar a função.

Chequei o aviso do sistema mais uma vez antes de me virar para abrir a porta e, quando finalmente tinha conseguido sair da base do Winter, o céu já estava escuro.

— Ah, merda...! — Senti-me desesperada ao descer as escadas da entrada — O que estava pensando quando vim para cá? Me esqueci completamente de pedir que uma carruagem me buscasse... que idiota.

Estava tão animada e preocupada quando fui para lá que esqueci que o sistema só garante o teleporte de ida. "Eu deveria voltar e pedir para Winter me ajudar?", considerei, olhando para a porta que acabara de atravessar. No entanto, a ideia não durou muito. Decidi que já tinha passado vergonha o suficiente naquele dia e que depois de dizer que não precisaria de sua ajuda com tanto orgulho, entrar lá e fazer o completo oposto seria humilhante.

"Há... O caminho de volta é tão longo. Espero que o duque ainda esteja trabalhando quando eu chegar em casa", rezei ao encarar o fim do beco. Felizmente, lá estava claro e cheio de luzes que ainda brilhavam por conta do festival. Até mesmo o som das multidões podia ser ouvido dali.

"Certo, primeiro vamos até a rua principal. Depois eu devo conseguir achar algum lugar que alugue carruagens."

Apressei meu passo e agradeci por esse beco não ser tão confuso quanto o que tive que encarar para resgatar Eckles. Assim que saí dele, a rua principal já me cumprimentava com seus belos enfeites. O lugar era bem parecido com o que vi quando fui ao festival com os dois filhos do duque. Eu precisava alugar uma carruagem, mas com as ruas inundadas de pessoas, nenhum veículo podia ser visto pela área. Fiz uma careta e

O Único Destino dos Vilões é a Morte

continuei a olhar em volta, foi então que notei uma armadura com um símbolo muito familiar gravado.

— Nos mostre seu cartão de identificação.

Dois cavaleiros com armaduras prateadas se aproximaram de um homem de aparência não muito gentil e pediram que ele se identificasse.

— Por que você está pedindo pelo m-meu cartão de identificação?

— Nós recebemos a ordem de reprimir os criminosos escondidos pelo festival. Ande logo e nos mostre.

— M-mas...

O homem e os cavaleiros continuavam conversando.

"Eu tenho certeza de que já vi essa armadura antes...", estava tentando me lembrar, quando meus olhos se arregalaram, "Como é?! Esse é o brasão da família Eckhart!". Olhei em volta mais uma vez e percebi que os cavaleiros do ducado estavam espalhados por toda a parte. "Por que eles estão aqui? Será que já mandaram eles virem me procurar...?", senti meus olhos tremerem. Era uma emergência, o responsável pelos cavaleiros era ninguém menos que Derrick, e isso significava que ele estava em algum lugar muito próximo dali.

"Se ele descobrir que saí escondido de novo eu tô morta!", depois de falar para ele e o duque que passaria um tempo confinada em meu quarto para refletir, lá estava eu no meio da rua. Olhei em volta mais uma vez. Eu precisava chegar em casa sem ser pega pelo Derrick.

— O que está acontecendo aqui?

Uma voz familiar ressoou do mesmo lugar em que os dois guardas conversavam com o transeunte esquisito.

— Comandante, o senhor chegou! — Os cavaleiros fizeram uma saudação rigorosa a alguém.

Espiei, torcendo para que estivesse equivocada: cabelos pretos; um homem alto de capa preta feita de um tecido refinado; armadura de prata pura com o símbolo dos Eckhart... Sem dúvidas, aquele era Derrick.

Logo que o vi, meu coração acelerou de nervosismo. Felizmente eu usava um robe com gorro e uma máscara que escondia meu rosto por completo.

Capítulo 3

"É impossível que ele se lembre dessa máscara, né?", já fazia uma semana desde a nossa saída ao festival e Derrick me odiava tanto que com certeza não teria se dado ao trabalho de gravar o formato da máscara em sua mente. Fora isso, as ruas estavam tão lotadas que era praticamente impossível que ele me encontrasse no meio da multidão. Eu me encolhi o máximo que consegui, o plano era me mover cuidadosamente e me esconder no meio das outras pessoas.

"Ótimo, tem um grupo de pessoas ali!"

No momento mais apropriado possível, um grupo de pessoas usando máscaras semelhantes à que eu usava vinha em minha direção. Eu observava Derrick que conversava com um guarda enquanto esperava a hora certa para me mover... E foi quando ele virou sua cabeça para a exata direção em que eu estava... Dei um pulo de surpresa e então nossos olhos se encontraram.

—Você...

"MERDA!"

Antes que ele terminasse de dizer qualquer coisa ou que pudesse me reconhecer, saí correndo para o beco onde o estabelecimento de Winter ficava. Eu não tinha percebido antes, mas a rua era sem saída e todos os prédios pareciam iguais. Se Derrick me seguisse, era óbvio que ele me pegaria. Depressa, subi as escadas sem muito para onde correr.

BLAM!

— AJUDA!

Não fazia nem cinco minutos que eu tinha decidido não usar o tal do "favor do mago" quando gritei, escancarando a porta do seu escritório.

— Argh, argh...

Um silêncio estranho tomou conta do lugar e apenas minha respiração afobada podia ser ouvida. Surpreendentemente, o rapaz ainda estava em pé no mesmo lugar de quando deixei o prédio. Meu rosto se ruborizou inteiro com o olhar surpreso que ele lançou sobre mim.

— ...Por favor, entre e feche a porta. — Winter que me observava atônito se moveu para que eu conseguisse entrar.

— *Ahem* — limpei minha garganta e fechei a porta.

O Único Destino dos Vilões é a Morte

"Droga, que constrangedor", pensei, examinando o beco pela janela, felizmente Derrick não estava em lugar algum, "Será que eu consegui despistá-lo?". Mesmo se tivesse conseguido, ainda era muito cedo para sentir qualquer alívio. Se ele voltasse para a mansão e percebesse que eu não estava lá, já era.

— Me desculpe por mudar de ideia tão subitamente, mas você disse que eu poderia lhe pedir um favor, certo?

— Sim, claro.

— Certo. Então eu usarei esse favor agora. Preciso que você me leve para a rua Hamilton. Agora. — Fui direto ao ponto. Eu precisava chegar em casa antes de Derrick e Winter deveria ter alguma magia de teleporte.

— Rua Hamilton, você diz. Hmm... — Ele parecia estar pensando sobre onde ficava tal lugar.

"Onde será que fica, hein?", a rua ficava há uma quadra de distância da mansão Eckhart, ele já sabia quem eu era, então não devia ser tão difícil assim de adivinhar. Na verdade seria ainda melhor se pudesse pedir para ele me levar direto para o meu quarto, mas eu achei melhor continuar fingindo que não sabia que ele sabia quem eu era.

— Está difícil arrumar uma carruagem por conta da multidão, sabe? — dei uma desculpa qualquer.

— Você não trouxe um guarda com você?

Mesmo sob a máscara, dava para ver que seus olhos tinham ficado sérios. Lembrei do meu único guarda na mansão. Eckles era minha escolha apenas no nome, eu não planejava usá-lo realmente para esses fins.

"Preciso tratá-lo com mais cuidado e seriedade, assim como se cria um bebê. Ele voltou a ser minha única esperança", me encolhi e respondi sua pergunta com uma meia verdade:

— ...Todas as moças têm um segredo ou dois...

A curiosidade e preocupação em seus olhos foi dissipada, ele parecia entender bem do que eu estava falando.

— Posso pedir que a senhorita segure minha mão?

Capítulo 3

Aparentemente, ele me teleportaria assim como pedido. "Aleluia!", repousei minha mão sobre a sua, me sentindo aliviada. Pouco depois, o rapaz apertou-a. Nesse momento, a caixa de diálogo apareceu.

> \<Sistema\>
> Você usou o item {Um Favor do Mago}.

> \<Sistema\>
> Teleportando para {rua Hamilton}.

— Segure firme, pode ser que você se sinta meio tonta.
Dito isso, um clarão tomou conta de minha visão.

❦

Winter e eu estávamos em pé por onde poucas pessoas passavam, a rua me era familiar. Com a ajuda de sua magia, nós tínhamos ido diretamente para a rua Hamilton.

"Ótimo. Agora consigo chegar em casa antes de Derrick."

Eu sorria quando uma questão surgiu em minha mente. Mesmo tendo usado a magia de Winter, a sensação que eu tive... "Foi exatamente a mesma de quando o sistema me teleporta", curiosa, inclinei minha cabeça.

— Você já pode soltar — disse Winter que estava ao meu lado.

— Hm? Do que você...?

— Minha mão. Você ainda a está segurando.

Olhei para baixo, vendo nossos dedos entrelaçados.

— Uaaah! — Dei um pulo, jogando sua mão de lado.

"Mas o que... Desde quando eu estava segurando a mão dele daquele jeito?"

Surtei por um breve momento até que o vi colocando sua mão no bolso e fiquei com dó pensando que talvez tivesse reagido exageradamente. Fora isso, o agradeci com sinceridade:

O Único Destino dos Vilões é a Morte

— ...Muito obrigada por ter me ajudado.

Winter acenou com a cabeça.

— Creio que a confiança tenha sido restabelecida entre nós.

Deixei uma risadinha escapar. Winter era um marquês, um homem de alto ranking na sociedade. Ver ele deixar isso de lado e se rebaixar assim por conta de seus negócios só provava que ele era fiel à sua descrição de "mago estranho". Ele me observou, abismado.

— Então... você virá me ver novamente?

— Não sei. — Meu sorriso sumiu assim que o olhei nos olhos. — Nós teremos algum motivo para nos envolvermos novamente no futuro?

Uma brisa fria e silenciosa passou por nós. Mesmo que soubéssemos quem era o outro, ambos escondíamos nossas faces com uma máscara e nos encarávamos ali.

"Todavia, ele não deve saber que eu sei a sua identidade."

Seria melhor continuar agindo como se eu não fizesse ideia de quem ele era. Tanto para ele, que logo encontraria a heroína, quanto para mim. Como ambos tínhamos segredos a manter um do outro, nosso envolvimento não beneficiaria nenhum de nós.

— Adeus — disse, me virando em direção à mansão e partindo.

— ...Se depois que eu entregar os itens para a pessoa que a senhorita procurava...

Sua voz fez com que eu parasse.

— ...Ele te enviar uma resposta...

— ...

— Então, posso te informar o que foi dito?

Inclinei ligeiramente minha cabeça em sua direção. O homem de máscara de coelho parado no beco me assustou um pouco.

— Não.

Eu nem sequer podia imaginar a expressão que ele tinha sob sua máscara, no entanto...

Capítulo 3

> Afinidade: 15%

O aumento de sua pontuação apesar da minha fria rejeição foi algo que não esperava.

Capítulo 4

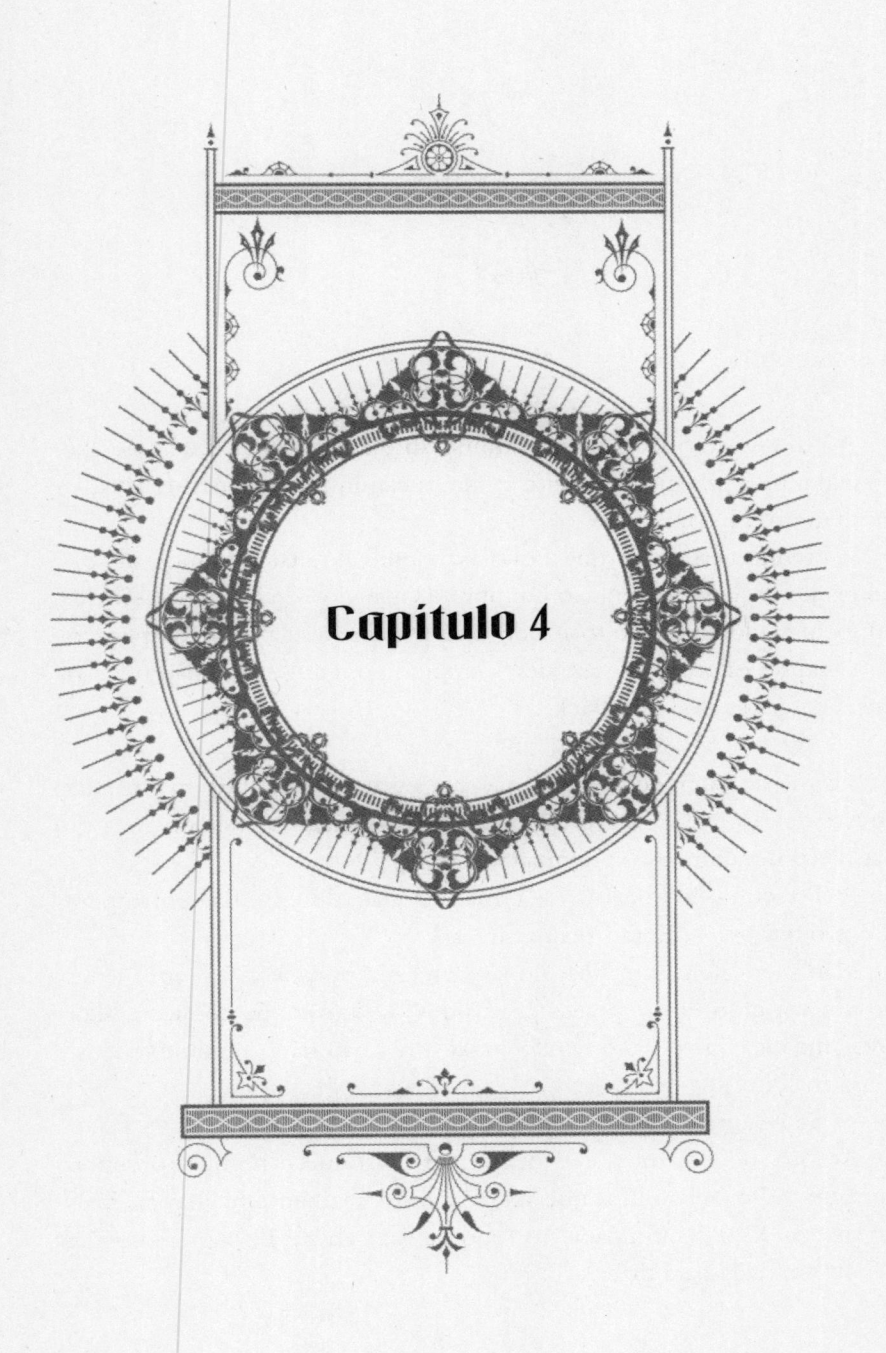

Capítulo 4

Ao me separar de Winter, caminhei diretamente para a mansão. Na verdade, para ser mais específica, me encaminhei para os muros que circulavam o lugar.

— Tenho certeza de que ficava por aqui... — falei comigo mesma enquanto procurava o buraco no muro da mansão – que além de ser alto também era longuíssimo tornando meu trabalho ainda mais complicado.

Quando estava quase me desesperando com a ideia de não o achar antes da chegada de Derrick...

— Achei!

Eu me agachei, como o buraco era estreito, tinha que me arrastar através dele. Já estava me preparando para atravessá-lo, quando sons de passos começaram a se aproximar – *paf, paf.*

— Penelope Eckhart... — Uma voz glacialmente fria entrou em meus ouvidos. — Então realmente era você.

Não movi nem um músculo sequer. "Ah, por favor...", em menos de um segundo eu fiz preces para todos os deuses que conhecia. "Por favor, me diga que estou ouvindo coisas", mas não havia nenhum "deus" nesse maldito jogo.

— Se levante imediatamente.

Ao ouvi-lo cerrando seus dentes, eu fiz o que o homem ordenou com um pulo. Seus olhos que me fitavam vorazmente brilhavam mais do que os 13% de afinidade no topo de sua cabeça. Eu não conseguia pensar em nada para dizer.

Capítulo 4

— C-como...?

— Era impossível não te reconhecer. Você é a única garota neste império que usaria uma mascarazinha tão ridícula quanto essa. — Derrick, sendo extremamente sagaz, entendeu logo o que eu iria perguntar e me respondeu com um sorriso pretensioso.

"Como se atreve a chamá-la de ridícula?!", senti minha raiva aumentando com a zombaria, mas logo baixei minha cabeça. Sua barra de afinidade tinha começado a brilhar.

— Por que você fez isso?

Fiquei em silêncio. Derrick franziu o cenho e insistiu na pergunta:

— Hein? Me conta.

— ...

— Quando você disse que queria ver o festival tarde da noite eu te deixei ir. Até mesmo tolerei quando você trouxe aquele escravo para casa falando que o tornaria sua escolta. Então por quê?

— ...

— Qual é o problema? Não consigo entender o motivo pelo qual você continua agindo deste jeito...

Ele se referia a eu fugir da mansão sem levar nem um guarda. Infelizmente, não importava o quanto me questionasse, não havia nada a ser respondido.

— ...Eu sinto muito — repeti desculpas como um papagaio. Toda essa situação me parecia injusta, mas eu não tinha outra opção, não era como se pudesse falar que estava fazendo tudo isso na esperança de escapar deles e conseguir ter uma vida feliz. — Independentemente de qual seja a punição, eu a aceitarei de bom grado, jovem mestre.

— Punição, punição, punição!

Infelizmente, essa tática parecia não funcionar mais com Derrick que ao ouvir minha resposta fez uma careta.

— Tudo o que você faz ultimamente é pedir por castigo!

— É que...

— Você gosta tanto assim de ser punida?

O Único Destino dos Vilões é a Morte

Entrei em pânico ao ver a expressão furiosa no seu olhar. "Quem no mundo pediria uma punição por gostar disso?! É claro que eu não quero ser castigada!"

Vap – antes que pudesse respondê-lo, o rapaz bruscamente segurou minha mão e me puxou.

—Venha.

— Ugh, hã…?

Eu quase caí com seu puxão súbito, sem falar que ele andava rápido demais.

"O que deu nele?! Q-que tipo de punição ele está planejando…?!", sua aura assustadora me deu arrepios. Eu nunca imaginei que ele faria esse tipo de contato físico com Penelope, afinal ele sempre a odiou.

— …Aonde nós estamos indo?

— …

— Jovem mestre? — perguntei enquanto olhava para o topo de sua cabeça sem conseguir evitar a preocupação que aos poucos tomava conta de mim. Apesar disso, ele não me respondeu.

"Há, hoje com certeza não é meu dia de sorte…"

Considerei se deveria me ajoelhar e implorar por clemência depois de todos os acontecimentos inesperados do dia.

"Não, sem chance. Mesmo que eu seja sua 'irmã adotada detestável', ele com certeza não iria me apunhalar só por deixar a mansão. Por outro lado isso parece algo que o príncipe herdeiro faria…", tentei pensar positivo, mas isso não durou muito tempo. "Bom, talvez ele não me atacaria com sua espada, mas existem outros jeitos de se matar alguém…".

Por exemplo, ele poderia me levar para a mansão e expor aos membros da família todas as "coisas hediondas" que já havia feito. Assim, poderia manipular meus pequenos erros para parecerem algo enorme e imperdoável, fazendo com que eu fosse expulsa da mansão. Isso havia acontecido muito no jogo…

Refleti sobre todas as possibilidades, mas acabei desistindo depois de um tempo, "Bom, não há nada que eu possa fazer, né? Vamos ver no

Capítulo 4

que dá". Não era como se minhas desculpas fossem fazer com que ele mudasse de ideia. Por conta da minha vida anterior, eu já tinha me acostumado com todo o tipo de coisa, então esse era o melhor jeito de lidar com isso: não sofrer por antecipação e me controlar. Isso era bem diferente do comportamento habitual de Penelope, já que ela não parecia saber como conter suas emoções. Depois de desistir de todos os meus planos mirabolantes, eu simplesmente segui Derrick que, assim como já esperava, me levou até o portão frontal da mansão. Ao vê-lo, os guardas se curvaram educadamente.

— Hã...? — Mas, ao contrário do que imaginei, nós não entramos.

"Para onde esse desgraçado está me levando?", perguntei-me, deixando escapar uma interjeição de dúvida. Encarei sua nuca com olhos atentos, toda a preocupação que eu tinha extinguido dentro de mim voltou como o romper de uma represa.

Nós andamos pela rua principal e depois dobramos para uma outra onde não havia quase ninguém. Ao passar pelos prédios escassamente erguidos, uma trilha com árvores exuberantes e campos gramados apareceu em nossa frente. Ao ver as pequenas lâmpadas que delicadamente iluminavam a trilha, eu percebi que ali não era um lugar público comum. As lampadinhas eram tão bonitas quanto vagalumes e as árvores e arbustos refletidos na luz indicavam que aquele era um jardim extremamente bem cuidado. Foi então que avistei uma placa com as palavras "East Hill" – Colina Leste – gravadas em si.

"Por que ele me trouxe aqui do nada?", questionei-me, curiosa. A verdade era que eu conhecia esse lugar, nós estávamos no passeio da família do duque. No jogo, esse era um ponto comum de encontro entre a heroína do modo normal e os personagens conquistáveis, principalmente os irmãos. Claro, até agora eu não tinha saído com nenhum dos personagens, então ainda não conhecia o lugar pessoalmente. O caminho era luxuoso e seu acesso extremamente restrito, ou seja, pessoas normais não eram permitidas.

O Único Destino dos Vilões é a Morte

"Não me diga que... ele planeja se livrar de mim em um lugar deserto e sem testemunhas?!", ao pensar nisso, parei pouco depois da placa.

— P-pera aí!

Derrick se virou para mim, tão frio como sempre.

— ...O que foi?

— P-por que nós estamos subindo a ladeira?

— Você não disse que queria ser punida? Então me siga sem reclamar.

Ele virou novamente e voltou a andar. Rapidamente já tínhamos passado pela entrada e subido a rampa. Eu não podia retorquir, já que, de fato, tinha pedido por isso. Se dissesse que tinha mudado de ideia algo terrível poderia acontecer comigo. Sem escolhas, continuei a segui-lo.

— A-arf... — arfei atrás da máscara enquanto pensava: "Talvez, a punição seja me fazer subir este morro?". Se esse fosse o caso, então ele era um maldito extremamente cruel. Sem demonstrar qualquer consideração por uma jovem senhorita, Derrick continuou a andar rápido sem nem sequer olhar para trás. Eu já não aguentava mais quando disse:

— Argh, espera!

— O que foi desta vez? — respondeu ele ainda caminhando.

Isso foi o suficiente para fazer com que ficasse com medo novamente. Mesmo assim, eu não podia continuar sendo arrastada colina acima por ele. O robe que vestia já estava com sua barra suja de terra.

— ...Eu não consigo te acompanhar, você anda muito rápido — protestei, timidamente.

Honestamente, achei que ele iria me ignorar, e caso contrário, ao menos ele iria reclamar e me insultar como sempre. No entanto, surpreendentemente, ele diminui o passo fazendo com que a distância entre nós se tornasse menor.

"...Vai ficar tudo bem, né?", olhei para sua cabeça onde os 13% brilhavam intensamente no meio da escuridão noturna.

Por quanto tempo nós andamos em silêncio? Eu não saberia responder, mas depois do que pareceu uma eternidade, vi um lindo gazebo no horizonte conforme nos aproximávamos do cume do monte.

Capítulo 4

"Mas o que diabos? Pensei que aqui era um ponto de encontro!", questionei-me quando vi o lugar que tinha sido mencionado no jogo como ponto romântico. "Eu estou com medo de ficar sozinha com esse cara..."

Impotente, caminhei para o parapeito da montanha. Depois de ter caminhado tanto, minha energia tinha se esgotado fazendo com que eu precisasse desesperadamente de um tempo para me recuperar.

— Vem cá.

Antes mesmo de tomar o fôlego, Derrick me arrastou novamente. Agora finalmente tínhamos chegado no fim da trilha.

— Olhe lá embaixo.

Sem energia para protestar, fiz o que ele mandara.

— Uau...

Meus olhos se arregalaram com a vista. Subestimar esse lugar por conta da colina era um grande erro. Ao pé do morro, era possível ver a esplêndida capital onde acontecia o festival. As ruas noturnas estavam enfeitadas com lanternas coloridas, prédios antigos e milhares de pessoas que passavam umas pelas outras. No modo normal não havia festival e eu não tinha avançado o suficiente na história para conseguir chegar nesse ponto do modo difícil. Ou seja, essa cena era algo que nunca tinha visto antes.

— Caramba... — disse, olhando para baixo, fascinada. Não tinha reparado na beleza desse mundo nem quando andava pelas ruas que agora observava de longe. Talvez isso acontecesse por estar tão preocupada com meus planos de sobrevivência caso X ou Y acontecesse. A mesma coisa acontecia quando estava no planeta Terra. Não havia oportunidades o suficiente para eu observar meus arredores e aproveitar o momento, mas agora que eu finalmente tinha dado um passo para trás e contemplado o mundo...

"Por que parece tão realista?", era uma sensação muito, muito esquisita e meu coração também se sentiu estranho. "Isso não passa de um

O Único Destino dos Vilões é a Morte

cenário de um jogo estúpido, então por que...?", foi nesse instante que Derrick interrompeu meu raciocínio, apontando para um lugar ao longe.

— Olhe ali, Penelope.

Parei de sonhar acordada e olhei para onde ele indicava. O lugar não ficava muito longe da montanha, era uma rua larga e muitas pessoas andavam de um lado para o outro. No meio da multidão, dois guardas vestindo armaduras corriam em alta velocidade.

— Aquilo...

Um homem fugia dos cavaleiros que o perseguiam. A perseguição durou pouco e logo os guardas conseguiram capturá-lo, isso graças à multidão que não o deixara correr para longe. Ele parecia ter roubado alguma coisa, o que não era nada fora do normal para um festival desse tamanho.

"Seja um jogo ou realidade, as pessoas são sempre a mesma coisa."

Derrick, que observava a mesma cena que eu, voltou a falar:

— Esses furtos não são nada. Criminosos muito mais perigosos aparecem de todos os lugares durante o festival.

— ...

— Provavelmente coisas muito piores acontecem em lugares de difícil acesso. Ontem mesmo houve um assassinato de um civil em um bar da rua Hamilton. Você, que sempre está trancada em seu quarto, não deve saber disso.

"Ele acabou de tirar uma com a minha cara?", olhei para Derrick sem entender o porquê de ele estar me contando essas coisas de repente.

— Se isso acontece mesmo nas áreas administradas pela família do duque, o que você acha que ocorre nas vielas do centro da cidade, onde muitos bandidos e pessoas perigosas vagam livremente?

Essas palavras fizeram com que eu entendesse que, na verdade, ele ainda estava me dando uma bronca por ter escapado pelo buraco.

"Então isso não é nem uma punição, nem uma tiração de sarro...?", tudo o que faltava era eu descobrir suas verdadeiras intenções ao me trazer ali.

Capítulo 4

— Por acaso você pretende virar amiga dessas pessoas e começar a sair com elas?

O meu questionamento foi respondido imediatamente, ele estava zombando de mim, "Bom, era o que eu esperava, não é mesmo". Suspirei e retorqui depois de um momento em silêncio:

— ...Eu juro que não fiz nada que fosse manchar a reputação de nossa família.

— Não é você que decide isso. Reputação é algo que muda de acordo com suas atitudes.

— É exatamente por isso que usei uma máscara. — Dei de ombros e Derrick automaticamente me olhou duramente.

— E se, assim como eu, alguém a reconhecesse? Ou melhor, você realmente acha que, descobrindo que você é uma garota, os criminosos iriam simplesmente te deixar em paz?

— Eu não sou mais uma criança, jovem mestre — respondi sem hesitar. — É verdade que, até hoje, meu comportamento foi frívolo e causei muitas confusões por não saber o meu devido lugar, mas isso é diferente de me expor a perigos desnecessários. Posso ser várias coisas, menos tola.

Estava com medo de sua reação, mas, de qualquer forma, precisava deixar isso claro para ele. Assim como eu fiz com Reynold, era necessário impor um limite em nossa relação.

— Então me explique o porquê de você, que não é tola, ter se espremido por um buraco na parede de casa.

— O motivo de eu ter saído de casa escondida é... — disse lentamente, tentando conseguir tempo o suficiente para pensar em uma desculpa convincente. Precisava de algo que não fosse exagerado, mas que fosse o bastante para fazer Derrick calar a boca, afinal era mais difícil persuadir ele que o duque. — Eu já tinha dito que viveria quieta como um morto e não lhe daria trabalho. O senhor mesmo disse que também queria isso.

— ...

O Único Destino dos Vilões é a Morte

— Então, apenas saí de casa em silêncio e sem criar uma comoção.

É, ele tinha me dito isso, então esse era o motivo para sair de casa em segredo. Huh, que justificativa brilhante! No entanto, ela não parecia ter deixado o rapaz satisfeito, já que ele ficara ainda mais carrancudo.

— ...O que você foi fazer naquele lugar?

Ele não parava de me interrogar e eu já estava farta.

— Preciso te relatar até mesmo isso?

— É melhor você me responder logo.

— Ia solicitar que um informante encontrasse uma pessoa para mim.

Para ser sincera, já esperava que essa coisa de "toda senhorita tem seus segredos" fosse funcionar apenas com Winter. No fim, depois de suspirar, resolvi dizer uma meia verdade para Derrick:

— No palácio imperial, um jovem nobre me ajudou. Eu queria me desculpar com ele por perder algo que ele havia me emprestado.

— ...

Derrick, que estava complicando minha vida com tantas perguntas, se calou. Senti-me revigorada ao ver essa cena. Eu estava falando do lenço do Winter e ele sabia bem disso, afinal foi ele que ordenou à Emily que o objeto fosse descartado. Demorou um pouco para que Derrick abrisse a boca novamente.

— ...Se era tão necessário para você, então podíamos ter pedido a algum subordinado para fazer isso.

— O rumor de uma senhorita nobre e solteira buscando por um homem de origem desconhecida poderia danificar a imagem de nossa família — cortei sutilmente.

A visão de Derrick sobre Penelope também era algo que precisava mudar. Ela não era um parasita que só sabia gritar e criar confusões, ela também tinha um cérebro e ele tinha que reconhecer isso. "Não importa o que eu faça, você não vai me dar ouvidos, não é mesmo?"

Olhei para a afinidade de 13% com o coração frio, tinha me rebaixado o máximo possível e conversado com educação para que sua pontuação não caísse, mas ao mesmo tempo ela também não aumentou.

Capítulo 4

— ...Penelope. — Derrick soltou um suspiro ao falar meu nome. — Em breve você se tornará uma adulta, então, mesmo não sabendo qual seu destino, eu não vou mais interferir nas suas saídas.

— ...

— Mas quando você for sair, não use aquele buraco patético. Só... saia como uma pessoa normal pelo portão da frente, tenha orgulho. Avisarei o mordomo que você tem a minha autorização.

> Afinidade: 17%

— Pode arrastar aquele escravo com você para escoltá-la.

A favorabilidade de Derrick aumentou. Não entendi nem o motivo da mudança drástica de suas palavras, nem da pontuação.

"Por que alguém que me diz para viver quieta como um morto, vai me fazer um favor desses?"

Considerando as ações de Penelope no passado, seus questionamentos sobre a "saída secreta" da moça faziam sentido. Eu poderia muito bem ter corrido para algum lugar para arrumar uma confusão como uma "cadela louca" e isso seria considerado responsabilidade dele. No entanto, ele permitir que saísse da mansão quando quisesse era algo completamente inesperado.

— ...Eu não serei punida? — indaguei desacreditando.

Em vez de me responder, ele me olhou irritadiço.

— Você não caminhou da cidade até a mansão usando essa máscara ridícula, caminhou?

— ...Perdão?

Ele trouxe sua mão na minha direção e agarrou minha máscara.

— Por macular a imagem da família Eckhart, eu confiscarei isto.

— Hã...?

O rapaz completou, retirando minha máscara. O vento noturno gelado soprou sobre minha face, que estava protegida até agora. De uma

O Único Destino dos Vilões é a Morte

perspectiva geral, Derrick parecia frio e bravo. Mas quando o vi segurando minha máscara, parecia...

— Essa é a punição de hoje.

...Alegre. Ou eu estava alucinando, ou o homem de cabelos pretos parecia esboçar um pequeno sorriso em seus lábios.

— Mas ela foi um presente de Reynold... — murmurei distraída olhando alternadamente para seu rosto e para a máscara.

— Aqui, pegue isto. — Ele estendeu sua outra mão, me entregando algo. — Eu imbuí joias mágicas nele. Quando você usá-lo, sua aparência mudará por conta de um selo protetor mágico.

— ...

— O feiticeiro que cuidou disso disse que os outros verão um jovem garoto enquanto ele estiver sendo usando. — Na larga palma de suas mãos um bracelete de platina com pequenas pedras tipo rubelita descansava. — As pedras originais foram substituídas. Elas acabaram quebrando, já que eram muito baratas — adicionou Derrick praticamente sussurrando.

Olhei para suas mãos e me lembrei da primeira noite do festival. Era a pulseira que chamou a atenção de Derrick quando nós escapamos em segredo da mansão para "passear" (eu na verdade fui encontrar Eckles). Ao olhar a coloração de flor de ameixa das joias, pensei que eram da mesma cor que meus cabelos, mas não achei que ele realmente me presentearia com elas. Ao mesmo tempo que lembravam o meu tom de cabelo, elas também lembravam a sua "irmã original", então imaginei que ele guardaria o bracelete para ela.

Parando para pensar, aquele já era o segundo presente que eu recebia dele...Primeiro um lenço que parecia ter custado os olhos da cara e agora um bracelete mágico.

— ...Por quê? — Mesmo que tivesse pensado em outra coisa, no fim o que eu acabei dizendo foi isso.

— ...Como assim?

— Por que está me dando isso? — Espiei novamente o bracelete em suas mãos. O brilho do acessório era diferente do primeiro dia, agora as

Capítulo 4

pedras brilhavam mesmo no escuro fazendo com que até mesmo eu, que diferentemente de Penelope não tinha interesse em joias, me sentisse atraída por elas. Contudo, em vez de gratidão pelo presente, minha cabeça ficou cheia de incertezas e dúvidas. Penelope, Derrick e Reynold já tiveram problemas no passado por coisas assim.

— *Repugnante.*

A memória do modo que Derrick olhou para a garota como se ela fosse um inseto ainda estava fresca em minha mente.

— Você nunca gostou do meu lado luxurioso.

— ...Eu pensei que você gostasse de acessórios. — Ele pareceu constrangido por minhas palavras.

— Eu gosto — admiti dando de ombros. Mesmo no jogo Penelope era proibida de usar joias extravagantes, ainda que esse fosse o único jeito que ela achou para preencher sua solidão e tristeza. — Eu gosto muito das joias que são minhas e que não roubei ou tomei de alguém.

Eu não entendia por que ele estava me dando isso se me odiava tanto e também não sabia se ele entenderia o que eu havia dito, porém o olhar chocado em seu rosto foi o suficiente para que soubesse que ele ainda se lembrava.

— Se você não quer, então apenas jogue no lixo.

Ele jogou o bracelete no chão como se não fosse nada. O acessório brilhante de platina caiu lentamente enquanto eu o assistia. Sem palavras para seu comportamento absurdo, observei Derrick partindo e a pulseira deitada no chão sujo de poeira. Questionei-me se deveria ou não segui-lo.

> <Sistema>
> O evento {Passear no festival com Derrick} foi completado com sucesso!
> Gostaria de receber a recompensa?
> [Sim] [Não]

O Único Destino dos Vilões é a Morte

O quadrado branco surgiu na minha frente.

— ...Hahaha! — Não pude evitar de rir. — Esse evento já não tinha acabado?

Lembrava claramente de ter recusado quando o sistema perguntou se eu queria tentar novamente.

— ...Sucesso, hein?

Ri amargamente comigo mesma, apertando o botão [Sim]. O texto no *pop-up* mudou em um piscar de olhos.

> <Sistema>
> Recompensa obtida!
> Afinidade de {Derrick} +3% e
> {Bracelete Mágico} foram adquiridos.

— Uh, então essa era a recompensa.

Lembrava-me de ter lido sobre o aumento da afinidade, mas isso já não me era tão relevante. Indiferente, olhei para o bracelete no chão sujo.

— ...Eu não aguento esse maldito. Finalmente, agachei e peguei o acessório. — Como você pôde simplesmente jogar ele fora...

Quando estava sacudindo e assoprando a poeira que tinha coberto o bracelete, fazendo "*fuu, fuu*", de repente me senti mal por estar em uma situação tão desesperadora a ponto de ter que receber uma recompensa de maneira tão miserável.

"Qual o sentido de dar um presente se você vai entregar assim?"

> Afinidade: 20%

Eu suspirei insatisfeita ao ver o indicador branco ficar cada vez menor ao longe.

Capítulo 4

O último e longo dia do festival (que pareceu durar quase um mês) havia chegado. Como era o último dia, Emily tremia de emoção ao falar dos desfiles espetaculares, apresentações acrobáticas e da queima de fogos impressionante que aconteceriam nesse dia. Ela insistia que deveríamos sair juntas. Contudo, eu não queria ver nada disso, então sutilmente a ignorei e dormi mais do que deveria.

Depois de levantar e comer um sanduíche de café da manhã, me sentei em minha escrivaninha – algo que eu não fazia há um bom tempo. Já tinham se passado uns bons meses desde que eu chegara a esse mundo e, levando em consideração como me encontrei com a maioria dos personagens conquistáveis durante o festival, mais um grande episódio do jogo chegava ao fim.

— Mas ainda me sinto travada...

Desde que havia chegado ali, todos os dias, eu corri perigo de morte e agora estava mais tranquilo, entretanto eu não podia relaxar! Ainda havia muita coisa por vir e eu só estava no comecinho da corda bamba.

— Acho que agora é a hora perfeita para verificar o andamento das coisas", pensei comigo mesma, abrindo a gaveta da escrivaninha e puxando a folha de papel e a caneta que eu tinha escondido assim que chegara ali. No papel estavam escritos os nomes dos personagens conquistáveis e coisas que considerava importante sobre suas rotas e personalidades, basicamente era tudo o que eu não poderia esquecer.

Peguei uma folha nova e escrevi sobre meus avanços, suas pontuações iniciais, as pontuações atuais e situações que tinha passado com eles recentemente.

Derrick Eckhart 0% → 20%
Reynold Eckhart -10% → 10%
Callisto Regulus 0% → 2%
Eckles 0% → 25%
Winter Verdandi 0% → 15%

O Único Destino dos Vilões é a Morte

Conforme eu anotei as afinidades, pude perceber a grande diferença, algo inesperado. Arregalei meus olhos ao ver a afinidade de Derrick e Reynold. Na verdade, especialmente a de Reynold que foi a que mais me intrigou, já que o valor era o menor de todos, chegando a ser até mesmo negativo. Mas ela aumentou em 20%, assim como a de Derrick.

Será que a pontuação deles aumentou tanto assim por conta dos encontros frequentes? Inclinei minha cabeça, pensando no que poderia ter acontecido a favor deles, porém isso não me impediu de fazer um "X" enorme em seus nomes em seguida. O aumento da afinidade deles não era algo para ser celebrado e isso porque ela só parecia aumentar quando eu ficava sem vê-los por longos períodos. Talvez minha mudança de comportamento tenha feito com que o sentimento de "ódio extremo" deles tenha mudado para um simples "não ir com a cara".

— Se nós não nos encontrarmos muitas vezes, então acho que consigo manter essa pontuação...

Verdade fosse dita, nenhum dos dois estavam estáveis. Principalmente se considerasse o fato de a porcentagem inicial do modo normal começar em 30%. Todavia, como o botão de recomeçar não existia, eu não planejava correr o risco de tentar aumentar sua favorabilidade.

Risc, risc – sem nenhum remorso, fiz mais um "X" sobre seus nomes.

— O próximo é o príncipe herdeiro.

Esse cara... Bom, digamos que eu não considerei ele nem por um milésimo de segundo. Sem ao menos pensar, risquei o seu nome tantas vezes que o escrito ficou praticamente ilegível.

Logo segui em frente, mas dessa vez minha pena parou.

— Eckles...

Assim como havia planejado no início, Eckles continuava sendo o favorito. Sua pontuação também era a mais promissora, com um aumento de apenas cinco pontos eu já alcançaria a marca inicial do modo normal! Diferentemente dos outros rapazes, o progresso de sua porcentagem não foi difícil. Fora isso, a média de aumento da favorabilidade de Eckles era

Capítulo 4

grande, o que me fez pensar que, se continuássemos assim, não demoraria muito para chegarmos no final.

— Tenho andado tão ocupada desde a última vez que o vi que nem sequer consegui encontrá-lo...

Riiiisc, riiiiiisc – a ponta fina da pena circulava seu nome enquanto eu me perdia no meio de várias considerações. Honestamente eu estava ocupada só da boca pra fora. Tirando o dia em que fui encontrar Winter, eu não tinha feito mais nada senão pensar, mas de qualquer forma não tinha ido encontrar meu "cavaleiro".

"Por que ainda me sinto tão incomodada...?", será que era porque, independentemente de sua afinidade, continuava sem saber o que o rapaz pensava sobre mim? Eu me lembrava claramente daquele dia. Em um piscar de olhos, sua espada de madeira cortou o ar e ficou pressionada contra meu pescoço. Eckles me olhava com ódio, como se fosse uma inimiga que precisava ser destruída.

"Ugh", tremi instintivamente ao me lembrar da cena e cinicamente acariciei o rubi do meu anel.

— Se o cão morde seu dono, então você deve puxar o enforcador. — Claro que ao puxar o enforcador você também tem que aceitar sua queda de apreço.

"Pensei que tinha avançado, mas por que eu sinto como se estivesse em uma situação de 'tudo ou nada'?", balancei minha cabeça para me livrar da ansiedade e continuei.

— Winter Verdandi...

Ele foi o primeiro que me fez sentir o gosto da queda de afinidade. Eu já tinha me decidido a não considerá-lo uma opção naquele dia, mas quando vi o valor de afinidade dele em 15%, comecei a hesitar um pouco sobre essa decisão.

Ao mesmo tempo que Winter tinha a desvantagem de ser o primeiro a entrar em contato com a "verdadeira senhorita", ele também tinha a vantagem de estar no topo da minha lista. A velocidade da minha caneta tinha aumentado muito e eu escrevia cada vez mais rápido – ***vush, vush, vush***.

O Único Destino dos Vilões é a Morte

— Aff... — suspirei ao jogar a pena de lado, decidida. — Por que não pode ter uma rota fácil? — lamentei.

Nesse momento, bateram à porta – ***toc, toc.*** Por estar escrevendo algo tão importante e secreto, eu estava mais alerta que o normal.

— Quem é? — perguntei, rispidamente.

— É Pennel, senhorita.

— ...Espera. — Sorri aliviada enquanto juntava os papéis e os guardava novamente no fundo da gaveta. Apenas permiti que ele entrasse depois de colocar a pena de volta em seu suporte. — Pode entrar.

Nheeeeec – o mordomo abriu a porta com cuidado e então entrou.

— Aconteceu alguma coisa?

— Estou aqui para avisá-la que, depois de muito tempo, o duque deseja almoçar com a senhorita.

— ...Almoçar? — Pisquei, confusa. Isso era algo fora do comum, afinal desde que chegara ali sempre tinha feito minhas refeições sozinha em meu quarto.

Para ser sincera, minhas refeições tinham uma restrição absurda se comparada aos jantares de nobres que eu já tinha visto, mas ainda assim fiquei satisfeita. Decerto qualquer coisa era melhor do que comer comida estragada ou até passar fome como da primeira vez. Comer no quarto também tinha suas vantagens, como, por exemplo, não esbarrar no duque nem em seus filhos, fora isso Emily também tinha passado a me servir com todo o cuidado e apreço depois do episódio da agulha.

"Nunca tinha reparado em como almoçar sozinha é bom."

Eu não queria ir até o salão de jantar no primeiro andar e me sentir desconfortável ao almoçar com pessoas que não desejava ver. Além disso, só de pensar em comer sob os olhares dos vários empregados que me odiavam já fazia meu estômago revirar.

— Eu... não ligo de comer sozinha em meu quarto. Já estou acostumada — respondi, tentando evitar tal situação. — E meu período de reclusão ainda não terminou — completei, dando uma desculpa mais convincente.

Capítulo 4

— O duque disse que tem algo para conversar com a senhorita também, então sua presença é indispensável.

— Já que é assim... Espera, por "com a senhorita também" você quer dizer que meus irmãos estarão presentes?

— Mas é claro.

"Eu tô ferrada!", pensei, dando um jeito de não transparecer meu choque mental. Era burrice demonstrar qualquer tipo de desgosto pelo duque ou seus filhos na frente de seus fiéis empregados. "Ugh, se controle, se controle...!", respirei e inspirei profundamente repetindo para mim mesma.

— Mordomo, tem algo que gostaria de lhe pedir antes de descer.

— É só me dizer o que é, senhorita. — Sua expressão mudou ao ouvir minha resposta.

— Você me traria algum remédio para digestão logo depois do almoço?

— ...Um remédio para digestão? — perguntou de volta, curioso com o pedido sendo que eu ainda não havia nem sequer comido.

— Sim — assenti, pronta para me apressar o máximo possível.

Eu segui o mordomo para fora do meu quarto. Todos me esperavam no andar de baixo onde as preparações já haviam sido finalizadas. Não havia tempo para procrastinar nem arrumar uma desculpa para não ir ao tal evento a que fui intimada em cima da hora.

— O duque parece muito ocupado com o palácio imperial nos últimos tempos.

Depois de andarmos em silêncio por algum tempo, o mordomo puxou assunto. Eu não fazia ideia da agenda do duque e, por mais que ele realmente parecesse estar chegando tarde em casa todos os dias, não me importei com o motivo.

— De fato, ele deve estar muito ocupado — respondi inexpressiva. Por algum motivo senti que o mordomo prestava atenção em minhas expressões faciais.

O Único Destino dos Vilões é a Morte

— Antigamente, sempre que o duque estava em casa você se juntava a ele para almoçar.

— ...

— Por acaso, a senhorita se sentiu incomodada com alguma coisa durante suas refeições no salão de jantar?

Sua pergunta fez com que meu rosto franzisse. "...A Penelope fazia isso?", o que ela conseguia de bom com isso? A única coisa que ela deveria receber era desprezo e aversão. "Ela realmente... Ugh!"

Contudo, não pude criticá-la, pois ela parecia entender o motivo pelo qual participava do jantar com o duque. No passado, eu, que sempre desisti rápido das coisas, nunca me comportei como Penelope, no entanto isso nunca me fez menos miserável ou mais digna que ela.

O som dos talheres ressoando da sala de jantar, cumprimentar corriqueiramente uns aos outros e a aparência de uma família harmoniosa que era impecável... exceto por mim.

— ...-nhorita Penelope?

Pisquei forte ao ouvir uma voz me chamando. Pennel, que já tinha chegado na ponta das escadas, me observava.

— Não, nada fez com que me sentisse desconfortável — repliquei casualmente enquanto descia as escadas em sua frente. — Eu só estive sozinha para refletir sobre meus erros, então parecia mais apropriado que fizesse minhas refeições no quarto.

— Acho que toda essa reflexão... Não. Não, esqueça. Eu falei sem pensar.

Deve ter sido surpreendente ouvir tais palavras saindo da boca de Penelope, fazendo com que o mordomo deixasse seus pensamentos quase escaparem. Contudo, ele se interrompeu e mudou de assunto:

— Sua excelência se sentiu solitário quando a senhorita passou a não sair de seu quarto.

— ...

— Não me culpe por fazê-la participar do almoço.

Capítulo 4

Suas palavras fizeram com que eu risse. Se seu cão não sai da casinha, então você tem que ir até ele para ver o que está acontecendo. Mesmo que o chefe da casa estivesse se sentindo solitário, não parecia haver qualquer traço de sinceridade naquelas palavras, já que o duque nunca foi até o quarto de sua filha mais nova e adotada para ver se ela estava bem ou se passava fome em algum canto.

— Bom, eu me pergunto se meu primeiro irmão também pensará a mesma coisa.

— Isso...

O mordomo tentou responder algo, mas fui mais rápida...

— Abra.

...Já havíamos chegado ao salão.

Ele fez um gesto arrogante para os funcionários que esperavam educadamente junto à porta fechada para servir a refeição. O mordomo abaixou sua cabeça e obedeceu às minhas ordens, mas os outros olhos me encaravam de um jeito não agradável. Eu não me importei, nada poderia me incomodar menos que a opinião dos personagens secundários.

A porta se abriu, revelando os rostos das pessoas com quem realmente teria que lidar. Um homem de meia-idade de aparência contundente sentado no topo da mesa, à sua direita sentavam "Afinidade: 10%" e "Afinidade: 20%".

—Você tem noção de tempo? Por que demorou tanto para vir?

Eu mal tinha entrado no cômodo quando "Afinidade: 10%" começou a implicar comigo. O inferno tinha começado.

Naturalmente, encaminhei-me para o lado esquerdo do duque, o oposto ao qual eles se sentavam. Senti como se fosse um prisioneiro trocando de penitenciária ao caminhar pela sala. O mordomo me seguiu e puxou a cadeira, retirando-se assim que conferiu que estava bem instalada.

"Você chamou de 'almoço', mas com esse tanto de coisa acho que a mesa vai quebrar!"

O Único Destino dos Vilões é a Morte

Aquele era a refeição mais luxuosa que já tinha visto desde que chegara ali. Claro, era difícil ter um almoço dessa magnitude no segundo andar, lugar onde ficava o quarto de Penelope, já que demoraria para subir tudo. Eu estava atordoada com aquela visão, quando a voz grave do duque soou da ponta da mesa:

— ...Sirvam.

A refeição começou. Para ser sincera, eu não fazia ideia da ordem dos talheres nem das etiquetas à mesa dos nobres, contudo muitas vezes o senso comum não podia ser aplicado à Penelope e isso me deixou tranquila para caso cometesse alguma gafe.

"Até que sua má reputação é útil de vez em quando."

Olhei o arranjo da mesa posicionado em minha frente, me certificando de pegar a mesma colher que todos seguravam.

— ...Há.

Um sorriso amargo se abriu em meu rosto. Todos os talheres que foram postos para mim eram de criança. Como se isso não bastasse, eles eram de crianças que estavam aprendendo a comer sozinhas.

— O que foi? — O duque voltou seu olhar para mim, talvez por ter ouvido minha risada.

— Não foi nada. — Balancei minha cabeça olhando casualmente para os talheres. Bom, de qualquer jeito eles não se importariam com que tipo de talher eu comia.

"Se você prestasse atenção, já teria percebido, sr. duque."

Era incrível imaginar que alguém da cozinha foi ousado o suficiente para fazer esse tipo de piada com a senhorita da casa durante um almoço em família. Enfim, eu levantei a maior colher que tinha e parecia que estava brincando de boneca. Mesmo sendo a maior, ela ainda era menor que uma colher de sobremesa. Tentei pegar a sopa com ela, mas aquela quantidade nunca podia ser considerada séria. O garfo não conseguia nem sequer comportar uma folha de alface e a faca, única coisa de tamanho aceitável, era tão cega que não conseguia ao menos arranhar o bife que estava desmanchando de tão macio.

Capítulo 4

"Que engraçado."

Eu fiz uma cena digna de esquete. Levantava os talheres, um de cada vez, e tentava usá-los na comida quente que colocavam na minha frente. Por que não desisti? Simplesmente precisava me certificar de que era realmente impossível comer naquelas condições.

"Como a Emily consegue me levar uma comida decente todos os dias se os funcionários da cozinha se comportam tão mal assim?"

Parando para pensar, a atitude da cozinha era deplorável e ninguém falava nada sobre isso, eles até mesmo deixaram que comida estragada fosse servida e nada aconteceu. Dito isso, Emily me trazia refeições saudáveis todos os dias desde quando a ameacei, isso sem falar nas vezes que falava para ela sobre as comidas que eu queria comer e, mesmo que elas ficassem meio estranhas, ela conseguia trazê-las para mim.

"Eu tenho que dar alguma gratificação a ela quando voltar para o quarto", ao mesmo tempo que pensava nisso, também me sentia mal por fazer a empregada lidar com aquilo.

Olhei para todas as travessas e bandejas dispostas pela mesa. Nesse ponto já não conseguia mais aguentar a ideia de desistir de tudo logo. Eu não tinha conseguido dar nenhuma mordida na minha comida. Como esperado, o duque e seus filhos nem faziam ideia do que acontecia comigo. Essa era a vida de Penelope.

— Hoje termina o festival — disse o duque enquanto tomava vinho. O almoço já tinha terminado e eu virei o centro das atenções. — Você não pretende ir?

— Não — afirmei, irritada e seca.

Penelope deveria sair no último dia do festival, mas eu não queria fazer isso. Principalmente, não queria ter que fazer mais alguma coisa para agradar o duque quando fui impossibilitada de comer todas aquelas coisas deliciosas que estavam bem na minha frente. Minha resposta indelicada atraiu a atenção de seus dois filhos.

"Que vida de cão."

O Único Destino dos Vilões é a Morte

Olhei novamente para o duque e completei com um sorriso fingido.
— Eu ainda estou em provação.
— *Tsc*, já faz um tempo que você usa tal palavra para falar da sua situação. — O duque estalou sua língua, insatisfeito com o que ouvira.
— É a primeira vez que vejo alguém se penalizar tanto por causa de um mero escravo — adicionou Reynold sarcasticamente.
Ninguém o respondeu, fingindo que nada tinha sido dito. De qualquer forma, eu não esperava que o repreendessem.
— Há outro motivo pelo qual chamei vocês para este almoço... — O duque finalmente contou o motivo de ter me chamado: — A competição de caça já está chegando.
"...Competição de caça?", ponderei sobre os eventos do jogo, por algum motivo não me ocorreu que tal evento fosse realmente existir.
— Este ano o evento será sediado na floresta ao norte do palácio. — Graciosamente repousando sua taça sobre a mesa, ele continuou: — Como vocês todos devem saber, essa competição é muito importante. O príncipe herdeiro decidiu soltar animais raros pela floresta. Tais animais representam áreas diferentes, os locais que foram conquistados durante a guerra estão inclusos.
— ...
— A visão daqueles que apoiam o príncipe herdeiro não são favoráveis. Em tempos como esses, nós deveríamos consolidar nosso status.
— ...
— Então, na reunião da nobreza que ocorreu na noite anterior, a família Eckhart expressou sua intenção de participar da caçada.
O que ele estava anunciando não dizia respeito a mim, então ouvi seu discurso sem prestar atenção e tentei me lembrar do que sabia sobre a tal "competição de caça" do jogo.

> O Império Eorka realiza uma competição de caça a cada trimestre. Com isso, ele impõe pressão sobre criaturas raras ou a escravos dos países derrotados por ele.

Capítulo 4

Essa foi a breve explicação que nos foi apresentada durante o modo normal. No entanto, Penelope secretamente colocou veneno na comida fazendo com que a heroína não conseguisse participar da competição. Em vez da mocinha participar do evento, ela fica em casa sob os cuidados de Eckles, conseguindo, portanto, subir sua afinidade. Depois disso, a filha angelical do duque que não podia concordar com tamanha crueldade por parte do império, convence o príncipe e a competição de caça desaparece para sempre. No fim da rota do príncipe herdeiro, Penelope é torturada horrivelmente por conta das atrocidades que cometeu. Sua tortura consistia em congelar seu coração de modo que ela não morresse e então lhe davam o mesmo veneno que ela tinha dado para a mocinha várias e várias vezes e com ele derretiam o rosto da vilã aos poucos.

"Uaaah!", arrepiei-me ao lembrar das ilustrações. Foi então que o duque se dirigiu a mim novamente:

— Penelope...

— Sim. Sim? — Eu não tinha ouvido nenhuma palavra do que ele havia dito até então, mas ainda assim concordei e respondi como uma tonta. Felizmente o homem não pareceu ligar.

— Foi realizada uma votação na reunião para remover seu banimento da competição.

— Banimento...?

— Exatamente. O que você acha? — Eu não podia responder sua questão tão rapidamente.

"Do que se trata isso?", não sabia o que Penelope tinha aprontado durante a última competição, senti-me inquieta.

Ainda hesitante, o duque indagou mais uma vez sobre minha intenção de participar:

— Se você disser que participará, então eu mandarei que arrumem seu equipamento também.

— Pai! — Foi então que – **blam!** – o rapaz de cabelos rosa se levantou gritando violentamente. — Essa maluca, não, essa garota fez o que fez ano passado e você pretende deixá-la participar de novo?!

O Único Destino dos Vilões é a Morte

— Reynold! — O duque estalou sua língua e chamou a atenção de seu filho.

— Quando penso nas garotas nobres reunindo-se e implorando para que essa vagabunda fosse trancada na masmorra em cada competição de caça...!

No entanto, apesar da desaprovação do duque, Reynold me encarou ferozmente e terminou de dizer o que pensava. Dava para ver seu ódio e desejo pela minha morte em seus olhos, o que me fez estremecer de medo, mas primeiro precisava entender o que tinha acontecido com Penelope.

— O que eu fiz?

— Você está perguntando por que realmente não sabe?

Por que perguntaria se soubesse...? Tive de me segurar para não devolver essas palavras a Reynold que me respondeu rudemente. Eu precisava ser paciente se quisesse saber a história inteira e a melhor maneira de fazer isso era o provocando de leve.

— Você pediu para as outras senhoritas fazerem uma competição usando uma besta, algo que elas normalmente não fariam nem podiam ligar menos.

A explicação que eu esperava veio de uma pessoa inesperada. Sua voz era calma, diferentemente de Reynold, e isso fez com que eu me virasse em sua direção. O homem continuou falando em tom baixo enquanto me olhava com seus olhos azuis:

— Pode ser que você já tenha se esquecido, mas por mais perigoso que fosse, você pegou sua arma e atirou na condessa Kellin e suas acompanhantes, que faziam uma festa do chá, como um chimpanzé selvagem e correu por todo o campo, no fim das contas, os guardas te capturaram como se fosse um dos animais disponíveis para caça.

— Então, o rumor de que alguém no ducado Eckhart estava treinando chimpanzés a atirarem com bestas se espalhou por toda a aristocracia. — Assim que Derrick terminou de contar o que havia acontecido, Reynold acrescentou com um sorriso frio e sarcástico.

Capítulo 4

"Droga...", fiquei sem palavras. Não havia como defender tamanha violência e confusão que Penelope cometera, mas ao mesmo tempo eu não estava nem surpresa e tampouco chocada. "Bom, levando em consideração que Penelope é a grande vilã do jogo, faz sentido ela fazer algo do tipo."

— Parem, tenho certeza de que ela já deve ter refletido o suficiente sobre isso.

Enquanto eu permanecia em silêncio, o duque repreendeu os dois rapazes que me fuzilaram cada vez mais. Sua ajuda não veio em má hora, embora eu já tivesse sido repreendida e humilhada. Assim que seus dois filhos ficaram quietos, o duque me olhou com seriedade e advertiu:

— Você tem consciência do peso do nome Eckhart, certo?

— Certamente. O senhor não se arrependerá de confiar em mim, meu pai — respondi prontamente. Eu podia ouvir o som de dentes rangendo vindo do outro lado da mesa.

— Perfeito. Isso era tudo o que eu tinha para falar — concluiu o duque, balançando levemente o sino que estava sobre a mesa. Com isso, as portas do salão se abriram e os empregados entraram no cômodo empurrando um carrinho. Era a sobremesa.

"Eu nem sequer comi, mas me pergunto que tipo de sobremesa será servida."

Olhei com rancor para os empregados que serviam uma bandeja diferente para cada um. Uma mulher de meia-idade chamada Donna era responsável pela cozinha da mansão há décadas, então a esse ponto ela já entendia perfeitamente os gostos de todos da família do duque.

Na frente do duque e de Derrick repousavam xícaras de chá-preto e de Reynold havia biscoitos feitos à mão; eu era a próxima. Não me importava com o que me fosse servido, afinal eu era uma formiguinha.

"O que é isso?", contudo não pude deixar de franzir meu rosto ao ver o prato em minha frente – era um pudim macio de leite.

— *Pffft*!

O Único Destino dos Vilões é a Morte

A mulher que servia minha sobremesa e juntava os pratos riu ao ver meus talheres limpos, sem nenhum sinal de uso. O som de sua risada foi tão baixo que apenas eu pude ouvir. Nossos olhos se encontraram, seu olhar transbordava de regozijo.

"Ora, ora... então você quer brincar?"

Deixei que a menor das minhas colheres caísse no chão antes que a senhora deixasse o cômodo.

Tling – o choque entre o chão de mármore e o talher de prata fez com que um som alto ecoasse pela sala, naturalmente todos ali presentes me encararam.

— Oh! Me desculpe, minha mão escorregou.

— ...

— Você poderia pegar para mim? — Pisquei para o chão, me desculpando pelo barulho.

Donna permaneceu calma mesmo com minha ação repentina. Não podendo fazer nada sobre isso, ela agiu como se já estivesse familiarizada com aquilo.

— Mas é claro. Não se preocupe, senhorita.

Se eu fosse a Penelope de antes já teria jogado os talheres na cara dela e ido embora, não é mesmo?

"Não."

A moça que conheci pelas histórias do mordomo participava das refeições da família sem ao menos ser convidada. Em outras palavras, mesmo depois de tanto tempo eles não tinham uma desculpa para mantê-la longe. Ali eles tinham conversas agradáveis e familiares, exceto por Penelope que deve ter sentado e ficado calada enquanto os ouvia interagir, quem sabe o quanto ela teve que se segurar para lidar com toda a miséria e negligência que sofreu.

No entanto, se o duque não gostasse de seu comportamento sobre os talheres ou qualquer outra coisa, era certo que ele nunca mais permitiria que ela participasse das refeições no salão. Penelope com certeza sabia

Capítulo 4

bem disso, logo suportou desesperadamente toda a fome e ira que pairavam sobre si. Se ela nem sequer pudesse participar desse tipo de evento, então não poderia nem sequer ser considerada da "família".

"Mas eu não sou ela", pensei, ao olhar para Donna cujo rosto estava tão inexpressivo a ponto de parecer que nada tinha ocorrido. Então...
Tling!

— Céus! Desculpe, escorregou de novo.

A segunda menor colherzinha caiu na frente de Donna que tinha acabado de levantar. A atenção de todos se voltou novamente para mim. O duque soltou um "*tsc*" com sua língua em desaprovação.

— O que aconteceu para você estar tão estabanada hoje?

— Me desculpe. O pudim é tão macio que a colher continua caindo — respondi dando de ombros. Os olhos azuis de Derrick estavam fixos em mim, bem como os de Reynold.

— Não faz mal, senhorita. — Sem nenhuma queixa, Donna pegou a segunda colher que eu derrubei ao seu lado. — Bom, tenha uma ótima... — Quando ela se despedia e se levantava...

Tling – joguei minha última colher no chão.

— Penelope Eckhart! — Tanto a voz quanto o rosto do duque se enrijeceram.

— Há... O que pensa que está fazendo? — Reynold riu como se estivesse estupefato e, ao seu lado, Derrick me olhava com o cenho franzido.

Os números sobre suas cabeças começaram a brilhar. **Vromp** – eu me levantei, fazendo um ruído feio com minha cadeira.

— Infelizmente minhas colheres acabaram, então creio que não poderei comer a sobremesa com vocês.

— Sente-se.

— Se o senhor já terminou de falar tudo o que queria, então me retirarei para meu quarto. — A cada palavra minha, o rosto do duque ficava mais furioso.

— Qual o sentido de fazer isso em um almoço em família depois de tanto tempo?

O Único Destino dos Vilões é a Morte

— Eu continuo faminta, pai — afirmei exageradamente enquanto segurava minha barriga.

Os olhos do duque e de seus filhos se contraíram com minhas palavras que pareciam absurdas.

— ...Como?

— Quando se trata de usar talheres, eu sou tão ruim quanto uma criança de três anos, então não consegui comer nada hoje.

E, exatamente como uma criança de verdade, eu os olhei com uma expressão manhosa. Na mesa, intocada, minha comida ainda não havia esfriado.

"Se subir assim para o meu quarto, toda a culpa recairá sobre os funcionários e eu não terei nada a ver com a situação chata. A estúpida da Penelope deveria ter feito o mesmo, deixando seus subordinados em maus lençóis todas as vezes."

— Não é mesmo, senhora? — Sorri inocentemente enquanto questionava Donna.

— S-senhorita...

Em segundos, seu rosto foi de vermelho para branco. Era engraçado ver toda a sua confiança e prazer sumirem subitamente. Um silêncio mortal se instalou pela sala de jantar, meu prato principal intocado e talheres tão pequenos que pareciam de brinquedo. Fora isso, os outros pratos estavam tão brancos que pareciam ter sido lavados há poucos instantes. Mesmo sem olhar para os outros, eu sabia muito bem onde seus olhos repousavam.

— Então, com sua licença, eu vou me retirar e pedirei que Emily faça um sanduíche para mim. Creio que assim consiga comer, afinal poderei usar minhas mãos.

— ...

— Aproveitem a sobremesa, pai, irmãos.

Dessa vez ninguém me impediu de sair. Depois de finalmente deixar o salão de jantar, eu morri de rir: "Então nós ameaçamos vários nobres usando uma besta...?! Hahaha!"

Capítulo 4

Não era engraçado? Uma mulher tão ousada e impiedosa como Penelope não tinha coragem o suficiente para fazer algo como isso: se impor na frente de seu pai e irmãos adotivos. No entanto, eu não era a pessoa certa para rir de sua situação. Não, eu me sentia mal por ela ter tido que sentar ali e aturar sua fome por tanto tempo. Era de dar dó.

Subi direto para meu quarto, peguei o livro que estava lendo da prateleira e me sentei em minha mesa. Mesmo tendo saído do salão de jantar com tanta confiança dizendo que estava com fome, na verdade estava sem apetite. Honestamente estava mais preocupada em como isso afetaria a afinidade dos irmãos do que qualquer outra coisa.

"Quando saí nada parecia ter mudado...", minha inquietação não passava, pois na hora eu estava tão focada no duque e na empregada que só pude olhar os rapazes de relance. "Não é possível que fosse perder pontos por ter jogado uma colher no chão, não é mesmo? Até porque eu estava certa...", pensei, decidindo encarar isso positivamente.

— Mesmo que tenha caído um pouquinho, não tem problema.

A afinidade deles não era tão importante visto que os risquei da minha lista. "Isto é, contanto que estivessem acima de zero para que não morresse", eu me esforçava ao máximo para me concentrar no livro e não me preocupar muito com isso quando – ***toc, toc*** – alguém bateu em minha porta e logo se identificou:

— Senhorita, sou eu.
— Pode entrar.

Por ser Emily, eu permiti sua entrada de bom grado. Abrindo a porta, ela cuidadosamente entrou, segurando uma bandeja coberta.

— Ah, você está lendo?
— O que é isso?

Com minha indagação, ela colocou a bandeja na mesa e retirou sua tampa. Uma sopa fumegante, carne e sanduíches estavam muito bem-organizados dentro do recipiente. Fiz uma careta assim que vi aquilo. A carne era a mesma do jantar.

O Único Destino dos Vilões é a Morte

— Está tudo fresco, senhorita. O duque pessoalmente ordenou que lhe preparassem isto — ela me contou, talvez por ter ouvido sobre o ocorrido e ter percebido minha careta. — Ah, e o mordomo pediu que eu lhe trouxesse este frasco… — Era uma pequena garrafa que continha remédio para digestão.

— Obrigada, mas não quero comer. Pode levar.

Feliz ou infelizmente, eu não tinha comido nada, portanto, meu estômago permanecia do mesmo jeito que estava de manhã. Ao ouvir minhas ordens, Emily fez uma cara de choro.

— Eu fiquei sabendo que a senhorita disse ansiar por sanduíches. Você deve estar com fome, por favor, coma.

— Está tudo bem. Já comi hoje cedo.

— Mas a senhorita não fez nenhuma refeição decente durante o dia inteiro. Só um pouqui-…

— Nem hoje, nem dia algum. — Joguei meu livro, irritada. — Diga, dentre todas as comidas que você já me trouxe, qual delas pode ser considerada como uma refeição digna de alguém da aristocracia?

— S-senhorita… — Emily ficou desolada com minhas palavras duras.

Eu sabia que aquilo não fazia sentido. Eu não deveria descontar minha raiva nela que, nos últimos tempos, tinha me sido tão boa e útil quanto poderia ser. Não era como se eu estivesse insatisfeita com as refeições de um ou dois acompanhamentos que ela me trazia e claro que também não estava brava sobre as sobremesas. Era graças à Emily que eu não passava fome. Contudo, a minha situação… Não, a situação que Penelope teve que aguentar ainda me irritava.

— Não fique aí parada segurando isso e vá. Não quero ver seu rosto neste momento.

Finalmente, ela pegou a bandeja e deixou o quarto com uma expressão sombria. Mesmo que achasse ter pegado pesado demais com alguém que estava pura e simplesmente preocupada comigo, eu não consegui sentir remorso.

Capítulo 4

Abri o livro novamente tentando acalmar as emoções que borbulhavam dentro de mim desde que deixei a sala de jantar, porém logo o joguei longe novamente.

— Que irritante.

Levantei-me da escrivaninha e me joguei na cama que ficava logo à sua frente. Eu podia ver o teto do quarto luxuoso e antiquado. A ideia de a dona do quarto não conseguir nem comer direito soou engraçada, parecendo que o cômodo a embalava.

— ...Por que tinha que vir até aqui para passar por isso? — eu, que realmente não conseguia entender o motivo de estar ali, murmurei para mim mesma.

Se alguém diferente de mim fosse abduzida por esse jogo, provavelmente ficaria feliz ao ver esse quarto luxuoso e espaçoso com tantas decorações suntuosas. Já eu não era facilmente impressionada por essas coisas, provavelmente isso era devido à minha vida na casa pomposa de meu pai. Ironicamente, mesmo tendo um quarto tão impressionante, ainda precisava me preocupar com o que comeria no dia seguinte.

Depois que o desgraçado do meu segundo meio-irmão se formou, o bullying que eu sofria na escola alcançou seu auge. Era comum que furassem a fila na minha frente e eu acabasse comendo as sobras, isso sem falar de quando esbarravam em mim de propósito para que minha comida respingasse na minha roupa ou até caísse no chão. Mesmo depois de passar o dia inteiro faminta, eu não podia comer nada assim que chegava em casa, isso porque meu pai e irmãos tinham o costume de jantar em família e, claro, eu não estava inclusa.

"Onde estava meu orgulho...?"

Só depois de finalmente escapar que percebi quão tola era. Eu ao menos deveria ter comido o suficiente. Diferentemente de Penelope que tem uma empregada para cuidar dela, eu não tinha ninguém. A mulher que trabalhava em casa ia embora assim que terminava de lavar os pratos dos donos da casa. Lembrava-me de ficar deitada em meu quarto segurando meu estômago dolorido até que os homens terminassem de

O Único Destino dos Vilões é a Morte

comer e fossem para seus quartos, só então que descia e misturava a sopa fria com o arroz e os restos dos acompanhamentos em uma tigela e os comia com pressa. Muitas vezes tinha que raspar os potes com uma colher para conseguir alguma coisa para enfiar goela abaixo. Contudo, boa parte das vezes acabava cuspindo ou passando mal.

— Urgh!

Os restos tinham um gosto horrível. Era uma mistura de vinagre com sal, açúcar, pimenta, caldo de peixe e outras coisas desconhecidas – obra do segundo irmão.

— *Essa maldita parece um mendigo. Ei, por que você está se esgueirando para comer nossas coisas que nem uma ratazana?*

Às vezes o desgraçado se escondia para me assistir comendo as nojeiras que ele fazia com os restos e ria cruelmente. Assim, até sair daquela maldita casa sofri de má nutrição e problemas gástricos crônicos.

— ...Eu realmente agia como um pedinte.

Ao relembrar o passado, sorri desolada. Pensei que a situação atual de "falsa senhorita", que a princípio julgava ser tão ruim quanto minha situação antiga, era na verdade muito melhor.

— Chega disso, está tudo no passado.

Pulei da cama. Em momentos como esse o melhor a se fazer era mover o corpo, ficar parada sem fazer nada só traria pensamentos negativos. Peguei um xale e sai do quarto para caminhar.

— ...Senhorita.

Nos corredores que davam para a escada, acabei me encontrando com o mordomo.

— Aonde você está indo? — perguntou ele com espanto.

— Para fora de casa.

Capítulo 4

—Vai assistir aos fogos em East Hill?

— ...East Hill? — Mal terminei de perguntar e a memória do lugar já me veio à mente. Era aquela colina onde Derrick havia me levado há pouco tempo.

Penelope deveria ir assistir a queima de fogos no último dia de todos os festivais, conclui, entendendo a pergunta do duque naquele almoço.

— Não. — Balancei minha cabeça. Eu não era romântica o suficiente para ir até lá só para ver os fogos.

— O que aconteceu com a senhorita este...?

— Estou incomodada.

O mordomo fez uma careta estranha. Deveria ser um tanto quanto esquisito ver alguém que cresceu fazendo algo todos os anos mudar tanto e tão abruptamente. Mas isso não importava, mulheres más tendem a ser fervorosas como se seus caprichos fossem as únicas coisas importantes no mundo.

— O encerramento do festival será grandioso este ano, estão celebrando a vitória na...

— Os fogos serão visíveis de todos os lugares.

Não entendia o motivo de ele estar tentando me convencer. Encará-lo era completamente desconfortável, já que ele também estava presente durante o almoço.

— Então, se você me dá licença.

— Senhorita Penelope...

Mesmo tendo me apressado para descer as escadas, a urgência em sua voz fez com que eu parasse no meio do caminho.

— ...Sim? — Olhei-o.

O velho mordomo hesitou por um tempo até que, enfim, abriu sua boca:

— ...Estou voltando do sótão. O duque ordenou que eu o arrumasse.

— ...

— Estava indo notificá-la sobre isso.

O Único Destino dos Vilões é a Morte

— A mim? — Questionei-me sobre o motivo do mordomo me informar aquilo. A passagem para o sótão ficava no fim do corredor do terceiro andar, ou seja, eu nunca tinha estado lá. — Por quê?

— ...A senhorita não costumava frequentar lá quando era criança? No seu primeiro ano de estadia na mansão você assistiu os fogos pela janela do sótão.

— ...

— O duque provavelmente se lembrou disso e mandou que eu o arrumasse para a senhorita, já que...

— Você deveria ir direto ao ponto, mordomo — cortei-o friamente e ri sarcasticamente. — Durante todos esses anos eu estive em uma posição onde, mesmo se quisesse ir lá, não podia. Isso, claro, devido a um certo alguém que se sentia incomodado com a minha presença no terceiro andar, fazendo com que ele fosse trancado e minha presença no sótão, restringida.

O senhorzinho se calou imediatamente. Eu não teria sido tão agressiva assim se estivesse em dia normal, mas o mordomo infelizmente me pegou em uma hora ruim, afinal estava saindo justamente para me acalmar depois de viver uma situação tão desconfortável que se assemelhava muito com minha vida antiga.

— ...Donna foi demitida imediatamente, senhorita. — Ele voltou a falar, seu olhar era obscuro e sua testa estava franzida. — O duque ficou tão furioso que a expulsou com uma mão na frente e outra atrás, sem nem um centavo de indenização.

— ...

— Mesmo tendo trabalhado por muitos anos na mansão, por ser de uma família decaída, essa era a maior punição que ela poderia receber.

Eu arregalei meus olhos com a notícia inesperada. O mordomo continuou a me contar:

— Porém o mestre Derrick foi ainda mais longe e queimou o contrato dela e todas as cartas de recomendação, assim ela nunca mais poderá arrumar um emprego na aristocracia.

Capítulo 4

— E? Eu deveria estar comemorando e fazendo brindes por isso? — questionei com um tom gélido.

É verdade que estava surpresa, mas isso estava longe de ser uma história prazerosa de se ouvir. Por que ele não tinha agido para resolver um problema tão besta como aquele? "Onde estão as medidas preventivas e punitivas desta casa? Só de pensar em como Penelope foi abusada por Emily no passado e ele permaneceu quieto...", quando pensei em Derrick, eu me senti ainda mais ridícula.

—Você não precisa me informar sobre essas coisas. De qualquer forma, isso não é responsabilidade minha.

— O duque passou o dia inteiro com o coração em pedaços. Ele parecia preocupado com você estar pulando muitas refeições.

O que ele esperava que eu fizesse? Engoli meu orgulho e respondi a contragosto com os cantos dos lábios forçados para cima:

— Se eu for para o salão de jantar agora e comer algo, você acha que meu pai se sentirá melhor?

— Senhorita.

Foi então que, de repente...

— Tudo o que aconteceu hoje foi culpa minha. — O mordomo se curvou profundamente na minha frente, ao que arregalei meus olhos. — Meu maior erro foi não ter prestado atenção suficiente e lhe servido adequadamente sob o pretexto de estar ocupado com os outros mestres. Se for de sua vontade, me puna separadamente. Eu prometo que não direi a ninguém e aceitarei seu julgamento de bom grado.

— ...

— Mas... Por favor, senhorita. Você poderia aceitar a sinceridade e boa vontade do duque? — continuou ele, sem levantar a cabeça. — Depois que você deixou o salão de jantar daquela forma, o duque pensou muito em como poderia acabar com sua tristeza. Ele ficou se lembrando de como você era quando criança durante horas.

— ...

O Único Destino dos Vilões é a Morte

— A senhorita deve saber quão raro e difícil é para o duque revogar uma ordem que já foi dada uma vez.

O que o mordomo disse era verdade. Já fazia seis anos desde que as portas do terceiro andar foram trancadas, banindo Penelope de entrar lá. Isso tudo por causa de uma pequena comoção que aconteceu pouco depois de ela ser adotada pela família Eckhart. De fato, para ele revogar tal ordem, o duque deve ter sofrido um grande choque – em vários sentidos – ao ver sua filha adotada mostrar seu coração quebrado e o abuso que vinha sofrendo há tanto tempo.

O mordomo olhou para mim, que estava perdida em pensamentos, e esperando ainda haver esperança, se curvou ainda mais e abriu sua boca novamente:

— Este velho abriu o terceiro andar fechado e fez com que ele fosse limpo. O sótão foi arrumado com todo o coração, então, apenas relaxe e aproveite, minha senhorita.

— ...

Embasbacada, olhei para o mordomo ainda sem uma resposta. Se não fosse eu quem estivesse ali naquele momento, mas a verdadeira Penelope, tinha certeza de que ela estaria radiante de tanta felicidade.

Uma das pessoas culpadas pelos maus-tratos que ela sofria foi demitida e ela tinha conseguido chamar a atenção de sua família. Quão satisfeita Penelope não ficaria nessa situação ao ver o mordomo, que sempre a ignorou, se curvando diretamente para ela? Mas... "Agora é tarde", eu não era Penelope. Por que ele não disse isso para ela ao menos uma vez antes de eu parar nesse corpo? Se isso tivesse acontecido, aquela garota tola teria desculpado tudo, diferentemente de mim. "Agora é tarde demais."

Naquele momento, as pupilas do mordomo se dilataram ao encontrar meu rosto contorcido.

— S-senhorita...? — o homem, inquieto, se ergueu novamente.

— ...Claro. Como eu poderia ignorar a sinceridade de meu querido pai? — retorqui, arrumando minha expressão facial em instantes. —

Capítulo 4

Como lhe disse, eu estava saindo para dar uma volta, então não seria uma má ideia ir até o sótão depois de tanto tempo.

Quando parecia que o senhorzinho ia chorar, eu retornei à antiga Penelope arrogante e ordenei:

— Me leve até lá.

O terceiro andar não parecia estar completamente aberto. Ao atravessar o corredor, vi uma grande porta dupla trancada firmemente com correntes um cadeado enorme em volta dela.

"Hmm... esse deve ser o quarto da filha."

O quarto de Penelope era muito bom, mas só de olhar para o tamanho da porta dos aposentos da "verdadeira senhorita", já se percebia a diferença gritante. De qualquer forma, aquilo não era nem ofensivo nem aborrecedor.

"Como uma filha adotada e uma de sangue poderiam ser tratadas igualmente? É bom que eu saiba meu lugar."

Ao passar na frente do quarto, o mordomo me olhou com interesse. Naturalmente, eu não esbocei reação alguma. Quando abri a pequena porta no fim do corredor, me deparei com uma escada de pedra em espiral. Aparentemente, ali era um bastilhão que fora construído para caso invadissem a mansão, no entanto, diferentemente do restante da casa, o lugar estava terrivelmente malconservado – provavelmente devido à falta de uso do local.

— Tome cuidado com a escada, senhorita, os degraus são altos — alertou o mordomo, subindo na minha frente.

Eu segurei minha saia e subi as escadas com cuidado em direção ao sótão que ficava no topo de uma torre antiga e estreita.

"Definitivamente se parece com um esconderijo de criança."

Subimos a escada em espiral infinitamente. Sempre que chegava, seu fim não estava nem perto de ser visto. Depois de um longuíssimo tempo, a escadaria terminou e uma porta antiga podia ser vista.

O Único Destino dos Vilões é a Morte

O mordomo abriu a porta com familiaridade e entrou.

Eu honestamente não tinha muitas expectativas, mesmo sendo um sótão, aquele lugar deveria estar sendo usado como depósito e as coisas com certeza tinham sido removidas grosseiramente há algumas horas.

"Oh."

Entretanto, o lugar em que eu entrara era surpreendentemente agradável. Parecia um pequeno escritório, de um lado do cômodo havia uma estante coberta de livros e do outro havia um sofá aconchegante próximo à lareira. Uma janela redonda enorme se estendia pela parede central, ela estava levemente aberta o que permitiu que uma brisa fresca fizesse cócegas na ponta de meu nariz.

— Você gostou, senhorita? — O mordomo me observava satisfeito ao ver minha expressão ao olhar em volta.

— É legalzinho — respondi, me contendo.

— Posso lhe trazer alguns refrescos?

— Não é preciso. Em vez disso, gostaria de ficar aqui até o fim do dia.

— Mas é claro. O duque já lhe deu permissão ficar o quanto quiser.

Eu estava encantada. Sentindo-me melhor, disse ao mordomo com uma voz mais carinhosa:

— Obrigada por me trazer aqui, Pennel.

— Não foi nada. Por favor, fique à vontade e descanse, senhorita — respondeu ele, curvando-se e deixando o cômodo logo em seguida.

Eu andei lentamente pelo sótão enquanto olhava seu interior quieto e confortável.

"Penelope merecia ter um lugar como este."

Confortável e isolado – ali era o lugar perfeito para uma criança recém-adotada por um duque se esconder de todo o ódio gratuito que recebia. Eu parei na frente da janela e espiei lá fora. O território do duque era enorme, no entanto as ruas da cidade não eram tão visíveis quanto quando segui Derrick pela colina algum tempo atrás. Não havia prédios muito altos por ali, então observar o vasto céu se estendendo por toda a paisagem era algo magnífico.

Capítulo 4

Deixei o sofá repleto de cobertores e me afundei no chão em frente ao parapeito da janela. O sol estava se pondo lentamente do lado de fora, e eu estava olhando fixamente para o horizonte, onde o pôr do sol vermelho tremulava.

Cleck – de repente, ouvi algo atrás das minhas costas.

— O que foi isso?

Assim que a porta se abriu, meus olhos se encontraram com os de um rapaz de cabelos rosa.

— Por que você está aqui?

Depois de assimilar que era eu quem estava no sótão, Reynold me olhou com desprezo.

"*Tsc*, e você acha que eu estou feliz em te ver?"

— O mordomo me trouxe aqui — respondi calmamente ao olhar para o topo de sua cabeça.

— Não estou falando disso... — Reynold olhou para mim de cima a baixo e zombou: — Você não está banida do terceiro andar?

"Céus! De quem será a culpa disso?"

— Minha proibição foi revogada por hoje, nosso pai me deu permissão — repliquei com um sorriso tímido e falso perante aquela sensação de injustiça.

— Ah! Então foi por isso que, do nada, ele me perguntou sobre o sótão que nunca uso...

— Então, o que te traz aqui?

— Diferentemente de uma idiota aí, eu não estou banido. — Ele entrou sarcasticamente na sala.

Sua aparência me fez franzir o cenho, não queria ser perturbada pelo convidado indesejado no meu tempo sozinha e fiquei morrendo de raiva.

— Eu cheguei primeiro. — Com isso, estava dizendo para ele ficar longe do meu assento, mas de qualquer forma ele não era o tipo de homem obediente.

— Falou alguma coisa? — Sem hesitar, Reynold adentrou o sótão, deitou-se no sofá macio e olhou para mim com olhos lânguidos fingidos.

O Único Destino dos Vilões é a Morte

—Você está sentada no chão. Engraçado, esse parece ser o lugar perfeito para você.

— Por que você está aqui em vez de ficar em seu quarto?

— Porque é o que o segundo jovem mestre da casa quer.

"Cara, que...", minha mão tremia. Eu queria encher a cara daquele desgraçado egoísta de sopapos, mas desesperadamente me segurei. "10% de afinidade, 10% de afinidade...", respirei fundo, repetindo para mim mesma. Eu só tinha 10% com ele e a única saída era mantê-los.

Tentando ignorar Reynold, eu me concentrei na vista da janela novamente. Mas é claro que ele não me deixaria em paz:

— O que você está fazendo aí sentada que nem uma pedra?

— Não se preocupe, só verei os fogos e já irei para o meu quarto.

— Que pena. Não dá para ver o campo de treinamento daqui. — Ele riu enquanto dizia bobagens. — É o último dia do festival então todo mundo foi dispensado cedo. Quer dizer, tem aquele escravinho que você trouxe para cá, aquele idiota ainda deve estar balançando sua espadinha de madeira.

— ...Como é? — Minha mente ficou em branco como se tivesse ouvido algo que não deveria. Eu lentamente virei minha cabeça em sua direção. — ...O que isso quer dizer?

— Literalmente o que você ouviu. Aquele trouxa deve estar sozinho, treinando à exaustão. — Reynold riu enquanto respondia com ar de sabichão.

Eu fiquei sem palavras e gaguejei por um tempo até me recuperar.

— ...Por quê?

— Porque eu mandei.

"Seu filho da puta maluco!"

Plof, ploft – eu pude ouvir a afinidade de Eckles caindo. O que diabos estava acontecendo com ele durante o tempo que eu não estava olhando?

"Não, não! Não pode ser!", pulei do lugar em que estava sentada e me atirei em direção à porta. Precisava checar com meus próprios olhos a situação da sua afinidade. Quando estava quase saindo... ***Plaft!***

Capítulo 4

—Você está indo ver aquele maldito?

Algo agarrou meu pulso rudemente e adoráveis cabelos cor-de-rosa se esvoaçaram na minha frente. Antes mesmo que percebesse, Reynold se levantou e me segurava. Nervosa, eu fiz uma careta.

— Me solta.

—Já é tarde demais. Desde o momento em que você o trouxe para cá ele está sob minha supervisão — disse Reynold de um jeito brincalhão, piscando. Isso fez meus olhos ficaram embaçados de ódio.

— Aff... — suspirei enquanto o fazia me soltar à força. — Por que você é sempre tão infantil? Ora, seja mais gentil — falei nervosa.

— Cara, ouvir isso de você é realmente medonho.

Ele apertou meu braço ainda mais forte. Espiei a "Afinidade: 10%" no topo de sua cabeça me perguntando o que tinha de errado com ele.

"Será que ele comeu algo estragado?", mesmo eu não tendo conseguido comer nada, o almoço desse dia certamente estava uma delícia. Em outras palavras, não tinha nenhum motivo para ele estar agindo daquela forma. Claro, ele sempre agia assim quando me encontrava, mas nesse dia estava excepcionalmente pior.

— Se você não gosta do fato de eu estar aqui, então é só dizer.

— ...

— Eu lhe darei espaço — disse suspirando.

A única coisa que tinha me acontecido era mais sofrimento e incômodo. Certamente ganhava mais o evitando. "Só me fala logo para sumir daqui e eu saio em silêncio", pensei, quieta enquanto esperava por sua resposta.

—Você não tem consciência?

— ...Hã?

— Como você se atreve a se arrastar até aqui?

— ...Haha! — Eu não tive alternativa senão rir.

"Ele parece uma sogra repreendendo a nora que ela detesta."

Minha intenção não era rir de Reynold, contudo foi o que pareceu e, ao ouvir minha risada, uma faísca brilhou em seus olhos. Eu rapidamente abaixei minha cabeça evitando contato visual com ele.

O Único Destino dos Vilões é a Morte

— ...O que você quer dizer com isso?

— Ultimamente você tem feito coisas que não são típicas de si e tem passado tanto tempo trancada em seu quarto, que eu cheguei a pensar que finalmente tinha tomado juízo... Eu só podia estar louco.

— ...

— É verdade que essa vadiazinha sem-vergonha até que mudou um pouco, mas...

Eu segurei meu suspiro. Não sei por que precisava aguentar esse cara quando tinha ido ali justamente para me desestressar. Depois de descontar toda a minha raiva na conversa com o mordomo mais cedo, ter esse tipo de interação com Reynold só me deixava cansada e sobrecarregada. Fora o príncipe herdeiro, ele era a maior bomba relógio do jogo e deveria ser evitado o máximo possível. Cansada, apaziguei-o com uma voz doce:

— Reynold, chega de rodeios e diga logo o que quer falar. Por que você está agindo assim do nada...?

— Você não veio aqui para fazer outro pedido enquanto assiste aos fogos, hein? — concluiu ele, antes mesmo que terminasse. — "Por favor, que Ivonne nunca mais venha para casa", não?

— ...

— "Eu desejo que ela desapareça para sempre ou morra."

— ...

— Foi o pedido que você fez enquanto via os fogos de artifício aqui há seis anos, mesmo sabendo que era o aniversário de sumiço da minha irmã. — O rosto de Reynold ficou vermelho, refletindo a luz do pôr do sol que se infiltrava pela janela. Ele ria, furioso. Seus olhos estavam deslumbrantes.

"Penelope fez isso?", minha única reação possível foi encará-lo sem acreditar. Eu não fazia ideia de que a filha do duque tinha desaparecido no último dia do festival... Parando para pensar, acho que tinha lido algo sobre isso no prólogo da história, mas não dei muita atenção, já que não era relevante para o desenvolver dos acontecimentos.

Capítulo 4

"...Você passou de uma plebeia comum a uma senhorita nobre do dia para noite, então desejou que a verdadeira filha da casa nunca retornasse, hein?"

De qualquer forma, por estar no lugar de Penelope me convenci de que aquela história era verdadeira. Para mim, era ainda mais fácil de entender sua posição, já que também tinha me tornado a filha de uma família rica do mais absoluto nada. Entretanto, o segundo irmão da protagonista, Reynold, parecia odiar o fato dela continuar subindo ao sótão várias e várias vezes, visto o que ela tinha feito lá no passado.

— Como você se sente? Mesmo depois de seis anos, você continua ocupando o lugar da Ivonne. Parece que seu desejo foi realizado, não é mesmo?

O ímpeto de Reynold era aterrorizante o suficiente para acreditar que um final ruim havia sido ativado. Vendo-o me encarando como se fosse me matar fez com que eu escolhesse cuidadosamente o que diria em seguida.

"O que eu poderia dizer para não irritá-lo ainda mais?", no trágico aniversário do desaparecimento de sua única irmã, ele ainda teve que ouvir a garota travessa que tomou seu lugar dizendo coisas tão cruéis... "Se me comportar como a Penelope de verdade ficarei em apuros."

Enquanto pensava, revirei os olhos verificando se havia algo ao meu redor que pudesse me matar. Nenhum objeto pontiagudo podia ser visto em todo o sótão. Contudo, eu sabia que esse era um reflexo inútil. Se Reynold quisesse me matar, ele poderia me empurrar pela janela ou até mesmo me enforcar.

— ...Eu era muito jovem naquela época — falei com dificuldade.
— Desculpa. Eu lhe peço perdão. Tenho refletido muito sobre o meu comportamento de antes, então peço que você me desculpe.

— Tem refletido muito? Haha...— Reynold não parecia querer abrir mão de sua raiva mesmo depois de eu me desculpar com palavras tão bem selecionadas. — Certo. Está tudo no passado, então só me deixe lhe perguntar uma coisa...

O Único Destino dos Vilões é a Morte

— ...

— Por que você fez aquilo? Mesmo se Ivonne voltasse para casa, nós nunca iríamos te expulsar.

Sem dúvidas essa era a situação mais complicada que já tinha enfrentado desde que chegara ali. Nem mesmo pedir perdão funcionava. "O que deveria dizer agora?", já não sabia o que fazer, afinal eu não era a pessoa da cena que ele descreveu. Naquela hora, tudo o que eu conseguia fazer era suar como nunca.

— Anda, me responde.

— Desculpe. Eu não deveria ter vindo aqui, foi uma tolice de minha parte.

— Você não acha que diz "me desculpe" muito facilmente?

— ...Reynold.

— Meu pai não me disse o que você fez para conseguir reconquistá-lo. Vamos, me conte como você conseguiu seduzir um duque sendo tão jovem. Anda, eu quero aprender também.

A situação estava saindo do controle, sua barra de afinidade começou a brilhar perigosamente. Reynold me observava, não estava claro para mim se era o sol poente ou sua raiva que pintavam seus olhos de vermelho-sangue. Aquilo era completamente injusto e eu me sentia cada vez mais miserável, mas mesmo assim tentei agir racionalmente. Essa situação era perigosa o suficiente e, se não pudesse ser superada, teria que ser evitada a qualquer custo. Lentamente, voltei a abrir meus lábios:

— Eu sinto muito por ter me comportado dessa forma, eu era extremamente imatura e peço desculpas por isso. No entanto, não tenho nada a ver com o desaparecimento de sua irmã.

— ...

— Eu subi aqui hoje porque o mordomo pediu que viesse assistir os fogos de artifício. Como nosso pai deu permissão, passei um bom tempo aqui, mas já é hora de voltar.

— Que irritante. — O rapaz esfregou seus dedos nos ouvidos como se estivesse incomodado. — Por ter sido trazida como uma substituta da Ivonne, eu achei que você ao menos fosse boa em imitar.

Capítulo 4

A cada palavra dele eu orava mais fervorosamente, mas...

— Tudo o que você fez desde que chegou aqui foi criar um rumor ridículo sobre termos um chimpanzé atirador, além disso também trouxe um escravo sabe lá deus de onde e ainda manchou nossa reputação...

Se você fala o que quer...

— Por quanto tempo mais pretende ficar brincando na nossa mansão?

...Você ouve o que não quer.

O rosto de alguém se sobrepôs ao sorriso sádico de Reynold.

— *Por que tenho que ver essa pedinte em todos os cantos da minha casa?*

Uma voz autoritária ressoou em meus ouvidos. Eu nunca consegui dizer que também odiava ver a cara dele, tudo porque tinha medo de ser expulsa.

— ...Substituta?

Por que isso fez com que eu me lembrasse de um passado tão antigo?

— Quando foi que você me tratou como uma "substituta"? — Minha boca se moveu sozinha, como se o modo "Chimpanzé Atirador de Bestas" fosse ligado.

— Eu já peguei uma órfã nas ruas sem nem conhecer suas origens e a transformei em uma jovem duquesa, quão melhor você quer que eu a trate? Com uma princesa? Ou talvez você prefira ser tratada como a imperatriz? — vociferou Reynold que fingiu não ouvir minhas desculpas até então ao ouvir minha pergunta.

— Sim, me trate assim pelo menos uma vez.

— ...Como é?

— Quer saber? Se me tratar assim, quem sabe eu até mesmo não te faça o favor de imitar sua irmãzinha desaparecida — respondi com os dentes cerrados, sarcástica, e ri com uma expressão sádica.

Em contrapartida, o sorrisinho de Reynold sumiu de sua face. Eu podia sentir a temperatura do quarto caindo a cada minuto. Se nós tivéssemos uma briga dessas pouco tempo atrás, Reynold não hesitaria em me cortar no meio.

O Único Destino dos Vilões é a Morte

— Ei... — ele me chamou com uma voz suave e...

> Queda de afinidade de -2%

...Algo que me preocupava aconteceu.

— Cuidado com o que diz, se eu fosse você não seria tão rude. Como se atreve...

— Por quê? Já que estamos falando sobre isso, então é melhor deixar algumas coisas claras.

— Você...

— Aposto que você pensa que eu sou a única odiada nessa relação, não é mesmo?

A Penelope de doze anos apareceu na frente dos meus olhos. Eu sabia que não deveria continuar com isso, mas também não conseguia parar:

— Saiba que é recíproco. Se soubesse que teria que passar fome mesmo na casa de um duque, vocês poderiam até me implorar, mas eu nunca colocaria os pés neste lugar.

— Penelope Eckhart...

— Quer saber como seduzi o duque? É simples, eu não fiz nada. Eu só agi como uma mendiga o tempo todo, assim como você disse.

— Chega — Reynold me alertou sombriamente.

> Queda de afinidade de -1%

A pontuação tinha caído novamente. Ele parecia zangado, mas interiormente envergonhado. O privilégio de ser sarcástico e agir com desdém sempre tinha sido dele. Tenho certeza de que Penelope ficaria surpresa em vê-lo assim, afinal sempre que ele ficava irritado, corria para cima dela enquanto urrava de raiva. Talvez eu o tivesse surpreendido ao mudar meu pedido de desculpas e não ir contra o que meu coração dizia. De qualquer forma, já estava cansada e enjoada disso.

Capítulo 4

— Eu passei fome por dias a fio e nem sequer pude fazer um funeral para minha mãe por não ter dinheiro algum. Foi então que seu pai apareceu me chamando de filha e disse para eu ir com ele.

— ...

— Por acaso você já experimentou beber água da chuva ao lado de um cadáver?

A Penelope de doze anos que apareceu na minha frente lentamente se transformou em mim aos catorze anos.

— E sobras de outras pessoas? Você já misturou as sobras de tantas pessoas que só sentia gosto de lixo? Tudo porque não tinha dinheiro nem sequer para comprar um pão? Não, você nunca precisou fazer nada disso, não é mesmo?

— ...Você...

— Por que eu desejei que sua irmã nunca mais voltasse?

| Queda de afinidade de -1% |

| Afinidade: 4% |

Sua favorabilidade caiu instantaneamente. Era melhor eu calar a boca imediatamente e começar a implorar aos seus pés se não quisesse morrer.

— Eu tinha medo de voltar para aquela vida.

Mas em vez de fazer isso, decidi revelar o medo e o desespero que escondi por tantos anos. Porque Penelope fez isso naquela época e eu faria o mesmo.

— Eu estava assustada demais com a possibilidade de voltar a revirar o lixo dos outros todos os dias torcendo para achar algo comestível.

— ...Penelope.

— Pode falar. Eu estou ouvindo.

Reynold me chamou com uma voz abafada. Meu choro silencioso acabou, respirei fundo e o olhei. O medo de que sua favorabilidade caísse

O Único Destino dos Vilões é a Morte

e eu morresse logo desapareceu. Mesmo se morresse naquele instante, não teria arrependimentos. Tanto pela tola e estúpida da Penelope que cresceu perdida no meio de tanta raiva e desgosto quanto...

— Eu...

Passamos apenas um átimo de tempo em silêncio enquanto esperava pelo fim disso tudo. A pontuação brilhou como um flash.

> Afinidade: 7%

— E-eu...

O rosto de Reynold que não conseguia falar se endureceu. Era compreensível, por ter crescido em um ambiente superprotegido, ele nunca deve ter ouvido a história das vidas "inferiores" do império. Depois de uma longa pausa, o rapaz finalmente conseguiu prosseguir:

— ...Eu nunca imaginei que você tivesse passado por algo tão difícil.

Em um instante, a situação se inverteu. Foi uma sensação indescritível ver Reynold, assim como eu estava antes, suando e escolhendo com cuidado o que dizer.

— Parece ser o caso.

— ...Penelope.

— Você preferiu pensar que eu, a quem você geralmente despreza, era tão inteligente a ponto de seduzir o duque Eckhart aos doze anos para tomar o lugar de sua irmã mais nova.

— Isso...

— Nesse caso, espero que você tenha entendido a verdade agora. — O encarei com frieza e senti meu cérebro pinicar. — Saiba que quando você me acusou de ter roubado aquele colar estúpido, eu era apenas uma garotinha do campo que não sabia nem escrever.

Reynold abriu a boca para responder, mas fechou-a mecanicamente. Suas pupilas azuis estavam lentamente se tingindo pelo choque, mas nada disso fazia com que me sentisse revigorada. Foi então que...

Fiuuuuu... Pow!

Capítulo 4

Atrás do rapaz de cabelos rosas, um ruído altíssimo soou pelos céus e entrou no cômodo através da janela aberta. Durante nossa pequena guerra, o sol já havia se posto e a noite caíra. **Fiuuuuu... Pow! Pow!** – a queima de fogos tinha começado, colorindo o escuro céu noturno de forma majestosa. Nós dois nos olhávamos em silêncio.

Toda vez que as brasas rompiam no céu, o reflexo colorido substituía as sombras que se apossavam do rosto de Reynold, e então desapareciam novamente. Talvez fosse por causa disso, mas sua expressão me encarando pareceu um tanto quanto nauseante e, como se imitasse o espetáculo que acontecia lá fora, o topo de sua cabeça brilhou mais uma vez.

> Afinidade: 14%

Sua afinidade tinha aumentado consideravelmente. Concomitantemente, uma notificação apareceu na minha frente.

> \<Sistema\>
> O evento {Passear no festival com Reynold} foi completado com sucesso!
> Gostaria de receber a recompensa?
> [Sim] [Não]

"...Aff", olhei para a caixa de diálogo que apareceu do nada e em uma situação inapropriada e sorri desapontada. "Não importa se a afinidade caiu ou não, basta que as condições da missão sejam atendidas e você será bem-sucedido?"

Ainda assim, eu não podia recusar. Pressionei [Sim] com meus dentes rangendo.

> \<Sistema\>
> Recompensa obtida!
> Afinidade de {Reynold} +3%
> e {Besta} foram adquiridas.

O Único Destino dos Vilões é a Morte

Olhando para a crescente favorabilidade, senti a sensação de fúria desaparecer como uma brasa morrendo.

Pow! Fiuuuu… Pow! – diferentemente de mim, belas labaredas coloridas ainda dançavam janela afora.

— …Que estranho. Se eu for despejada desta casa, voltarei a ser uma simples plebeia — murmurei comigo mesma sob os estrondos dos fogos. — E, no entanto, você sempre faz parecer que eu sou pior que um pedinte ou um escravo.

O rosto trêmulo de Reynold foi completamente distorcido pela minha voz. Talvez tenha sido a partir desse ponto que comecei a imaginar minha vida depois de deixar o ducado. Eu o fitei por um momento, a última labareda em meus olhos se tornou cinza e então me virei.

— Penelo-…! — ele me chamou e tentou me segurar com um gesto desesperado. Eu deixei o sótão sem nenhuma intenção de olhar para trás.

Enquanto descia sozinha pelos degraus de pedra escuros, lembrei alternadamente da afinidade crescente de Reynold e daquele meu monólogo impulsivo.

> Afinidade: 17%

Com certeza foi um resultado generoso para alguém que estava preparada para morrer. Claro, tudo o que contei sobre o passado de Penelope era mentira.

"Eu só sei o que foi mostrado no jogo e ele não falava nada sobre seu passado…"

Disse que ela tomou água da chuva ao lado de um cadáver e até mesmo comeu a sobra das sobras. Só contei histórias miseráveis e infelizes que achei que deveriam ter acontecido…

Obviamente aquela não era a minha verdadeira história.

Capítulo 4

O restante das recompensas que recebi por completar a missão "Passear no festival com Reynold" só foram entregues um tempo depois disso.

Capítulo 5

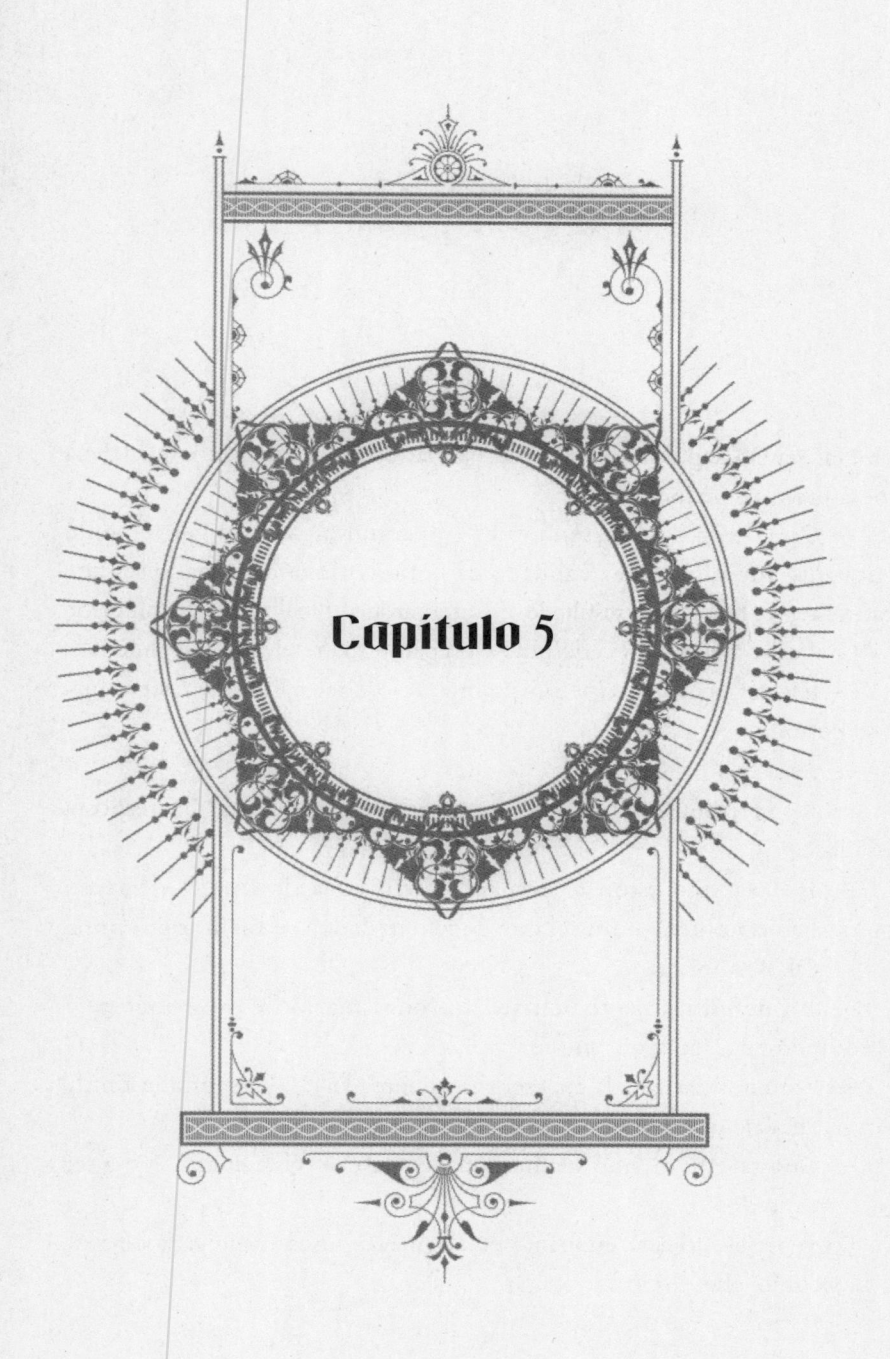

Capítulo 5

Na manhã seguinte, Emily me trouxe o desjejum e eu o tomei na mesa próxima à janela.

— Como está o sabor, senhorita? — perguntou a moça gentilmente enquanto me olhava. A qualidade da comida tinha melhorado significativamente. Esse era o resultado do meu árduo trabalho do dia anterior.

— O chef acordou mais cedo hoje e preparou sua refeição pessoalmente.

— Isso faz soar como se normalmente o chef não preparasse a minha comida.

— ...

Emily se calou e prendeu a respiração ao ouvir minha resposta afiada.

— Relaxa, não estou te culpando nem nada do tipo. — Abaixei meu garfo e a olhei. — Eu sei que você tem dado seu melhor por mim.

— Oh, senhorita!

— Eu definitivamente acharei um bom marido e você logo será recompensada por tudo que fez.

— E-eu nunca fiz nada para ser recompensada... — respondeu Emily emocionada, em lágrimas.

— Desista. Até mesmo sua humildade pode ser vista como algo a ser recompensado.

Logo depois do café, enquanto eu acalmava minha empregada pessoal, o mordomo-chefe veio me visitar.

Capítulo 5

— Me chamou, senhorita? — Ele se curvou educadamente no batente da porta.

Eu assenti, dizendo:

— Pode entrar.

— Com licença. — O senhorzinho caminhou cuidadosamente para o meu lado.

— Eu só queria agradecer por ontem. Obrigada por me levar ao sótão, certamente aproveitei bastante.

— Fico feliz que esse tenha sido o caso.

Ao sorrir para ele, que parecia tenso, seu rosto se alegrou.

— Você gostou dos fogos? Dessa vez eles começaram bem antes dos outros anos.

— É, claro...

Eu nem tive a oportunidade de ver os fogos por conta da briga com Reynold, mas não podia lhe dizer a verdade e quebrar sua expectativa.

— Sua Excelência disse que sempre que a senhorita quiser, as portas do sótão estarão abertas para te receber.

— Sério? Que ótima notícia!

Claro que eu não pretendia voltar lá, mas respondi fingindo entusiasmo. Depois disso, o mordomo me deu uma notícia chocante:

— O mestre Derrick também se certificou de que você possa almoçar junto a eles semp-...

— Bom, era só isso. Ah, eu também queria te perguntar algo — apressei-me para interrompê-lo, almoços em família estavam completamente banidos da minha vida.

— O que a senhorita...? — O mordomo parecia confuso.

Eu lhe perguntei algo que me incomodava desde a noite anterior:

— Como está Eckles? Acho que já perguntei isso antes, mas...

— Eckles... O escravo que você trouxe para a mansão?

— Escravo... — Meu rosto se enrijeceu ao ouvir tal palavra. — Você não se refere a ele assim na frente de outras pessoas, né?

O Único Destino dos Vilões é a Morte

— Oh, não. Claro que não, foi apenas um engano. Desculpe-me, senhorita. — O mordomo balançou sua cabeça desesperadamente ao ouvir meu questionamento.

Como ele foi tão gentil comigo no dia anterior, deixei isso passar.

— Onde Eckles está alojado?

— Ele está morando no dormitório usado pelos aprendizes ao lado do campo de treinamento do ducado.

— Qual instrutor lhe foi designado?

Os cavaleiros aprendizes que entravam para a cavalaria da família recebiam um professor para servir. Com base no que aconteceu no dia anterior, eu tinha um palpite de que o professor de Eckles fosse Reynold. Mas fiquei chocada com as palavras do mordomo.

— Ele não pode ter um instrutor, senhorita.

— O quê? Por quê?

— ...Ele não é um escravo? — O mordomo hesitou por um momento ao se lembrar da minha reação anterior. — Como a senhorita insistiu tão veementemente que ele se tornasse seu acompanhante, o jovem mestre o fez aprendiz da família, mas...

O que ele queria dizer é que isso era algo ainda mais impossível do que difícil.

— Aff... — Senti-me impotente e inclinei as costas na cadeira. O mordomo estava certo. Eu comprei Eckles no mercado de escravos e nada mudava esse fato. — Como faço para revogar sua escravidão?

Minha pergunta súbita deixou o mordomo perplexo.

— Existem duas maneiras, ou você compra uma nova identidade para ele ou ele tem que ser reconhecido por alguma habilidade incrível em seu trabalho, no entanto nenhuma delas é fácil de se conseguir.

— Por quê?

— Bom, ele é de um país derrotado.

Mais uma vez fiquei chocada ao perceber a notável diferença de status entre nós.

"Como Eckles se tornou um cavaleiro oficial no jogo?"

Capítulo 5

Tentei lembrar cuidadosamente de sua história:

> Eckles alcançou o status de "Mestre Espadachim" através de esforços exaustivos, mas devido à sua origem, ele teve que esconder sua identidade e ficar responsável pela escolta da falsa senhorita.
> No entanto, depois que a heroína aparece, Penelope não gosta da mocinha e começa a atormentá-la. Então, ele finalmente é reconhecido por sua contribuição ao encontrar evidências e deter a vilã que tentava matar a protagonista, escapando, portanto, da escravidão.

O destaque da rota de Eckles era quando ele fazia um juramento de lealdade à mulher na Cerimônia Secreta de Juramento do Cavaleiro, e a mocinha lhe dá a "Espada Anciã".

> Depois de matar a vilã, ele revela ser o mestre espadachim mais contemplado pelo duque e orgulhosamente acaba se tornando um dos cavaleiros pessoais do imperador.

Ao recordar sua história, eu fiz uma careta.

"Mas quando foi que ele se tornou mestre espadachim?"

Originalmente quem o trazia para a mansão era o duque. Por conta de suas habilidades e potencial incríveis, ele o adquire do comprador original do leilão. No entanto, mesmo que fosse extremamente talentoso, nunca conseguiria chegar ao nível de mestre espadachim sozinho.

"Então, o duque que já sabia da sua aptidão, deve tê-lo treinado o máximo que pôde...", ao pensar nisso congelei, "Se é esse o caso, então eu tô ferrada".

Depois de trazê-lo sob o pretexto de torná-lo meu guarda pessoal, eu simplesmente o larguei sozinho sem nem sequer me questionar se ele tinha ou não alguém para lhe instruir. Além disso, o bullying que provavelmente estava sofrendo...

O Único Destino dos Vilões é a Morte

— Céus, que insanidade. — Não pude deixar de me surpreender. Se eu fosse Eckles, já teria decidido me matar dezenas de vezes.

— S-senhorita? — O mordomo olhou para mim, cujo rosto de repente ficou nebuloso, de forma estranha.

— ...Mordomo. — Apertei meu estômago nauseado e perguntei — O você tem visto de Eckles ultimamente?

— Perdão? Em que sentido?

— Em todos os possíveis. Viu se ele tem treinado, se está se dando bem com os outros aprendizes, como ele tem se sentido... O que acha?

— Ele não mudou muito desde que chegou aqui, então não saberia dizer como se sente, mas aparentemente ele está bem — respondeu o senhorzinho como se estivesse ponderando sobre a situação do rapaz.

— Sério?

— É muito mais confortável viver aqui do que nas jaulas apertadas que mantêm os escravos sob custódia, então creio que ele deva estar verdadeiramente grato à senhorita.

Eu estava visivelmente mais tranquila ao ouvir a resposta do mordomo. Pela primeira vez depois de muito tempo, ele enfim tinha dito a coisa certa. Tinha visto com meus próprios olhos as jaulas que prendem os escravos na casa de leilões como se fossem animais.

"Sim, aqui é muito melhor do que naquele lugar", assenti, mas minha felicidade durou pouco.

— Claro que os outros aprendizes têm algumas reclamações...

— Que tipo de reclamações?

— Ouvi dizer que quando ele foi designado para um dormitório, houve um conflito sobre os outros não quererem compartilhar o quarto com um escravo.

— Como é?! — gritei enfurecida ao receber tal notícia.

— Mas isso era algo inevitável levando em consideração suas origens. A senhorita tem que levar em conta que os outros aprendizes são pessoas do nosso ducado.

Capítulo 5

O mordomo explicava calmamente o motivo de tal atitude, mas eu não ouvia nada. Minhas pupilas tremiam tanto quanto um terremoto.

"Merda!"

Estive tão ocupada com meus assuntos pessoais que nem imaginei que isso poderia estar acontecendo com Eckles. Se as coisas continuassem assim, eu morreria pelas suas mãos.

Rapidamente ordenei ao mordomo:

— Por favor, faça preparações para sair imediatamente.

— ...Sim? Que tipo de saída será?

— Compras.

— Ah. — O mordomo, que ficou surpreso com a observação repentina, soltou um som perplexo. Devo tê-lo respondido muito solenemente.

— Sim, senhorita.

O senhor de cabelos brancos se curvou antes de sair do quarto com pressa. Sua rapidez e agilidade eram coisas que eu admirava nele. Chamei Emily com urgência para me arrumar:

— O que aconteceu, senhorita?

— Traga as outras empregadas. Eu preciso que vocês se esforcem o máximo possível para me arrumarem hoje.

— ...Perdão?

— Rápido.

— Certo, certo!

Emily também ficou perplexa com minha instrução repentina, mas, por insistência, saiu às pressas para reunir as empregadas mais habilidosas.

Eu tinha que me livrar da imagem de "responsável que negligenciou seu criado" às pressas. Sozinha no quarto novamente, olhei para o ar com os olhos em chamas e murmurei com uma voz sombria:

— O conceito da operação de hoje é "quem foi que maltratou o meu bebê?".

O Único Destino dos Vilões é a Morte

— A senhorita está estonteante!

— Está parecendo uma deusa que acabou de descer do céu!

Como esperado, as empregadas estavam extremamente animadas e, assim como da última vez, fizeram um alvoroço. Era como se, ainda que odiassem Penelope, elas não conseguissem desgostar de um rosto tão belo e decorado como o dela. Dessa vez eu não as impedi e deixei tudo em suas mãos. Já exausta, perguntei:

— Vocês terminaram?

— Não! Ainda nem arrumei seu cabelo. Sente-se mais um pouco, senhorita! — Emily me empurrou para baixo, forçando para que eu permanecesse sentada.

Demorou um bom tempo até que finalmente pudesse me livrar daquela tortura.

— Pronto! O que a senhorita achou?

O rosto animado das empregadas reluzia atrás de mim quando me olhava em um espelho de corpo inteiro. Olhei atentamente para meu reflexo no espelho. Quando perguntaram qual conceito eu queria, pedi que fosse o suficiente para fazer até mesmo uma pedra se apaixonar, e elas seguiram fielmente minhas palavras.

O meu cabelo estava arrumado com uma meia trança, minha maquiagem era leve e os cantos dos meus olhos bem delineados. A cor dos meus brincos e o colar de rubi era igual à do meu cabelo avermelhado. Usava um vestido branco com fios de ouro cravados nos ombros e no peito, eu estava realmente tão bonita quanto uma boneca feita por Deus. Como estava com vergonha de dizer isso eu mesma, apenas ri.

— Uau! — uma exclamação veio do lado das empregadas, quando um sorriso apareceu em meu rosto. A impressão fria desapareceu e uma mulher sedutora surgiu em seu lugar.

Capítulo 5

— ...Eu adorei.

Ao ouvir isso, as meninas à beira das lágrimas sorriram mais uma vez. Me virei para Emily novamente e disse:

— Bom trabalho, Emily.

— Mas aonde a senhorita vai? — disse ela com um olhar que pedia "me leve junto!".

Eu respondi com uma expressão fresca e revigorante:

— Ao campo de treinamento.

"Vamos tentar animar meu queridinho!"

Não havia nem uma nuvem sequer no céu e o sol brilhava. Era o dia perfeito para sair e seduzir um dos protagonistas.

Cheguei na academia militar do ducado abanando o leque que Emily havia me trazido e verifiquei de longe sem entrar no lugar. Com o título de "Espada do Império", os Eckhart não podiam interferir na hora do treino dos cavaleiros, pois este era algo muito importante.

"E eu também não quero ser ameaçada com uma espada que nem da última vez."

Felizmente, meu pensamento estava correto e eles treinavam a todo o vapor dentro do ginásio. Me escondi no meio das árvores e observei o campo militar. Havia um grupo de pessoas treinando em pares, alguns carregavam blocos pesados de metal pelo campo enquanto corriam exaustivamente e tinham os que atingiam espantalhos com suas espadas de madeira. A maior parte dos que treinavam com espadas de madeira eram aprendizes.

Eu procurei por Eckles e, quando finalmente o achei, meu rosto se enrijeceu: "Por que ele está sozinho no meio dessa muvuca...?"

Diferentemente dos outros aprendizes que estavam treinando em fila, ele estava isolado em um lugar distante dos demais. Eu já esperava que ele estivesse sendo excluído, mas quando vi aquela cena fiquei exaltada. No entanto, ao assisti-lo treinar, essa sensação foi sumindo aos poucos.

Tak, taak – os novatos golpeavam os espantalhos em seus pontos vitais. Ao contrário desses, Eckles batia tão ferozmente no boneco que

O Único Destino dos Vilões é a Morte

quase o desmanchava inteiro. ***Plaw, scrash*** – toda vez que ele balançava sua arma, o espantalho, que era quase tão grande quanto uma pessoa real, era picotado como um vegetal. Mesmo sem uma espada de verdade, o enchimento do boneco voava por todos os lados, provavelmente devido à força dos golpes.

"Uuuh, então essa é a aptidão de um mestre espadachim?", claro, eu não sabia muito sobre esgrima, então apenas admirava. Foi só um pouco depois que percebi que aquela era uma ideia equivocada.

O poste completamente revelado pela falta de palha e a espada sem corte que Eckles empunhava se encontraram. ***Plaw!*** – com um estrondo, a espada de madeira que ele segurava se quebrou ao meio. Ele ficou parado e parecia atordoado ao ver os dois pedaços de madeira.

— Ei!

Foi então que...

— Quantas vezes mais você pretende quebrar a espada, droga?! Eu não quero nem saber, você vai dar um jeito de pagar por isso seu filho da puta!

Vapt! – alguém veio rapidamente e, sem piedade, deu um chute forte na barriga de Eckles.

"Aquele desgraçado está tentando colocar o dele na reta."

Eu dei um jeito de me acalmar e continuar onde estava. Isso porque decidi que seria melhor assistir com atenção e ver o que acontecia antes de agir por impulso. De fato, como o bom personagem principal que ele era, Eckles não caiu e, em vez disso, deu apenas alguns passos para trás. No entanto, a pessoa que o chutou parecia estar mais irritada ao reparar nisso.

— Ei, você não vai vazar daqui, não?

— ...Me desculpe. Terei mais cuidado daqui para frente.

— Essa não é nem a primeira, nem a segunda vez que isso acontece. Você por acaso sabe quanto custa uma espada? Toda vez que encomendamos uma nova, o general nos olha feio. Chega, anda logo.

— ...

— Já falei para ir embora logo, seu maldito.

Capítulo 5

— ...Agora é hora de treinar. Depois que acabarmos aqui eu receberei a punição adequada — respondeu Eckles enquanto se curvava. Aparentemente o cara briguento estava responsável pelos equipamentos de treino.

O que Eckles disse era válido. Normalmente as ferramentas de treino quebravam depois de algum tempo de uso, e era justamente por isso que se comprava e usava um equipamento mais barato. Portanto, era injusto constrangê-lo dessa forma na frente de todos por conta de algo tão barato, seria melhor ter essa discussão em particular. De certa forma, a resposta do rapaz falando sobre punição me pareceu muito familiar.

Olhando para o rosto inexpressivo de Eckles que eu conhecia bem, pensei: "Ferrou".

— Há, olha só esse filho da puta. Cara, você é um escravinho, não tem que treinar. Por que você só não dá o fora daqui logo?

— ...

—Você é persistente, não é mesmo?

Talvez por ter ficado mais irritado por conta da falta de resposta vinda de Eckles, ele lhe deu um tapa no rosto com a mão que antes estava apoiada em seu ombro.

—Você se agarrou à corda errada, seu desgraçado. Essa na qual você se amarrou está podre.

— ...

— Quando a nossa senhorita, Ivonne, finalmente voltar e expulsar aquela vadia falsa, você realmente acha que ela vai ligar para um escravo qualquer como você? Não fica aí achando que você tem algum controle sobre seu futuro.

— Não insulte a minha mestra.

Nesse momento, Eckles, que estava olhando o chão de cabeça baixa durante todo esse tempo, encarou o homem e o respondeu. O rapaz que batia nele soltou uma gargalhada altíssima.

— Por quê? Eu xingo ela até mesmo fora dos muros. Você também deveria fazer isso com aquela puta que te largou aqui e nunca mais se preocupou com você.

O Único Destino dos Vilões é a Morte

— Se você realmente é um cavaleiro do ducado, então não deveria insultá-la.

— Claro, claro. Obrigada pela demonstração emocionante de lealdade, escravinho. Chega, vaza daqui logo.

— ...

— Caralho, você ainda tá insistindo nisso?! Ei, deem uma lição nele! — gritou o homem para os outros cavaleiros que já tinham se reunido em volta dos dois.

Eles assistiam com interesse, como se Eckles fosse a presa do grupo. O rapaz não se rebelou em nenhum instante, olhando para o nada com olhos mortos, e eu percebi o motivo pelo qual ele fazia isso.

"Eu disse para ele convencer os outros sobre sua estadia no ducado...", o jovem temia que eu o mandasse de volta para o mercado de escravos caso soubesse que arrumou problemas com os outros cavaleiros.

O que começou a briga jogou Eckles no chão e os homens que o rodeavam começaram a lhe espancar violentamente. Alguns pegaram pedaços de madeira de algum lugar e começaram a tacar nele.

— Ei! Pisa nele! Pisa...!

Eu me movi no instante em que o primeiro deles gritou exaltado e se moveu na direção de Eckles. A única "arma" que eu tinha era um leque. Andei rápida e silenciosamente em sua direção enquanto fechava o objeto e bati com força contra a cabeça do homem.

— Ai! Quem foi o filho da puta que...!

— Olá. — Minha voz baixa soou no meio da muvuca.

— Ah, ugh! S-senhorita...!

Os olhos maldosos dos rapazes que se juntavam para maltratar Eckles se arregalaram e se moveram lentamente até mim. Assim que me viram, eles soltaram o rapaz de cabelos castanhos e congelaram, alguns deles que me viram tardiamente ficaram boquiabertos. Meu olhar que fuzilava todos encontrou Eckles jogado no chão sujo. Eu estava surpresa de vê-lo naquela situação, e suas pupilas lentamente se dilataram ao me ver.

> Afinidade: 27%

Capítulo 5

Fiquei aliviada ao ver sua pontuação alta. Eu parecia ter chegado na hora certa e encarei todos os homens ao abrir minha boca com um tom indiferente:

— Então, parece que vocês estão se divertindo às custas do meu acompanhante.

— ...

— Alguém explique o que está acontecendo aqui. Já.

Naturalmente, nenhum deles se propôs a responder. O campo de treinamento que há pouco estava uma bagunça se acalmou novamente, parecia que um balde de água gelada tinha sido jogado neles. Eu podia até mesmo sentir os olhares de pessoas em outras áreas do campo parando de treinar para me observar. Apontei para o homem que tinha acertado com meu leque.

— Você. Qual o seu nome?

— A s-senhorita está falando comigo?

— Sim. Você pertence a qual divisão? Primeira?

— Eu sou M-Mark Albert, pertenço ao segundo pelotão, terceira divisão.

Ri ao ouvir sua resposta. "Pensei que ele tinha uma posição alta para estar implicando com alguém desse jeito." Na capital, onde não havia chance alguma de haver guerra, a terceira e quarta divisões eram praticamente seguranças da mansão. Ou seja, ele era um zé-ninguém.

— Explique a situação — voltei a me dirigir a ele.

— P-perdão?

— Pelo que vi, você foi responsável por começar tudo isso.

— B-bom...

Quando o babaca ficou sabendo que eu estava assistindo tudo, ficou paralisado. A feição desdenhosa de quando ele tinha proferido aquele "falsa" tinha desaparecido. Pela expressão dos cavaleiros, percebi que a notícia sobre a demissão de Donna tinha se espalhado pela mansão.

— O que você está esperando? Explique logo.

O Único Destino dos Vilões é a Morte

— Sim, sim! É, bem, o e-e-escravo... Não. Eckles causou um acidente enquanto treinava — ele começou a falar depois das minhas ordens.

— Que tipo de acidente?

— E-ele... ele quebrou uma... uma e-espada de madeira... o preço d-das espadas s-subiu muito nos últimos t-tempos e essa já n-não é a primeira nem a segunda vez que acontece...

— Então...

— Bem, eu estava o r-repreendendo, mas então ele de repente se revoltou contra mim, um veterano, e aí...

—Verdade?!

— Sim, sim! — Ele balançou sua cabeça tão veementemente que parecia que ela quebraria. A expressão do rapaz era um misto de felicidade e alívio, ele provavelmente achava que eu tinha sido persuadida pela sua voz grave e gentil.

— Mas e daí?

— ...Como?

— Mas e daí se ele fez isso? Eu tenho certeza de que esse não era um motivo bom o suficiente para você insultar o ducado e muito menos um dos mestres da casa.

A expressão dele demonstrava sua confusão mental e arrependimento. Levantei os cantos dos lábios, dando um sorriso resplandecente.

— Está tudo bem se eu matá-lo aqui mesmo por insolência e blasfêmia, certo?

Depois de minhas palavras, o silêncio se instaurou no ambiente.

— Uh, ah... — O homem em minha frente gaguejou feito um idiota.

— S-senhorita...

Um dos cavaleiros que eu não tinha visto até então se revelou no meio da atmosfera gélida. A julgar por sua aparência elegante em comparação aos outros que estavam cobertos de sujeira, ele parecia ser a pessoa de patente mais alta do grupo.

Capítulo 5

—Vamos nos acalmar primeiro. Eu trarei o capitão agora mesmo e então cuidaremos desse sujeito.

— Eckles — chamei sem nem sequer dar atenção ao que o outro homem dizia. Seus olhos que ainda encaravam o chão se dirigiram a mim e sua expressão mudou. — Mate esse desgraçado — disse apontando para Mark com o meu leque.

Em um instante, Eckles já não estava mais no chão.

— S-senhorita! — gritou Mark, aturdido.

Como ele não obteve resposta, decidiu tentar dialogar com Eckles.

— ...Qual é Eckles, p-p-pensa bem no q-que vai fazer...

Sentindo-se desamparado, o homem olhou em volta implorando para que qualquer um o ajudasse. Novamente, o superior deu um passo à frente, dessa vez, outros aprendizes e cavaleiros se uniram a ele.

— Eckles, pare. É uma ordem!

— Sim! E-eu passei do ponto. Me descul-...

Vush! – Mark não conseguiu terminar de falar, isso porque Eckles, que agarrou o cabelo do homem que andava para trás, puxou-o em minha direção num instante.

— Ack, urgh!

Em um piscar de olhos, ele envolveu o pescoço de Mark com seu bíceps, o estrangulando com uma chave de braço. Os olhos de Mark, sufocado, se arregalaram.

— Eckles, o que você está fazendo? Para com isso!

Os outros cavaleiros o chamavam desesperados, mas Eckles não lhes dava atenção. Mesmo ao ver o escravo estrangulando seu colega sob minha ordem, nenhum deles se precipitou a ajudar. Isso porque uma tremenda agressividade exalava do escravo que havia sido ignorado e maltratado por todos esses dias.

— Urgk, ugk...

Enquanto isso, Mark era estrangulado. Sua língua estava para fora da boca e baba escorria pelo seu queixo, mas mesmo com os fluídos do

O Único Destino dos Vilões é a Morte

outro descendo em seu braço, Eckles não se incomodava e continuava seu trabalho.

— Senhorita, você não pode fazer isso! — Nesse momento, os cavaleiros que assistiam seu colega sem ar se ajoelharam na minha frente. — Nós pedimos desculpas. Iremos reportar essa situação para o nosso comandante sem falta alguma, todos nós receberemos uma punição, mas, por favor, pare com isso!

— ...

— Senhorita, assassinato é algo estritamente proibido entre os cavaleiros de Eckhart!

Eu tapei meus ouvidos brevemente enquanto me perguntava de onde vinham tantos latidos, isso era algo que eu tinha aprendido com Reynold no dia anterior.

— Senhorita!

Só quando os olhos de Mark começaram a se revirar que...

— Chega.

...Levantei minha mão, ordenando Eckles que parasse. Ele, que parecia ocupado com o estrangulamento, imediatamente retirou seus braços do pescoço do homem como se estivesse esperando pelo meu sinal.

Ploft!

— Cof, cof! Uuuurgh! Aaagh... Argh... Cof!

Depois de ser jogado no chão, Mark agarrou seu pescoço e começou a tossir violentamente.

Fiquei interiormente surpresa e o olhei com um rosto inexpressivo. Eu não sabia que Eckles cumpriria minha ordem imediatamente. "Eu jurava que ele ia querer ir até o fim com isso."

No entanto, é claro que eu não pretendia realmente matar Mark. Mesmo que o tivesse dado a ordem de parar, pensei que teria que usar o anel para fazê-lo soltar o rapaz. Depois de estrangular aquele que fazia bullying com ele e aliviar sua raiva, estaria tudo bem se eu usasse um pouco de força bruta, mas não havia sido necessário. Ele surpreendentemente soltou Mark assim que fiz um gesto com minha mão,

Capítulo 5

demonstrando colocar minhas ordens acima de suas vontades pessoais, e eu estava mais do que satisfeita com isso.

— Você tinha dito que assim que a filha verdadeira da casa retornasse ela me expulsaria e não teria ninguém para tomar conta dele, não é mesmo? — Olhei para os lados e os rostos dos cavaleiros, que já estavam rígidos, se petrificaram com as minhas palavras. — O que acha que aconteceria mais rápido, eu ser expulsa ou você ser demitido? — Ri, como se estivesse contando uma piada. Foi então que...

> \<Sistema\>
> Piora nas relações com as pessoas do ducado.
> Seus pontos de reputação diminuíram em -5.
> (Total: 10)

...Uma caixa de diálogo apareceu diante dos meus olhos. Infelizmente, minha popularidade tinha diminuído, mas os cavaleiros não eram personagens conquistáveis, então eu não dava a mínima. Me virei para quem realmente importava.

— Eckles, venha aqui.

Ele veio em minha direção imediatamente.

—Vamos. — Segurei gentilmente seu pulso com a minha mão livre e o levei para fora do campo de treinamento.

> Afinidade: 32%

Ainda era apenas o começo, mas sua afinidade crescente me parecia como a cauda de um cachorrinho balançando.

— Senhorita...

Quando cheguei no portão principal da mansão com Eckles atrás de mim, o mordomo que esperava ao lado da carruagem me cumprimentou.

— A senhorita está estonteante hoje.

O Único Destino dos Vilões é a Morte

— Tudo pronto para partirmos?
— Sim. Eu preparei a carruagem com um sistema de defesa e localização mágico. Você já buscou seu acompanhante... — Espiou Eckles parado atrás das minhas costas antes de continuar: — Lhe designei o único carroceiro mago da mansão, ele pertence à família Mabuman. Em caso de emergência, você será teletransportada para a mansão.

Assim como Winter, os demais magos também não revelavam sua identidade e eram raros, o que fazia com que seu preço fosse exorbitante. Era raro para uma família nobre sair com um carroceiro mago.

"Ele realmente é apenas um duque?"

Estava me deliciando com o tratamento melhor que tinha começado a receber, mas fingi ser algo insignificante.

— Bom trabalho, mordomo.
— E isso... — Ele tirou algo de seu bolso e me entregou. — Sua Excelência disse para você se divertir. Faz muito tempo que a senhorita não sai de casa.

Era outro cheque em branco. Olhei para o papel, surpresa, sem saber que os acontecimentos de ontem tinham o impactado tanto.

"Se ele soubesse o que acabei de fazer no campo de treinamento, certamente não teria me dado isso...", hesitei sobre aceitar ou não. Quem me convenceu de pegá-lo foi o mordomo.

— Pegue, senhorita. A senhorita nem sequer chamou mercadores para a mansão nos últimos tempos.
— ...Sim, bem... — Desisti e acabei pegando o cheque, contente. — Diga-lhe que agradeço muito.
— Claro.

Virei-me e andei até a carruagem. Eckles, que estava parado sem dizer nada e sem nem sequer se mexer, me seguiu repentinamente. Parada de frente para a carruagem, eu levantei minha mão na direção do rapaz que a encarou silenciosamente. Talvez fosse por tê-lo deixado sozinho durante muito tempo desde que o trouxe até a mansão, mas ele não parecia pensar em me acompanhar como um guarda de verdade.

Capítulo 5

— Besta. Essa é a hora que você ajuda a senhorita a subir na carruagem. — Pisquei para ele, brincando. Seus olhos cinzas estremeceram.

— ...Mas eu sou um mero escravo.

— Não — corrigi imediatamente. — Você é meu acompanhante.

— ...

— Então, o que nós deveríamos fazer agora? — perguntei, sacudindo levemente minha mão em sua frente.

Era minha mão esquerda, onde ficava o anel de rubi. De repente, Eckles sorriu quietamente e segurou minha mão, se inclinando para frente. Ele se ajoelhou no chão com uma das pernas dobradas – até mesmo o mordomo ficou impressionado com a sua etiqueta – e olhou nos meus olhos quando disse:

— Por favor, use minha perna como degrau para entrar na carruagem, mestra.

— Senhorita, deveria levá-la para a loja de vestidos primeiro? — perguntou o carroceiro depois que eu e Eckles nos acomodamos.

— Não. Vamos à loja de armamentos — respondi indiferentemente com meu queixo pousado no parapeito da janelinha.

Logo a carruagem começou a se mover. Com a magia ativada, andar de carruagem era tão bom quanto uma viagem de carro. Eu estava olhando com interesse para a paisagem passando depressa por nós.

— Por que...

De repente um pequeno murmúrio veio do outro lado do banco. Virei minha cabeça e encontrei Eckles me encarando. Seus olhos estavam confusos quando ele abriu a boca novamente:

— ...Por que não me procurou nenhuma vez em todo esse tempo?

Aquela era uma pergunta completamente inesperada. Eu olhei seu rosto me perguntando se ele me culpava pelas coisas que aconteceram com ele, como as que desse dia, mas não conseguia decifrar o que se passava em sua cabeça.

—Você está chateado? — perguntei abertamente.

O Único Destino dos Vilões é a Morte

Se esse fosse o caso, eu pretendia me desculpar, mas...
— Você me prometeu.
— ...O quê?
— Eu esperava que você fosse me ver mais vezes como recompensa por treinar tão arduamente.

"Ah", consegui segurar o grunhido. Tinha esquecido por que não tinha ido visitá-lo. As lembranças daquele dia chuvoso me davam calafrios.

— ...Fiquei te esperando todos os dias — murmurou Eckles, sem saber o que eu estava pensando. Aquele rosto, que era tão inexpressivo até então, parecia um pouco sombrio e não pude evitar pensar que era por causa do meu erro.

Bati no parapeito da janela, procurando por desculpas para não tê-lo encontrado.

— Que desgosto.
— ...?
— Você mentiu para mim, Eckles.
— O quê...? — Seus olhos ficaram arregalados. Tirando o fato da sua aparência meio morta, ele era tão bonito que parecia uma boneca muito bem-feita.
— Você disse que ninguém estava te incomodando, mas veja o que aconteceu com seu belo rosto — falei, aproximando minha mão do hematoma em sua bochecha e acariciando-a.

Ele visivelmente se encolheu e a parte superior de seu corpo estremeceu, indo para trás. Sorri brevemente olhando para seus olhos cinzas que flutuavam em comparação com outras vezes, parecendo envergonhado.

— Daquela vez...
— ...
— Daquela vez realmente não tinha ninguém — justificou-se o rapaz em um tom precipitado.

"Eu tenho certeza de que deveriam ter alguns", refutei-o em minha cabeça. Ele empunhava a espada como se quisesse matar alguém e ainda

Capítulo 5

assim insistia que nada tinha acontecido. Quanto mais o via, mais percebia como ele era contraditório e esquisito.

— De qualquer forma, você não me contou sobre isso antes que eu descobrisse, então sua recompensa foi anulada.

— Mas...

— Ssh. Estou aqui para te dar outro prêmio, então não choramingue e espere um pouquinho. — Tentei acalmá-lo ao impedir que continuasse falando.

As bochechas de Eckles se ruborizaram, talvez por conta das minhas palavras ao dizer que não se lamentasse. Então...

> Afinidade: 33%

Fiquei assustada com as mudanças sutis que não notaria se não o estivesse observando com atenção.

"...Quantos anos será que ele tem?", só de olhar para o seu rosto, era notável que ele era um rapaz jovem e inocente.

Pensei sobre as informações do jogo. Como não era possível que eu tivesse decorado o perfil de todos os personagens, certamente também não conseguia me lembrar de sua idade. Entretanto, o modo normal acontecia um ano depois dos eventos que estava vivenciando. Dito isso, Eckles se casava com a heroína depois da sua cerimônia de maioridade que acontecia em um epílogo logo depois do final. Nesse jogo, a maioridade era aos dezoito anos, então Eckles tinha...

"Ele deve estar com dezessete anos ou quase isso."

Eu já tinha vinte anos no meu mundo original, então estava tentando seduzir um espírito bem mais jovem.

"Mas por que parece que sou eu que estou sendo seduzida...?", pensei, olhando para Eckles que já tinha voltado à sua cor original.

— Senhorita, nós chegamos.

A carruagem parou. Era hora de dar a tão merecida recompensa ao escravo discriminado.

O Único Destino dos Vilões é a Morte

— Sejam bem-vindos!

Assim que o dono da loja viu o símbolo dos Eckhart na lateral da carruagem, deu um pulo e foi até a porta do estabelecimento se curvar em um ângulo de noventa graus.

— É aqui que dizem vender as melhores espadas mágicas do império?

— Sim, senhorita! Nossa loja lida com todos os tipos de armamentos mágicos raros, bem como espadas também. Apenas me diga o que a senhorita procura.

— Eckles, venha comigo — chamei o rapaz que ainda estava parado ao lado da carruagem.

Ele hesitou, como se tivesse decidido que não deveria ir comigo.

—Venha — chamei mais uma vez e ele finalmente veio para o meu lado. —Você por acaso teria alguma espada de madeira com um encantamento? — Decidi começar pelo assunto mais urgente.

Então, o vendedor me olhou como se tivesse acabado de ouvir algo muito estranho.

— A senhorita fala de espadas de madeira? Eu tenho várias, mas não sei como poderia fortificá-la com magia.

— Não? — Franzi o cenho.

Tinha sido o mordomo que me recomendou o lugar, ele disse que a loja era excepcional, então pensei que ele faria um ótimo trabalho.

— N-nós podemos fazer um pedido de material personalizado se quiser! — Ao perceber meu olhar de decepção, o vendedor rapidamente acrescentou: — Mas é algo bem raro para alguém fazer isso, afinal não se usa uma espada de madeira por muito tempo. Depois que você adquire certa experiência e postura, o correto é passar a usar uma espada de verdade.

— *Ahem* — limpei a garganta envergonhada com o show de "ignorância sobre espadas" que tinha acabado de dar.

Capítulo 5

— Nós não temos espadas de madeira encantadas, mas há várias outras coisas interessantes que são feitas de madeira e nunca quebraram por conta do material bom e antigo com o qual foram feitas.

— Me mostre, então.

Depois de um tempo olhando a loja, nós entramos em uma sala que tinha apenas espadas de madeira. Eu mal ouvi tudo o que o dono da loja dizia. Não importava como olhasse para os objetos pendurados, tudo o que via eram pedaços de madeira normais com tons diferentes.

— Algo chamou sua atenção? — passei a responsabilidade para Eckles, mas ele balançou sua cabeça.

— ...Não tenho certeza.

— É tão ruim assim?

— Não é isso... É só que elas se parecem iguais às do campo de treinamento. Eu posso simplesmente continuar a usá-las, mestra.

— Sem chance! — Ao ouvir as palavras de Eckles, o dono da loja gritou indignado. — Tudo neste salão é forte o suficiente para competir com uma espada de verdade! Em particular, aquelas feitas de árvores *paulownia* que crescem na floresta das fadas, elas são afiadas o suficiente para cortar uma folha de papel...!

Isso não importava para mim. O material da espada poderia ser incrível, mas se a pessoa que recebesse o presente não o quisesse ou não se interessasse, então era tudo inútil.

— Não há nada que se possa fazer, então. — Suspirei.

O proprietário pensou que eu não havia gostado do modo que ele agia, o que o fez parar de explicar e pegar as espadas compulsivamente.

— B-bom, então é melhor vermos as espadas de verdade em vez das de madeira...

— Do que você está falando?

— P-perdão?

— Daqui até ali — disse apontando do início do cômodo até seu fim e então bati as palmas das mãos uma vez. — Mande tudo para

O Único Destino dos Vilões é a Morte

a mansão Eckhart — encomendei, pensando que seria bom ter uma grande variedade de espadas fortes caso elas quebrassem.

A próxima coisa da lista era um uniforme de treinamento. Talvez fosse porque ele era alto, com um rosto bonito e corpo robusto, mas a aparência de Eckles com os novos trajes era incrivelmente deslumbrante.

— Está bom — disse contida enquanto o olhava novamente.

— Mas é claro! Esses são os melhores itens de toda a capital do Império! — exclamou o vendedor todo animado e orgulhoso.

— Você gostou? — perguntei tardiamente porque eu parecia ter escolhido tudo por conta própria, ignorando as opiniões das partes envolvidas.

Eckles olhou para mim e me perguntou de volta com um rosto inexpressivo:

— ...E você mestra?

— Hã?

— A mestra gostou?

Por algum motivo, eu tinha a sensação de que se respondesse que não, ele tiraria aquilo imediatamente.

— Escolhi a roupa de acordo com o meu gosto, então é claro que gostei. Mas estou perguntando como você se sente, Eckles. — Minhas palavras não eram vazias, contudo acrescentei com um pequeno sorriso: — Afinal, não sou a pessoa que vai vesti-las.

— Se a mestra gostou, então eu também gostei.

— Sério? Então... — Eu estava radiante com sua resposta meiga. — Me mande três desse de cada cor.

— Sim, sim! Claro! Farei isso imediatamente!

Eu conseguia ver todos os dentes do vendedor.

— Bom. Vamos olhar as espadas de verdade agora? Acho que é nossa última parada.

Bati minhas mãos levemente e me virei. O dono da loja correu atrás de mim, mas então...

— Mestra, isso já é suficiente para mim.

Capítulo 5

...Com passos rápidos, Eckles apareceu na minha frente bloqueando o caminho.

— Por quê? A espada é o item mais importante de um cavaleiro! — disse o proprietário exatamente o que eu pensava.

— Uma espada é necessária. Você diz isso por se sentir pressionado? — acrescentei, concordando com o vendedor.

— Não, na verdade... — Eckles hesitou por um momento ao responder. — ...É que eu não acho que consiga usar uma espada de verdade algum dia. Então, não quero receber um presente da mestra que não vá pôr em uso.

— Por que você acha isso? Depois que terminar o treinamento básico, você poderá lutar usando uma espada de verdade.

— Sim, isso mesmo! A senhorita está cem por cento correta! — O vendedor assentiu veementemente à minha afirmação.

Dessa vez, Eckles não hesitou e retorquiu como um tiro:

— ...Um mero escravo nunca poderá se tornar um cavaleiro de verdade.

— ...

— Então, tudo o que preciso é de uma espada de madeira para treinar.

Fiquei tão sem jeito que não pude dizer nada a ele. O rapaz sabia muito bem que não poderia ser um cavaleiro e eu era a única a acreditar que essa premissa se tornaria verdadeira algum dia.

"Parando para pensar, originalmente ele só se tornou um cavaleiro porque a Penelope morreu..."

Ele estava sendo intimidado, e eu estava com pressa para lhe dar atenção, então nem tive tempo para revisar o conteúdo do jogo. Pelo bem da minha sobrevivência, talvez fosse melhor que Eckles não se tornasse um cavaleiro oficial.

O mercador provavelmente pensou que eu estava reconsiderando comprar a espada quando fiquei perdida em meus pensamentos, então ele se apressou a me convencer do contrário:

O Único Destino dos Vilões é a Morte

— M-mas do que vocês estão falando! Ainda assim, uma espada é um item imprescindível para que você possa proteger sua mestra.
— Meu corpo é o suficiente para isso.
— ...

O vendedor ficou assustado com a aura de Eckles e se calou imediatamente. Na verdade, a afirmação de Eckles era tão verdadeira que eu nem tinha o que dizer. Considerando sua habilidade excepcional em artes marciais, seu corpo inteiro era como uma arma.

— ...Certo. Se é assim que você pensa, então tudo bem — aceitei, afinal forçar alguém a carregar um fardo do qual já desistiu não era algo legal de se fazer. — Eu vou dar mais uma olhada rápida e já saio, você pode me esperar lá fora.

Ao ouvir minha ordem, o rapaz se virou e saiu do recinto prontamente com passos pesados – **tap, tap**.

Eu estalei minha língua enquanto o observava andar sem nem responder. "Mestra, hã...?" Assim como já havia percebido anteriormente, Eckles nunca dava um passo sem que eu ordenasse. Ele era, de fato, um escravo e do tipo atrevido.

— Bem... a senhorita precisa de mais alguma coisa? É só me dizer o que é — perguntou-me o homem.
— Como já estou aqui, vamos ver as espadas mágicas.
— Ah, sim. Por favor, por aqui.

Deliciado com minhas palavras, ele me mostrou o caminho. Com certeza ver o que eles tinham a oferecer era algo que valia a pena, afinal essa era a especialidade da casa.

Sem dúvida alguma, a sala de artefatos mágicos era a maior de todo o estabelecimento. O número de espadas expostas era impressionante. Eu as olhei, admirada. Desde pequenas adagas até espadões do tamanho do meu corpo, todas eram diferentes e diversificadas. Todas as decorações, cortes e cabos eram esplêndidos e magníficos.

— São muito exageradas, por acaso você não teria nada mais simples?
— Nesse caso... espere um momento, senhorita. — Ele procurou por algo em uma caixa que ficava no canto da loja com uma cara focada.

Capítulo 5

— O que a senhorita acha disto? — Depois de um tempo, ele trouxe uma caixinha cheia de poeira. Ela se parecia mais com uma caixa de joias, sendo impossível conter uma espada ali dentro.
— O que é isso?
— É a Espada do Mago Ancião.

Ele destrancou a caixa com uma chave. Quando vi a caixinha empoeirada tinha perdido meu interesse, mas ele logo foi reconquistado com as palavras "Mago Ancião". Quando o homem finalmente abriu a tranca, o som das dobradiças enferrujadas ressoou – *nheeec...*

— O que é isso? — Um pingente em formato de espada estava pendurado em um colar. — Você está brincando comigo?

Eu pedi por uma espada e o que recebi foi um colarzinho? Além disso, o pingente não tinha nem uma joia sequer imbuída em si, estando muito abaixo do padrão de beleza de Penelope. Franzi minha testa violentamente fazendo com que o vendedor entrasse em pânico.

— Oh, não! De forma alguma!
— Então o que é isso?
— Aqui. Se você segurar a espada e canalizar sua mana nela, o pingente crescerá, se tornando uma espada em tamanho real.

O vendedor me entregou a arma usando seu dedo indicador e o dedão, fazendo um movimento de pinça. Era difícil de acreditar que aquele brinquedo de criança se tornaria algo decente. Eu perguntei, ainda desconfiada:

— Então isso significa que aqueles que não possuem mana serão incapazes de usar isto?
— Os cavaleiros bem treinados conseguem manejar um pouco de sua mana depois de certo tempo. Mas caso a pessoa não possa fazer isso então não, é impossível usá-la...
— *Ahem* — Eu, que tinha deixado óbvio que não sabia muito sobre o funcionamento de mana, mudei de assunto ao limpar minha garganta:
— ...Eu não sei se Eckles consegue usar magia.
— Não se preocupe, senhorita. Há décadas que eu vendo armas aqui na capital e posso te assegurar que aquele escravo... — Ao ver

meus olhos, ele mudou depressa suas palavras despreocupadas: — …não. Digo, o espírito de seu guarda era muito bom. Vendo armas há 30 anos e eu nunca vi uma aura mais feroz e terrível que a de seu acompanhante.

— Verdade?

— Sim, claro!

Eu estava me coçando para me gabar dizendo que ele logo seria um mestre espadachim, mas me contive.

— Na verdade, essa arma é tão rara que nós estávamos a vendendo no mercado clandestino por um preço bem alto. No entanto, como ela era cara demais e os cavaleiros normalmente preferem armas mais chamativas, ela acabou ficando conosco por um bom tempo.

Eu pude ouvi-lo sussurrando "meu pobre bebê" para o adereço.

— Mesmo que não tenha nenhum melhoramento mágico especial, ela é feita de um minério raro. Não sei como foi forjada, mas seu material é o ferro das minas das terras extintas dos anões de muitos anos atrás.

— E isso é bom?

— Não há como fazer nada semelhante a isso. Ainda não descobriram o segredo dos artesãos da época.

"Então deve ser realmente boa", como eu não tinha entendido nada, apenas concordei em minha mente.

— Além de tudo isso, quando ela fica pequena, sua quantidade de mana também diminui muito, fazendo com que você possa carregá-la mesmo em lugares em que armamentos são proibidos.

— …Até mesmo no palácio, por exemplo?

Depois de olhar em volta, garantindo que ninguém o ouvisse, ele virou para mim e cochichou:

— É perfeito para assassinatos…

Aquilo era demais. Com bom senso, quem pensaria que alguém foi assassinado com uma espada que encolhe e se expande em vez de algo como veneno ou uma arma oculta? Mesmo me questionando sobre isso, eu não expressei meus pensamentos, isso porque eu tinha gostado muito da espada.

Capítulo 5

"Ele não precisa mostrar aos outros e ainda ser capaz de sempre carregar uma espada consigo..."

Originalmente, eu tinha pensado em algo mais para uma adaga, mas aquilo era ainda melhor. Se fosse o Eckles, ele poderia usar qualquer coisa como arma, fosse uma espada mágica, um colar ou até mesmo um brinquedo de criança, assim que o brandisse estava tudo acabado.

— Bom, então eu vou levar.

— Muito obrigada, senhorita! Eu nem consigo acreditar que meu bebê finalmente achou um dono apropriado. — Em seguida completou, com lágrimas nos olhos: — Eu deveria mandá-lo para a mansão junto do restante?

— Não. Levarei este comigo agora.

Depois de um tempo, quando estava prestes a deixar a loja de armamentos após pagar a conta, eu subitamente parei de andar quando algo brilhante chamou minha atenção.

— O que é isso?

Para ser algo vendido acima das armas, aquilo parecia glamoroso e elegante. Algumas letras estavam gravadas em um pequeno círculo redondo como um símbolo e joias brilhantes foram incrustadas no meio. Era a primeira vez que via algo assim.

— Oh, é um tipo de amuleto.

— Amuleto?

— Sim, logo acontecerá a competição de caça. É o produto mais popular entre as mulheres nos últimos tempos. Normalmente as moças os dão de presente para seus amados e membros da família que participarão do evento.

— ...Sério? O que ele faz?

— Como uma pedra mágica é colocada em cima do feitiço mágico gravado no disco, a magia é ativada automaticamente em caso de emergência.

— Que tipo de magia?

O Único Destino dos Vilões é a Morte

— Isso depende da encomenda. A maior parte deles contém magia defensiva, mas alguns contêm a de teleporte, levando o usuário para algum lugar seguro.

— Oh, isso é bom.

— Hoje em dia a magia está imbuída no item, então você só precisa fixá-lo em algum lugar do corpo e já passa a surtir efeito. — Percebendo meu interesse, o mercador jogou sua maior isca. — Você gostaria de dar uma olhada?

Assenti. Não muito depois eu tinha o colar de Eckles e mais três amuletos – um de ouro, outro de prata e o último de bronze – em meus braços.

— Se divertiu? — Em vez do Eckles reticente, quem me cumprimentou e pegou minhas sacolas com os amuletos foi o carroceiro. O presente de Eckles escondi no bolso interno do meu casaco. — Para onde deveríamos ir agora, senhorita?

— Fiquei sabendo que há um belo lago calmo a oeste.

— Ah, você se refere ao Lago Calia. Eu a levarei até lá.

A carruagem partiu sem fazer barulho.

Na verdade, a princípio eu estava pensando em comprar vários vestidos e acessórios, já que tinha finalmente saído para passear, mas depois de tanto tempo trancada em casa, isso já tinha sido o suficiente para me deixar cansada. Eu queria voltar para a mansão, contudo ainda tinha um presente para entregar.

"Eu deveria lhe dar o que prometi", eu planejava extinguir todo o ressentimento e decepção que Eckles poderia estar nutrindo em seu coração.

— Nós chegamos, senhorita.

Pouco tempo depois a carruagem parou como se estivéssemos perto do lago o tempo inteiro. Desci da cabine com a ajuda de Eckles que, naturalmente, caminhou alguns passos atrás de mim – esse era o dever de um acompanhante.

— Por favor, ande ao meu lado, é solitário caminhar sozinha.

Capítulo 5

Eu o olhei enquanto graciosamente esticava minha mão. Ele hesitou por um tempo, mas no fim cedeu. Seu toque era tão sutil que eu mal senti quando ele me segurou.

Estalei minha língua e agarrei sua mão com força. Eu podia senti-lo vacilar pela ponta de seus dedos. Quando olhei para o lado, pude vê-lo abaixar a cabeça, mas infelizmente não houve mudança na afinidade.

Passeamos pelo calçadão bem cuidado de mãos dadas por um longo tempo sem falar nada. Até que finalmente chegamos ao deck de observação construído sobre o lago. Parecia um ponto de encontro, mas como estava no meio de um dia de semana, não havia muitas pessoas.

Coloquei meus braços no parapeito e observei a paisagem do lago por um tempo. De longe, uma brisa fresca soprou trazendo a fragrância do lago. Olhei para trás, observando o rapaz que não olhava nem para a vista e tampouco tentava interagir comigo.

— Está se sentindo melhor?

Aqueles olhos cinzas que miravam o nada se moveram em minha direção.

— Você não parece estar tendo um bom dia desde a manhã.

Eckles não disse nada por um tempo e, no fim, respondeu minha pergunta com um "Hã?" como se estivesse relutante em dizer algo.

— ...Não foi nada de mais.

— Quantas vezes coisas como essa aconteceram? — perguntei o mais cuidadosamente que pude, afinal aquilo era culpa minha.

— Foi a primeira vez.

— Eckles... — chamei sua atenção, suspirando. — Não tente me enganar com uma mentira tão óbvia. Eu lhe disse para fazer com que as pessoas do ducado aceitassem sua estadia na mansão.

— ...

— Eu não vou te dar uma bronca por não conseguir fazer isso de imediato. Está fora do seu controle lidar com essa situação agora, então é por isso que eu estou sendo direta.

— ...

O Único Destino dos Vilões é a Morte

— Por acaso foi Reynold quem começou com esse assédio?

Eckles me olhou de um jeito estranho e permaneceu em silêncio. Eu estava ficando cada vez mais aborrecida.

— Me diga, o que ele fez para você e darei um jeito de lidar com a situação.

— Como? — questionou ele, que estava tão quieto até então, inclinando a cabeça.

— ...O quê?

— O que a mestra pode fazer sobre os cavaleiros?

Fiquei sem palavras por um momento. Ele parecia estar sendo sarcástico sobre o que eu poderia fazer, mas não havia nenhuma expressão em seu rosto como cera que demonstrasse isso.

— Não importa o que aconteça, eu sempre serei um escravo.

— ...

— Se você está fazendo tudo isso por mim, então não se preocupe e finja que não sabe do que está acontecendo. Eu não ligo.

Senti-me envergonhada ao ouvir sua resposta inesperada. No entanto, não compreendi imediatamente o significado escondido por trás de suas palavras que diziam algo como "Vou continuar ao seu lado independentemente de tudo isso, então não me faça ser expulso por nada".

Ele se acostumou com o estilo de vida do ducado mais rápido do que eu tinha imaginado, portanto, também já estava a par da posição complicada que Penelope tinha como a "falsa senhorita".

> Afinidade: 33%

Espiei o topo de sua cabeça. Apenas 33%. A pontuação mal tinha passado da marca inicial do modo normal.

Eckles era alguém difícil de se lidar mesmo no modo normal, onde tudo era fácil demais. Na época, pensei que isso se dava pela lealdade que ele tinha com a vilã, ainda que fosse pouca. Mas agora conseguia compreender melhor sua personalidade.

Capítulo 5

"Na verdade, ele está apenas vivendo um pequeno cabo de guerra para conseguir preservar sua vida..."

Quando vi a favorabilidade ultrapassar os 30%, meu humor melhorou sem que eu nem sequer notasse e, após o incidente da manhã, francamente, minhas esperanças foram infladas. Por isso, eu pensei que poderia alcançar o fim da história em breve, fazendo com que meu bom humor me arrastasse, juntamente a Eckles, para a loja de armamentos.

— ...É, você está certo — respondi com a voz fraca, reconhecendo não saber muito sobre a realidade desse mundo. — Agora você também já deve estar ciente da minha posição na mansão do duque...

Por que não considerei que enquanto brigava e discutia por ele, ele também verificava se eu, de fato, era uma corda salva-vidas ou uma corda podre?

— Eu não tenho o poder de ajudá-lo agora.

— ...

— Enquanto você for um escravo, não há uma solução imediata para o bullying e preconceito que lhe afetam.

Assim como ele havia exposto, não havia muito que eu pudesse fazer. Mesmo que fosse até meu pai e reclamasse do assédio exacerbado entre os cavaleiros, agora de nada adiantava, afinal eu mesma tinha causado um estardalhaço mais cedo.

"Como poderia o duque, que a princípio desaprovou a estadia do rapaz na mansão, se importar com o bullying que o escravo sofria...", pensei, desistindo de acalmá-lo.

— Mas, ainda assim, pretendo mantê-lo na academia de cavaleiros. — Olhei-o inexpressiva. Meu cérebro tinha, como sempre, um raciocínio arrogante. — Sua esgrima tem o valor necessário para chamar a atenção do duque.

— ...

— Então, mesmo quando se chatear, aguente isso mais um pouco. Observe e faça anotações, continue a treinar e melhore suas habilidades.

O Único Destino dos Vilões é a Morte

— ...

— Assim como hoje, em alguns dias eu irei lhe buscar para que possamos ter um pouco de lazer.

Mesmo que pudesse esmagar as presas pequenas, eu estava de mãos atadas quando se tratava de Reynold, que era o responsável principal pelos maus-tratos. Por isso, não tentei arrumar outra solução mirabolante e, honestamente, eu mesma pisava em ovos todos os dias ao tentar lidar com o desdém que Penelope recebia.

— Você e eu, ambos temos uma vida complicada... — disse rindo amargamente.

Como pude confiar meu futuro a um homem que está rastejando no fundo do poço? Parando para pensar, essa situação era culpa minha. Fui eu quem decidiu que seria mais fácil aumentar a afinidade de alguém que já tinha perdido tudo na vida.

— Aqui, pegue isto.

Era impossível para mim entregar um presente de modo afetuoso e com uma expressão amável igual à protagonista do modo normal. Afrouxei a força de minha mão e deixei que o colar escorregasse da minha para a dele.

— Isso...?

— Pode parecer um acessório simples, mas é uma espada. Segure em seu cabo e tente preenchê-la com mana. — Eckles olhou confuso para o colar não parecendo acreditar no que eu estava dizendo. — Rápido.

Ainda que relutantemente, ao ouvir minha ordem apressada, ele levantou a arma a segurando com um movimento de pinça. **Hwaaa** – naquele mesmo momento, uma luz forte emergiu de suas mãos, revelando uma espada longa.

— Ah! — exclamou ele ao ver a espada crescente que surgira do mais absoluto nada. Diferentemente das outras espadas, essa parecia mais rústica e não continha nenhuma joia ou ornamento, contudo a luz expelida pela arma era incomum e magnífica.

Capítulo 5

"Eu tinha pensado em pedir um reembolso dez vezes mais caro que o preço pago caso fosse um golpe, mas ela de fato funciona…"

Não sei se era por ele ser um dos personagens conquistáveis, mas a visão de Eckles com a roupa de treinamento e segurando aquela espada gigante de ferro com apenas uma mão era de tirar o fôlego – ninguém diria que ele era um escravo. Eu senti o olhar dos poucos transeuntes voltados para nós.

— Isso… Por quê? — perguntou Eckles enquanto olhava para a espada em sua mão. A sua voz parecia estar de alguma forma obstruída.

Abri minha boca, me virando para a majestosa espada de ferro que ele segurava:

— No Império Eorka é inaceitável que um escravo de um país derrotado use uma espada.

— …

— No entanto, se você não mudar sua intenção de me ter como sua mestra…

— …

— Então você será o primeiro e único cavaleiro que manterei ao meu lado.

Os olhos de Eckles se arregalaram ainda mais do que quando ele viu o pingente se transformar em uma espada de verdade.

— O que você vai fazer?

Meu plano original não era lhe dar a espada e fazer um discurso ameaçador como esse. Minha ideia, na verdade, era fazer um discurso comovente e fofo assim como o da protagonista do modo normal que disse algo como "independentemente do que você seja, escravo ou nobre, seja meu cavaleiro e fique comigo por toda a eternidade".

"Haha… eu definitivamente não nasci para ser romântica, né?", desde o momento em que toquei no assunto do bullying eu tive que segurar as lágrimas, então como diabos foi que eu havia conseguido terminar essa conversa em um tom tão ameaçador…?

O Único Destino dos Vilões é a Morte

— Escolha, você aceitará essa espada ou continuará sendo um escravo para sempre?
— ...

Eckles me fitou sem dizer nada. Eu já estava quase desistindo, se ele não a aceitasse eu pegaria a espada e presentearia o duque ou até mesmo Derrick. Foi então que, de repente, Eckles levantou sua espada no ar e – *vash!* – a fincou no chão de madeira do deck.

— O-o que você...?

Assustada com sua ação repentina, comecei a gaguejar na tentativa de dizer algo, mas antes que conseguisse finalizar meu raciocínio, o rapaz se ajoelhou na minha frente e segurou minha mão firmemente.

— Como vossa única espada, eu lhe juro eterna devoção e fidelidade — murmurou ele em tom solene, inclinando-se lentamente.

Seus lábios macios encostaram nas costas de minha mão. O primeiro contato com um dos personagens conquistáveis foi em uma temperatura branda, nem fria, nem quente. Contudo, eu quase não o senti direito.

— *Como vossa única espada, eu lhe entrego meu coração e juro minha devoção eterna.*

Não era muito cedo para ele me jurar lealdade como cavaleiro? E ainda mais grave que isso era seu discurso que destoava muito do que fizera para a protagonista original. A ansiedade tomou conta de mim, mas...

> Afinidade: 40%

Quando a pontuação aumentou, minha inquietude diminui.

"As nossas circunstâncias são diferentes. É só isso..."

Olhei para Eckles que beijava as costas da minha mão ao me confortar com esse pensamento. Eu podia ver o topo de seu belo cabelo marrom--acinzentado.

— ...Não me traia, Eckles — sussurrei.

Capítulo 5

Aquela foi a primeira vez que lhe disse algo com sinceridade.
— Traição...
Só causaria minha morte.

※

Tudo o que tinha comprado do vendedor de armamentos foi entregue na mansão no dia seguinte. Os empregados suspiraram ao ver a pilha de caixas amontoadas na frente do portão principal.

— Senhorita Penelope! O-o que é tudo aquilo?

Eu tinha acabado de acordar e lavar o rosto quando o mordomo entrou no quarto aterrorizado.

— O quê?

— Já fazia um bom tempo que a senhorita não saía, mas... — Ele não conseguiu concluir sua frase e, em vez disso perguntou: — Por que a senhorita comprou tantas armas? Mais de sessenta caixotes cheios até a boca de espadas de madeira foram entregues nesta manhã.

— Hmm, acho que isso não será suficiente. — Dei de ombros quando me lembrei do dia anterior.

O mordomo ficou em silêncio por um momento. Ele me olhava como se eu fosse uma criança travessa e imatura, em seguida suspirou abrindo sua boca novamente.

— ...A senhorita tem um coração muito bonito por se importar tanto com os cavaleiros.

— ...

— O duque não economiza quando se trata das forças armadas. O mesmo vale para as espadas de madeira, então ainda há várias guardadas no depósito. A senhorita não precisava ter comprado mais.

"Ele disse que eu me importo com quem?", ao ouvi-lo, inclinei minha cabeça. Enquanto isso, ele continuava a dizer com uma expressão de arrependimento:

— Fazia tanto tempo que a senhorita não ia passear, então em vez das armas deveria ter comprado joias novas, um vestido ou algo do tipo...

O Único Destino dos Vilões é a Morte

— Mordomo, deve haver algum mal-entendido — eu o corrigi franzindo o cenho. — Não comprei aquelas espadas para os cavaleiros da família.

— Não? Então para quem...?

— Elas são um presente para o meu segurança pessoal.

— Então, t-tudo aquilo... — gaguejou, provavelmente por não conseguir acreditar.

— O senhor deve ter ouvido sobre a comoção de ontem.

O rosto embasbacado do senhorzinho se tornou grave ao ouvir minhas palavras.

"Até parece que eu gastaria um único centavo com as mesmas pessoas que me insultaram..."

Ri interiormente com sua reação e frisei ainda mais para que nada fosse dado àqueles malditos:

— Eu as comprei para o Eckles porque, aparentemente, ele não tinha equipamento suficiente para treinar. Há algum problema? Por acaso não temos lugar para guardá-las?

— Não, não é isso.

O mordomo agitou sua cabeça veementemente com a suposição ridícula de não haver espaço suficiente para guardar a encomenda em um lugar tão grande como o ducado. Claro que não era nada disso que ele estava falando, mas eu deliberadamente transformei sua pergunta em outra para que ele não continuasse a me questionar.

— A senhorita deve ter pensado bem sobre isso. — Por fim, ele concordou comigo enquanto assentia.

"Nossa, esperava que ele fosse reclamar mais um pouco..."

Embora eu fosse lembrada de minha posição algumas vezes, a atitude desdenhosa dos trabalhadores ainda não tinha mudado completamente em relação à Penelope. Abri a boca, olhando com curiosidade para ele, que tinha mudado drasticamente devido ao pedido de desculpas dois dias atrás:

— Como o mordomo está sempre ocupado, eu dei um jeito de cuidar dele sozinha.

Capítulo 5

— Então...

— Apenas continue o observando como tem feito até agora. Se algo como o que aconteceu ontem se repetir, me informe o mais rápido possível.

— Entendido. Eu irei organizar os presentes que a senhorita comprou em um depósito que apenas seu acompanhante terá acesso.

— Muito obrigada — eu disse educadamente com um sorriso. Era uma das primeiras vezes que me sentia bem em ter uma conversa naquela casa.

Pouco tempo depois do mordomo deixar o recinto, Emily entrou trazendo o café da manhã.

— Senhorita, fiquei sabendo que toda a carga que recebemos nesta manhã eram coisas para o seu guarda — comentou ela despreocupadamente enquanto arrumava a mesa.

— Os rumores realmente se espalham rápido por aqui...

— Eu deveria sair com a senhorita também... — murmurou Emily com uma cara muito triste.

Em essência, uma empregada pessoal era uma existência inseparável para jovens nobres. Como a confiança do mestre leva ao poder dos servos, rapidamente compreendi sua queixa, já que recentemente ela havia decidido se tornar meu braço direito e jurou lealdade a mim.

— Aqui. — Entreguei algo que já tinha separado para ela.

— I-isto é...?

Era um dos amuletos que tinha comprado com o vendedor de armamentos. Emily em vez de aceitar o presente, ficou olhando o objeto em suas mãos de olhos arregalados.

— O que você está esperando? Aceite logo.

— Isto... O que é isto, senhorita?

— É o seu presente.

— Presente...?

— Dizem que ao usá-lo em seu corpo, o amuleto te protege de perigos desconhecidos.

O Único Destino dos Vilões é a Morte

A gratificação que tinha dado à Emily não era tão valiosa porque seu feitiço era muito abrangente e simples, mas ainda assim era famoso como um presente universal para entes queridos.

— Como tenho vários inimigos e você é a pessoa mais próxima de mim, bom... nunca se sabe quando coisas ruins podem acontecer, então mantenha-o sempre por perto.

Eu precisava me desculpar com a moça depois de descontar minha raiva nela alguns dias atrás. Além de que, ela já tinha um histórico de recusar joias caras e coisas do tipo, então se não aceitasse nem isso, eu teria que pensar em outro tipo de agradecimento.

— Senhorita... — Todavia, a moça se debulhava em lágrimas quando levantou sua cabeça. — E-eu nunca recebi nenhum presente durante todos os meus anos de trabalho na mansão.

— Sério?

— Ele é tão lindo. Eu o guardarei com muito carinho.

— Que bom que você gostou.

— Daqui em diante me esforçarei ainda mais para lhe servir, senhorita! Eu prometo!

Ela jurou várias vezes com um olhar determinado. Ao ver essa cena, tive a sensação de que o incidente da agulha tinha acontecido há muitos e muitos anos. Foi então que...

> \<Sistema\>
> Melhora nas relações com as pessoas do ducado!
> Seus pontos de reputação aumentaram em +5.
> (Total: 15)

...Uma janela branca apareceu em minha frente dizendo que a reputação que havia caído há pouco tempo tinha sido restaurada.

— Obrigada, senhorita! Muito obrigada!

Com a voz de Emily como som de fundo, observava a minha conquista e, assim como todas as vezes, pensei: "Eu gostaria que as coisas fossem sempre assim".

Capítulo 5

Depois daquela manhã, o mordomo voltou aos meus aposentos novamente durante a tarde. Dessa vez, ele trazia um recado do duque que desejava me ver em seu escritório.

— ...Meu pai?

— Sim.

Eu estava agoniada com o chamado. A angústia não era por não saber o motivo – já que havia vários – mas por não ter conseguido me preparar para o pior cenário.

"É por ter brigado com Reynold? Ou pelo escândalo no campo de treinamento dos cavaleiros...? Talvez por ter comprado um monte de armas com o cheque que ele me deu?"

Na verdade, a segunda opção era a mais provável. Reynold não contaria para ele que brigou com a sua irmã mais nova, pelo menos não com a idade que tínhamos, e o dinheiro que gastei nas armas tinha sido um presente, então ele não deveria reclamar do modo que o usei.

— ...Ele não parecia de mau humor.

Talvez eu estivesse transparecendo minha preocupação, fazendo com que o mordomo me informasse do estado do duque.

— Vamos lá.

Levantei-me, parando de pensar no que diria.

— Pai, ouvi que o senhor estava à minha procura.

Entrei no escritório um pouco tensa, e o duque, que estava sentado no sofá, me cumprimentou.

— Sim, pode se sentar — disse ele, apontando para o sofá do outro lado da mesinha de centro.

O que mais tinha mudado desde que tomei o controle sob Penelope era a situação do duque, que não era mais arrogante comigo. Isso significava que, diferentemente da primeira vez, eu não precisaria me ajoelhar e implorar por perdão.

O Único Destino dos Vilões é a Morte

Sem hesitar, me aproximei e me sentei de frente para o homem. Ele perguntou enquanto apagava o charuto que estava fumando:

— Você quer tomar um chá?

— Claro, seria ótimo.

Alguns segundos depois de balançar o sino que repousava na mesa, uma empregada entrou trazendo comidinhas e um chá morno.

— Isso é o bastante. Pode ir.

A empregada que estava prestes a servir o chá em nossas xícaras se curvou educadamente e deixou o cômodo. Mais uma vez um silêncio constrangedor se apossou do escritório.

"...Parando para pensar, esta é a primeira vez que eu tomo chá com algum personagem", todas as vezes que fui ali, o propósito da visita era claro: eu tinha cometido um erro. Então me desculpava para salvar minha vida e deixava este lugar o mais rápido possível. Mas, independentemente das minhas circunstâncias e pensamentos internos, ninguém me tratava como igual e, mesmo que sua atitude fosse um pouco melhor agora, eu ainda sentia um gosto amargo na boca.

Enquanto pensava nisso, o dono da mansão tomou a iniciativa e pegou a chaleira para servir o chá.

— ...Obrigada. — murmurei, porém não levantei minha xícara da mesa.

O duque tomou um gole do chá de hortelã depois de apreciar seu aroma e parou um instante antes de começar a conversar.

— Penelope...

— Sim, pai.

— Houve uma situação ontem no campo de treinamento dos cavaleiros.

Assim como esperado, o duque tinha me chamado por conta do ataque. Porém, era uma coisa positiva ele não ter me convocado por conta da briga com Reynold.

— ...Sim. Um certo atrito se sucedeu entre mim e os cavaleiros. Eu peço desculpas — concordei gentilmente com minha cabeça.

Capítulo 5

O duque repousou sua xícara sobre o pires fazendo *"clink"*.
— Me explique o que aconteceu.
— Estou certa de que o senhor já ouviu a história.

Eu não queria cometer um erro bobo ao explicar algo que não implicava na minha sobrevivência, mas minha resposta não o agradou fazendo com que ele arqueasse uma de suas sobrancelhas.

— Sei muito bem o que ouvi.

— Eu apareci no campo de treinamento e fiz Eckles estrangular um dos cavaleiros sem nem hesitar — recitei trivialmente.

Era óbvio que os cavaleiros, que eram as únicas testemunhas, dariam um testemunho que os favorecesse e exagerariam nos meus erros, afinal "ela foi adotada, então não pode dizer nada para o duque sobre nos pegar no flagra enquanto a xingávamos".

— Se o senhor me chamou para verificar se isso era verdade, então, sim, é verdade. — declarei orgulhosamente na frente do homem. — Como a senhorita da casa, eu aceitarei qualquer ordem de reflexão por não ter demonstrado um comportamento digno de uma dama. Inclusive, também deixo de participar da competição de caça.

Ao contrário do habitual, dessa vez eu não disse que estava errada. Fiz isso porque tinha um plano e também por estar convicta das minhas ações.

"Vamos tentar evitar essa competição de caça!"

Tendo estabilizado a pontuação de Eckles, eu decidi imitar a protagonista do modo normal e faltar à ocasião, tendo, portanto, mais tempo para aumentar sua afinidade. Eu tinha pensado muito sobre isso depois daquele almoço.

Como esse evento tinha, primordialmente, participantes homens, isso significava que todos os personagens conquistáveis – exceto Eckles, já que ele era um escravo – iriam se reunir no mesmo lugar. Ou seja, essa era a situação mais arriscada e perigosa de todas até então e eu precisava evitá-la a todo o custo.

"É o episódio perfeito para perder a cabeça sem nem saber quem e o que me atingiu."

O Único Destino dos Vilões é a Morte

Além disso, esse evento era organizado pela família imperial, então a presença do príncipe herdeiro era certeira, e ele estava tão interessado na Penelope que fez questão de enviar um convite especialmente para mim. Eu tinha provocado sua curiosidade e, se não a saciasse, nada bom viria de um homem irritado em um campo de caça. Se você brincar com fogo...

"Não!", senti calafrios só de pensar nisso.

— No entanto, lhe afirmo que não fiz nada de errado, pai! — continuei, voltando para a realidade.

Um silêncio constrangedor tomou o escritório e então o duque perguntou com uma voz fria:

—Você quase matou um dos guardas da família, mas diz não ter feito nada de errado?

— Exatamente — respondi imediatamente sem mudar minha voz ou feições.

O duque suspirou.

— Certo. Então o que fez você agir assim?

"Por que ele está sendo tão insistente hoje e deixando que eu me explique?", inclinei minha cabeça, curiosa.

O duque tinha muito orgulho e confiava plenamente em seus guardas. Ignorar os cavaleiros dos Eckhart era como ignorar o próprio duque. Por isso, já estava até pronta para receber minha punição por, bem... estrangular um homem.

"Eu pensei que ele ficaria furioso no mesmo instante que me ouvisse dizer orgulhosamente que não fiz nada de errado", de fato, estava um tanto quanto desnorteada e surpresa com a reação do duque.

— ...Você não acha que o testemunho dos guardas é mais confiável do que o que eu disser?

— Penelope Eckhart... — O homem me chamou pelo meu nome completo com uma expressão séria que fora causada pelas minhas palavras de agonia. — Eu estou perguntando o porquê de você ter feito tal coisa sob o nome Eckhart, então responda com cuidado.

— ...

Capítulo 5

— Tenho certeza de que não fez isso por se sentir entediada. Principalmente você, que até hoje nunca tinha pisado no campo de treinamento.

As suspeitas do duque eram justificáveis. Não importa quão louca a Penelope fosse, ela não iria até os cavaleiros que estavam treinando em paz para discutir com eles sem um motivo.

— Além disso, fiquei sabendo que antes de sair, você perguntou ao mordomo detalhadamente sobre o tratamento do rapaz que serve como sua escolta.

— B-bem...

Eu levantei minha cabeça com espanto ao ouvir as palavras adicionais do duque. Assim que pensei em questioná-lo sobre como ele sabia disso, calei-me imediatamente. O mordomo foi o único que estava no cômodo quando fiz a pergunta, então é claro que foi ele quem vazou a informação.

"Ugh, que agente duplo...", me ressenti do mordomo por ter estragado algo que poderia ter corrido bem.

O duque, que reconheceu minha hesitação, olhou para mim.

— Mudou de ideia sobre me responder?

— É tudo culpa minha, pai. Eu só fui para a academia por um capricho meu e não gostei do jeito que os cavaleiros me trataram...

— O que os cavaleiros me contaram irá determinar a punição do escravo que você trouxe para cá.

— ...

— Ou você me conta a verdade ou expulsarei o rapaz da academia e ele não será nem um aprendiz. Tudo porque você causou uma confusão e eu não fui informado propriamente dos seus motivos.

Fiquei chateada com o tom de voz do duque, que ficava cada vez mais irritado. Nem mesmo a palavra "capricho" conseguiu convencê-lo e ele parecia ter um motivo para isso.

— Me conte em detalhes tudo o que aconteceu nesse dia. Caso contrário, eu colocarei toda a responsabilidade do ocorrido nos ombros do seu escravo.

O Único Destino dos Vilões é a Morte

Ao ouvir isso, não pude continuar quieta:

— ...Eu fui buscar meu acompanhante para sair.

— ...

— Então vi um dos cavaleiros, Mark, puni-lo exageradamente por ter simplesmente quebrado uma espada de madeira durante o treino.

Eu parecia uma criança reclamando de algo besta. Os olhos do duque estavam franzidos e ele criticou assim que intuitivamente assumiu que esse fosse o motivo:

— Não é incomum que uma punição severa ocorra na relação hierárquica dos cavaleiros por questão de disciplina. Você já não está grande o bastante para dizer que não sabe disso?

— E enquanto ele fazia isso ele insultou a mim, a responsável por Eckles.

— O que... o que você disse?

Quando ele ouviu a continuação da minha resposta, o duque, que estava no começo de seu sermão e já se preparava para continuar sua bronca, arregalou seus olhos ao ouvir a palavra "insulto". Claro, os cavaleiros deveriam ter deixado esse pequeno detalhe do pano de fundo passar batido.

— Meu acompanhante ficou furioso e se impôs, enquanto isso seu superior tentava espancá-lo com a ajuda de seus colegas.

— ...

— Então eu disse a Eckles que vingasse sua senhorita por ter sua honra manchada. — Para ser mais exata eu tinha o mandado matar o rapaz, mas eu não era idiota o bastante para admitir um ímpeto tão vulgar e violento.

Ao ouvir meu testemunho, o duque permaneceu calado por um bom tempo. Observei minha xícara intocada de chá que já tinha esfriado. Nem eu, nem o duque tentamos trocar seu conteúdo por um novo.

"...Eu já cansei disso", enquanto olhava os arredores do duque que parecia uma estátua, repentinamente fiquei entediada com a situação.

Capítulo 5

Quantas vezes mais essa situação se repetiria até que finalmente conseguisse escapar?

— Ele... — O duque parou e limpou sua garganta antes de continuar: — Do que ele te insultou?

— Eles disseram que eu era uma "falsa senhorita" e que nem podia tomar conta dele direito, afinal logo seria expulsa da mansão.

— ...

— Então, eles disseram para Eckles perceber o mais rápido possível que a corda que ele tinha agarrado, no caso eu, era podre — recitei sem qualquer exagero.

Naquele momento, eu já não sabia se a sua expressão era porque os cavaleiros tinham relatado minhas atrocidades de um jeito diferente ou não. Se soubesse que as coisas aconteceriam assim, teria preferido desligar minha mente. Mas então, inesperadamente, o rosto do duque se franziu ainda mais.

— ...Por que você não veio até mim ou o Derrick imediatamente e contou sobre isso? — perguntou ele, respirando fundo, como se estivesse tentando ser paciente.

Se eu fosse a Penelope, teria invadido o quarto do duque e começado a gritar que os cavaleiros tinham a maltratado e a odiavam. Ponderei por um segundo e então decidi dizer a verdade:

— ...Eu achei que seria melhor puni-lo imediatamente, mas depois cheguei à conclusão que não valia a pena gastar minha energia com ele.

— **Como assim não valia a pena?!** — Assim que terminei de responder, o duque explodiu em raiva. — **Como ele, um cavaleiro insignificante, ousa insultar a dama da casa de forma tão vulgar?!**

Eu não conseguia entender o motivo da raiva do duque, então perguntei com os olhos atentos:

— Mas os cavaleiros juraram lealdade ao duque e sua família, não é? Eu não estou inclusa nisso.

Quando eu mesma trouxe Eckles como escolta, pensei que essa história tinha finalmente acabado, afinal eu também não queria a "fidelidade"

O Único Destino dos Vilões é a Morte

dos cavaleiros que nem me reconheciam como senhorita da casa. E isso valia tanto para os cavaleiros quanto para os demais empregados. De fato, em comparação com passar fome ou só ter uma tigela de arroz para comer, ser insultada não era nada de mais para mim. Se Eckles não estivesse envolvido, eu teria apenas ignorado o caso e ido embora.

— Penelope, o que... — Mas o duque não parecia compartilhar da mesma opinião que eu, ele me olhou vagamente como se nem soubesse por onde começar a falar. — ...Todos os cavaleiros da família são seus também. Isso nunca vai mudar enquanto você for um membro da família Eckhart.

— Eckles é o suficiente para mim.

— Eu não estou falando sobre acompanhantes!

— E eu estou dizendo que ele também é meu cavaleiro, pai. — Não queria perder para o duque, então continuei: — Já lhe disse dias atrás que não pretendo confiar naqueles que não estão dispostos a me proteger.

No entanto, nada tinha mudado, exceto que Eckles tinha sido aceito como um aprendiz em vez de ser colocado para fazer tarefas como limpar o chão.

— Tanto ontem como no dia do festival, ele foi o único que se propôs a me proteger.

Isso era verdade e eu nem estava tentando defendê-lo. Aqueles que não se opuseram ou até fingiram não ouvir nada e continuaram com o showzinho depois de presenciar os insultos dirigidos a mim ontem nunca seriam considerados cavaleiros por mim.

— Uuuff... — Com os olhos bem abertos e murmurando, o duque exalou uma respiração profunda com um rosto perplexo, como se não pudesse pensar em mais palavras convincentes para dizer. Ele perguntou baixinho, esfregando as têmporas como se estivesse um pouco cansado dessa conversa: — Então você comprou seiscentas espadas ontem por causa disso?

"Eram seiscentas?", como não as tinha contado no dia anterior, não fazia ideia da quantidade que havia comprado. Achei engraçado e finalmente

Capítulo 5

entendi o porquê de o mordomo parecer tão chocado quando veio ao meu quarto pela manhã.

Decidi insinuar que manteria Eckles ao meu lado como um cavaleiro:

— Eu me senti mal por ele, então acabei lhe dando uma espada mágica também.

— Penelope Eckhart, usar o cheque que te dei em um lugar assim e...

— Não seja tão duro comigo, pai — interrompi fazendo beicinho. — Você me deu o cheque para eu aliviar meu estresse. — Tentei imitar uma filha caçula adorável para parar de ouvir todas aquelas reclamações. Em seguida, tomei um gole do chá já frio para molhar meus lábios e garganta que estavam secos.

"Ele não vai brigar comigo por tê-lo interrompido, vai?", mesmo que eu não gostasse nem fosse muito boa na arte de me fazer de fofinha, se o duque estivesse muito bravo sobre ontem, então eu iria lhe presentear com o melhor espetáculo que podia fazer. No entanto, alguma coisa deu errado com a ordem dos acontecimentos...

"Por que eu sou assim...?", segurando as lágrimas, olhei para o duque ainda segurando a xícara de chá.

— ...*Tsc*! Você vai ficar gripada se tomar esse chá frio. Quando chegar mais chá morno, beba novamente.

Feliz ou infelizmente, o duque me repreendeu por estar tomando a bebida gelada, mas ele não parecia bravo por ter o impedido de continuar a falar. Ele logo chamou a empregada com um rosto calmo e pediu que ela levasse a chaleira e trouxesse a bebida quente.

"Esse é um bom jeito de lidar com as coisas", me senti aliviada.

Depois do meu último confronto com Reynold, percebi que as coisas nem sempre se resolveriam com um pedido de desculpas, então fiquei pensando em métodos alternativos de me livrar desses inconvenientes. Depois de pensar muito em como a protagonista do modo normal agia, percebi que pedir desculpas não deveria ser algo tão automático e fácil. O modo difícil tinha ficado cada vez mais complicado.

O Único Destino dos Vilões é a Morte

"De agora em diante eu tenho que começar a me adaptar de acordo com as situações e personagens que interajo."

— Penelope...

Um chamado me trouxe de volta dos meus pensamentos.

— Sim, pai.

— Pode soar improvável, mas... — disse o duque com uma voz sombria e grave. — Ele pode não ser um mero escravo.

— ...Perdão?

— Mesmo que seu status seja revogado, ele ainda é de um país derrotado, certo?

— Do que... — murmurei envergonhada com sua súbita reflexão.

Entretanto, o duque continuou a expor seus pensamentos excêntricos:

— Você nunca sabe o que ele pode estar escondendo por trás daquele rosto bonito, então tome cuidado para não se deixar levar pela aparência do rapaz. Deve haver pelo menos uma ou duas famílias atrás da única filha da família Eckhart...

— P-pai, pai! — gaguejei, encabulada.

"Não me diga! Ele realmente estava pensando que eu mantinha Eckles ao meu lado para tê-lo como amante?!", se sim, esse era um erro muito grave, até porque ele poderia, literalmente, me matar a qualquer instante. "Como se eu fosse me distrair com um simples rosto bonito! Toda vez que a afinidade de alguém diminui, meu coração quase para de tanto desespero! Eu não tenho tempo para pensar nessas coisas..."

Constrangida, disse apressada:

— Eu sei que não sou experiente o suficiente em comparação às outras senhoritas, mas também não sou tão imprudente assim.

— Só disse isso para garantir, afinal ele tem uma aparência decente.

— Eu não estou em um livro de romance, como poderia ter um caso com minha própria escolta? Fora isso, não gosto de pessoas mais jovens.

Isso para não citar que Eckles já era o par romântico de Ivonne e eu também conseguiria terminar a história antes dele chegar na maioridade, então iria embora sem nem sequer olhar para trás.

Capítulo 5

O duque, que ficou sem jeito, tossiu na tentativa de aliviar a atmosfera vergonhosa:

— *Ahem*. Bom, se você diz, então acredito em você.

— Não se preocupe, pai. Isso nunca vai acontecer.

Expectativas vãs e sentimentos inúteis iriam apenas me atrapalhar de sair dali. Como eu não podia deixar a oportunidade passar, completei:

— Mas se o senhor estiver preocupado com alguma coisa, então ficarei trancada em meu quarto e não irei a lugar algum…

— Você já trabalhou duro o bastante, tem o direito de se divertir. Eu gostaria muito que você participasse da competição de caça.

— O quê? Mas…

— Você não deveria passar tanto tempo trancada em seu quarto. Use essa oportunidade para estreitar os laços com as garotas da sua idade e reconstrua sua reputação.

O duque estalou a língua e a atmosfera estranha voltou para o cômodo. Ele devia pensar que estava trancada em casa por não querer ver alguém. Eu não podia deixar essa oportunidade passar, então disse quase soluçando de arrependimento:

— …Mas, pai, o que fiz ontem foi grave! Eu causei uma cena e tanto.

— Não tem problema, você ficar aqui não vai mudar nada. Certo, então chega desse assunto. — Ele cerrou os dentes e parou de falar.

Não continuei, pois tinha consciência de que ele ficaria irritado e me censuraria se eu insistisse.

"*Tsc*, eu ordenei que um dos seus preciosos cavaleiros fosse estrangulado! Como que nada vai mudar?! Você está sendo muito benevolente!", pensei fazendo bico.

Mesmo que estivesse descontente com ter que participar da competição – o que poderia ser considerado como uma punição –, eu ainda deveria ser grata pelo duque não ter ficado tão bravo comigo.

— Pegue isto.

Foi então que ele de repente se inclinou para o lado e levantou uma caixa de madeira grande e luxuosa do chão. Eu não a tinha visto antes por ela estar atrás da mesa.

O Único Destino dos Vilões é a Morte

Tak — o som que ela fez ao ser colocada na mesa indicava que seu peso era grande. Olhando mais de perto eu pude notar que não era uma simples caixa de madeira, mas uma estojo tipo case. O duque abriu seus fechos e a destrancou.

— Isso... — Eu fiquei surpresa ao ver o conteúdo da maleta.

Uma linda besta prateada — uma espécie de arco e flecha adaptado para funcionar por gatilho que eu já tinha visto tantas vezes em filmes medievais — estava bem na minha frente. Ela brilhava tanto que parecia nova, as joias e padrões cravados nela gritavam que aquele era um item caro.

— Essa é a besta que eu mandei prepararem para você.

Meus olhos brilharam com essas palavras.

> \<Sistema\>
> A recompensa {Besta Mágica} foi adquirida.

"Quê? Recompensa...?"

Fiquei confusa ao ver a janela que aparecera subitamente, mas depois de pensar por alguns segundos me lembrei do que se tratava...

Recompensa obtida! Afinidade de {Reynold} +3% e {Besta} foram adquiridas.

Essa besta era a recompensa da missão do Reynold.

— Ah...

Eu estava tão sem palavras que não pude evitar de suspirar. O duque deve ter entendido errado, pois continuou a falar triunfante enquanto me mostrava a arma:

— Desta vez, fiz algumas melhorias e ela está mais voltada para defesa pessoal!

Com suas palavras, eu olhei para a caixa novamente. O objeto parecia mais uma linda decoração para se pendurar na parede do que uma arma.

"Você disse que é para defesa pessoal, no entanto ela parece impossível de se usar..."

Capítulo 5

Enquanto analisava a arma, o duque estendeu sua mão para uma bolsa de veludo que eu não tinha visto dentro da case por estar muito distraída com a exuberância do armamento.

— Veja isto, Penelope.

Ele desamarrou a fita que fechava a bolsa. Dentro dela estavam várias bolinhas de ferro do tamanho de uma unha do dedão. Sem entender do que se tratava, eu perguntei confusa:

— O que é isso, pai?

— Eu substituí as flechas por orbes mágicos.

— Mágicos? Que tipo de...?

— Ao atingir o alvo, o orbe explode, causando um relâmpago instantâneo e atordoando por um tempo. Não são fortes o suficiente para matar alguém, então, mesmo que alguém seja atingido, não haverá ferimentos graves.

— Entendi — respondi, sem nenhuma sinceridade. Mais tarde, me senti mal pelo duque que se deu ao trabalho de explicar com tanto cuidado, mas na hora eu não pude evitar meu desinteresse no assunto – puro reflexo de estar contrariada por ter que participar do evento.

"Eu não estou interessada na caça... na verdade seria ótimo se eu achasse um lugar bom para me esconder e o príncipe não pudesse me encontrar em momento algum."

Quando o duque percebeu meu desinteresse, seu rosto se endureceu um pouco.

— Tem mais uma coisa — adicionou ele em um tom ainda mais sério que o anterior. — Há um feitiço que faz a pessoa perder a memória imediatamente após ser atingida por uma bolinha dessas.

— O quê...? Uma magia que apaga a memória?

Mais uma vez eu não conseguia entender muito bem o que ele estava tentando dizer, qual era a relação entre uma besta, orbes mágicos e perda de memória? Eu o encarei sem conseguir pensar em nada; vendo isso, o homem abriu sua boca, relutante:

— ...Se você realmente precisar usá-la, então faça isso em um lugar isolado.

O Único Destino dos Vilões é a Morte

— ...Hã?!

Eu fiquei boquiaberta. Do que diabos ele estava falando? As palavras do duque soaram como se ele estivesse me dando permissão para atirar nos outros participantes.

— Pai, o que o senhor quer dizer com isso...? — perguntei cuidadosamente para ter certeza de que não tinha entendido errado.

— *Tsc*, não faça como no ano passado e corra por aí atirando nos outros sem pensar. Isso é ruim para o nome de nossa família. Se for fazer isso, então tenha certeza de que ninguém a veja.

— ...

— Eles perderão suas memórias depois que desmaiarem, então apenas não permita a existência de testemunhas. Entendido?

Seu tom era de quem tentava amenizar os feitos de sua filha imatura antes dela causar um acidente.

"Vocês não disseram que eu fui expulsa justamente por ter atirado em vários nobres... Por que em vez de me dizer para não fazer isso de novo você está me dando uma arma que permite que tenha ainda mais liberdade para atirar nos outros?! Céus, o duque realmente é muito poderoso...", ou talvez ele achasse que Penelope não tinha jeito, então preferiu arranjar uma forma mais branda de controlar a situação. De qualquer jeito, suas intenções eram muito boas.

— Por que você não me responde? — disse o homem para mim, que estava em silêncio.

— Ah, sim — murmurei sem prestar muita atenção. Eu não podia falar para ele que não planejava caçar as pessoas no evento do qual nem queria participar. — ...Certo, pai. Eu a usarei com cuidado.

— *Ahem*. Certo, fico feliz que você tenha entendido. Eu pretendia te entregar isso depois de ouvir o seu lado da história de ontem, e não te dar uma bronca.

Com certeza esse era um consolo inesperado. Eu abri meus olhos, surpresa.

Capítulo 5

— Bom... se você entendeu tudo o que eu disse, então vamos parar por aqui hoje. Você pode ir, nós já tivemos uma longa conversa.

Ele sorriu de um jeito estranho e correu para arrumar as coisas da mesa e, como se não soubesse mais o que dizer, pediu que a empregada levasse a besta para o meu quarto. Eu hesitei por um momento, olhando para a mesa que havia sido limpa em um instante.

— Err, eu... — ainda sentado, o homem me olhou intrigado.

— Hm?

"Ah, que seja. Acho que só vou entregar isso logo."

— Eu tenho algo para você também, pai.

Puxei o objeto que tinha escondido em minha saia. Ao contrário do que foi dado à Emily, este estava embrulhado em uma caixa de veludo luxuoso. Depois de o abrir, cuidadosamente o estendi para o duque. Uma luz prateada brilhante embebeu seus grandes olhos, ele pareceu surpreso com o presente repentino.

— Isto... é um amuleto?

— Sim, há um feitiço de proteção gravado nele. Quando estiver em uma situação de perigo você será teletransportado para um lugar seguro.

— Você... Por quê...?

Assim como esperado, vendo a reação do duque, ficou claro que ele nunca havia recebido nem uma flor do jardim como presente de sua filha mais nova. Eu balancei minha cabeça desaprovando a tolice de Penelope e expliquei para ele em um tom doce e gentil:

— Hoje em dia, esse é o presente mais trocado entre nobres que participarão da competição de caça, pai.

— Presente...?

— Sim. Eu ouvi dizer que o evento contará com participantes de outros países e que animais raros desses lugares serão soltos na floresta.

— Exatamente, é verdade.

— Então eu queria que o senhor mantivesse este amuleto consigo durante a competição. Só para garantir, sabe?

O Único Destino dos Vilões é a Morte

— ...Quem neste império ousaria me atacar?

— Bom, pode ser que ninguém ouse atacá-lo, mas é fato que não sabemos ao certo que tipo de forças tentarão se aproximar dos Eckhart em questão de posição política.

Ao ouvir minha resposta o duque me olhou como se estivesse perante uma criatura estranha que ele nunca tinha visto antes.

O amuleto de prata que tinha lhe dado estava imbuído com um feitiço de teleporte de emergência, então seu preço foi um tanto salgado. Na verdade, eu de fato estava mais pensativa sobre o que fazer com o amuleto com feitiço de defesa, mas acreditei que dar esse para o duque fazia mais sentido.

Nossa família não participou da guerra por se proclamar como uma facção neutra. Contudo, se alguém atacasse ou assassinasse o duque, mesmo os Eckhart ficariam agressivos e uma nova guerra ocorreria, então ninguém seria estúpido o suficiente para fazer algo contra um dos maiores donos de poderio militar do Império.

"Mas pode ser que tentem sequestrá-lo ou até mesmo ameaçá-lo..."

— Se algo de ruim acontecer com o senhor, meu pai, definitivamente haverá pessoas tentando forçar os Eckhart a uma luta de facções.

— Sim, você teve um raciocínio maravilhoso...! — murmurou o duque, espantado; em seguida me olhou um tanto quanto arrependido por ter me subestimado e disse: — Não, nada. S-sim, eu o manterei comigo, filha.

Receber um presente tão significativo de sua filha adotiva imprudente depois de dar a ela "uma arma que apaga a memória das pessoas que foram acertadas" deixou o homem confuso e intrigado.

— Bem, então eu irei me retirar.

Originalmente, tinha comprado esse presente para tentar amenizar sua raiva, no entanto acabei o entregando em outras condições e com um propósito diferente. Depois de terminar a cerimônia de troca de presentes, sentia cócegas no meu coração. Eu me levantei rapidamente e me direcionei para a porta.

Capítulo 5

— Penelope... — chamou-me ele novamente com um tom de voz tranquilo.

— Sim, pai?

— ...Você amadureceu muito nesses últimos tempos. — O duque me olhou com uma expressão que nunca tinha visto antes.

Foi um elogio bom de se ouvir, mas, de alguma forma, me senti sufocada por suas palavras. Eu não sabia por quê... Naquele momento, minha boca se moveu bruscamente:

— ...Duque.

Com o nome que ele já não ouvia de mim há muito tempo, seus olhos brilharam e cresceram lentamente.

— Não posso dizer que nunca me ressenti...

— ...

— ...mas...

Isso era pela pobre Penelope? Ou...

— ...nunca houve um momento que não me senti grata pelo senhor ter me trazido com você.

Dizia isso por estar infeliz em ser tratada como uma garotinha imatura como Penelope?

Foi nesse momento...

> \<Sistema\>
> **Melhora nas relações com o duque Eckhart!**
> **Sua reputação aumentou em +15.**
> **(Total: 30)**

De qualquer forma, eu queria chorar.

A competição de caça aconteceria em alguns dias. Eu chamei o mordomo pela manhã para solicitar uma besta comum com a finalidade

O Único Destino dos Vilões é a Morte

de treinar. Isso porque os orbes mágicos eram caros e não deveriam ser gastos à toa.

— Senhorita... Também há... — O mordomo não se retirou imediatamente depois de me dar o objeto e hesitou antes de me entregar um envelope.

— ...O que é isso? — perguntei curiosa, pois depois do meu encontro com Winter, eu tinha ordenado que o mordomo queimasse todos os convites que chegassem para mim.

— Esta é uma carta do palácio imperial, então eu não pude me desfazer dela.

— Pa-... lácio?

A informação vinda do mordomo fez com que os músculos do meu rosto se contraíssem de medo. Por que alguém no palácio me mandaria uma carta? A cera dourada que fechava a carta com o desenho de dragão que compunha o brasão da família imperial me encarou ameaçadoramente.

"...Eu não quero ler."

Mas tinha que me preparar. Depois de respirar fundo, abri o envelope usando o abridor de cartas e tirei os papéis de dentro começando a lê-los.

Querida senhorita Penelope Eckhart,

Muitos meses já se passaram desde nosso último encontro no labirinto do jardim. Durante todo esse tempo, sempre que houve um banquete, fosse ele pequeno ou grandioso, eu ordenei que lhe mandassem um convite, mas minha cara senhorita nunca veio. Você ainda sofre de intoxicação por ferro? Felizmente, a competição de caça está se aproximando, então logo poderei lhe encontrar novamente.

A senhorita deve ter ouvido a notícia de que sua proibição de participar do evento foi revogada, certo? Para minha doce e adoecida dama, eu pessoalmente me impus e exigi que todos concordassem com sua participação. Então, espero que você fique bem logo e que eu possa ter o prazer de vê-la novamente.

Capítulo 5

P.S.: Você não se esqueceu da promessa que fez, não é mesmo? É bom que você ainda se recorde, senhorita. Desde aquele dia, eu me pego ansioso para ouvir sua resposta e, ainda assim, aguardei pacientemente por muito tempo até que você finalmente se livrasse dessa droga de intoxicação.

— Callisto Regulus

— Lunático!

Depois de ler sua assinatura feita com uma letra cursiva impressionante, eu amassei o papel que segurava enquanto rangia os dentes.

"Por que você ainda não se esqueceu disso?!"

Estremeci com a tenacidade do príncipe. Eu não conseguia entender por que tinha sido abduzida por um jogo de simulação de namoro e, em vez de receber cartas de amor, recebia cartas de ameaça.

— S-senhorita? — O mordomo me olhou, surpreso.

— Que tipo de carta é esta?!

Sim, uma carta de ameaça de um homem louco que não tinha nada melhor para fazer.

— Mordomo... — Continuei um pouco forçando as palavras: — ...quando acaba o treino dos cavaleiros hoje?

— Pelo que eu saiba, será até as seis da tarde, mas... por quê?

Originalmente, eu planejava atirar uma ou duas vezes como teste quando tivesse tempo. Isso para avaliar a extensão das habilidades de arco e flecha desse corpo que causou tantos problemas no ano passado. Mas eu tinha mudado de ideia.

— Irei treinar no campo hoje.

Agora tinha um motivo para treinar desesperadamente.

O Único Destino dos Vilões é a Morte

Depois de confirmar com o mordomo que não havia treinamento de tardezinha, li um livro esperando o sol começar a se pôr.

"Aff... Eu fui abduzida por um jogo onde vou ter que praticar tiro com besta."

Era irritante e injusto, mas não havia nada que eu pudesse fazer. Depois de receber uma carta ameaçadora do príncipe herdeiro, agora eu tinha que aprender a me defender.

"A boa notícia é que adquiri um item muito bom."

Não atiraria nas mulheres irritantes como o duque temia, mas atiraria nos homens que tentassem me matar. Especialmente, o mais perigoso e o mais difícil deles: o príncipe! Se errasse a mira e não o acertasse, então seria considerada uma assassina da família imperial, e seria presa e executada. No entanto, felizmente, ao atingir alguém, os orbes explodiam fracamente, além disso como a memória da presa era apagada não restaria nenhuma evidência.

— É perfeito.

Parei e aplaudi enquanto imaginava o príncipe desmaiado no chão por conta de uma bolinha. "Com certeza é uma arma defensiva!", tentei justificar racionalmente, negando a existência de sentimentos pessoais nesse caso.

Depois de um tempo, o sol finalmente começou a se pôr em minha janela. Eu me troquei e coloquei roupas de caça.

Como as mulheres do Império Eorka não tinham o costume de caçar, também não havia uma grande variedade de roupas, então coloquei um shortinho, meias grossas iguais às dos rapazes e uma camisa com suspensórios. Depois de colocar um colete de couro e uma gravata *jabot*, parei de frente para o espelho e, por mais que tenha pensado que estaria ridícula com aquela combinação de roupas masculinas, meu reflexo era incrível.

— Uau...! Isso surpreendentemente caiu muito bem em mim.

Capítulo 5

Realmente, ser linda não dependia unicamente das roupas. Quando juntei meu cabelo e o levantei em um rabo de cavalo, parecia uma guerreira acostumada a caçar, como se fosse a deusa Ártemis.

Eu sorri e peguei minha besta para combinar com a vestimenta. Mesmo que ela parecesse pesada à primeira vista, a magia a deixava excepcionalmente leve. Nessa época, um ano atrás, Penelope a usava com frequência, então a sensação de segurá-la em suas mãos não era estranha.

Depois de terminar minha última inspeção no espelho, saí do meu quarto com várias flechas.

— Ugh!
— Gulp...!

Todos os empregados que encontrei no caminho seguravam sua respiração e olhavam para o chão. Isso era muito diferente das outras vezes em que eles me observavam com seus olhares afiados e maldosos. Aparentemente, a imagem de Penelope com uma besta era algo temível.

"Hmm, acho que vou começar a carregar esse tipo de coisa comigo com mais frequência."

Graças a isso, eu consegui sair da mansão com facilidade e sem ser interrompida nenhuma vez.

O caminho até o campo de treinamento estava calmo e silencioso. Era natural que todos os cavaleiros tivessem desaparecido depois do horário estipulado. Todavia, esse pensamento logo foi desmanchado quando avistei a silhueta de alguém vindo do outro lado. O sol se pondo coloriu o habitual cabelo rosa com um tom tão avermelhado que estava quase idêntico ao meu.

Quando eu vi algo brilhando no topo da cabeça da figura, eu tentei me virar e fugir depressa, mas antes que pudesse fazer isso, os olhos do rapaz com "Afinidade: 17%" e os meus se encontraram fazendo com que eu parasse bruscamente.

"Tô ferrada..."

O Único Destino dos Vilões é a Morte

Suspirei com o fato de ter encontrado a pessoa que mais desejava evitar naquele momento. Como podia ser tão azarada...?

"O que deveria fazer?"

Era um absurdo que eu tivesse brigado com Reynold com dentes e garras expostas há pouco tempo e agora precisasse cumprimentá-lo de maneira amigável. Mas não seria feio me virar logo depois de fazer contato visual? Ainda assim, decidi apenas ignorá-lo descaradamente.

"O que você vai fazer? Se tiver alguma vergonha na cara também fingiria que não me viu", mas o maldito do Reynold era muito mais descarado do que eu pensava.

— Você parece um jeca indo caçar pela primeira vez. — Quando estava quase terminando de passar por ele, o desgraçado me atacou com seu sarcasmo. — Você jura que quer passar a vergonha de ir até o campo de treinamento vestindo isso aí?

Eu olhei em volta, felizmente nem uma alma viva estava por perto. Decidi continuar ignorando-o e dei mais um passo à frente. Mas...

— Então você resolveu me ignorar agora, hein?

Ele voltou a falar quando bloqueou meu caminho. Eu levantei minha cabeça enquanto suspirava.

— Você tem algo importante para me dizer? — Com essa pergunta, Reynold me olhou como se tivesse muitas coisas para falar.

"Certo. Vamos ver o que vai acontecer desta vez."

Eu o olhei esperando que falasse algo, mas ele só ficou me encarando sem abrir a boca.

— Se você não tem nada para dizer, então, por favor, não se dirija à minha pessoa — encerrei o assunto tentando passar por ele novamente.

Foi então que Reynold decidiu abrir o bico:

— ...O treino dos cavaleiros ainda não terminou. Eu tenho os treinado até tarde nos últimos dias, então se for por aí vai acabar se deparando com eles.

Ainda que não desejasse passar nem mais um segundo perto dele, se o que ele disse era verdade, então eu tinha um probleminha. Parando

Capítulo 5

para pensar, a essa altura era praticamente certo que ele já estivesse ciente sobre a minha discussão com os cavaleiros.

"Mas qual é o problema? Se esse for o caso, são eles que deveriam me evitar e não o contrário."

Eu lhe respondi indiferente:

— Não ligo, se alguém me incomodar, pelo menos me servirá de alvo para treino.

— ...

— Se você já terminou, então me despeço aqui.

— Pode ir ao sótão se você quiser. — Quando tinha acabado de cruzar seu caminho, ele disse isso, me pegando de surpresa. — Eu não ligo mais.

De repente, comecei a gargalhar ao ouvir suas palavras estúpidas. Falando desse jeito até parece que ele estava fazendo algum tipo de caridade. A Penelope até poderia ter uma conexão ou apego afetivo com aquele lugar, mas o sótão não significava literalmente nada para mim. Como eu poderia ter certeza de que ele não invadiria o lugar em algum dia que estivesse lá e me atacaria novamente por um desejo besta por fogos de artifício? Por isso, respondi imediatamente sem nem pensar duas vezes:

— Não.

— ...Por quê?

— Porque eu odeio a ideia de te encontrar.

Os olhos azuis do rapaz se dilataram e as letras brancas sobre sua cabeça estremeceram. Eu olhei para ambos, inexpressiva.

> Afinidade: 17%

A essa altura do campeonato já não me faria muita diferença se sua pontuação caísse um ou dois pontos. Eu estava mais interessada no treino dos cavaleiros do que nessa historinha de sótão.

"Então o Eckles ainda deve estar por aqui, né?", meu plano de subir a favorabilidade de Eckles até o máximo durante a competição de

O Único Destino dos Vilões é a Morte

caça tinha ido por água abaixo, então precisava agir antes de partir para o evento.

Enquanto pensava em tudo isso, os lábios de Reynold, que estava hesitante há um bom tempo, se abriram com uma fresta minúscula.

— Aquele... dia...

— ...O quê?

Eu estava distraída com meus pensamentos e acabei não ouvindo o que ele estava dizendo. Quando o olhei e pedi para que repetisse, o homem pressionou seus lábios antes de recomeçar.

— Eu... fui um pouco...

Mesmo assim, eu ainda não conseguia entender o que ele estava dizendo, isso porque o rapaz estava, na verdade, sussurrando. Entretanto, eu já tinha uma ideia do que ele estava tentando fazer.

"Se você vai se desculpar, então ao menos faça direito."

— O que você disse? — retorqui, estalando a língua.

— Eu... fui...

— Não dá para ouvir nada do que você está cochichando.

Eu sabia que não deveria continuar implicando com ele, mas não conseguia parar de pensar nas coisas que ele tinha me feito passar, e vê-lo envergonhado era algo raro. De repente, uma voz estridente saiu de sua boca:

— **Me desculpe. Eu fui meio rude com você naquele dia!** — gritou Reynold a plenos pulmões, levantando sua cabeça.

Flap, flap – ouvi os pássaros voando das árvores ao nosso redor.

"Será que ele engoliu um apito?", fiz uma careta enquanto segurava minhas orelhas depois de quase ter ficado surda.

Então, ele continuou seu discurso com um rosto completamente vermelho:

— Das outras vezes, você sempre vinha e falava comigo primeiro, então por que dessa vez levou tanto tempo...? Meninas são tão...

Olhei para aquele Reynold que desconhecia e logo entendi a relação que os dois tinham construído durante todos esses anos. Se eu estivesse jogando normalmente, como a relação deles progrediria a partir dali?

Capítulo 5

"Eu aceitaria o pedido de desculpas de Reynold e, claro, agradeceria por ele ter se retratado primeiro", mas por quê? Por que eu sempre tinha que agradecer por cada migalha de consideração que recebia?

— Reynold...

Quando o chamei rispidamente, ele também me respondeu forma rude:

— O que é?

— Aceito suas desculpas. Não é como se eu não fosse culpada também.

— Fico contente.

Talvez se desculpar primeiro ferisse seu ego, já que seu rosto amarrotado logo voltou ao normal. Como se fosse natural que eu o perdoasse.

— Mas sabe de uma coisa?

— O quê?

— É a primeira vez que você me pede desculpas. — Eu não ia agradecer por algo assim, não quando eu estava certa. — Você já me tratou mal e ofendeu milhares de vezes e eu sempre te perdoei sem ao menos receber um pedido de desculpas. Então...

— ...

— Eu irei te perdoar desta vez também. — Sorri brilhantemente. Dessa vez não estava pedindo desculpas a ninguém e apenas sorri ao receber um.

Devido à nossa posição, a luz brilhante do pôr do sol sobre o cume estava se derramando no meu rosto. O vento soprou fortemente fazendo com que meus pequenos fios de cabelo soltos voassem e, depois de arrumar meu cabelo atrás da orelha e voltar a olhar para o rapaz, percebi que o seu rosto estava um pouco fora do comum.

"Hm?"

Seus olhos estavam perdidos, como se ele estivesse em pânico e, quando nossos olhares se cruzaram novamente, seu rosto inteiro se enrubesceu.

— S-sim... — gaguejou ele com um sorriso envergonhado e irritado.

— Você não precisa do meu pedido de desculpas para nada, não é?

— ...?

O Único Destino dos Vilões é a Morte

— E-eu já disse tudo o que tinha para falar, tô indo embora!

Então, antes que eu pudesse dizer qualquer coisa, ele se virou e desapareceu rapidamente.

— ...O que deu nele?

Eu, que fiquei sozinha no caminho de pequenas árvores, franzi o cenho enquanto olhava para as costas do fugitivo. Naquele momento, o topo de sua cabeça brilhou como um flash.

> Afinidade: 22%

Eu tive que verificar várias vezes para ter certeza de que estava lendo corretamente até que o texto branco ficasse tão pequeno a ponto de não ser mais legível.

Reynold estava certo. Quando cheguei ao campo de treinamento, a atmosfera era caótica, como se os cavaleiros tivessem acabado de terminar seu treinamento de esgrima. Felizmente, não havia treinamento de arco e flecha, e o campo de tiro ao alvo estava vazio.

Evitando a multidão de cavaleiros, circulei o ginásio e fui direto para o meu destino. Claro, seria mais rápido se eu simplesmente cruzasse o pátio de esgrima, mas eu tinha acabado de ficar cara a cara com um dos jovens mestres da casa. Por enquanto, era melhor ficar na minha e não encontrar com nenhum deles para evitar mais caos.

Finalmente, de pé na frente do alvo, montei a flecha na besta e puxei o pino que ficava no seu cabo para tentar girar a manivela do dispositivo de carregamento. Eu confiei nos extintos desse corpo que já tinha usado uma besta anteriormente.

"...Por que não está dando certo?"

Mas até mesmo eu podia perceber que a ponta do arco apontada em direção ao alvo estava instável. Quando a segurava casualmente, tive a impressão dela ser leve, mas ao tentar apontá-la para algo, ela se tornava mais pesada e meus braços tremiam.

Capítulo 5

— Mas ela não atirou em várias pessoas no ano passado?

Não conseguindo sustentar o peso do objeto, abaixei os braços novamente resmungando. Eu mal conseguia recarregar, quem dirá segurar e atirar.

— Ugh!

Balançando meu pulso dormente, recuperei o ânimo e levantei minha besta. Dessa vez, eu planejava atirar rapidamente antes que meu braço tremesse...

— Se você segurar assim, não será capaz de mirar.

De repente, senti um calor nas minhas costas. **Vap** – ao mesmo tempo, a besta, que tremia no ar, foi gentilmente apoiada por uma mão estendida. Assustada, tentei me virar.

— Mestra...

Mas meu movimento foi impedido por um corpo parado atrás de mim.

— ...Eckles? — Foi só então que percebi que estava presa entre seus braços. — O que você...?

— *Sssh*, você tem que olhar para frente, mestra.

Eu estava envolta por seus braços e envergonhada quando ele sussurrou em minha orelha.

— Sua presa vai fugir.

Parei de me mover sob sua voz. Minhas costas estavam completamente pressionadas no peitoral de Eckles. Por alguma razão, minha boca ficou árida e eu engoli em seco.

— Retire sua mão esquerda daqui. Pegue o gatilho com a mão direita e segure o arco perto do peito.

Ele colocou suas mãos firmemente sobre as minhas e moveu-as de acordo com suas ordens. As costas da minha mão ficaram instantaneamente cobertas por um calor escaldante. No entanto, eu estava mais preocupada com sua respiração quente em meu pescoço.

— Com a mão esquerda, apoie o arco. Agora olhe para o alvo.

Dessa vez, sua mão esquerda envolveu a minha e se moveu suavemente. Com a ajuda dele, recuperei minha postura e minha mira ficou muito mais estável.

O Único Destino dos Vilões é a Morte

— Respire, mestra.

Pude ouvir uma risada rasa em meu ouvido. Nesse momento, tive a impressão de que o ponto vermelho do alvo que vi através da mira de repente ficou embaçado. O gatilho foi puxado. Quando voltei a mim, vi uma flecha no centro do alvo.

— Bom trabalho.

O calor que estava sobreposto gentilmente escorregou pelas costas da minha mão e o braço forte que me segurava com força se afastou. No momento seguinte, Eckles, que estava perto demais de minhas costas, deu um passo para o lado. Mas ainda assim a sensação do seu corpo quente permaneceu no meu. Seu toque era áspero, porém sútil e muito quente.

Respirei devagar e baixei a besta que estava segurando.

—Você terminou de treinar?

Depois de um tempo, quando o olhei, as cócegas desconhecidas já tinham desaparecido. Eckles olhou para mim com olhos curiosos e perguntou:

— Desde quando a mestra está aqui?

— Não faz muito tempo.

—Você não procurou por mim. — Seu tom fazia parecer que o rapaz reclamava.

—Você está chateado? — perguntei, dando um sorrisinho. Era engraçado ouvir um tom de voz tão descontente vindo de um rosto extremamente inexpressivo. — Eles ainda parecem me odiar, e eu também não posso te atrapalhar durante o treinamento.

—Você está preocupada?

— Claro, eu sempre me preocupo com você.

Naquele momento, o canto dos seus lábios se contraiu um pouco.

> Afinidade: 44%

A afinidade crescente fez com que me sentisse muito bem. Eu podia sentir o sorriso em meus lábios ficando maior do que antes.

Capítulo 5

— Agora você se parece com um cavaleiro de verdade. O que achou dos novos trajes de treino? Gostou?

Definitivamente tinha valido cada centavo, Eckles finalmente perdeu toda sua velha aparência miserável e estava esplêndido. Ele assentiu ligeiramente com a minha pergunta.

— Que alívio.

Me virei depois de murmurar. Mesmo que ele não tivesse gostado, eu não ligava, eu já tinha feito o bastante por ele. Levantei o arco novamente, dessa vez me posicionei assim como ele havia me ensinado. A estabilidade da arma tinha melhorado muito em relação a quando estava sozinha, mas ainda assim era muito difícil de mirar.

— Ah.

Talvez por conta dos músculos fracos que esse corpo tinha, meus braços caíram mais uma vez de cansaço. Ao me ver choramingando e tentando novamente, o rapaz olhou para mim e perguntou:

— ...É por conta da competição de caça?

— U-ugh...

Sem conseguir aguentar o peso da arma, assenti enquanto a abaixava.

— Uhum — murmurei, ofegante. — Eu vou receber o primeiro lugar e te dar uma vida de luxo com o prêmio em dinheiro que receber.

Claro, não havia nenhuma chance de eu ficar em primeiro lugar, afinal essa era a primeira vez que tentava usar uma ferramenta dessas. No entanto – *pff!* – o som de uma pequena brisa esvoaçante soou atrás de mim, eu me virei para onde o som tinha vindo e Eckles, que sempre tinha o rosto engessado, esboçava um leve sorriso que se refletia em seus olhos cinzas que me fitavam. Era a primeira vez que o via sorrindo, então fiquei um tanto atordoada.

— Do que você está rindo?

Quando lhe questionei, ele balançou a cabeça nervosamente.

— Mestra, atirar bem com uma besta é uma tarefa difícil.

— Sério?

O Único Destino dos Vilões é a Morte

— Bom... — Ele baixou os olhos e murmurou algo em voz baixa: — A mestra é muito pequena e...

Eu não o conseguia ouvir bem, então perguntei:

— Hã? Pequena e o quê?

Mas ele desconversou e me deu outra resposta no lugar:

— Se você não tomar cuidado com a sua postura, vai ser difícil aguentar o coice da arma. Se isso acontecer, pode ser que o osso de seu pulso trinque.

—Verdade? — Isso era algo desagradável de se ouvir. — Mas até que seria bom...

Assim, no fim, eu não teria que participar dessa maldita competição. Sem perceber, eu falei o que me veio à cabeça. Então, vendo os olhos de Eckles se arregalarem, me virei apressadamente e mudei de assunto:

— Mas como você sabe tanto sobre bestas?

Nesse momento, ele certamente ainda não estava oficialmente aprendendo artes marciais. No entanto, fiquei surpresa que ele sabia manusear o arco muito bem.

— Em Delman. — Ele parou ao responder e corrigiu suas palavras: — ...Na minha terra natal, eu aprendi as técnicas básicas de manuseio de arcos.

"Então o nome da terra natal de Eckles é Delman", essa informação não nos era apresentada no jogo, então fiz questão de gravá-la em minha mente. Mas era interessante que ele, que mais tarde se tornaria um mestre espadachim, tinha aprendido primeiro a como usar um arco.

— Arco e não espadas?

— Sim.

— Entendo... — acrescentei enquanto balançava a cabeça. — Isso é ótimo! Então você pode me ajudar a treinar e eu conseguirei o primeiro lugar.

— ... — Ele se calou. Depois de um tempo me respondeu com uma voz turva. — ...Que nem agora há pouco?

— Sim.

Capítulo 5

Quando eu o respondi, sua cabeça começou a brilhar.

> **Afinidade: 49%**

"Isso!", comemorei internamente ao ver o aumento na pontuação. Eu não poderia colocar em palavras o quanto estava contente por ter ido treinar ali.

Depois de hesitar por um momento, Eckles voltou para trás de mim e me agarrou. Seus braços me envolveram novamente alcançando minhas mãos que seguravam a besta. Já pronta para mirar.

— O que você está fazendo aqui agora?

De repente, uma voz gélida surgiu pela nossa esquerda. Nesse momento, meu corpo se arrepiou e ficou rígido, isso porque Eckles, ao sentir uma presença desconhecida, apontou a arma instintivamente para o convidado indesejado enquanto ainda me segurava em seus braços. Em um instante eu estava encarando o dono da voz – um homem alto de cabelos pretos.

— Jovem mestre…? — Eu estava muito surpresa.

"O que ele está fazendo aqui?", exceto pela dupla de irmãos, Derrick e Reynold, encontrar dois personagens conquistáveis na mesma cena era algo inédito no jogo.

Enquanto estava confusa com os acontecimentos inesperados, Derrick recitou com um tom grave:

— Penelope Eckhart…

Senti um frio percorrer minha espinha, "Isso não pode ser bom". Seja como fosse, tínhamos que sair dessa situação rapidamente. Apressada, eu tentei sair dos braços de Eckles, no entanto suas mãos quentes que estavam sobrepostas às minhas não se moveram.

— …Eckles? — chamei-o torcendo meus pulsos novamente. Mas quanto mais me remexia, mais forte ele parecia me segurar. — Eckles, me solte. Isso dói. — pedi inclinando minha cabeça para cima e olhando-o.

O Único Destino dos Vilões é a Morte

Seus olhos cinza se voltaram para mim. Depois de me observar por uns instantes, ele finalmente começou a me soltar. Quando suas mãos se separaram das minhas, elas já estavam mais frias que anteriormente. Eu me apressei para fora de seus braços e fiquei em silêncio perante Derrick...

— Eu perguntei o que vocês estavam fazendo.

...Mas a única coisa que recebi foram palavras gélidas.

"Por que ele está tão bravo?"

Não muito tempo atrás, eu tinha resolvido a questão dos cavaleiros com o duque e Derrick não havia dito nada sobre a questão até então. E como o duque havia agido como se eu não tivesse feito nada particularmente repreensível, não conseguia entender o mau humor de Derrick. Com isso em mente, respondi prontamente a sua pergunta:

— Eu estava treinando tiro ao alvo com o meu acompanhante.

— Nós temos arqueiros profissionais no ducado. — Seu olhar frio me atravessou e alcançou Eckles atrás de mim.

— Não posso interromper os cavaleiros enquanto estão treinando — acrescentei, parando na frente do meu acompanhante, como se estivesse protegendo-o de Derrick. — E minha escolha sabe arco e flecha o suficiente para me ensinar.

— Ensinar?

De alguma forma, eu vi uma faísca em seus olhos. O topo de sua cabeça começou a brilhar, no entanto senti mais medo de seu rosto, que estava com uma expressão impiedosa, do que do medidor de afinidade.

Derrick olhou para mim e Eckles e, por sua vez, sorriu em um tom desdenhoso.

— Você nem tem bom senso o suficiente para saber que não se deve apontar uma besta para outras garotas da sua idade. O que alguém assim poderia aprender?

— Justamente por não ter "bom senso básico" que estou tentando aprender um pouco antes de participar da competição, jovem mestre.

— Como ele estava citando algo que eu não tinha feito, acabei não me

Capítulo 5

incomodando tanto com a provocação, mas ainda assim não pude deixar de suspirar com sua reação afiada. — Se você não gosta que eu use o espaço da academia, eu vou para outro lugar.

— ...

—Vamos, Eckles.

Tentei, junto ao rapaz, deixar aquele lugar o quanto antes, mas quando estava prestes a passar por Derrick...

— Até parece.

Guh – um aperto em meu braço me tornou incapaz de dar outro passo. Quando me virei surpresa, o seu rosto estremecia com uma sensação atônita.

— Se você precisa tanto assim de um instrutor, eu irei te ensinar.
— ...Perdão?
— Você. — Ele subitamente se virou para Eckles. — Se seu treinamento já acabou por hoje, então vá logo para seu dormitório.

Eu não pude dizer nada ao ver Derrick dando uma ordem arrogante. Por mais que eu dissesse que Eckles era meu acompanhante, foi graças à permissão impulsiva do comandante, Derrick, que o rapaz ganhou permissão de participar dos treinamentos.

Como acontecia com qualquer exército, os cavaleiros de Eckhart eram muito meticulosos em suas relações de hierarquia, então pensei que o moço de cabelos castanhos iria voltar para o seu dormitório. Mas em vez de sair, Eckles gentilmente envolveu meu pulso que Derrick não agarrava, mas sim segurava a besta.

— ...A mestra quer que eu a ensine. — Ele acenou com a cabeça em resposta.

"O que diabos eles estão fazendo?", parecia um cabo de guerra, cada um me segurava por uma mão diferente e eu apenas os olhava, trêmula. A expressão de Derrick tornou-se feroz ao ver o jovem se rebelar.

— Como um mero escravo se atreve a ensinar alguma coisa para alguém?

O Único Destino dos Vilões é a Morte

— Eu não sei se você está ciente, mas até mesmo o Exército Imperial teve grandes baixas devido à habilidade de arco e flecha de Delman durante a Batalha de Lívio.

Eu abri minha boca para responder, mas antes que pudesse falar qualquer coisa, Eckles respondeu imediatamente em tom ríspido. Derrick claramente estava em xeque.

Daquele momento em diante, senti minha pele arder ao se esticada. Eu não sabia de quem aquela sensação vinha. "Queria acabar com isso logo...", tentei torcer meus pulsos suavemente, mas nenhum deles nem sequer se moveu.

— ...Delman? — Derrick, que estava calado ao olhar Eckles, de repente levantou um dos cantos da boca e o ridicularizou: — Ah!

— ...

— Você se refere àquele reino de bárbaros vulgares que foram traídos pelos pequenos países que o cercavam e, depois de serem saqueados, foram apagados do mapa sem nem ter tempo para pensar?

De repente, Eckles apertou o pulso que estava segurando.

"Droga, desse jeito não vai demorar muito até que eles comecem a brigar de verdade!", eu não conseguia nem resmungar de dor enquanto os olhava alternadamente em pânico. Para ser sincera, eu queria que Eckles parasse de falar e mantivesse sua boca fechada. De qualquer forma, no Império, a diferença de status entre ele e Derrick era incomparável. No entanto, ao contrário do meu desejo sincero, o rapaz olhou para o futuro duque e continuou:

— Então você deveria observar com atenção hoje.

— O quê?

— Assista como um bárbaro vulgar ensina a única senhorita do ducado a segurar um arco.

— Seu atrevido...

O rosto de Derrick se contorceu ferozmente com o tom sarcástico do outro. O topo de suas cabeças começou a brilhar ameaçadoramente. A ansiedade percorreu meu corpo.

Capítulo 5

Se esse era um dos episódios em que esses dois lutam, tinha certeza de que eu era a única a ser arrastada pela confusão e a acabar morta. Prendi a respiração com medo de que sobrasse para mim caso intervisse, mas eu já não podia continuar apenas assistindo.

— **Parem! Chega!** — gritei alto, sacudindo os pulsos que os dois seguravam com todas as suas forças. Consegui me soltar com segurança graças ao descuido dos dois que estavam se encarando prontos para sair no soco a qualquer momento. Coloquei minhas mãos na frente do meu peito para caso algum deles querer tomá-los novamente. — Estou indo embora. Minha vontade de treinar desapareceu — anunciei às pressas me virando para Derrick.

"Preciso sair daqui agora!"

Os deixei sozinhos e me apressei para fugir do fogo cruzado. Aparentemente envergonhados pela minha reação perante seu comportamento, ambos tentaram me alcançar.

— Penelope!

— Mestra!

Até Eckles, que não parecia que o faria, andou apressadamente em minha direção, como se estivesse correndo. Eu franzi minhas sobrancelhas e respondi friamente:

— Não me sigam. Vou voltar para o meu quarto sozinha.

Por mais que parecesse estar falando com Eckles, na verdade minha fala se dirigia aos dois. Afinal, por ser meu irmão, Derrick poderia muito bem me seguir até a mansão.

"Se querem lutar, então façam isso a sós. Eu vou dar o fora daqui."

— Então, com licença.

Saí apressadamente do ginásio, temendo que os dois pudessem estar me perseguindo. Eu podia sentir seus olhos perfurando a parte de trás da minha cabeça. Minha passada rápida logo se transformou em uma corrida na medida que a distância deles aumentava.

— A-argh...!

O Único Destino dos Vilões é a Morte

Tendo acabado de entrar na estrada da trilha florestal, respirei fundo e olhei para trás. Felizmente, ninguém tinha me seguido. Então lentamente diminuí minha velocidade.

— Aff... Eu quase morri ali atrás!

Meu sexto sentido sempre estava certo. O leve calafrio que havia sentido antes voltou e meu corpo estremeceu. Mesmo em meio ao frenesi, murmurei impotente, rindo do jeito que carregava a besta:

— Mesmo assim, estou feliz em ter escapado sã e salva...

Eu não sabia se os dois tinham desistido ou se de fato tinham começado a lutar, mas mesmo que fosse o caso, isso já não me importava mais. Ambos conduziam uma discussão feroz e eu não podia correr o risco de perder meus preciosos pontos simplesmente por estar no lugar errado e na hora errada.

"Eu não vou pedir ao duque para me arrumar professor de tiro com arco, então terei que praticar sozinha no quintal mesmo."

Voltei a andar jurando várias vezes que não chegaria perto do ginásio por um bom tempo.

✦

Faltava apenas um dia para o maldito torneio de caça. Fui acordada pelas empregadas de madrugada que me banharam e enfeitaram à força. Tudo isso por causa da festa que era realizada na véspera do evento nos campos de caça do palácio imperial. Dessa vez, o torneio seria maior do que nunca porque também participariam muitos membros da realeza e nobreza de outros países.

Embebida em perfume pela segunda vez, reclamei com os olhos sonolentos, deixando meu cabelo molhado nas mãos das empregadas:

— Por que temos que fazer isso? De qualquer forma, quando eu for caçar amanhã, vou amarrar meu cabelo e usar calças.

— Então, hoje, você tem que se arrumar para ficar mais linda do que qualquer moça para receber mais caças dos rapazes — respondeu Emily vigorosamente.

Capítulo 5

Então as empregadas que invadiram meu quarto logo de manhã começaram a falar ao mesmo tempo:

— É verdade, senhorita!

— Desta vez, a senhorita será a rainha da competição de caça!

— Sim! No ano passado, por conta do incidente, a senhorita Kellin ficou em primeiro lugar por ter recebido caça de todos...

Quando a empregada tagarela de repente fechou a boca, o espelho refletia o sorriso sem graça e o olhar bravo de Emily em sua direção. A atmosfera no quarto tornou-se sombria em um instante. Aparentemente elas temiam que, ao citar a história obscura da dona da casa, eu ficasse com raiva e fizesse algo contra elas.

"Bem, não fui eu que fiz um escândalo, mas, sim, a Penelope", generosamente ignorei o erro da empregada e passei a pensar na competição de caça que as deixava tão ansiosas. Embora não tenha sido revelado em detalhes no modo normal, nas competições de caça todos podiam participar, independentemente do sexo. No último dia, o vencedor era selecionado com base no número final de presas, mas havia algo de especial nisso, pois mesmo que você não caçasse sozinho, desde que várias pessoas lhe dessem suas presas, você poderia obter o primeiro lugar. É claro que animais difíceis de se capturar, como ursos e tigres, eram pontuados separadamente. Por isso, muitos homens caçavam com afinco e sacrificavam suas presas para dar a honra da vitória à mulher de quem gostavam. Era uma espécie de paquera comum entre os nobres desse mundo.

"Como é que colocam uma competição de caça em um jogo de romance?"

Kellin ganhou a competição de caça do ano passado graças ao comportamento impulsivo de Penelope. A condessa que conquistou a simpatia dos homens presentes por ter quase sido atingida por uma cadela raivosa que disparava uma besta – não, na verdade um chimpanzé – recebeu vários animais como consolo, ganhando a competição.

"Acho que foi por isso que o duque estava me provocando...", infelizmente, eu não tinha interesse em nada além de proteger minha vida.

O Único Destino dos Vilões é a Morte

— Ai. — Graças a um puxão no meu cabelo, eu voltei para a realidade.

— Oh! Machucou, senhorita? Me desculpe, me desculpe. — Uma das empregadas estava puxando meu cabelo seco para cima e arrumando-o. Com o meu breve gemido, ela me soltou e se afastou.

— Não tem problema, pode prosseguir e... — Eu balancei minha cabeça e murmurei como se conversasse comigo mesma: — Não se preocupem muito com isso também porque eu tenho meus próprios planos.

— ...Perdão?

— Quando chegar a oportunidade, com certeza vou agarrá-la.

Minha observação repentina e aparentemente sem nexo fez com que os rostos das empregadas ficassem confusos.

— O que, senhorita?

— A mulher que tem mais presas.

— ...?

— Se você ficar de olho e, no último dia, atirar nela com a besta matando-a, então é possível pegar todos os animais e ganhar a competição... — brinquei com as empregadas para aliviar o clima tenso, mas elas pareciam ainda mais assustadas.

— S-senhorita! — Emily rapidamente tentou mudar de assunto. — Por favor, não diga coisas tão assustadoras! Bom, nós acabamos por agora. Só precisamos maquiar a senhorita.

— Então quer dizer que ainda falta muito, não é mesmo? — murmurei sem jeito, mas fechei meus olhos como elas mandaram.

De qualquer forma, ficar mais bonita era sempre algo bom.

A arrumação que começou no início da manhã só foi finalizada no fim da tarde. Eu usava um conjunto de acessórios de pérolas brancas escolhido pelas empregadas e um vestido vermelho-sangue com um decote que deixava minha clavícula à mostra.

"Eu já tinha imaginado, mas este visual combina muito com este rosto."

Coisas más eram fadadas a serem belas. O reflexo de Penélope no espelho era perigosamente encantador e deliberadamente contraditória à

Capítulo 5

heroína do modo normal. Suas grandes sobrancelhas ligeiramente arqueadas davam um ar felino e estranhamente erótico. Na superfície, quanto mais vermelho, mais delicioso se parecia, mas, na verdade, ela era como uma maçã cheia de veneno.

As empregadas trouxeram sapatos pretos esmaltados para combinar com o vestido. Fazia tempo que não usava salto alto, então, desacostumada, tropecei perto de Emily que perguntou, agarrando-me rapidamente:

— Senhorita, você gostaria que eu lhe ajudasse a descer até o primeiro andar?

— Não, chame Eckles.

— O quê? Por que ele...? — Como se estivesse intrigada, Emily começou a me questionar.

Eu respondi, indiferente.

— Ele é minha escolta, então é claro que precisa me acompanhar.

— Sim, certo! Então espere um minuto, senhorita. Vou chamá-lo agora mesmo. — Emily acenou com a cabeça, seu rosto estava um tanto contrariado quando saiu apressadamente.

Sua reação era compreensível, afinal escravos não podiam entrar no palácio imperial. Mas a razão verdadeira pela qual eu o chamava não era a de me escoltar. Na verdade, eu queria saber se ele realmente brigou com Derrick depois que saí. E também... "Depois de me arrumar tanto, essa é a hora perfeita para aumentar sua afinidade."

Depois de um tempo, a porta se abriu com uma batida.

— Senhorita, eu trouxe a escolta.

— Entre.

Eckles seguiu Emily para dentro da sala.

— Mestra...

Segurando minha cabeça com o braço apoiado na mesa, eu o olhei com uma postura sonolenta. Nossos olhos se encontraram e ele de repente parou de andar. Os olhos cinzas do rapaz vibraram fervorosamente. Era óbvio que sua reação era devido ao jeito que eu estava vestida.

O Único Destino dos Vilões é a Morte

> Afinidade: 50%

Ao contrário de antes, eu sorri assim que vi o ligeiro aumento da favorabilidade.

— Emily, você deveria descer primeiro e levar a minha mala com a besta.

— Você vai levá-la hoje?

— Acho que seria melhor levá-la para a tenda com antecedência.

— Certo. Então, com licença, senhorita.

Momentos depois, ela pegou a caixa da besta e saiu do quarto.

— Aproxime-se, Eckles. — Bati na mesa algumas vezes com o dedo indicador fazendo "*tap, tap*".

Sua expressão estava vazia quando ele conseguiu voltar a si e caminhou lentamente em minha direção. Eckles parou, deixando alguns passos restantes até onde estava a mesa.

— Mais perto — ordenei.

Mais uma vez ele olhou para mim e prosseguiu sem dizer nem uma palavra sequer.

— Ajoelhe-se.

Apesar do comando bastante repentino e coercitivo, Eckles se ajoelhou diante de mim sem demora. Eu estendi minha mão e agarrei seu queixo suavemente. Como não tinha encontrado com Derrick desde então, precisava conferir cuidadosamente com meus próprios olhos. Felizmente, não havia manchas em sua pele lisa.

— Você está machucado em algum lugar? — Ao contrário da mão rude que virava seu queixo para os lados, eu perguntei gentilmente.

"Como seu rosto está sujo do treino, eu não consigo ter certeza... Talvez em seu corpo?"

Eckles olhou para mim calmamente e quando eu finalmente parei de me mover, ele balançou sua cabeça levemente.

Capítulo 5

— Parece que vocês não brigaram, então.

— ...Depois que a mestra foi embora, o comandante também se retirou. — Assim que entendeu sobre o que eu estava curiosa, ele humildemente confessou o que tinha se sucedido. — Você estava preocupada?

Era a mesma pergunta de antes. Então prontamente respondi que sim enquanto seus olhos cinzas me encaravam cegamente. Eu senti como se esses olhos estivessem me forçando a responder "sim" imediatamente. Meu coração batia forte por causa de sua hostilidade inesperada, então decidi usar o "chicote" em vez de uma "cenoura".

— Nunca mais aja daquela forma. — Minha voz era fria e impiedosa, como se estivesse repreendendo um cachorro que tinha aprontado. — Entendido? Você sabe que não pode agir desse jeito. Por acaso você quer ser expulso antes mesmo de ter suas habilidades reconhecidas?

— Mas aquele cara tocou primeiro no pulso da mestra...

— "Aquele cara"? — Eu levantei a mão que segurava seu queixo e dei um aviso frio. — Você acha que meu irmão, o primogênito da família, vai te tratar tão generosamente como faz comigo?

— ...

Os olhos de Eckles que brilhavam como se estivesse recebendo uma bronca injustamente, caíram um pouco. Sua face inexpressiva era a mesma de sempre, mas seu rosto parecia um pouco pálido. Claro, pode ter sido apenas impressão minha.

Olhei para as letras brancas flutuando claramente acima de sua cabeça, relaxei, e falei com uma voz suave:

— Eu quero que você fique comigo por um longo tempo. — Ele não podia ser expulso da casa do duque até que sua pontuação chegasse ao máximo e eu pudesse escapar. — Então você precisa isentar ele de sua hostilidade.

— ...

— E com isso, eu quero dizer: não desconte sua ira contra o Império em mim.

O Único Destino dos Vilões é a Morte

O que me preocupava não era apenas morrer na batalha entre Derrick e Eckles.

— *Assista como um bárbaro vulgar ensina a única senhorita do ducado a segurar um arco.*

No momento em que ouvi Eckles dizer isso, a memória do dia chuvoso de repente veio à mente. Ele empunhava sua espada de madeira no ar como se fosse matar alguém, e depois a empurrou para perto do meu pescoço.

Eckles parecia me reverenciar por trazê-lo até a mansão e cuidar dele, mas, por outro lado, parecia-me que ele odiava o fato de pertencer a alguém que servia esse império. Para uma fuga bem-sucedida, eu não podia deixar que ele mantivesse uma mentalidade tão instável e traiçoeira.

"Preciso fazê-lo gostar completamente de mim", então eu tinha que lembrá-lo de sua situação de vez em quando.

— Você odeia aquela que lhe comprou? A casa de leilões seria melhor para você do que ficar aqui e ser ignorado?

— ...

— Eu preciso de alguém útil para mim. Se você não gostar e eu estiver lhe forçando, então te entregarei este anel de rubi agora e você pode sair daqui quando quiser. — Eu agi como se fosse tirar o anel de rubi do dedo indicador da minha mão esquerda a qualquer momento.

Se ele realmente aceitasse, então teria que mudar de postura e fazê-lo pedir desculpas. Mas eu conhecia bem o jeito que ele se comportava com Penelope, isso por ter jogado o modo normal. Embora sofresse todos os tipos de abuso e irritação da moça, ele permaneceu junto ao duque até o fim. Um dos motivos era porque os escravos de países derrotados não tinham para onde ir e nenhum lugar onde se sentiam confortáveis, ou seja, ele só tinha a família do duque.

— ...Mestra.

Capítulo 5

Quando tirei o anel de rubi e o entreguei, as pupilas de Eckles tremeram novamente. Como esperado, ele não recebeu o anel e, em vez disso...

— Eu... eu estava errado. Me desculpe.

- Continua no livro 2 -

O Único Destino dos Vilões é a Morte

Livro 1

Villains Are Destined to Die
© Gwon Gyeoeul 2019 / D&C MEDIA All rights reserved.
First published in Korea in 2019 by D&C MEDIA Co., Ltd.
Publication rights for this portuguese (Brazil) edition arranged through D&C MEDIA Co., Ltd.
Edição brasileira, © NewPOP Editora, 2023.

DIRETORES
Gilvan Mendes Fonseca da Silva Junior
Ana Paula Freire da Silva

ADMINISTRATIVO
Cibele Perella & Monaliza Souza

EDITOR
Junior Fonseca

TRADUÇÃO
Beatriz F. Santos

CAPA & DIAGRAMAÇÃO
Caio Cezar

REVISÃO
Débora Tasso e Nathalia Viana

www.newpop.com.br
contato@newpop.com.br